J.C. Smith

Am Anfang allein

Jason Harper – Part I

Roman

Impressum

Bibliografische Information der Deutschen Nationalbibliothek:
Die Deutsche Nationalbibliothek verzeichnet diese Publikation in der Deutschen Nationalbibliografie; detaillierte bibliografische Daten sind im Internet über http://dnb.dnb.de abrufbar.

Lektorat: Katharina Glück
Korrektorat: Annika Eben
weitere Mitwirkende: Mark Huff (Cover)

Herstellung und Verlag: BoD – Books on Demand, Norderstedt

ISBN: 978-3-7543-1751-8

Für meine Tochter.

First Cut – In die Finsternis

„Scheiße, ich komme zu spät. Bestimmt komme ich zu spät", murmelte Jason und krallte sich verzweifelt am Lenkrad fest.

Der Regen prasselte auf die Windschutzscheibe des alten Chevy, und die Wischer mühten sich verzweifelt, die Sicht frei zu halten. Finstere Wolken machten den späten Nachmittag zur Nacht und das Licht der Scheinwerfer ertrank im nassen Asphalt. Jason sah in den Rückspiegel. Die Lichter der Fahrzeuge warfen seltsame Schatten wie Leichentücher über sein Spiegelbild. Er registrierte die dunklen Ringe unter seinen blauen Augen, die blasse Haut und die schwarzen Haarsträhnen, die in die Stirn hingen. Sein Blick wanderte weiter über das angetrocknete Blut auf seiner rechten Wange.

„Mann, siehst du abgewrackt aus, Alter", warf Jason dem Spiegelbild entgegen. „Du musst das schaffen. Kapiert? Du musst. Oder es sterben noch mehr Leute deinetwegen."

Er wandte den Blick wieder der Straße zu. Andere Autos überholten ihn und Jason erhöhte zaghaft den Druck auf das Gaspedal. Gurgelnd quälte sich der Motor ab und die Tachonadel kroch ein wenig weiter.

„Wenn ich das überlebe, dann mache ich endlich meinen Führerschein", ließ er den alten Wagen wissen. Um sich selbst von den Schrecken der letzten Stunden abzulenken, redete er weiter. „Mit zweiundzwanzig noch keinen Führerschein. Nie dazu gekommen. Immer von einer Scheiße in die nächste geraten."

Er starrte durch den Sturzbach, der sich über die Front ergoss, und versuchte, den Chevy heil über den Highway raus aus der Innenstadt von Seattle zu lenken. Es war nicht viel los auf der Straße.

„Glück im verkackten Unglück", grummelte Jason.

Das Unwetter war Fluch und Segen zugleich, denn der Sturm hielt viele davon ab, mit dem Auto zu fahren. Er fingerte an seiner Schachtel Zigaretten herum, angelte sich eine Kippe heraus und schob sie sich zwischen die Zähne. Seine Hand zitterte, als er den Glimmstängel anzündete. Er sog den Rauch tief ein und ließ eine blasse Wolke als kleine Version der schwarzen Ungeheuer am Himmel im Inneren des Autos aufsteigen.

„Besser", seufzte er und drückte noch mehr aufs Gas. Der Motor reagierte deutlicher als auf das zaghafte Tippen zuvor und beschleunigte röhrend. Jason sah auf den Tacho, wischte sich mit der Hand über die Stirn und trat noch entschiedener zu. Die Zigarette schräg im Mundwinkel verzog er das Gesicht zu einem schiefen Grinsen.

„Na also, is doch machbar, solange es geradeaus geht. Ich schaff das. Ich lass euch Freaks nicht draufgehen. Ich werde das nicht zulassen."

Das trocknende Blut ließ sein Grinsen entschlossener aussehen. Ein tiefer Zug an der Zigarette tauchte das Innere des Chevy in unheilvolles Rot.

„Wo bin ich hier nur reingeraten?", fragte er sich selbst und sah noch einmal in seine dunkelblauen Augen.

Jasons Hände umkrampften das Lenkrad immer fester, während er das Gaspedal bis zum Anschlag durchtrat. Das Brüllen des V8 übertönte den Sturm und der alte Wagen trug seinen Fahrer seinem Schicksal entgegen.

Second Cut – Rettung im letzten Atemzug

Einige Monate zuvor.

Das Lied des Lebens ... das sanfte Rauschen des Meeres, Kinderlachen und der Wind in den Blättern der Palmen. Nur eine Note stimmte in dieser Symphonie nicht. Miamis Strandpromenade briet in der Sonne. Ein leichter Wind wehte vom Meer, gerade genug, um ein wenig Erfrischung zu bringen. Doch trieb er auch etwas anderes, Unsichtbares vor sich her. Es war Mittagszeit und irgendwo spielte ein Musiker auf den belebten Straßen gegen den Lärm der Stadt an. Familien nutzten das schöne Wetter, um ihre Kinder zu beschäftigen, Geschäftsleute schwitzten in ihren Anzügen und durchtrainierte Sportfreaks zeigten ihre Körper. Unterhalb der Promenade befand sich die Hauptstraße, und der Fußweg führte im Schatten einer Betonwand entlang. Zigarettenstummel lagen neben leeren Kaffeebechern aus Pappe. Zwischen den vergessenen, liegen gelassenen Abfällen stand er, im Dunkeln, wo die meisten das Licht der Sonne suchten. Eine junge, gepflegte Frau im Businessoutfit kam an ihm vorbei. Sie betrachtete ihn abschätzend und verzog das Gesicht, als er an der Zigarette zog. Nur an den auffallend blauen Augen blieb sie kurz hängen. Dann war sie vorbei und der Bursche mit seiner Zigarette schon aus ihrem Kopf verschwunden, als ihr Handy aufdringlich laut klingelte. Jason drückte die Kippe mit seinem schwarzen Stiefel aus und entließ das letzte bisschen Rauch aus seiner Lunge. Er blickte der wandelnden Kaufhauspuppe hinterher, die ihn eben mit ihrem Ich-bin-ja-so-wichtig-Blick taxiert hatte. Genervt schob er die Hände in die Taschen seiner verwaschenen, einstmals schwarzen Cargopants. So stand er einen Moment reglos da und beobachtete die vorbeifahrenden Autos. Dann nahm er eine Hand aus der Tasche und begann, mit dem Amulett zu spielen, das um seinen Hals hing. Es war ein grün schimmernder Stein, der in leicht angelaufener Bronze gefasst an einer Lederschnur hing. Jason krempelte die Ärmel seines ausgeleierten Shirts hoch und entblößte die Tattoos auf seinen

Armen. Dabei lauschte er mit halb geschlossenen Augen in das Treiben um sich herum hinein.

Über ihm flanierten Spaziergänger und fleißige Jogger rannten schwitzend an Fast-Food mampfenden Touristen vorbei. Leute in Businessanzügen eilten dazwischen dahin, immer auf der Jagd nach dem nächsten Geschäftsabschluss, während Kinder ihre Eltern um Eis anbettelten. Jason hörte einen besonders aufdringlichen Jungen immer wieder auf seine Eltern einreden, so laut, dass er problemlos jedes Wort verstand.

„Alle in der Klasse haben eins! Das neueste! Nur ich nicht. Das geht nicht, verstehst du, Honey."

„Nenn deine Mom nicht so!", blaffte jemand dazwischen, wohl der Vater.

„Du hast mir gar nichts zu sagen, Nicht-Dad!", keifte der Junge zurück. Anscheinend doch nicht der Vater.

„Ich mag es nicht, wenn ihr beiden so schreit. Reißt euch gefälligst zusammen! Was sollen denn die Leute denken? Benimm dich, Shawn. Du hast gerade letzte Woche ein neues Smartphone bekommen."

Sie entfernten sich und mit ihnen ihre hohle Unterhaltung. Nicht Jasons Welt. Nicht mal im Ansatz. Diese Art von Leben hatte er lange hinter sich gelassen. Er hörte das Meeresrauschen, das klagende Kreischen der Möwen und die Gespräche der Passanten. Das alles interessierte ihn nicht. Er lauschte nach etwas anderem, wartete auf etwas, von dem er ahnte, dass es bald passieren musste.

Ein paar Schritte neben ihm führte eine Treppe hinauf in die Welt aus Sonne und Lachen, weißem Sandstrand und lebendigen Menschen. Ein junges Paar kam gerade vorbei. Der Mann hatte sein Handy in der Hand. Die beiden gingen weiter, ohne einen Blick für den seltsamen Burschen, der da so lässig an der Wand lehnte, übrig zu haben. Jason sah ihnen kurz nach, ehe er sich wieder konzentrierte.

Er lauschte hinein in das Lied des Lebens, hörte den Klang des Meeres auf eine Art, die dem Rest der Menschheit verwehrt blieb. In dem sanften Rauschen vermischt mit dem Dröhnen der Großstadt erklang eine falsche Note.

Jason stieß sich von der Wand ab, verstaute das Amulett unter seinem Shirt und ging zügig die Treppe hoch. Er blinzelte, als er in die Sonne trat. Einige Leute betrachteten ihn skeptisch. Jason ignorierte sie und verließ den breiten Streifen aus Beton in Richtung Wasser. Der Rest der Welt war ihm so egal, dass ein Skateboarder ihm gerade noch ausweichen konnte.

„Ey, du beschissener Freak!", schnauzte Boarderboy Jason an. Der ging weiter und überhörte die Beleidigung. Sein Blick war ganz auf das Ufer konzentriert, während seine Stiefel in dem weißen Sand versanken und jeden Schritt mühsam machten. Irgendein Typ spottete hinter ihm her. „Manson, verzieh dich wieder in deinen Keller, sonst zerfällst du noch zu Staub!" Als Antwort hob Jason kurz den rechten Arm, ballte eine Faust und streckte den Mittelfinger. „Du Penner!", grölte der Mann hinter ihm her. Jason ignorierte ihn und ließ den Arm wieder sinken.

Überall lagen Menschen auf ihren Handtüchern oder mitgebrachten Liegen, ließen sich von der Sonne bräunen, während Kinder spielten und umhertobten. Ein Sonnyboy warf ein Frisbee und sein Hund jagte freudig hinter der bunten Scheibe her. Jason behielt nur das Wasser und die Badenden im Auge und stapfte weiter auf das blaue Meer zu. Eine leichte Brandung spülte harmlose Wellen an den Strand. Ideal für kleine Kinder. Er lauschte, suchte nach der Disharmonie im Lied des Lebens, im Song der Welt, versuchte, die Ursache der falschen Note zu finden. Der Klang führte seinen Blick auf das Wasser.

„Das ist es also", murmelte er.

Inmitten der kleinen, friedlich plätschernden Wellen entdeckte er, wonach er gesucht hatte, und beschleunigte seine Schritte. Als er sah, wie es sich einem kleinen Mädchen näherte, stürmte er los. Der Sand spritze unter seinen Stiefeln hoch, er taumelte, fing sich wieder und versuchte, schneller zu werden. Schweiß rann seinen Rücken hinab und sein Shirt klebte binnen Sekunden an seinem Körper. Er rannte weiter, ignorierte die wütenden Rufe der Leute, die er im Vorbeilaufen mit Sand bespritzte. Gemotze und Beschwerden folgten ihm, wie die Abdrücke, die seine Armeestiefel hinterließen.

Ein winziger Strudel bewegte sich quer zur Strömung und wogte schnell durch das seichte Wasser auf das vielleicht sechs oder sieben Jahre alte Mädchen zu. Jason schrie nicht, er ignorierte das Brennen in seinen Muskeln, den Schweiß, der ihm in die Augen lief, und das Rasseln in seiner Lunge. Er verschwendete keinen Gedanken an etwas anderes als das Mantra, das er immer und immer wieder in seinem Kopf wiederholte, seit er den Strudel entdeckt hatte: *Böse Geister, gehet fort. Böse Geister, gehet fort.* Und immer so weiter. Er spürte, wie seine Beine lahm wurden, ballte die Fäuste und rannte weiter. Er würde es nicht rechtzeitig schaffen. Er würde kämpfen müssen.

Das blonde Mädchen in dem bunten Badeanzug stand aufrecht im Wasser und befüllte einen kleinen, roten Eimer. Der Strudel erreichte das Kind, riss es ruckartig von den Beinen und zerrte es unter die Wellen. Es wollte schreien, doch es reichte nur für ein abgehacktes: „Mo ...!" Niemand bemerkte es.

Seine Mutter, die auf ihr Handy starrte und die ach so wichtigen Nachrichten in den sozialen Netzwerken las, sagte nur: „Nicht jetzt Schatz, Mommy ist beschäftigt."

Der Eimer tanzte verspielt auf den Wellen. Jason vergeudete keine Luft mit Schreien. Er erreichte die Grenze zwischen Strand und Meer, quälte sich einige mühsame Schritte weit ins Wasser und sprang unelegant in die Wellen. Er klatschte flach auf die Oberfläche und tauchte unter. Es war nicht kalt, aber das Salz brannte gnadenlos in seinen Augen. Er blickte sich hastig um. Die Kleine war vor ihm, und wurde immer weitergezogen. Dorthin, wo es tiefer wurde.

So gut es mit Stiefeln und Klamotten ging, schwamm er auf das Mädchen zu. Binnen Sekunden war seine Kleidung vollgesogen und zog ihn nach unten. In seinem rechten Bein kündigte sich ein Krampf an. Aber Jason ließ nicht locker. In seinem Kopf donnerte das Mantra in einer Endlosschleife immer weiter.

Böse Geister, gehet fort. Böse Geister, gehet fort.

Vor ihm strampelte das Mädchen mit panisch weit aufgerissenen Augen gegen das Wasser an. Die Kleine reckte ihm ihre Hände entgegen. Jason konnte endlich sehen, was sie gepackt hatte. Was von oben wie ein Strudel ausgesehen hatte, glich jetzt dem Antlitz eines entstellten Jungen, dessen Gesicht grausam verzerrt war. Inmitten der blauen See schimmerte der Geist in einem dunklen Grün, seine Haare wogten wie Seetang und die Augen glänzten rot. Er, nein, es hatte das Mädchen umschlungen und glitt mit ihr weiter in Richtung offenes Meer.

In seinem Kopf schrie Jason: *Lass sie frei, lass sie gehen, sie ist voller Unschuld!*

Der Blick des Jungen traf auf Jasons. Das Ding schrie ihn an und die Schallwellen bombardierten Jasons Ohren. Er strampelte verzweifelt weiter, hatte kaum noch Luft in den Lungen. Die Angriffe trafen ihn wie Schläge, er fühlte sich wie ein beschissener Punchingball. Jason fokussierte sich und nahm das Mantra trotz der Schmerzen wieder auf. Das endlose Wiederholen in seinem Kopf wurde immer intensiver, immer kraftvoller.

Böse Geister, gehet fort! Böse Geister, gehet fort!

Der Geist begann wie wild zu zucken, und sein hassverzerrtes Gesicht wand sich in Agonie. Jason streckte verzweifelt einen Arm nach vorne und schaffte es knapp, die Hand des Mädchens zu greifen. Sie war bereits ohnmächtig, und er sah die Luftblasen, die im Austausch für das salzige Seewasser ihre Lungen verließen. Die blonden Haare trieben in der Strömung. Er zerrte an dem Mädchen, kämpfte darum, sie frei zu bekommen. Das bösartige Ding kreischte und schrie und ließ Jasons Trommelfell schmerzen. Der Lärm war wie eine Serie aus Schlägen auf seinen schmächtigen Körper. Jetzt hatte er die andere Hand am Arm des Mädchens. Ihm wurde schwindelig, und er spürte, dass er es dem Kind bald gleichtun würde. Der Atemreflex würde ihn zwingen, den Mund zu öffnen, und dann würde er Wasser schlucken. Verzweiflung und Wut rangen in ihm, während er mit aller Kraft versuchte, das Kind den Fängen dieses bösen Dinges zu entwinden.

In seinem Kopf rotierte unaufhörlich das Mantra: *Böse Geister, gehet fort! Böse Geister, gehet fort!*

Die Erscheinung raste, schrie und kreischte weiter und warf den Kopf hin und her. Aber sie gab ihr Opfer nicht frei. Langsam verließ Jason die Kraft. Alles an ihm war schwer und müde. Er sank dem gut drei Meter entfernten Grund entgegen und spürte die Stärke, mit der der Geist sie immer weiter in Richtung der offenen See zerrte.

Er nahm all seine Kraft zusammen und schrie seine Wut mit der ihm verbliebenen Luft heraus: „Böse Geister, gehet fort!" Mit einem Schlag waren Jason und das Mädchen frei. Das Ding löste sich kreischend in einem grünen Wirbel auf und verschwand. Er spürte den Grund unter seinen Stiefeln, stieß sich mit aller Kraft ab und schoss mit der Kleinen im Schlepptau nach oben. Er schob sie mit seinen Armen hoch, sodass sie noch vor ihm die Oberfläche erreichte. Ihr Kopf durchbrach die Oberfläche und Jasons folgte ihr. Prustend sog er seine brennenden Lungen mit Luft voll. Ihr Kopf hing schlaff zur Seite und sie rührte sich nicht. Jason trat Wasser, so gut er konnte. Seine Klamotten und der schlaffe Kindskörper in seinen Armen zogen ihn wieder nach unten. Jason versuchte, sich an den Rettungsgriff zu erinnern, denn ohne würden sie es nicht schaffen, an der Oberfläche zu bleiben. Zu allem Überfluss meldete sich der Krampf in seinem Bein mit aller Kraft zurück. Jason japste und keuchte. Seine Augen tränten vom Salzwasser. Erneut schloss sich die See über seinem Kopf. Mit letzter Kraft hielt er den leblosen Körper in seinen Händen nach oben. Plötzlich packte jemand das Mädchen und zog sie grob hoch. Jason hatte keine andere Wahl, als sie loszulassen. Sein Kopf kam wieder über Wasser und schnaufend holte er Luft.

„Du Scheißkerl!", schrie jemand seinen Hinterkopf an. „Was fällt dir Arschloch ein?"

Jason wollte protestieren, doch er wurde beiseitegeschoben und schon schloss sich das Meer wieder über ihm. Er schluckte Wasser und würgte, während er sich verzweifelt wieder hochkämpfte. Japsend zog er sich wieder an die Wasseroberfläche und orientierte sich. Der Unbekannte hatte das Mädchen in den Rettungsgriff genommen, an den Jason sich nicht hatte erinnern können, und entfernte sich mit dem leblosen Mädchen in Richtung Ufer. Keuchend musste er musste dem Arschloch zumindest zugestehen, dass der wusste, wie der dämliche Griff ging. Dann atmete er tief durch und schwamm ebenfalls los. Hätte er genug Luft gehabt, hätte er jetzt wohl geflucht. So aber brauchte er alles, was in seinen Lungen war, um selbst wieder an Land zu kommen. Dabei wählte er nicht den direkten Weg, denn er konnte es sich jetzt nicht leisten, den Cops in die Arme zu fallen. Er war hier noch nicht fertig, und so kämpfte er sich parallel zur Küste gute hundert Meter weit, ehe er auf das Ufer einschwenkte. Eines war klar: Der Geist würde jetzt angepisst sein. Richtig übel angepisst.

Als Jason endlich wieder Boden unter den Füßen hatte, trottete er aus dem Wasser und stand in der prallen Sonne. Keuchend stützte er die Hände auf den Oberschenkeln ab und blickte zurück, um zu sehen, ob das Mädchen in Sicherheit war. Das Salz ließ seine Augen tränen und vernebelte seine Sicht. Er wischte sich über das Gesicht und sah noch einmal genauer hin. Jemand führte Wiederbelebungsmaßnahmen durch, um das Mädchen zu retten. Die Kleine schrak hoch, drehte sich zur Seite und erbrach Meerwasser.

„Glück gehabt", murmelte Jason.

Drei oder vielleicht vier Leute marschierten entschlossen in seine Richtung los und deuteten auf ihn. Die Leute am Strand starrten ihn an, wie er mit klitschnassen Klamotten und Stiefeln dastand. Mit einem leisen „Fuck" trottete er los. Der weiche Sand machte ihm das Laufen nicht unbedingt leichter. Die Erschöpfung und der schmerzhafte Krampf taten ihr Übriges.

„Was für ein Scheiß", fluchte er, während er humpelnd durch die Strandbesucher Richtung Straße davoneilte.

Einige der Sonnenbadenden machten Anstalten, ihn aufzuhalten, doch irgendetwas hinderte sie daran. Ein braungebrannter Sixpack-Fitnessstudio-Typ wollte sich von seiner Luxuscampingliege erheben und sich Jason in den Weg stellen, doch kaum schaute er in die blauen Augen, glitt sein Blick hin und her und er ließ sich kraftlos wieder zurücksinken. Ehe er es sich versah, war Jason an ihm vorbei und entließ den Mann mit einem Grinsen aus seinem Mantra. Der Gedanke an Cops und sinnlose Gespräche nervten Jason so sehr, dass er zügig auf dem breiten Betonstreifen ankam, zwischen ein paar Palmen und Möchtegern-models durchhuschte und gar nicht erst die nächste Treppe suchte, sondern direkt auf den Fußweg unterhalb des Strandes sprang. Zum Glück begann der Kramp nachzulassen.

Er hörte hinter sich Rufe und Gemotze. „Halt doch mal einer den Typen da auf! Den in Schwarz. Dich kriegen wir!"

Jason dachte nicht daran, sich erwischen zu lassen. Statt nach einem offiziellen Übergang über die vierspurige, viel befahrene Straße Ausschau zu halten, rannte Jason geradeaus los, mitten hinein in den Rushhour-Verkehr.

„Oh mein Gott, der wird doch überfahren!", kreischte jemand hinter ihm.

Doch es gab keine Vollbremsungen, kein Gehupe. Die Autos wichen ihm aus oder bremsten gerade genug ab, damit er unbeschadet vorbei huschen konnte.

Während Jason rannte, lief in seinem Inneren ein anderes Mantra: *Unbeschadete Passage, kein Schaden wird mich ereilen.* Es war nicht unbedingt eines seiner besten Mantras, aber er hatte die Schnauze voll und war am Ende. Er wollte nur noch heil aus der Scheißnummer rauskommen. Seine scheinbar selbstmörderische Überquerung der Straße zwang seine Verfolger stehen zu bleiben. Ihre Rufe und Drohungen nahm er nicht ernst und trotz seiner Erschöpfung konnte er sich ein Grinsen nicht verkneifen.

Zwischen den aufgeregten Verfolgern und Neugierigen stand ein Mann in dunklem Anzug und schob sich bedächtig die Brille auf seiner Nase in eine angenehmere Position. Anerkennend lächelte er und verließ die Szene in Richtung eines schwarzen SUV.

Kaum auf der anderen Seite angekommen, verschwand Jason in einer Seitenstraße und blieb von da an in den kleinen Gassen mit ihren Mülltonnen und Haufen aus Unrat. Die Kehrseite von Miami bot ihm mehr Schutz und Verstecke als das mit dicker Schminke versehene Antlitz der Metropole. Immer wieder sah er sich um, aber niemand schien mehr hinter ihm her zu sein. Als er sich sicher fühlte, ließ er seine Erschöpfung zu und nahm das Tempo zurück. Bald würde er sich das Salz runterspülen können, wenn er endlich die billige Absteige erreichte, in der man keine Fragen stellte und nur Bargeld akzeptierte. Er trottete weiter, während das Wasser verdunstete und das Salz eine scheuernde Kruste zwischen seiner Kleidung und seiner Haut bildete. Von den nassen Socken in den feuchten Stiefeln mal ganz abgesehen. Alles begann zu schmerzen und zu jucken.

„So ein Scheiß", murmelte Jason.

Er versuchte, seine Hose so zurechtzuziehen, dass er sich nicht den Schritt wund lief, denn es scheuerte bereits an einer sehr sensiblen Stelle.

Nach einer halben Stunde erreichte Jason das heruntergekommene Sunshine Hotel, das alles andere als ein lichter Anblick war. Müde stieg er die kurze Treppe zu der Doppeltür hoch, an der die alte Farbe in langen Streifen herunterhing. Das Hotel war ebenso heruntergekommen wie die ganze Gegend. Überall lag Müll herum. Neben der Treppe saß ein abgerissener Typ und schlief mit einer leeren Flasche im Arm seinen Rausch in der prallen Sonne aus. Jason blickte verzog das Gesicht. Er zögerte, drehte um und schob den Mann so zur Seite, dass er nun im Schatten lag. Anschließend stieß er die Tür auf, ging über den gammeligen Teppich, der nie wirklich bessere Zeiten gekannt hatte, mied den maroden Fahrstuhl und passierte den grimmigen Portier in seinem Gitterkäfig. Der grummelte etwas, das ebenso eine Beleidigung wie eine Begrüßung hätte sein können. Jason stieg mit hängenden Schultern die Treppen hinauf. Dem Geländer traute er trotz seiner Erschöpfung nicht. Außerdem musste er über ein paar Stufen mühsam hinwegsteigen, da sie so morsch waren, dass sie wahrscheinlich selbst unter einem schmalen Hemd wie ihm eingebrochen wären. Die Deckenbeleuchtung flackerte, und so war das ganze Elend in ein unstetes Licht getaucht.

Jason seufzte leise, als er die Tür aus dunklem Holz hinter sich zumachte. Er zögerte kurz, nahm das abgegriffene Bitte-nicht-stören-Schild, zog die Tür einen Spalt breit auf und hängte es auf die Klinke. Dann verriegelte Jason die Tür und schlurfte in Richtung Badezimmer. Ohne irgendetwas auszuziehen, stellte er sich direkt in die alte Badewanne. Dunkle Flecken waren über die ehemals weiße Emaille verteilt. Der Wasserhahn wollte sich ihm erst widersetzen, doch ein wütender Tritt mit seinem schweren Stiefel überzeugte ihn davon, Jason nicht weiter zu reizen.

„Nerv mich nicht, Mistding!"

Der rostige Duschkopf wackelte bedenklich, und in den Rohren in den Wänden rumorte es, ehe zuerst kaltes Wasser herauskam.

Jason verzog das Gesicht und knurrte: „Natürlich is es kalt. Was auch sonst. Nun werd warm, verdammt!"
Nach einer nervenden Ewigkeit wurde das Prasseln wärmer. Mit gesenktem Kopf stand er da und ließ sich das Salz abspülen. Dann quälte er sich aus seinem Shirt, wrang es aus, ließ seine Stiefel volllaufen und schüttete Sand und Dreck heraus. Als er die Hose auszog, fiel klappernd ein Handy in die Wanne. Er hob es auf und warf es achtlos über die Schulter. Dann kümmerte er sich um seine Hose, seine Unterwäsche und stand eine gefühlte Ewigkeit nackt unter dem Strahl aus heißem Wasser. Nur sein Amulett behielt er um. Das Wasser rann über seinen schlanken, beinahe abgemagerten Körper. Tropfen liefen über Narben und verirrten sich in dem Geflecht aus Spuren alter Verletzungen und den Tätowierungen, die sich von den Armen auf die Schultern zogen. Jason stützte sich mit beiden Händen an der Wand ab und ließ sich durchkochen. Immer wieder fielen ihm die Augen zu. Er würde Kraft brauchen. Der Kampf war noch nicht vorbei. Das Schlimmste stand ihm noch bevor. Der rotglühende Blick erschien vor seinem inneren Auge, und er begann zu analysieren, was er da gesehen hatte.
„Ich weiß noch zu wenig über dich. Wer warst du? Wie bist du gestorben? Armer Junge. Kaum älter als das Mädchen, das du umbringen wolltest", murmelte er und gähnte herzhaft.
Mit einem Seufzen stellte er das Wasser ab und trat mit wackeligen Beinen aus der Wanne. Er hob das kaputte Handy auf, fummelte die SIM-Karte heraus, warf sie ins Klo und spülte. Die Reste des Telefons ließ er liegen. Dann sammelte er seine Sachen ein und schleppte sich tropfend ins Zimmer. Stuhl und Tisch wirkten so klapprig, dass Jason nicht gewillt war, einem von ihnen seinen Arsch anzuvertrauen. Er hängte die tropfenden Klamotten über die Lehne und die Tischkante und stellte seine Stiefel verkehrt herum an die Wand. Ob der alte, vielleicht früher einmal rote Teppich dabei nass wurde, war ihm herzlich egal.
Der kleine Kühlschrank fiel fast um, als Jason die Tür öffnen wollte, um sich etwas zu trinken zu nehmen. Er legte eine Hand auf die Oberkante und zog erst dann an dem Griff. Im Kühlschrank lagen zwei Flaschen Wasser, sonst nichts. Unverpackte Lebensmittel würde niemand diesem Bakterienherd anvertrauen. Er öffnete den

Verschluss der Flasche und trank sie in langen Zügen aus. Zufrieden seufzte er, warf die leere Plastikflasche in eine Ecke, schlurfte zum Fenster und zog die fleckigen, braunen Vorhänge zu. Jason setzte sich aufs Bett, das ihn mit einem dumpfen Knarzen begrüßte. Die Ellenbogen auf die Knie gestützt, legte er seinen Kopf in die Hände und versuchte, sich gegen den Schlaf zu wehren. Erneut gähnte er herzhaft. Er brauchte dringend eine Pause. So würde er es mit nichts und niemandem aufnehmen können. Er ließ sich nach hinten sinken, mitten hinein in einen Haufen Zeitungsausschnitte und Ausdrucke von Internetseiten. Grummelnd schob er das Papier beiseite und ließ es auf den Boden fallen. Dann starrte er an die Decke. Risse verliefen im Zickzack durch den Putz, der teilweise so große Löcher hatte, dass der nackte Beton zu sehen war. Ein Käfer huschte durch sein Sichtfeld.

Müde packte er das Amulett an seinem Hals und murmelte: „Dieser Raum, so scheiße er auch aussieht, sei gesegnet."

Jason spürte, dass seine unangemessene Ergänzung des Mantras nicht unbedingt zur Wirkung des Bannes beigetragen hatte. Er gähnte wieder. Seine Augen wurden noch schwerer.

„Schlaf. Brauche Schlaf. 'ne Menge davon."

Er atmete tief ein, schloss die Augen und wiederholte das Mantra:

„Dieser Raum sei gesegnet. Dieser Raum sei gesegnet und frei von allem Bösen. Dieser Raum sei gesegnet, frei von allem Bösen und eine sichere Wiege für einen Wanderer."

Ehe ihm die Augen zufielen, zwang er sich, sich noch einmal umzusehen. Am Rande seines Blickfeldes erkannte er weißen Nebel.

„Gut", seufzte er. „Das Scheißzimmer ist gesegnet."

Mühsam zog er seine Beine auf das Bett, rollte sich auf die Seite, schloss die Augen und überließ sich dankbar dem Schlaf. Das Amulett ließ er nicht los. Unsichtbar für den Großteil der Welt waberte der Nebel durch den Raum, legte sich vor die Tür und das Fenster und schützte den Schlafenden.

Third Cut – In den Sturm

Während Jason im Sunshine schlief und sein Mantra sich als unsichtbarer Nebel in dem heruntergekommenen Zimmer manifestierte, begann weit draußen auf dem Meer der Tanz eines Tiefdruckgebietes über den Wellen. Genau dieser sich anbahnende Sturm sollte im National Hurricane Center Miami bei zwei grundverschiedenen Männern für Unruhe sorgen. James saß zusammen mit seinem Kollegen Thomas vor ihren Bildschirmen. Sie beobachteten die Anzeigen, sammelten Daten und glichen sie miteinander ab. Thomas, dem man seine Essgewohnheiten ansah, biss herzhaft von einem kalten Stück Pizza ab. Ein wenig Tomatensoße tropfte dabei auf einen Ausdruck, den er gerade durchsah.

James seufzte und verdrehte die Augen. „Mann, Thomas, ehrlich. Du solltest endlich mal mein Angebot annehmen und mit ins Studio kommen, anstatt dieses Zeug in dich reinzustopfen. Dir kann man zusehen, wie du runder wirst." James, durchtrainiert, klug, blaue Augen, Sonnenstudiobräune, lächelte seinen Kollegen gewinnend an.

„Nee, ist echt nicht mein Stil. Ich suche noch die richtige Sportart für mich. Auf Platz eins liegt derzeit Couching mit erhöhtem Schwierigkeitsgrad", erwiderte Thomas grinsend, während er weiterkaute.

James holte gerade Luft für eine längere Ansage zum Thema gesunde Ernährung plus Sport plus Körperpflege ist gleich heiße Frau im Bett, als Thomas große Augen machte und auf einen der Bildschirme hinter seinem Kollegen deutete.

„Spar dir deinen Atem. Ruf die Küstenwache an. Wir bekommen unangekündigten Besuch, und ich glaube, niemand wird sich darüber freuen."

„Was?" James drehte sich mit gerunzelter Stirn um und pfiff dann leise. „Na, wo kommst du denn verdammt noch mal so plötzlich her?"

Auf dem Bildschirm zeichnete sich etwas in dunklem Rot ab. Etwas, das schnell wuchs.

Thomas rollte mit seinem Stuhl heran. „So schnell? Hast du schon mal so …"

„Zum Glück schon lange nicht mehr", unterbrach ihn James, während er ein Headset vom Schreibtisch nahm und es aufsetzte. Er drückte einen Knopf auf der Telefonanlage. „Küstenwache, hier spricht James Culligan vom National Hurricane Center. Das ist eine offizielle Warnung. Holen Sie sofort alle Schiffe rein!" Thomas war an seinen Platz gerollt und rief dazwischen: „Norwegen bestätigt." James nickte und fuhr fort. „Warnung an alle. Wir bekommen einen Sturm Stufe drei. Fragen Sie mich nicht, der kam praktisch aus dem Nichts, aber jetzt ist er da und wird schnell größer. Das ist keine Übung und kein Probealarm. Geben Sie umgehend eine Warnung an alle auf See befindlichen Schiffe raus." Auch Thomas trug jetzt ein Headset. „Boss, kein Scherz. Hier ist gerade eine Kategorie drei dabei, im Golf von Mexiko mobil zu machen. Und das zügig. Kommen Sie unbedingt her." Auf dem Bildschirm drehte sich die rote Masse und begann, an den Rändern heller zu werden. James und Thomas starrten auf die Messwerte und blickten einander an. „Joggen am Strand fällt heute aus. Wir werden hier auch unseren Teil abkriegen."

Jason wachte auf und blinzelte müde. Er lag immer noch so da, wie er eingeschlafen war. Mehrmals öffnete und schloss er die Hände und ließ dann die Gelenke an seinen Armen knacken. Eine Angewohnheit, die seine Mutter immer zum Schaudern gebracht hatte. Gähnend streckte er sich und fragte sich, wieso er ausgerechnet jetzt an seine Mom denken musste. Er verzog das Gesicht, konzentrierte sich wieder auf das Hier und Jetzt und plante die nächsten Schritte. Ein neues Telefon besorgen und vor allem etwas zu essen finden.
„Wie spät ist es?", fragte er sich.
Ein kurzer Blick zu der schief hängenden Wanduhr erwies sich als nutzlos. Die Zeiger standen seit gestern bei drei Uhr fünfzehn. Jason schwang die Beine aus dem Bett und stand auf. Er vergewisserte sich, dass der Nebel noch da war. Dann zog er den Vorhang ein Stück beiseite und warf einen Blick nach draußen. Am Horizont hing ein bleigrauer Schleier, der schlechtes Wetter ankündigte. Jason

verspürte wenig Lust, sich dem Geist bei Regen zu stellen. Er ging zu einem großen, in schwarz-grauem Camouflagemuster gehaltenen Rucksack neben dem Bett und kramte sich Sachen zum Anziehen zusammen. Nacheinander warf er dunkelrote Cargopants, ein schlichtes, schwarzes Shirt und ein graues Basecap auf das Bett. „Garantiert noch nicht trocken", grummelte er mit einem Blick auf seine Stiefel. Unbewusst spielte er mit dem Amulett. „War eh eine abgefuckte Idee, Stiefel am Strand anzuziehen."

Er löste den Knoten, mit dem ein Paar abgetragene, dunkle Turnschuhe am Rucksack befestigt waren.

Während er sich anzog, murmelte er vor sich hin. „Wird Zeit, eine neue Bleibe zu suchen. Bin schon fast zwei Tage hier. Zu lange an einem Ort. Neues Handy besorgen, was über den Jungen herausfinden und was futtern. Dann zurück ans Meer und versuchen, ihn hinüber zu geleiten."

Jason ging zur Tür, trat auf den Flur hinaus und drehte sich um. Er prüfte den schummrigen Gang in beide Richtungen, ehe er leise ein weiteres Mantra anstimmte: „Segen dieses Raumes, Schutz eines Wanderers Ruh, Segen dieses Raumes, Schutz für mein Eigen, Segen dieses Raumes, gegen jeden Eindringling."

Er blickte durch den Raum und der Nebel, der stets nur am Rande seines Sichtfeldes erkennbar war, färbte sich allmählich rot. Jason nickte und zögerte kurz, zuckte dann mit den Schultern und schloss die Tür.

„Hab das Schild rausgehängt. Wenn die Putze oder der alte Sack vom Empfang trotzdem reingeht, dann tut es mir ... nicht leid."

Jason trug das Basecap beim Verlassen des Hotels tief in die Stirn gezogen und hatte trotz der schwülen, drückenden Luft die Ärmel seines Shirts nicht hochgekrempelt. Er blickte zum Himmel hinauf. Auf dem Meer waren die dunklen Wolken bereits über den ganzen Horizont verteilt. Über der Stadt war der Himmel leicht bewölkt, als würde ein Schleier über der Metropole liegen. Jason ging mit zügigen Schritten los. Da er nicht das erste Mal in Miami war, wusste er genau, wo er hinmusste. Sein erstes Ziel war ein kleiner Imbiss, in dem er sich ein Sandwich und eine Dose Zuckerwasser kaufte. Seine nächste Anlaufstelle kannte er schon von seinem letzten

Besuch. Jason betrat den kleinen Laden, der sich beinahe zwischen zwei Klamottengeschäften zu verstecken schien. In dem schummrigen Raum hingen unzählige Smartphones und Tablets an den Wänden, lagen in Vitrinen oder auf Ausstellern. Alles war ebenso aufgeräumt und gut sortiert, wie beim letzten Mal. Jason hielt auf die hintere Ecke mit dem kleinen Tresen zu, hinter dem es sich der Verkäufer auf einem Stuhl bequem gemacht hatte. Beim Näherkommen entpuppte der sich als echter Riese, von dem Jason sich keine scheuern lassen wollte. Als er näherkam, stand der Mann in seinem schlichten, beigen Anzug auf und lächelte ein weißes Lächeln. Die Zähne strahlten vor der dunklen Leinwand seines Gesichts.

„Guten Tag, Sir. Womit kann ich Ihnen helfen?"

„Hi. Ich brauche ein Telefon, nichts Besonderes. Was haben Sie im Angebot?"

Er wusste sehr genau, dass in allen Ecken des Geschäfts Kameras hingen und spürte den aufmerksamen Blick des Verkäufers auf sich ruhen. Der bullige Mann bereitete Jason deutlich weniger Sorgen, als die Aufnahmen der Sicherheitskameras. So achtete er weiterhin sorgfältig darauf, sein Gesicht unter dem Schirm der Mütze zu verbergen.

„Nun, Sir, ich habe hier einige der besseren Handys, abgelöst von der neuesten Modellreihe. Alle reduziert, aber noch ganz up to date. Die sind günstig, aber großartig", sagte der Riese mit seiner tiefen Stimme.

Er winkte Jason zum Tresen und wollte schon eine der herausnehmbaren Auslagen aus einer Vitrine ziehen, doch Jason schüttelte den Kopf. „Sorry, Mann, noch zu teuer für mich. Ich brauch nur was zum Telefonieren. Und 'ne Prepaid-SIM."

„Nun, Sir, natürlich habe ich günstigere Geräte. Aber mit diesen hier haben Sie alles in einer Hand: Navigation, Telefon, E-Mail, Messengerdienste und natürlich eine großartige Kamera, mit der Sie die Eindrücke unserer schönen Stadt direkt festhalten und sofort posten können." Der Mann lächelte breit.

Jason stöhnte schicksalsergeben. „Sorry Mann, bin kein Touri. Ich bin beruflich hier."

„Ah, gerade dann brauchen Sie doch sicherlich das Beste vom Besten. Man muss sich doch jederzeit über alles informieren können!", setzte der Verkäufer gut gelaunt nach.

Jason versuchte, ruhig zu bleiben. „Okay, Klartext. Ich brauche nicht die aktuellen Börsenkurse. Ich will nicht die Farbe meiner Unterhose posten. Ich will nur telefonieren können. Ganz einfach, billig, und das wäre es dann."

„Ich verstehe, ich verstehe. Was ganz Einfaches." Der Mann nickte und legte eine Palette Billigsmartphones vor Jason ab. Der sah die Preise, ballte die Hände zu Fäusten und schloss kurz die Augen, ehe er wieder ansetzte. „Mann, hör mal. Ich will nur telefonieren. Mehr nicht! T e l e f o n i e r e n."

Jason erntete ein scheinbar unverwüstliches Lächeln, während die Auslage wieder verstaut wurde. „Ich habe hier einige echte Klassiker. Die sind kurz davor, wieder im Wert zu steigen, aber Sie sind gerade rechtzeitig gekommen, bevor die Sammler Geschmack daran finden."

Jason schnaufte. Der Mann hatte drei Geräte hervorgeholt und vor ihm ausgebreitet. Es waren alte Mobiltelefone ohne Touchdisplay und mit Tastatur.

Jason nahm wahllos eines und fragte: „Der Akku ist aufgeladen?"

Der Verkäufer nickte. „Wegen der SIM, haben Sie ein bevorzugtes Netz?"

Jason antwortete schnell. „Is total egal. Was Billiges halt. Wo schon ein bisschen Startguthaben dabei ist. Muss ein paar Telefonate erledigen."

„Festnetzanrufe?"

Nicken.

„Okay, dann habe ich hier was Passendes für Sie."

„Danke", seufzte Jason.

Der Verkäufer bückte sich und kramte aus einer der unteren Schubladen eine eingeschweißte SIM-Karte hervor. Dann packte er die Sachen in eine kleine Plastiktüte.

Jason nahm alles entgegen und stellte die entscheidende Frage: „Wieviel bekommen Sie?" Dabei hob er zum ersten Mal seinen Kopf so weit an, dass er dem Riesen in die Augen sehen konnte.

Der Verkäufer begann, einige Zahlen in seine Kasse einzutippen. „Das Handy liegt bei sechzig Dollar, weil Sie mir sympathisch sind. Ich mag es selbst eher Oldschool. Die SIM-Karte mit fünfzig Dollar Startguthaben kostet nur dreißig, da kann ich am Preis aber nichts machen."

Jason nickte. Während er den Blick des großen Mannes festhielt, nahm er einen Zwanziger heraus und legte ihn auf den Tresen. Die Augen des Verkäufers wurden glasig.

„Stimmt so", sagte Jason.

Die Augenbrauen des Mannes zogen sich zusammen, und es schien, als wollte er etwas dazu sagen. Jason presste die Lippen aufeinander und eine kleine Schweißperle lief über seine Schläfe. Das Gesicht seines Gegenübers entspannte sich langsam wieder.

„Danke, Sir. Kommen Sie wieder vorbei, wir haben immer ein paar Klassiker auf Lager", murmelte der Mann, aber seine Stimme klang, als wäre er gedanklich weit weg.

Jason drehte sich um und verschwand schnell nach draußen. Vor dem Laden blieb er stehen und atmete einmal tief durch. Er blickte zurück und sah, wie der Riese sich mit leicht glasigem Blick wieder auf seinen Stuhl setzte. Der Kerl musste cleverer sein, als er aussah. Bei den Klugen war es anstrengender.

Jason marschierte einen Block weiter in ein Mittelklasse-Bekleidungsgeschäft. Wahllos nahm er eine Jacke und verdrückte sich in eine der Kabinen. Dort zog er den Vorhang zu, hängte die Jacke beiseite und setzte sich. Er fummelte die SIM-Karte aus der Packung, schob sie in das Mobiltelefon und schaltete es ein. Er prägte sich Pin und Telefonnummer ein und zerkratzte dann alles auf der Verpackung, so dass es unleserlich wurde. Er ließ die Jacke in der Kabine und verließ den Laden. Beim ersten Mülleimer an der Straße blieb er stehen, zerriss die Verpackung der SIM-Karte in kleine Teile und warf einige Schnipsel weg. Den Rest schob er in die Hosentasche. Auf einer Wanduhr sah er, dass es kurz vor sechs war.

Ein Knurren aus der Magengegend erinnerte ihn an einen der wichtigsten Etappen in seinem Plan. In einem vegetarischen Imbiss holte er sich nochmal etwas zu essen und warf dort den Rest der Verpackung weg. Beim Verlassen des Ladens sah er sich aufmerksam um, ehe er weiterging. Immer wieder drehte er sich unauffällig um und wechselte ab und zu die Straßenseite. Als er an ein paar Palmen vorbeikam, schaute er zu den großen Blättern hinauf, die im stärker werdenden Wind ihr ängstliches Lied sangen. Der Wetterumschwung passte ihm gar nicht.

Die Stadtbibliothek kam in Sicht. Das Gebäude mit dem großzügig angelegten Platz davor erinnerte mit seinen Rundbögen und der schlichten Fassade an ein altes mexikanisches Fort oder Herrenhaus. Ehe Jason das Gelände betrat, umrundete er es, wanderte dabei durch den Schatten des Miami-Dade-Gerichtsgebäudes, passierte die Bank of America und behielt die Leute um sich herum im Auge. Alle schienen wegen des Wetters in Unruhe. Menschen liefen mit vollen Einkaufstüten nach Hause, andere waren bereits dabei, ihre Geschäfte abzuschließen. Rollläden wurden heruntergelassen und vor vielen Fenstern klebte Pappe oder Holzplatten. Cops versuchten, den Verkehr unter Kontrolle zu halten, denn einige schienen die Stadt verlassen zu wollen.

„Das ist doch nur Wind", brummte Jason und starrte zu den Bäumen hoch, die man dekorativ neben den öffentlichen Gebäuden gepflanzt hatte. Er runzelte die Stirn. „Oder nicht?"

Er zuckte mit den Achseln und entschied, dass es Zeit war, sich Informationen zu holen. Er lief die Treppe hinauf in den Innenhof, betrat die Bibliothek und ging zielstrebig am Empfang vorbei in Richtung des Zeitungsarchivs. Die Hände hatte er tief in die Taschen geschoben und hielt den Blick gesenkt, sodass sein Gesicht stets unter dem Schirm seines Basecaps verborgen blieb. Es herrschte wenig Betrieb und die meisten Besucher waren dabei aufzubrechen. Als Jason an einem Nachrichtenbildschirm vorbeikam, verstand er auch, wieso.

„Oh Mist", kommentierte er leise, als er den Text unter dem Bild las. Zu sehen war eine tiefrote Masse, die spiralförmig den Golf von Mexiko bedeckte.

Darunter lief in einem sich wiederholenden Spruchband: Sturmtief auf dem Weg nach Florida! Im Golf von Mexiko baute sich binnen der letzten zwei Stunden ein Tiefdruckgebiet auf, das bereits jetzt die Stufe drei erreicht hat. Die umliegenden Länder bereiten sich auf das Schlimmste vor. Die Regierung empfiehlt eine Evakuierung. Auch die Ostküste ist in Alarm-bereitschaft.

„Das gibt es doch nicht", sagte Jason zu sich selbst. „Aber ich muss hier fertig werden, scheiß auf den Sturm. Kann nicht noch länger an einem Ort bleiben."

Ein kalter Schauer lief ihm über den Rücken, als er einen anderen Ton im Lied vernahm. Es war ein Singsang, der nicht zu dem Rhythmus der Stadt passte. Spontan drehte er sich um und sah in alle Richtungen. Doch niemand war zu sehen oder schien ihn zu beobachten. Jason schüttelte den Kopf, ging zügig los und folgte den Schildern in Richtung Archiv. Dort angekommen, setzte er sich vor einen der Computer, überflog die Anleitung und begann, in dem Programm zu suchen. Er dankte der fortschreitenden Digitalisierung, die ihm das Blättern durch alte Zeitungen ersparte. Dennoch erhielt er auf seine erste Suchanfrage nach ertrunkenen Kindern zu viele Ergebnisse. Er schränkte die Suche weiter ein. Die Anzahl blieb weiterhin sehr hoch, sodass Jason sich fragte, was mit den Eltern dieser Welt nicht stimmte, dass so viele Kinder hier ertrinken konnten. Er schloss die Augen und legte die Hände auf die Tastatur. Wie verdammt noch mal sollte er diesen einen Jungen finden, der jetzt als kindermordendes Ungeheuer an den Stränden lauerte? Dann tippte Jason das eine Wort ein, das ihn schon zu oft zum Kern der Sache gebracht hatte: Mord.

„Oh Mann. Das ist doch 'n Scherz! Mehr als sechzig ermordete Jungen seit 1980? Verarsch mich nicht!"

Ältere Einträge gab es nicht, zumindest nicht hier. Die musste man auf die harte Tour suchen, indem man die konservierten Zeitungen durchforstete. Doch an die kam man so ohne Weiteres nicht heran.

„Ich glaube nicht, dass du schon so alt bist, Arschloch. Dann hätte ich die Kleine nicht vor dir retten können", murmelte Jason und grübelte, was an dem Tod des Jungen so besonders gewesen war, dass er nicht loslassen konnte.

Er massierte sich die Augen und machte sich die Szene vom Mittag noch einmal bewusst. Der Strudel, die rotglühenden Augen, ein Junge. Den Gesichtszügen nach weiß, aber sonst? Sonst hatte es nichts an dem Geist gegeben, das ihn weiterbrachte. Dann fing er von der anderen Seite an und dachte an das Opfer. Ein kleines

Mädchen, noch verdammt jung. Sie hat im scheißblauen Wasser gespielt. Plötzlich war sie weg und keiner reagierte. Was übersah er? Was ist an dem Tod des Jungen so schlimm gewesen, dass er keine Ruhe fand? Was hat den Geist langsam, aber sicher in den Wahnsinn getrieben? Wieso ausgerechnet Kinder? Er spann den Gedanken weiter, ließ sich treiben und versuchte, sein Bewusstsein abzuschalten.

Jason sah den Strand wieder vor sich, hörte das Rauschen der Wellen, den erstickten Hilfeschrei, den keiner hörte. Selbst die Mutter bemerkte nicht, dass ihre Kleine unter Wasser verschwunden war. „Mommy ist beschäftigt", wiederholte Jason für sich. „Deine Tochter verschwindet und du findest dein bescheuertes Handy wichtiger. Supermom!"

Und plötzlich machte es klick. Jason riss die Augen auf und tippte: Miami, Junge, ertrunken, Eltern schuld. Er überlegte und drückte die Löschtaste. Eltern unaufmerksam, schrieb er.

„Treffer", murmelte Jason, ließ sich zurücksinken und begann zu lesen.

Unaufmerksame Eltern – Sohn ertrinkt vor ihren Augen

Am 05. Juni 1989 ertrank am Hollywood Beach der junge Jeremiah Dexter Dalton. Ein wahres Unglück, denn die Eltern Maria und Donald Dalton standen praktisch direkt daneben. Der Neunjährige spielte im Wasser, als eine Welle ihn erfasste und hinauszog. Seine Eltern, weniger als fünf Meter entfernt, bemerkten es nicht. Mr. Dalton, erfolgreicher Anwalt, vertieft in seine Arbeit, überhörte den kurzen Hilferuf seines Sohnes ebenso wie die Mutter Maria, die sich angeregt unterhalten hatte. Jeremiah wurde durch eine Unterströmung erfasst und konnte sich aus eigener Kraft nicht retten. Er ertrank in Ufernähe.

Dramatischerweise bemerkten die Eltern das Fehlen ihres Sohnes erst, als sie gegen 17.00 Uhr nach Hause wollten. Zu diesem Zeitpunkt war der leblose Körper bereits von der Strömung zweihundert Meter weiter an den Strand gespült worden. Auch den dadurch verursachten Tumult hatten die Eltern nicht bemerkt.

Jason überflog den Text bis zum Ende, doch was er gelesen hatte, reichte ihm aus. Er tippte den Namen des Jungen in das Suchfenster ein. Sofort wurden ihm mehrere Artikel angezeigt. Der Fall sorgte damals in den gesamten Staaten für Aufsehen und war zu einem Aufhänger für Empörung, Vorwürfe, Forderungen nach mehr Achtsamkeit und einigem mehr geworden.

„Ja, ja. Hinterher ist man immer schlauer. Ihr Sohn ist ertrunken, und diese Idioten haben es nicht mal bemerkt. Kein Wunder, dass er sauer ist. Aber deshalb gleich alle umbringen? Dann wollen wir mal sehen, wann deine Seele den Verstand verloren hat. Zeig mir, wann du böse wurdest, Jeremiah Dexter Dalton. Was für ein bescheuerter Name. Also, Hollywood Beach, ertrunkene Kinder, seltsame Umstände."

Jason bemerkte wie so oft nicht mehr, dass er mit sich selbst redete. Er schluckte, als er sah, dass es nicht einmal ein Jahr gedauert haben konnte.

„1990, ein Mädchen. 1991, zwei Jungen und ein Mädchen. 1992, zwei Jungen, zwei Mädchen. Und alles am Hollywood Beach. Dann sitzt du wohl da fest. Scheiße, wieso wurde da nichts unternommen?" Schnaufend schüttelte er den Kopf. „Was frag ich. An der Brücke hat auch keiner was getan. Niemanden hat es interessiert, wie viele Leute da gestorben sind. Nicht mal, als Charlie von dem verdammten Geist getötet wurde." Jasons Gesicht verfinsterte sich. „Als wenn die Geister irgendwie verhindern würden, dass es jemanden interessiert."

Für einen Moment konnte er nicht verhindern, dass sich die fest versperrte Tür in seine Vergangenheit einen Spalt öffnete. Unaufgefordert spülten einige Bilder an die Oberfläche und trafen ihn unvorbereitet. Jasons Blick glitt ins Leere.

„Charlie", murmelte er leise.

Die Erinnerung an sie verbannte er die meiste Zeit nach ganz unten, in den tiefsten Keller seines Selbst. Doch jetzt nahm er ihr Gesicht vor sich wahr. Das Kupferrot ihrer langen Haare, das dunkle Grün ihrer wunderschönen Augen, der Hauch von Sommersprossen auf ihren Wangen. Ihr Lächeln, das ihn immer so begeistert hat. Sein Blick glitt mehr und mehr ins Leere. Jasons Hände krampften sich um die Lehnen des Stuhls, denn der Gedanke an ihren letzten gemeinsamen Augenblick zerriss die schöne Erinnerung, um den Schrecken dahinter zu präsentieren. Nebeneinander hatten sie auf dem Brückengeländer gesessen, ehe sie plötzlich nach hinten stürzte. Er sah Charlie vor sich, die vor Todesangst schreiend fiel, bis sie auf den Steinen in dem flachen Wasser aufschlug. Der seichte Strom trug langsam ihr Blut davon. Neben ihr hockte kichernd der Geist.

Danach ging für ihn alles bergab. Nicht nur dass seine junge Welt zerbrach, niemand glaubte Jason. Die erste Erklärung war ein Unfall, dann hieß es Selbstmord und eine Zeitlang wurde er selbst verdächtigt. Er beharrte darauf, was er gesehen hatte, bis ihm klar wurde, dass er seine Rache nur kriegen würde, wenn er die Spiele der Ärzte mitspielte. Die Anstalt, in die sie ihn steckten, hatte seine Wut nicht mindern können. Kaum wieder auf freiem Fuß, ging Jason auf Reisen. Er suchte Leute, die ihm etwas über Geister erzählen konnten. Überzeugt von dem, was er gesehen hatte, las er alte, merkwürdige Bücher. Es folgten die Tätowierungen und eine Zeitlang bewegte er sich in seltsamen Kreisen, angetrieben von dem Wunsch, den Geist auszulöschen, der Charlie das angetan hatte. Er lernte so viel, wie er konnte. Wirre Rituale, merkwürdige Formeln und pseudoreligiöse Ansichten gehörten ebenso dazu wie das Wissen, was es mit Seelen auf sich hat, wie Geister entstehen und vor allem, was man gegen sie tun kann. Auf dieser Reise entdeckte Jason, dass er etwas konnte, wozu keine der merkwürdigen Gestalten in der Lage war, denen er begegnete. In einem Buch las er etwas über Mantras, das Kanalisieren der inneren Energie. Was andere als Geschichten abtaten, funktionierte bei ihm. Und Jason erkannte, dass er allein war. Dass niemand konnte, was er konnte.

„Mist", knurrte Jason und verscheuchte die Erinnerungen, knallte die Tür in sich zu und schüttelte im Hier und Jetzt den Kopf. „Keine Zeit für diesen Mist."

Mit einer brüsken Bewegung wischte er eine Träne fort. Er verschränkte die Finger ineinander und ließ die Gelenke knacken.

„Ist eh alles beschissene Vergangenheit. Heute ist nur eines wichtig: Kein verdammter Geist tötete mehr irgendjemanden."

Die Adern an seinen Armen traten deutlich hervor, blassblaue Linien unter der Haut, Wölbungen unter den Tätowierungen, die ihnen ein unheimliches Eigenleben verliehen. Er lehnte sich zurück und starrte das Bild von Jeremiah an. Es war eine Schwarz-Weiß-Abbildung. Ein fröhlicher Junge. Das Foto schien in der Schule bei einem öffentlichen Anlass geschossen worden zu sein. Er war mit einem fetten Kreis umrandet. Darüber die Headline:

Mitschüler und Lehrer in Trauer

Jason atmete tief durch. Nun kannte er die Geschichte des Geistes, wusste, woher er kam und dass er an den Strandabschnitt gebunden zu sein schien. Der Geisterjäger war sich im Klaren darüber, dass dieser Fall schwer werden würde. Das Gespenst war mehr als fünfundzwanzig Jahre alt. Er erhob sich, zog das Cap zurecht, und seine Kiefer mahlten. Er drehte sich um und verließ die Bibliothek. Vom Bildschirm folgte ihm Jeremiahs Blick.

Als Jason aus dem Gebäude trat, empfing ihn ein salziger, feuchter und mittlerweile ziemlich starker Wind. Die Palmen bogen sich zur Seite, wenn eine besonders kräftige Böe durch die Häuserschluchten fegte. Jason lief die Treppe hinunter zur Straße. Es waren kaum noch Autos unterwegs. Er reihte sich bei den wenigen Passanten ein und grübelte kurz, wie er am schnellsten wieder zum Hollywood Beach kam. In diesem Moment riss ihm ein Windstoß beinahe die Mütze vom Kopf.

„Der Sturm soll sich verpissen", brummte er.

Beim Gerichtsgebäude gab es einen Parkplatz für Taxis. Einige standen dort noch in der Hoffnung auf Fahrgäste. Jason trabte hinüber und klopfte auf das Dach des ersten Wagens. Ein Typ mit zurückgegelten Haaren und Dreitagebart blickte zu ihm hoch, den Arm lässig aus dem Fenster hängend. Zwei große Ringe steckten an den dicken Fingern.

„Na, wo soll es hingehen, Chef?"

„Zum Hollywood Beach", gab Jason zurück.

Der Taxifahrer lachte bellend. „Chef, guck dir mal die Palmen an. Die küssen schon fast den Asphalt. Was willste da? Surfen?"

Jason blickte dem Mann in die Augen. „Ja, genau. Ich gehe surfen. Auf den richtig fetten Wellen." Er stützte beide Hände auf dem

Dach ab und lehnte sich vor. „Und dann beiße ich einem Hai die Eier ab und esse sie zu Abend. Noch Fragen?"

Der Taxifahrer lehnte sich zurück, griff nach einer Schachtel Zigaretten und nahm sich eine. Er steckte sie lässig in den Mundwinkel und zündete sie an. Alles, ohne Jason einen Moment aus den Augen zu lassen.

„Heiße Geschichte, Kleiner. Jetzt pass mal auf: Wir haben eine Sturmwarnung erster Klasse. Und du Spinner machst hier einen auf starken Mann und willst am Strand spazieren gehen. Verpiss dich!" Er zog an der Kippe und blies Jason den Rauch ins Gesicht. Von den anderen Fahrern wurde die Szene mit leisem Kichern und hämischem Grinsen quittiert. Jason schürzte die Lippen, die Zähne fest aufeinandergepresst. Der Klugscheißer hatte es nicht anders gewollt. Seine Augen waren zu schmalen Schlitzen geworden.

Der Latino grinste ihn an. „Was ist los, starker Mann. Musste mal, oder was?"

Der Taxifahrer zuckte zurück. Die brennende Zigarette fiel ihm aus dem Mundwinkel und landete in seinem Schoß. Jasons Lippen, eben noch fest geschlossen, verzogen sich zu einem Grinsen, das direkt der Hölle entsprungen zu sein schien. Seine Augen funkelten. Das Blau in ihnen wirkte wie Schwertstahl, hart und scharf. Zum wiederholten Mal fragte Jason sich, woher diese Wut in ihm kam. Gleichzeitig genoss er das Gefühl. Ganz auf den Mann vor sich konzentriert, verbannte er alles außer dem Zorn auf diese ... Missgeburt vor sich aus seinen Gedanken.

In seinem Unterbewusstsein rief eine leise Stimme: *Nein.*

Jason überhörte sie.

Das Opfer seiner Wut versuchte nicht mal, die Glut der Zigarette zu löschen, die direkt in seinem Schritt lag und sich langsam, aber sicher durch seine Hose brannte. Seine Augen weiteten sich, während er seinen Blick nicht von Jason lösen konnte.

Ganz leise, als wollte er nicht wirklich sprechen, sagte er: „Steig ein, Chef. Geht los, Hollywood Beach, gar kein Problem."

Seine Stimme zitterte, Schweißperlen liefen ihm von der Stirn über das Gesicht und tropften von seiner mit Aknenarben übersäten Nase. Jason legte den Kopf schief und schloss die Augen, zwang sich zu atmen und brauchte alle Beherrschung, um den Mann freizugeben. Die Wut brannte heiß in ihm, und er brauchte dringend ein Mantra, das ihm half, den Geist des Latinos loszulassen. Ihm fielen Worte ein, die ihm schon früher geholfen hatten, die Wut zu zügeln: *Das Leben ist wertvoll.* Er wiederholte es einige Male in seinem Verstand, atmete und lächelte dann schief. „Na also, gar kein Problem. Kann ich doch noch surfen gehen." Kaum hatte Jason gesprochen, klärte sich der Blick des Mannes.

„Shit, heiß! Heiß!", fluchte der Taxifahrer und schlug nach der Zigarette in seinem Schritt.

Während Jason um die Front des gelben Wagens herumging, konnte er sich ein Grinsen nicht verkneifen. Dann nahm er auf dem Beifahrersitz Platz und fragte: „Tut's weh?"

„Sehr witzig, Chef, echt", brummte der Mann, startete den Wagen und fuhr los.

„Find ich auch", gab Jason zuckersüß zurück.

Während der Fahrt nahm Jason das Handy aus der Tasche und wählte eine Nummer. Er lauschte auf das Freizeichen, dann nahm jemand das Gespräch an.

„Tamy Harper hier", meldete sich eine Frau.

„Hey, Mom", sagte Jason.

„Jason, schön, deine Stimme zu hören. Na, mein Kleiner, wo treibst du dich wieder rum?" Ihre Stimme war betont lässig, aber Jason konnte sich ihren sorgenvollen Blick nur zu gut vorstellen.

„Ich bin in Florida. Habe hier einen gefunden und werde mich um ihn kümmern. Wie geht's euch so? Was treibt Dad? Und wie sieht es mit deiner Ausstellung aus? Gut gelaufen?"

„Du bist nervös. Meine Bilder und die Ausstellungen haben dich nie wirklich interessiert", gab Tamy zurück.

Jason seufzte. Obwohl sie sich lange nicht gesehen hatten, kannte seine Mutter ihn gut genug. „Ein Sturm zieht auf. Das macht es nicht gerade leicht. Muss an den Strand."

„Ist das dieses Ding, von dem dir der Typ in New York am Flughafen erzählt hat?" Jetzt schwang eine gewisse Aufregung in ihrer Stimme mit.

„Jap."

Er hörte, wie seine Mutter im Hintergrund mit irgendwas hantierte. Dann vernahm er die Stimme eines Nachrichtensprechers.

„Oh Jason, wenn du an den Strand musst, pass um Himmels willen auf dich auf."

Kannst du das nicht verschieben und ..."

Jason unterbrach sie. „Mom, du weißt, dass ich nicht so lange hierbleiben kann. Ich bin schon zwei Tage hier."

„Jason, niemand folgt dir. Unsere Anwälte halten dir die Polizei vom Leib, und sonst ist niemand hinter dir her. Du musst endlich lernen, dich zu entspannen."

Er lachte kurz und bitter. „Mein Gefühl sagt mir was anderes."

Seine Mutter seufzte. Dann hörte Jason die Stimme seines Vaters. David war älter als seine Mutter, doch trotz aller Gegensätze waren sie schon lange glücklich verheiratet. Wenn es allerdings um ihren Sohn ging, waren sie sich selten einig.

„Dein Dad will dich sprechen."

„Äh, ich bin gleich da und habe ..."

„Hey, Sohn."

Jason verdrehte die Augen. „Hey, Dad."

„Da deine Mom hier Nachrichten über Florida laufen hat, gehe ich davon aus, dass du dich dort aufhältst. Arbeitest du oder gehst du wieder deinen seltsamen Fantasien nach?"

„Dad, es sind keine Fantasien ..."

„Jason, du weißt, ich und deine Mutter stehen immer hinter dir, aber solltest du dich wieder in Schwierigkeiten bringen, lasse ich dich von der Polizei heimbringen."

„David!", fuhr Tamy dazwischen.

Jason vermutete, dass sein Vater die Hand über die Sprechmuschel gelegt hatte, denn er hörte die beiden nur noch gedämpft.

„Du weißt, dass das keine Fantastereien sind. Jason ist etwas Besonderes."

„Tamy, bitte. Er ist klug und trotzdem ist doch wohl offensichtlich, dass etwas mit ihm nicht stimmt."

„David! Seine Freundin wurde vor seinen Augen von einem ..."

„Sprich es nicht aus!"

„... Geist getötet."

„Geister gibt es nicht, verdammt. Tamy, hör bitte endlich auf, ihn auch noch zu bestärken."

Jason ließ den Kopf hängen. Dann sprach sein Vater wieder zu ihm. Er hörte das tiefe Ausatmen, mit dem David sich zu entspannen versuchte.

„Junge, komm bitte nach Hause. Hier warten deine Eltern und eine Zukunft auf dich."

„Danke, Dad, aber außer mir gibt es niemanden, der kann, was ich kann. Ich kann helfen."

Resigniertes Seufzen. „Pass auf dich auf, Jason."

Dann hörte er wieder seine Mutter. „Keine Sorge, Kleiner. Sollte was passieren, dann rede ich mit ihm. Wie immer. Wir lieben dich. Ich glaube an dich. Hast du noch genug Geld?"

„Alles okay, Mom. Sparsam, wie Dad es mich gelehrt hat. Ich komm klar."

„Sei vorsichtig, mein Kleiner."

„Ja, Mom", murmelte er schicksalsergeben. „Bye."

„Bye. Ich bin stolz auf dich."

Jason legte auf und schob das Handy zurück in die Tasche. Der Taxifahrer blickte aus den Augenwinkeln zum ihm herüber, aber ehe er etwas sagen konnte, knurrte Jason: „Halt die Klappe und fahr mich einfach zu dem Scheißstrand."

Folgsam blickte der Mann nach vorne und lenkte den Wagen durch den Verkehr Richtung Norden zum Hollywood Beach. Jason blickte aus dem Fenster und betrachtete die mal schnell, mal langsam vorbeiziehende Welt der restlichen Menschheit. Gerade jetzt brachte ein Sturm ihr geregeltes Leben durcheinander. Jason war sich sicher: Wüssten die Leute was ungesehen um sie herum passierte, wären ihre Nächte sehr viel unruhiger. Er sah aus dem Fenster und wünschte sich diese Unwissenheit für sich selbst. Aber der Zug war abgefahren. Ein kalter Schauer packte ihn an der Wirbelsäule und er drehte sich nach hinten um. Aufmerksam studierte er den schwarzen SUV, der hinter ihnen fuhr.

„Bleib locker, Chef. Der ist gerade erst an der letzten Kreuzung an unser Heck angedockt", versuchte der Taxifahrer seine frühere Coolness zurückzugewinnen.

Langsam drehte sich Jason wieder um. Das seltsame Gefühl war wieder fort. Dennoch rumorte es in ihm, wie schon seit seiner Ankunft in Miami.

Laut sagte er: „Aha."

„Ja, ohne Scheiß, da kenne ich mich aus. Habe mal für einen Detektiv gearbeitet. Naja, also der hat mich immer gebucht, also als Fahrer, Chef, nix anderes."

Der Mann schwitzte. Kurz, aber nur ganz kurz überlegte der Geisterjäger, ob er es vielleicht übertrieben hatte.

„Hab ich nicht anders verstanden", sagte Jason.

Der Fahrer lachte nervös. Jason schielte in den Rückspiegel und beobachtete, wie der schwarze SUV sie bereits an der nächsten Kreuzung wieder verließ.

„Siehste Chef, alles im grünen Bereich."

Jason grübelte, ob seine Mom vielleicht recht hatte und er es übertrieb. Andererseits wurde er in drei Staaten wegen allem möglichen Scheiß gesucht. Aber das FBI würden sie ihm doch nicht auf den Hals hetzen, oder? Schließlich hatte er niemanden umgebracht. Zwischen den Gebäuden war immer wieder die Küste zu sehen. Über dem Meer hing der Sturm wie eine hungrige Bestie, den grauen Rachen weit aufgerissen. Blitze zuckten weit draußen und immer wieder ließen Böen den Wagen erzittern. Dann fuhr das Taxi rechts ran.

„Da sind wir, Chef. Macht vierunddreißig Dollar. Ist ein Festpreis, schreibt die Stadt vor. Aber hey, Trinkgeld geht natürlich klar."

Jason wunderte sich, wie schnell der Kerl sich wieder erholt und seinen Mut wiedergefunden hatte. Vermutlich erlebte er in seinem Job genug schräge Sachen.

Ohne zu überlegen, drückte er dem Fahrer zwei Zwanziger in die Hand und sagte: „Bei dem Scheißwetter verdient, würde ich sagen."

Damit stieg er aus. Verwundert sah der Mann ihm hinterher.

„Danke, Chef."

Kaum hatte Jason das Taxi verlassen, zerrte der Wind gnadenlos an ihm und riss ihm das Basecap vom Kopf. Die Wolken türmten sich wie ein düsteres Gebirge auf, als schickten sie sich an, einer gewaltigen Lawine gleich über die Küste hereinzubrechen. Das Cap wirbelte haltlos davon. Jason schaute ihm nach, grunzte genervt und richtete seinen Blick dann zum Wasser. Er konnte nur mutmaßen, wie schlimm es auf der anderen Seite Floridas aussah, wenn das hier nur ein Ausläufer war. Er hörte einen Motor aufheulen und starrte dem Taxi hinterher. Der Wind zerrte an dem Wagen, der sich sichtlich beeilte, dem Unwetter zu entkommen. Kein anderes Auto war mehr unterwegs, Fußgänger schon gar nicht. Wer konnte, hatte sich in seinem Haus verbarrikadiert.

„Was für ein Scheiß", sagte Jason und blieb unschlüssig stehen. Er starrte wortlos auf das Inferno vor sich. Die See war bleigrau, beinahe schwarz, und immer wieder brachen meterhohe Wellen am Strand. Das Krachen übertönte das Heulen des Windes. Von dem sanften Blau und den verspielten Wellen vom Mittag war nichts mehr übrig, jetzt war es nur noch lebensgefährlich. Bereits jetzt war der Geisterjäger komplett nass, denn der Wind peitschte die Gischt gnadenlos vor sich her. Er biss die Zähne zusammen und blieb fest entschlossen, dem Sterben hier an diesem Strand ein Ende zu setzten. Er stemmte sich gegen den Sturm und marschierte los, wobei er nur langsam vorankam. Anscheinend hatte der Scheißstrand was gegen ihn. Jeder Schritt war anstrengend, denn der Wind drückte gnadenlos vom Meer in das Landesinnere. Seine Augen brannten vom Salz. Vor ihm bauten sich immer wieder gewaltige Brecher auf, die höher als er waren. Schließlich blieb er stehen. Er wusste, würde er einen Fuß in das Wasser setzten, wäre er in Schwierigkeiten. Derweil rückte die mittlerweile schwarze Wolkenfront gnadenlos gegen die Küste vor.

Den schwarzen SUV gute hundert Meter die Straße runter sah er nicht. Der Fahrer des Wagens hob ein Fernglas an die Augen und beobachtete Jason, wie dieser knapp außerhalb der Brandungszone stehen blieb. Das ungestüme und unüberlegte Vorgehen des Geisterjägers bestätigte den Mann in seinen Ansichten. Er machte es sich bequem, behielt das Fernglas vor den Augen und freute sich darauf, Jason scheitern zu sehen.

Jason kniete sich hin, in der Hoffnung so dem Wind weniger Angriffsfläche zu bieten. Sein Blick wanderte über das tosende Meer und suchte nach einem Zeichen. Das Lied um ihn herum klang wie der Sturm, wild und aufgepeitscht. Es fiel ihm schwer, darin nach dem Misston Jeremiahs zu lauschen. Jason ärgerte sich über sich selbst. Es gab im Moment kein lohnendes Ziel für den Geist. Kein unbeachtetes Kind, das im Wasser spielte. Beschissenerweise hatte er nicht an einen Köder gedacht. Die Gischt peitschte ihm ins Gesicht.

„Scheiße. Wie kann man so bescheuert sein", schimpfte er mit sich selbst, während er im nassen Sand kniete.

Jason nahm für einen Moment sein Gesicht aus dem Wind. Er atmete tief durch und lauschte auf das Röhren des Sturms, das Brüllen der See und suchte in diesem Lärm das Schlagen seines eigenen Herzens. Die Wolken schoben sich unaufhörlich immer weiter über das Land, und es schien, als wollten sie die Welt ersticken. Inmitten dieser sich anbahnenden Naturkatastrophe saß Jason am Strand und versuchte, eine Lösung zu finden, um gegen einen Geist anzutreten, dessen Element das Wasser war. Er hob den Kopf und blickte auf die See.

„Fuck!", murmelte er, stand auf und kämpfte sich vorwärts in Richtung Brandungslinie. Kurz bevor ihn das Meerwasser erreichen konnte, blieb Jason stehen. „Jeremiah!", schrie er aus Leibeskräften. „Jeremiah! Du verdammtes Arschloch, ich bin hier! Komm und hol mich!"

Er tat den letzten Schritt nach vorn und seine Füße standen im Meerwasser. Sofort spürte er durch die wütende See etwas auf sich zuschießen. Mit einem schnellen Schritt nach hinten zog Jason sich in Sicherheit zurück. Inmitten des aufgewühlten Wassers jagten zwei rotglühende Punkte an der Brandungslinie entlang und verfehlten Jason nur knapp.

„Na, Jeremiah, bist du kleiner Hosenscheißer sauer auf mich?", brüllte Jason gegen die Elemente an. Der Geist jedoch war wieder verschwunden, wortwörtlich untergetaucht. „Komm her und hol mich, wenn du dich traust, du Pisser!", knurrte Jason und machte wieder einen Schritt vor.

Seine Turnschuhe wurden umspült und der Sog des Wassers zog den Sand unter Jasons Füßen fort. Binnen einer Sekunde waren seine Schuhe im Schlamm versunken und er hing fest.

„Fuck", murmelte er leise und versuchte erfolglos, einen seiner Füße zu befreien.

Der Geist schoss durch das Wasser hin und her, wie ein Barrakuda, der Blut gewittert hatte. Jason sah die roten Augen in der nassen Finsternis vor sich, als eine große Welle sich vor ihm aufzubauen begann.

„Oh Scheiße", sagte er langsam und seine Augen wurden immer größer.

Adrenalin strömte in seine Adern und erfüllte ihn mit neuer Kraft. Die Wand aus Wasser wuchs. Die Hormone in Jasons Blut brachten ihn ziemlich auf Trab.

„Shit, Shit, Shit!"

Der Sand hatte ihn schon bis zu den Knöcheln verschlungen und das Wasser umspülte seine Schienbeine. Das rote Leuchten vor ihm wurde immer intensiver. Er wollte seine Füße aus dem Schlamm ziehen, doch jede Bewegung führte nur dazu, dass er tiefer einsank.

„Na, Jeremiah, denkst du, du wirst mit mir fertig?", schrie er. Die Welle wurde noch höher und rollte gnadenlos heran. Jeremiahs rot leuchtende Augen blieben auf Jasons Kopfhöhe und starrten ihr neues Opfer an.

Irgendwo in den Tiefen von Jasons Verstand sprang ein Motor an, kam auf Drehzahl und schickte ein Mantra los. *Jeremiah, Geist komm zu mir, komm zu mir und hole mich. Komm und hole mich, komm und hole mich, Jeremiah komm und hole mich!* Irgendwo anders in seinem Kopf fragte sein Überlebenswille, ob er irregeworden sei. Aber diese leise Stimme ging in dem Mantra unter, das in Jasons Bewusstsein ein Eigenleben entwickelte. *Komm und hole mich, zieh mich hinab, Kind, das vergessen wurde. Komm und hole mich zu dir.*

Die Welle baute sich über Jason auf und trug den Geist mit den rot pulsierenden Augen immer näher. Der Geisterjäger stand da und starrte seinem Schicksal entgegen. In seinem Kopf wurde das Mantra lauter und lauter, schickte seine Botschaft hinaus in das Schattenreich, das den meisten Menschen verborgen blieb und entsandte ein Leuchtfeuer, das seinen Gegner lockte und die Gier des Geistes noch mehr anstachelte. Mittlerweile bis zu den Knöcheln eingegraben, bestand Jasons Horizont aus den wenigen Metern vor ihm, denn die Welle war gierig. Sie riss alles Wasser an sich, saugte alles in sich auf und nahm Anlauf, um mit aller Kraft auf den Strand loszuschlagen.

Komm, Jeremiah, komm und nimm mich zu dir in dein nasses Grab, dröhnte es durch Jasons Bewusstsein. Dahinter schlug ungehört der Überlebenswille Alarm. Die Welle überragte Jason und raste auf ihn nieder, eine Lawine aus Wasser, bleigrau und alles verzehrend. Er stand einfach da, mit hängenden Armen, in sein schicksalhaftes Mantra vertieft. Dann war das Wasser da. Gnadenlos. Alles verschlingend. Jasons Welt bestand nur noch aus Krachen, Donnern und Rauschen. Oben und unten wurden zu einem rasenden Wirbel. Luftblasen bildeten wilde Strudel und die Urgewalten duldeten keinen Widerstand. Er wurde aus dem Schlamm gerissen, auf den Boden geschmettert und wieder emporgeschleudert. Dann kam der Sog, der gnadenlose Sog der sich zurückziehenden See, der ihn wie ein hungriges Tier mit sich riss.

Mittendrin war Jeremiahs Geist, das entstellte Abbild eines Jungen, der vor fast dreißig Jahren vor den Augen seiner Eltern an einem sonnigen Nachmittag hier ertrunken war. Im Stich gelassen von denen, die auf ihn achtgeben und ihn auf seinem Weg zum Erwachsenwerden begleiten sollten. Erst verzweifelt, dann wütend und schließlich rasend vor Zorn hatte der Geist vergessen, wer oder was er einmal gewesen war, und angefangen, Kinder zu ersäufen, auf die niemand achtete, die ebenso vergessen waren wie er, deren Eltern Wichtigeres zu tun hatten, als ihre Söhne oder Töchter im Auge zu behalten. Und dann war dieser Kerl gekommen und hatte Jeremiah um seine Beute betrogen, ihm das Mädchen entrissen, für das Jeremiah ein nasses Grab vorgesehen hatte. Dieser Mensch hatte ihm mit seinen Worten wehgetan, ihn bezwungen und fortgejagt. Nun war dieser dumme Mann wieder hier und im Wasser. Jeremiah schrie. Jason wurde von dem Angriff des Geistes völlig unvorbereitet getroffen. Das Wasser prügelte auf ihn ein, und verzweifelt versuchte er nach oben zu kommen, ohne zu wissen, in welche Richtung er in diesem nassen Irrsinn musste. Der Schrei des Geistes raste durch das Wasser heran und traf sein Opfer wie ein Hammer. Jason wurde hochgerissen, durchbrach die Oberfläche und brüllte vor Schmerzen. Er konnte kaum Luft holen, ehe er wieder unter Wasser gezogen wurde. Jeremiah triumphierte und ließ eine weitere Schallwelle auf sein wehrloses Opfer los. Diesmal drückte der hasserfüllte Angriff ihn auf den Grund. Die Strömung packte Jason und zog ihn über den sandigen Boden weiter hinaus, während sich über ihm eine neue Welle aufbaute. Er spürte, wie ihn die Kraft verließ. Die Urgewalten waren zu viel für ihn. Das Wasser zerrte ihn hoch, weg vom Grund. Seine Arme und Beine schleuderten umher. Er hatte keinen Halt, keine Orientierung mehr. Überall nur Wasser, Druck, Dunkelheit und noch mehr verdammtes Wasser. Die Welle wurde größer und größer, türmte sich immer weiter auf, und mittendrin hing Jason, ohne Chance, irgendetwas unternehmen zu können. Jeremiah kreischte und griff nach ihm, doch diesmal waren die Gewalten des Meeres selbst für den Wassergeist zu stark. Jason entglitt dem kalten Griff und wurde weiter hinausgetragen. Er hatte kaum noch Luft und war völlig hilflos. Panisch wollte er das letzte bisschen Sauerstoff in der Lunge halten und irgendwie ein Oben erkennen. Vor Jason tauchte der Geist auf. Seine rot leuchtenden Augen starrten in Jasons blaue. Das missgestaltete Gesicht war hassverzerrt und seine unförmigen Hände griffen nach den tätowierten Armen seines Opfers. Jason spürte die Kälte, die von den widerlichen Fingern ausging. Der Hass brannte in den Augen seines Gegners, aber Jason war den Urgewalten der See ausgeliefert. Mit gnadenloser Kraft spielte sie mit seinem Körper wie ein wildes Tier, unbezähmbar und durch den Sturm nur noch mehr angestachelt. Jasons Mund öffnete sich und gegen seinen Willen setzte der Atemreflex ein. Er spürte, wie das salzige Wasser in seine Lunge eindrang, und erkannte, dass es den Tod mit sich brachte. Mit aller Kraft zwang er seinen Mund zu, um so sein Ende hinauszuzögern. Die Welle zerrte ihn hoch und spülte ihn wie ein kleines Fischlein vor sich her. Es kostete ihn alles, was er noch hatte, nicht zu atmen. Luft war das, was er jetzt am dringendsten brauchte, doch die würde er nicht bekommen. Seine Lunge brannte und seine Gedanken wurden langsamer und langsamer. Seinen Körper spürte er nicht mehr. Alles in ihm schrie danach zu atmen. Jeremiahs leuchtende Augen wurden heller und sein Gesicht verzerrte sich zu einem hämischen Grinsen. Er ritt auf der Welle, die Jason umbringen würde.

Jason schloss die Augen und versuchte, Arme und Beine irgendwie an sich zu ziehen, was auch immer das bringen sollte. Der menschliche Überlebenswille führte unter Wasser einen Kampf mit sich selbst. Die Not, Luft holen zu müssen, kollidierte mit dem Bewusstsein, dass es in der Tiefe nichts zu atmen gab, außer kaltem Tod. Jasons Körper stritt mit sich selbst, denn alles in ihm brauchte Luft. Jetzt. Sein Mund öffnete sich und das salzige Wasser des Atlantiks drang in ihn ein. Donnernd brach sich die mehrere Meter hohe Wand aus Wasser am Ufer. Gischt spritzte schäumend auf und spie Jason aus. Wie ein Surfer, der den richtigen Moment verpasst hatte, flog er über den Sand. Er knallte ein gutes Stück von der Brandungslinie entfernt auf den nassen Boden und blieb reglos liegen. Reines Glück hatte ihn gerettet.

Jason hustete das Wasser krampfhaft aus seiner Lunge. Mühsam rollte er sich auf die Seite, erbrach noch mehr und keuchte, rang nach Luft. Pfeifend sog er den Sauerstoff ein. Sein Kopf kippte zur Seite, als er spürte, dass noch mehr Flüssigkeit nach draußen musste. Er spuckte und würgte, bis er sich sicher war, dass wieder genug Platz für Luft in seinen Atemwegen war. Mit völlig neuer Begeisterung atmete er einen Moment lang. Dann traf der erste Regentropfen seine Stirn und Jason murmelte leise: „Ist das euer Scheißernst?"
Irgendwie ahnte er, dass der Regen seine Lage nicht verbessern würde.

Der Fahrer des SUV nahm das Fernglas herunter und gratulierte Jason stumm zu seinem bisherigen Glück. Er nutzte den Moment, um seinen blonden Pferdeschwanz zu richten. Missbilligend betrachtete er die ersten Regentropfen, die auf der Windschutzscheibe auftrafen. Das Wetter maßte sich an, ihm die Sicht auf die Ereignisse einzuschränken. Mit einem Seufzen nahm er das Fernglas wieder auf.

Jason stützte sich auf die Ellenbogen und blickte auf das Meer. In den tobenden Wellen sah er sofort das Glühen. „Na, du kleines Arschloch." Jason sank zurück. „Du Scheißer dachtest, jetzt hast du mich, was? Hak es ab, Jeremiah." Ihm war egal, ob der Geist seine Worte hörte. Der Regen prasselte auf ihn ein. Dicke, schwere Tropfen klatschten auf seinen Körper. Er atmete tief durch und stand schwerfällig auf. Über ihm war der Himmel schwarz von Wolken. Jason hob den Kopf und ließ sich vom Regen das Salz aus dem Gesicht und aus den Augen spülen. Leise knurrte er eine Herausforderung: „Ich mach dich fertig, Mistkerl."

Jason stemmte die Füße in den Boden und begann, nach der Kraft in seinem Inneren zu suchen, die ihn bisher jeden Geist hatte besiegen lassen.

Böser Geist, fahre ein, fahre heim. Fort mit dir von hier. Deine Zeit ist schon lange um, es ist an dir zu gehen. Böser Geist, fahre ein, fahre heim. Fort mit dir, verschwinde nun, gehe in das Licht, stelle dich dem Gericht, sei frei und nimm an, was einst geschah!

Das Mantra kam aus den Tiefen seiner Seele, stark und strahlend. Jason ballte die Fäuste und lächelte grimmig. Der Regen nahm noch mehr zu. Es fühlte sich langsam, aber sicher an, als stünde er unter einem Wasserfall. Jeremiah zuckte hin und her. Der Geist schrie und ließ das Wasser um sich herum regelrecht kochen.

„Na, du Penner, tut das weh? Dann gib einfach auf! *Böser Geist, fort mit dir, verschwinde nun, gehe in das Licht, stelle dich dem Gericht, sei frei und nimm an, was einst geschah!*", schleuderte Jason seinem Widersacher entgegen.

Jason fühlte sich wie ein Angler, der einen wirklich übel gelaunten Fisch am Haken hatte. Er spürte das Zerren und Ziehen in seinem Inneren. Es tat nicht weh, sondern ging tiefer. Jetzt stand Jasons Seele der toten Seele des Geistes gegenüber. In einem unsichtbaren Kampf rangen Kräfte jenseits der körperlichen Welt miteinander. Jason spannte alles an, was er hatte. Er spürte die gnadenlose Kälte seines Gegners, spürte den Wahnsinn, der aus Unverständnis geboren worden war. Jason wusste, hier und jetzt ging es um seine körperliche und geistige Unversehrtheit. Seine lebende, warme Seele rang mit etwas Kaltem und Totem. „Ich gebe nicht auf! Jeremiah, vergessener Junge! Nimm an, was einst geschah, du bist nicht mehr du, erinnere dich. Sieh das Licht! Sieh das Licht!", brüllte er und an seinen Armen traten die Adern deutlich hervor.

Im Wasser tobte der Geist, raste hin und her, doch er konnte sich nicht von Jason lösen, ihn nicht angreifen, sich nicht wehren. In ihrem Ringen spürte Jason nur zu deutlich, was Jeremiah ihm antun wollte. Ihn ersäufen, seine Lungen mit Wasser füllen, ihn hinabziehen in die Dunkelheit. Ihn töten, töten, töten. Jason zog mit seinem Mantra immer stärker an Jeremiah.

„Verfluchter Junge, erinnere dich, wer beschissen du mal warst und sieh das Licht", keuchte der Geisterjäger, während sein Körper zu zittern begann. Jason spürte es nur zu deutlich: Die verdorbene Seele sah kein Licht.

Mittlerweile prasselte es von oben so heftig herab, dass es kaum noch einen Unterschied zwischen Meer und Strand gab. Jeremiah brannte vor Wut. Der Geist war nach all den Jahren plötzlich gefesselt und gefangen. Er konnte weder vor noch zurück. Dann kam für die Bestie ihre Chance. Wie ein hungriges Tier, in die Enge getrieben und verwundet, reagierte der Geist, ohne nachzudenken und ohne Skrupel. Als Jason erkannte, was geschehen würde, war es bereits zu spät.

Das Monster schoss durch den dichten Regen nach vorn. Wo Jeremiah auf Jason zuflog, floss das Wasser in der Luft zusammen und bildete einen Tunnel. Für einen Moment sah es aus, als würde das Maul eines Hais auf Jason zukommen.

„Oh, fuck!", war das Einzige, was er noch sagen konnte, ehe eine Kugel aus Wasser ihn mit einem dumpfen Klatschen umschloss. Von einer Sekunde auf die andere war er gefangen. Reflexartig presste er die Lippen aufeinander. Innerlich fluchte er, denn ihm war klar, was geschehen war. Durch das Band zwischen ihnen hatte der Geist den Regen genutzt. Jason hing schwerelos in einem Gefängnis aus Wasser. Egal, wohin er sich bewegen wollte, sein nasser Kerker folgte der Bewegung. Jason spürte die Kälte des Geistes überall um sich herum. Auf der Außenhaut der Kugel erschien

Jeremiahs Gesicht. Die Fratze war zu einem höhnischen Grinsen verzogen und die Augen pulsierten in dunklem Rot. Zu Jasons Entsetzen bewegte er sich zusammen mit dem Geist auf das tosende Meer zu. Angst machte sich in ihm breit. Er konnte eine Hand ausstrecken, doch das Wasser dehnte sich mit seiner Bewegung und hielt ihn fest umschlossen. Verzweifelt ballte er die Hände zu Fäusten und überlegte, was zur Hölle er tun sollte. Meter um Meter zerrte Jeremiah sein Opfer über den Strand. Der Sturm türmte die Wellen hoch auf. Je näher sie der Brandung kamen, desto stärker wurde der Druck auf Jason, ganz so, als würde er bereits in die Tiefe hinabgezogen. Ein mittlerweile grausam vertrautes Gefühl in seiner Brust wurde ebenfalls immer drängender. Seine Lunge begann zu brennen, und der Wunsch, Luft zu holen, meldete sich. Jason schloss die Augen. Jeremiah zerrte sein Opfer gierig auf sein nasses Grab zu. Nur zu deutlich spürte Jason den eisigen Hass, den der Geist ihm entgegenbrachte. Der Druck auf sein Trommelfell und seine Knochen wurde immer stärker. Jeremiah wollte Jason leiden lassen, weil er dem Geist seine Beute genommen hatte. Seine Ohren schmerzten und sein Körper fühlte sich wie in einer Presse gefangen. Es wurde allmählich unerträglich, und die Kräfte, die auf ihn einwirkten, drückten ihm die Luft aus den Lungen. Panisch riss Jason die Augen auf. Erste Luftblasen schossen aus seinem Mund. Er wurde immer müder und sein Sichtfeld enger. Direkt vor sich erblickte er die Fratze des Geistes, der einstmals als Jeremiah bekannt gewesen war. Jede Spannung wich aus Jasons Körper. Seine Augen sahen nur noch das rote Glühen vor sich. Er spürte nichts mehr außer dem Schmerz und der Kälte. Am Rande der Qualen wartete bereits das Gefühl der Erlösung, des Einschlafens. Die sanften Hände des Todes, die ein Ende aller Entbehrungen versprachen, streichelten den Rest von Jasons Bewusstsein. Er entspannte sich. Seine Finger öffneten sich und sein Körper wurde schlaff. Triumphierend lachte der Geist auf. Wie oft hatte er das schon erlebt. Aber so schnell sollte dieser hier nicht davonkommen. Er riss seinen missgestalteten Mund auf und schrie.
Rasende Schmerzen tosten durch Jason. Wie die Schläge eines Boxers malträtierten die Treffer ihn und vertrieben den Erlösung

versprechenden Griff des Todes. Tief in ihm erwachte Trotz. Nicht einmal einen friedlichen Abgang gönnte ihm dieser beschissene Geist! Jason packte die Wut. Unverhofft und schlagartig war sie da. Wie ein Unterwasservulkan, der lange blockiert gewesen war, brach der Zorn direkt aus Jasons Seele hervor. Aus seinem Innersten spürte er ein Brüllen aufsteigen, das keine Luft brauchen würde. Brennend bahnte sich etwas unfassbar Starkes seinen Weg nach draußen. Ohne Stimme und ohne Worte schrie Jason auf. Die Tätowierungen erstrahlten in gleißendem Blau. Mit einem gewaltigen Knallen explodierte die Blase aus Wasser und Jeremiah wurde in den Ozean geschleudert. Der Geist kreischte vor Schmerzen, geblendet von dem Licht.

Jason klatschte schlaff auf den Strand. So explosiv die Kraft gekommen war, so schnell war sie wieder fort. Er drehte sich, würgte und erbrach einen Schwall Wasser. Dann endlich konnte er einen köstlichen, tiefen Atemzug tun. Mit jedem bisschen Sauerstoff, den seine gequälte Lunge aufnahm, erwachte sein Bewusstsein Stück für Stück wieder zum Leben. Wie ein Computer, der nach einem Absturz seine Systeme nacheinander hochfährt, begann Jason eine Art geistige Bestandsaufnahme. Zweimal fast ertrunken. Nicht gut. Zwei Beine? Vorhanden. Arme? Zwei, Check. Er blinzelte in den Regen, hob tatsächlich eine Hand und tippte auf seine Nasenspitze. Er legte bei seiner Bestandsaufnahme noch die Mordswut drauf, die er im Bauch hatte.

Mühsam raffte sich Jason auf, stemmte sich auf alle viere und kam schwerfällig hoch. Erst blieb er mit beiden Händen auf den Oberschenkel abgestützt stehen, während um ihn herum der Regen niederging, als wollte er der Welt eine neue Sintflut bringen. Der Wind toste und peitschte das Meer auf. Jason nahm sich einen Moment Zeit, um zu atmen. Inmitten der Naturgewalten stand er da und lauschte in das Krachen der Wellen, in das Fauchen des Windes, drehte den Kopf und sah die Palmen, die hilflos durchgeschüttelt wurden. Vergessene Gegenstände wurden vom Sturm umhergeschleudert. Darunter war auch ein kleiner, roter Plastikeimer. Jasons Blick folgte ihm, wie er hochgewirbelt und wieder zu Boden geschmettert wurde. Haltlos flog das kleine Ding umher. Ebenso hilflos, wie die Kinder gegenüber Jeremiah gewesen waren. Jasons Wut wurde immer stärker. Langsam richtete er sich auf. Streckte die Arme durch und ließ die Ellenbogen knacken. Dann verschränkte er die Finger ineinander und drückte sie durch. Seine Augen wurden zu schmalen Schlitzen.

„Jeremiah, jetzt bist du fällig."

Unbewusst ballte er die Fäuste. Er nahm seine Wut und formte sie, suchte in seinen Gedanken nach dem Mantra, das Jeremiah ein Ende bereiten würde. In ihm glühte es und Jason spürte die Hitze seine Wirbelsäule hinabfließen wie Magma bei einem Vulkanausbruch. Er zitterte und in seinem Kopf rauschte die Energie. Ihm kamen keine Worte in den Sinn. Die rohe Wut ließ etwas Primitiveres frei, etwas Urtümliches und Ungeformtes. In der nächsten Welle, die vor ihm aufstieg, entdeckte er den Geist, spürte die kalte Wut. Sie traf auf Jasons heißen Zorn. Zwischen ihnen erreichte der Regen den Boden nicht mehr. Das Wasser verdampfte. Der junge Mann war in einen blauen Schein gehüllt. Vor sich sah er durch den Dampf hindurch das rote Schimmern der Kindsmörderaugen und die Wut erreichte ihren Höhepunkt. Jeremiah sprang. Der Geist schoss auf der Gischt der sich brechenden Welle nach vorn, stürmte wie ein Raubtier auf seine Beute zu. Er riss das Wasser mit sich und griff vereint mit der Gewalt des Sturmes an.

Jason machte einen Ausfallschritt vor und schrie.

Wortlos schleuderte er dem Geist alles entgegen. Wut. Zorn und den Willen, dem Treiben des Geistes Einhalt zu gebieten. Sein wilder, ungebändigter Schrei schmetterte in die Wassersäule, die der Geist geformt hatte. Die Säule wurde zerrissen, Tropfen schossen in alle Richtungen davon und verdampften. Inmitten der entfesselten Gewalten steckte der Geist fest. Seine Erscheinung glühte auf und wurde zerfetzt.

Jason stand da, atmete und nahm das blasse Schimmern war, mit dem der Geist verging. Für das Arschloch, das aus Jeremiah geworden war, gab es weder Himmel noch Hölle. Jason ging langsam auf die Knie und kippte um. Das blaue Glühen erlosch. Er fiel auf den Rücken. Jason spürte etwas Warmes seine Wange entlanglaufen und wischte mit der Hand darüber. Er blickte auf seinen

Handrücken. Der Regen verwässerte sein Blut und spülte es von seiner Haut.

„Aua", murmelte er leise, während das Blut aus seiner Nase lief.

Schlapp ließ er den Arm fallen und starrte hinauf in die schwarzen Wolken. Noch immer umtoste ihn der Sturm und das Meer tobte nur wenige Meter von ihm entfernt. In Zukunft würden hier keine Kinder mehr durch einen bösen Geist getötet werden. Blitze zuckten und tauchten für eine Sekunde alles in hellen Schein. Er wischte sich noch einmal das Blut aus dem Gesicht, drehte sich zur Seite und spuckte aus. Dann kämpfte er sich auf die Knie, atmete einmal durch und richtete sich auf. Völlig durchnässt und erschöpft stand er da und fragte sich, wie verdammt noch mal er jetzt hier wegkommen sollte.

Jason sah sich um und brummte: „Ich kann diesen Scheißstrand nicht mehr sehen."

Er schleppte sich in Richtung Straße. Der Sturm drückte gegen ihn und nur mit Mühe hielt er sich auf den Beinen.

„Sunshine State, von wegen", grummelte er.

Endlich erreichte er den Gehweg und stützte sich an einem Laternenmast ab. Der Sturm dröhnte in seinen Ohren und Jason musste herzhaft gähnen. Er wollte sich gerade von der Laterne abstoßen, als ihn die grellen Scheinwerfer eines sich nähernden Wagens blendeten. Vielleicht konnte er den Penner davon überzeugen, ihn mitzunehmen. Jason hob müde den Arm, um zu winken, aber der schwarze SUV wurde bereits langsamer und stoppte direkt neben ihm. Der Wind zerrte an dem schweren Wagen. Das Beifahrerfenster senkte sich, und Jason musste sich ein wenig strecken, damit er in das Innere des Autos blicken konnte. Der Fahrer war ein Typ in einem schwarzen Anzug mit Brille und blondem Pferdeschwanz.

„Hallo, Mr. Harper."

Jason zuckte zusammen. Er war schon vieles genannt worden. Jason; Jay; Hey du, stehen bleiben. Polizei! Arschloch ... aber Mr. Harper? Sofort war er wachsam.

Der Blonde schaute ihn ruhig an, seufzte und redete weiter, während er die Brille ein wenig nach oben schob. „Mr. Harper, das Wetter ist gelinde gesagt unangenehm. Ich bin mir sicher, dass Ihre derzeitige Verfassung nach etwas zu essen und trockener Kleidung verlangt. Dazu kann ich Ihnen kurzfristig verhelfen. Allerdings nur, wenn Sie jetzt einsteigen." Der Fremde rümpfte die Nase. „Außerdem regnet es in den Wagen. Die Sitze werden nass und ich ebenfalls. Also, junger Mann: einsteigen, essen, trockene Kleider. Oder erschöpft und allein durch den Sturm laufen. Ihre Entscheidung, aber bitte schnell jetzt."

„Wer zur Hölle sind Sie? Und woher …"

„Mr. Harper, bitte. Alle Ihre Fragen werde ich gerne beantworten, so denn Sie sich in der Lage sehen, endlich einzusteigen. Ansonsten werde ich das Fenster schließen und mich dem Regen entziehen. Und Ihnen ebenfalls."

Jason starrte den Mann an. Für seinen Geschmack sah er aus und redete wie ein Schleimscheißer, aber Jason akzeptierte, dass das im Moment seine beste Gelegenheit war. Er öffnete die Beifahrertür, an der sich das Fenster bereits wieder zu schließen begann. Im Inneren des Wagens empfingen ihn klimatisierte Luft und klassische Musik.

„In dem Fach vor Ihnen finden Sie eine kleine Auswahl an Getränken."

Der Blonde deutete auf den Griff direkt vor Jason. Dieser schaute sich um. Der Wagen musste so viel gekostet haben wie ein Haus. Der vor sich hin brummende Motor wurde kaum lauter, als sie losfuhren. Der Wind zerrte an dem schweren Fahrzeug, konnte ihm aber nicht wirklich etwas anhaben. Jason lehnte sich zurück und atmete tief durch. Der Blonde fuhr den Wagen in Richtung Innenstadt und brachte sie in den Windschatten der Häuser. Überall waren die Spuren zu sehen, die der Sturm hinterließ: abgebrochene Palmenwedel, umgeworfene Mülleimer, vergessene Gegenstände. Alles wurde durch die Gegend gewirbelt und nicht wenige Fensterscheiben waren zu Bruch gegangen.

„Trinken Sie etwas, Mr. Harper. Sie müssen erschöpft sein und brauchen Kraft."

Die Stimme des Fremden riss Jason aus seiner Müdigkeit. Wortlos beugte er sich vor und öffnete die Minibar. Verschiedene Getränke in Dosen oder PET-Flaschen standen in dem gekühlten Fach. Er wählte einen Energydrink, öffnete die Dose und trank sie in langen Zügen aus.

„Gut, Mr. Harper", kommentierte sein unbekannter Chauffeur.

„Hören Sie auf, mich so zu nennen", murmelte Jason.

„Soweit ich weiß, Mr. Harper, ist das Ihr gebürtiger Name. Vorname Jason. Alter zweiundzwanzig. Vater David, neunundfünfzig. Mutter Tamara, dreiundvierzig. Geboren in Georgetown, Kentucky. Habe ich etwas Relevantes vergessen?"

Jason starrte den Mann an. „Wer, verfickt noch mal, sind Sie?"

Der Mann richtete seine Brille zum wiederholten Male, blickte aber weiter auf die Straße. Die Scheibenwischer bemühten sich, den Wassermassen auf der Windschutzscheibe Herr zu werden.

„Im Moment würde ich es begrüßen, wenn Sie mich als Ihren Freund sehen, Mr. Harper, denn Sie haben nicht viele Freunde."

„Sind Sie einer der Anwälte meiner Eltern oder sind Sie ein Cop?"

Der Mann lachte verhalten. „Nein, Mr. Harper. Weder noch."

„Hören Sie auf, mich so zu nennen", knurrte Jason.

„Was wäre Ihnen denn lieber, Mr. Harper?"

Jason öffnete den Mund und schloss ihn wieder.

„Sehen Sie, Mr. Harper. Es ist nicht einfach, eine Veränderung zu fordern, ohne eine Alternative zu haben, nicht wahr."

„Wer sind Sie, Klugscheißer?"

„Ah, exakt wie in den Akten beschrieben. Grobverbal. Aufbrausend."

„Was für Akten? Wer sind Sie? FBI?"

„Nein, Mr. Harper." Der Blonde sah Jason das erste Mal an, seit sie losgefahren waren. Seine blauen Augen hinter der Brille blickten ernst. „Ich bin im Auftrag einer anderen Gesellschaft hier."

Jason schüttelte die Dose. Ein kleiner Schluck war noch darin. Provokant drehte er sie um und ließ einige Tropfen auf das helle Leder fallen. Sofort bildeten sich Flecken, die deutlich signalisierten: Uns bekommst du so schnell nicht wieder raus.

Der Mann seufzte. „Das Eigentum der Gesellschaft zu schädigen, bringt Ihnen keinen Vorteil, junger Mann. Und reizen können Sie mich damit nicht. Geld oder anderweitige Werte dieser Art sind mir herzlich gleichgültig, da im Überfluss verfügbar."

Jason hatte die Schnauze voll, schloss die Augen und begann, in Gedanken ein Mantra zu formulieren.

Dämlicher Arsch, wenn du das nächste Mal deine Brille richtest, rutschst du ab und rammst dir deinen manikürten Finger ins Auge, Penner.

„Vergessen Sie das lieber gleich wieder, Mr. Harper. Bei mir werden Sie damit keinen Erfolg erzielen. Sie sind nicht einzigartig, verstehen Sie?"

Jason zuckte zusammen und riss die Augen auf. Der Fremde hatte sein Mantra einfach weggewischt, als wäre es nur eine zerklatschte Fliege auf der Windschutzscheibe. Ungläubig starrte er seinen Chauffeur an.

„Sie sind talentiert, Mr. Harper. Darum bin ich hier. Und bevor Sie eine solche Dummheit erneut versuchen: Ich bin sehr talentiert und außerdem ausgebildet, im Gegensatz zu Ihnen."

Wieder richtete er die Brille und lächelte Jason herablassend an. Diesem blieb nur, ein grimmiges Gesicht zu machen.

Er war nicht einzigartig! Es gab andere wie ihn!

Jason starrte in den Regen und zwang sich zur Ruhe. Schweigend fuhren sie durch den Sturm und passierten eine der Brücken, die zur Festlandseite führten. Jason traute dem Mann nicht. Aufgeblasene Arschlöcher waren noch nie seins gewesen. Und was sollte das für eine Organisation sein? Was wollten die von ihm? Was zur Hölle ging hier für eine Scheiße ab?

„Und? Sagen Sie Penner mir nun, wie Sie heißen oder nicht?", fragte Jason.

„Interessiert Sie das wirklich, Mr. Harper? Ihrem Profil nach nicht. Aber ich verrate es Ihnen. Vielleicht haben Sie Freude daran, sich anhand meines Namens weitere Beleidigungen einfallen zu lassen."

Jason schnaufte.

„Mein Name lautet Frank von Roteiche."

Jason stutzte. In den Vereinigten Staaten gab es eine Menge Dialekte, aber dieser Mann hatte trotz der übertrieben sauberen Aussprache einen Akzent, der Jason gleich komisch vorgekommen war.

„Sie sind kein Amerikaner."

„Nein, zu meinem persönlichen Glück bin ich in der Alten Welt geboren."

„Was?", fragte Jason. Dann ging ihm ein Licht auf. „Du Penner kommst aus Europa?"

„Ja, Mr. Harper. Dort, wo man Freunden, die einem in einem schlimmen Sturm Hilfe anbieten, mit einem gewissen Maß an Höflichkeit und Dankbarkeit begegnet."

„Scheiße. Was macht einer wie du hier, Frank von fucking Roteiche?"

„Sie suchen und requirieren", gab der Mann zurück.

Seine Haltung war nach wie vor völlig entspannt. Gerade rüttelte eine besonders starke Böe an dem Wagen. Jason starrte Frank an. Der hob wieder die Hand an die Brille und schob sie in eine neue Position. Jason folgte der Bewegung und ließ seinen Nacken einmal knacken.

Frank fuhr den Wagen durch den Sturm, bis irgendwann das Sunshine Hotel in Sicht kam. Er parkte den Wagen direkt vor der Tür.

„Ich nehme an, Mr. Harper, dass Sie hier nun auschecken wollen. Normalerweise bleiben Sie keine zwei Tage an einem Ort."

„Frankie, oder wie auch immer du Penner heißt, du und deine feine Gesellschaft, ihr folgt mir schon länger, oder?", knurrte Jason genervt.

„In der Tat, Mr. Harper. Wir sind sehr an Ihnen interessiert. Sie sind wohl das, was man einen ungeschliffenen Diamanten nennen könnte."

„Scheiß die Wand an", murmelte Jason.

Frank fuhr unbeeindruckt fort: „Sie haben es uns nicht einfach gemacht. Ständige Ortswechsel, verwenden nur Bargeld, behalten kein Mobiltelefon lange und vermeiden es, Ihre Familie zu besuchen. Freunde haben Sie keine. Sie sind sehr einsam, Mr. Harper. Von Anfang an allein, nicht wahr?"

Jason rollte mit den Augen. „Und beschissen genauso will ich es, Frankieboy. Ich brauche niemanden, auch keine komischen Freaks aus Europa, die mich als ungeschliffen bezeichnen und mir wie 'n paar Perverse nachlaufen."

Frank seufzte. „Sie könnten durch uns lernen, Ihr volles Potenzial zu nutzen."

„'nen Scheiß kann ich von euch lernen."

„Bitte, Mr. Harper. Gehen wir und holen Ihre Sachen."
Damit öffnete Frank die Fahrertür und stieg aus. Trotz des Regens
hielt er sich absolut aufrecht und verzog keine Miene. Jason stieß
die Beifahrertür auf und ließ sie offenstehen. Er stapfte an Frank
vorbei, der das Verhalten seines Passagiers mit einem Augenrollen
quittierte, um den Geländewagen herumging und sie zumachte.
Derweil hatte Jason das Sunshine betreten und marschierte direkt
zur Treppe.
Zu dem grimmigen Portier sagte er im Vorbeigehen: „Der blonde
Spinner zahlt. Ich check aus."
Als Antwort kam nur unverständliches Grummeln. Frank folgte ihm
nach oben, stets darauf bedacht, nichts zu berühren. Als er auf der
Treppe die losen Bretter überstieg, konnte Jason sich ein ent-
täuschtes Schnaufen nicht verkneifen. An der Zimmertür angekommen, schloss Jason auf und deutete mit der Hand in den Raum.
„Bitte, nach dir, perverser Europäer", sagte er.
Der Angesprochene blieb stehen und seufzte. „Mr. Harper, würde
ich jetzt in diesen Raum gehen, würde Ihr Bann mir unzweifelhaft
starke Schmerzen bereiten oder mich sogar verletzten." Er deutet
auf den Boden. „Wohl eher Letzteres, wenn ich mir die recht fri-
schen Blutstropfen so ansehe."
Jason schnaubte leise. „Na dann musst du Penner wohl hier war-
ten."
Frank schüttelte den Kopf. „Oder Sie lösen den Schutz auf."
„Damit du mir beim Umziehen zusehen kannst? Vergiss es, Alter."
Frank machte einen Schritt zur Seite. „Dann machen Sie rasch, Mr.
Harper." Er machte eine Geste in Richtung der Tür.
Jason trat ein und knallte das alte Türblatt kräftig zu. Im Zimmer
beeilte er sich, seinen persönlichen Krempel zusammenzupacken.
Er stopfte alles in den Rucksack und nahm dann das Mobiltelefon
aus seiner Hosentasche, sah es für einen Moment an, warf es kur-
zerhand ins Klo und spülte. Mit dumpfem Klappern verabschiedete
sich das Telefon in die Tiefen der Unterwelt. Dann ging er zu einem
der Fenster, öffnete dieses und grinste in Richtung Tür. „Auf Nim-
merwiedersehen, Frankie." Damit kletterte er hinaus.

Die Tür krachte so heftig zu, dass Staub von der Decke und auf Franks schwarzen Anzug rieselte. Mit einem leisen Seufzen versuchte er, ihn wegzuwischen, doch durch die Feuchtigkeit verschmierte er ihn bloß. Er atmete tief ein und verzog angesäuert das Gesicht. Das Heulen des Sturmes wurde plötzlich lauter. Von Roteiche verzog skeptisch das Gesicht, machte einen schnellen Schritt vor und riss die Tür auf. Zeitungsausschnitte und Notizzettel wehten ihm entgegen. Seine Augenbrauen zogen sich eng zusammen, als sein Blick zu dem offenen Fenster wanderte. Mit einem müden Schnaufen drehte er sich um und ging die Treppe hinab. Als Frank das Sunshine Hotel verlassen wollte, vernahm er hinter sich ein dumpfes, metallisches Klacken. Seine Augen wurden schmal, als er die Stimme des Portiers vernahm.

„Der kleine Scheißer aus der Neunzehn hat gesagt, Sie zahlen. Also, schön herkommen", knurrte es hinter der vergitterten Rezeption.

Frank drehte sich um und betrachtete den alten, ungepflegten Mann mit den schiefen, gelben Zähnen. Der hatte eine Schrotflinte unter dem Tresen hervorgeholt; das Geräusch war das Durchladen der groben Waffe gewesen. Frank verzog keine Miene, als er mit der rechten Hand eine langsame, kreisende Bewegung machte.

„Was ...?!", rief der Mann panisch.

Unaufhaltsam bewegten seine eigenen Hände den Lauf der Waffe nach oben, bis die Mündung auf sein Kinn zielte. Mit aufgerissenen Augen starrte er Frank von Roteiche an. Dieser drehte sich wortlos um und verließ das Hotel. Von draußen hörte er ein dumpfes Krachen. Er stieg in den Wagen, startete den Motor und wendete.

„Telefon, wählen, Percy", sagte Frank laut und deutlich.

Das eingebaute Telefon begann, eine Nummer zu wählen, und eine leise Melodie erklang.

„Frank, berichten Sie", begann der Angerufene ohne Begrüßung.

„Mr. Harper zieht es weiterhin vor, die Dinge zu verkomplizieren."

„Frank, das dauert mir schon zu lange. Sie sollten Mr. Harper längst zu mir gebracht haben."

„Mr. Percy, ich bedauere, doch Sie kennen meine Meinung zu dieser Person."

„Ihre Meinung ist ohne Belang. Sie sind ein begabter Jäger. Fangen Sie die Beute. Bringen Sie ihn zu mir. Unverzüglich!"
Die Leitung wurde getrennt. Mit finsterem Gesichtsausdruck starrte Frank in den Regen hinaus. Seine Laune war an einem Tiefpunkt angekommen, und er wusste, wer dafür verantwortlich war. Dafür würde Mr. Harper bei ihrer nächsten Begegnung büßen. Von Roteiche gedachte, sich ein wenig angenehme Ablenkung zu gönnen. „Telefon, wählen, Dharma."

Jason war schnell die Feuertreppe hinabgeklettert, den letzten Meter gesprungen und lief nun durch Sturm und Regen fort vom Sunshine. Er zuckte zusammen, als er ein dumpfes Knallen hörte. Bestimmt nur eine zuschlagende Tür, belog Jason sich selber, denn sein Gefühl sagte ihm etwas anderes. Jemand war gegen seinen Willen abgetreten.
Er rannte weiter, weg von diesem hochgestochenen Penner, weg von seltsamen Gesellschaften, die ihm nachstellten. Jason hatte Angst. Obwohl er versuchte, dieses Gefühl zu verjagen, blieb es beharrlich, krallte sich an ihm fest. Zugleich hämmerte etwas immer wieder durch seinen Verstand: Er war nicht einzigartig!
Jason lief weiter. Der Regen peitschte ihm ins Gesicht. Im Laufen stülpte er sich die Riemen des großen Rucksacks über.
„Wie komme ich hier weg? Keine Busse, keine Taxis, kein Zug fährt wegen dem Scheißsturm", fluchte er nervös.
Ihm blieb nur zu laufen und zu versuchen, so viel Abstand, wie er konnte, zwischen sich und jemanden zu bringen, der diese Kräfte missbrauchte und einfach einen Menschen ermordet hatte. Neben ihm war eine Scheibe, dahinter irgendwelche Waren, die Jason nicht wahrnahm. Stattdessen sah er seinem Spiegelbild in die Augen, ballte die Hände zu Fäusten und spürte eine ungewohnte Hitze in sich aufsteigen.
„Ich wollte doch immer nur helfen. Und jetzt hat so ein Scheißpenner meinetwegen jemanden umgebracht."
Sein Spiegelbild hielt Jasons Blick gefangen, die blauen Augen ließen ihn nicht los. Mit beiden Händen stützte er sich an dem kalten Glas ab, legte die Handflächen auf die seines Zwillings. So stand er da, starrte sich selbst an und betrachtete das blasse Gesicht, die

dunklen Ringe unter den Augen, die wirren, nassen, schwarzen Haare.

„Fick dich!", knurrte er sein Ebenbild an, doch dieses gab mit stummen Lippen dasselbe zurück.

Die Hitze wurde stärker, stieg von seiner Brust den Hals hinauf, erreichte seine Ohren und seine Wangen.

„Ich rette Leben, und nicht mal mein Vater kapiert das, von den anderen Arschgeigen mal ganz abgesehen. Und dann kommt endlich jemand, der das wirklich verstehen könnte. Und der ist ein Arsch, ein richtiger Arsch. Ein Ich-bring-Leute-um-Arsch. Scheiße!"

Seine rechte Faust krachte gegen die Scheibe und ließ das Glas vibrieren.

„Scheiße! Scheiße! Scheiße!"

Immer und immer wieder schmetterte er seine Faust gegen das unnachgiebige Glas. Der Sturm wütete um ihn herum und der Regen prasselte unaufhörlich auf die Stadt ein. Langsam drang der Schmerz aus seiner Hand zu ihm durch. Von seinen Knöcheln tropfte Blut auf den Boden.

Jason blickte sein Spiegelbild an und murmelte leise: „Mich kriegt ihr Wichser nicht."

Ruckartig drehte er sich um und ging los. Sein Blut vermengte sich als rotes Rinnsal mit dem Wasser und bildete einen schnell blasser werdenden Faden, während es in die Kanalisation hinablief.

Fourth Cut – Flammen und Bären

„Hey, Mom", begrüßte Jason seine Mutter.

„Jason!" Er konnte die freudige Überraschung in ihrer Stimme hören. „Schön, dass du dich endlich mal wieder meldest. Wir haben uns Sorgen um dich gemacht. Seit unserem Telefonat in Miami sind fast drei Monate vergangen. Wo warst du? Geht es dir gut? Wo bist du jetzt?"

Jason lächelte, wenn auch leicht genervt. „Mom, hey, komm runter. Ich bin in Lytton."

„Wo?", fragte Tamy.

„Und ja, es geht mir gut."

Sie lachte. „Oh, Jason. Es ist schön, von dir zu hören."

„Wie sieht es zu Hause aus? Ist irgendwas passiert?" Jason konnte die Nervosität nicht ganz aus seiner Stimme verbannen.

„Oh ja, ein bisschen was ist hier passiert."

Ein eiskalter Schauer jagte Jasons Rücken hinab. „Ist alles in Ordnung?", fragte er.

„David wurde befördert. Er ist jetzt überregional für den Verkauf zuständig. Toll, oder?"

Jason atmete aus. „Und sonst? Ist irgendetwas Spannendes oder Ungewöhnliches passiert?"

„Wir wollten doch schon so lange das Badezimmer oben machen. Ich würde sagen, jetzt erkennst du das Haus nicht mehr wieder. Wenn du denn mal zu Besuch kommen würdest."

Jason verdrehte die Augen. „Mom, hat jemand nach mir gefragt oder so?"

„Nein, Jason. Niemand, auch nicht die Polizei oder das FBI. Wir mussten keine Anwälte einschalten."

„Okay, gut. Miami lief nicht so fantastisch", sagte er leise.

„Wo bist du jetzt? Es klingt so komisch."

Dankbar nahm er die Ablenkung an und blickte durch das Dach der Telefonzelle nach oben. „Es regnet nur, Mom. Mir geht es gut. Habe eine neue Tätowierung, würde dir bestimmt gefallen."

Im Hintergrund hörte er das Klappern einer Tastatur. „Lytton in Kanada?", fragte seine Mutter verwundert.

„Yap, hatte hier zu tun."

„Wie bist du nach Kanada gekommen? Ich meine ..."

„Mit dem Bus, Mom, mit dem Bus. Hör mal, ich wollte nur, dass ihr wisst, mir gehts gut. Ich hab keine Münzen mehr, also ..."

„Muss ich mir Sorgen machen?"

„Nur wegen der Art, wie mich mein Kunde tätowiert hat."

„Das interessiert mich zwar, aber lenk nicht ab, Jason. Was war los? Du meldest dich sonst immer regelmäßig, und dann herrscht monatelang Funkstille. Wir wussten nicht, wie wir dich erreichen sollten."

„Wie gesagt, Miami lief nicht so gut. Das war total Oldschool, Mom, nicht mit einer Maschine, sondern mit Nadel und Faden. Tat ziemlich weh."

„Jason!", lachte seine Mutter. „Hör auf, mir auszuweichen."

„Das Geld ist alle. Mir geht es gut, euch geht es gut. Ich melde mich. Macht euch keine Sorgen. Grüß Dad von mir."

Mit einem Tuten wurde die Leitung getrennt. Jason ließ die restlichen Münzen wieder in der Hosentasche verschwinden und verließ die Telefonzelle.

Sein Rücken tat immer noch von der traditionellen Tätowierung weh, die er als Dank von den Erben der Nlaka'pamux bekommen hatte. Vorsichtig streckte er sich. Es war das beschissen schmerzhafteste Dankeschön, das er je bekommen hatte. Aber immerhin ein Dankeschön.

Jason strich über den dicken Verband an seinem linken Arm. Er war voller Unterschriften von den glücklichen Mitgliedern des Stammes. Beim Gehen zog er das linke Bein ein wenig nach. Ein weiterer Verband hinderte ihn daran, es richtig zu beugen. Jason wickelte das feste, karierte Flanellhemd enger um sich. Es erstaunte ihn, wie gut es den Regen abhielt. Er schaute an sich herunter und schüttelte den Kopf. Mit der Arbeitsjeans und den derben, braunen Lederstiefeln wirkte er wie ein Holzfäller. Er schob die länger gewordenen Haare nach hinten und setzte sich die Schirmmütze auf. Als er sich über den Hals und das Kinn rieb, spürte er etwas, das langsam ein Bart werden wollte. Er warf sich seinen Rucksack über und stiefelte auf ein kleines Restaurant zu. Das Gebäude ahmte eine Blockhütte aus groben Stämmen nach und auf einer Werbetafel wurde mit großen Portionen gelockt.

„Erst mal was essen", murmelte Jason.

Eine Gruppe von Leuten mit einem großen Rafting-Schlauchboot auf den Schultern lief an ihm vorbei. Trotz des spätsommerlichen Regens schwatzten und lachten sie voller Vorfreude. Sie hatten sich ohnehin darauf eingestellt, nass zu werden. Jason musste stehen bleiben, um sie vorbeizulassen, und ließ seinen Blick schweifen. Um das Dorf herum erstreckten sich Berge, Wälder und Flüsse. Diverse Läden boten Wildwasservergnügungen wie eben Rafting an. Wanderungen wurden angepriesen und Touristenfallen lockten mit Sonderangeboten für Outdoorklamotten. Der Sommer war dabei, seinen Abschied zu nehmen, und bald würde Lytton wieder in den Winterschlaf verfallen. Die Häuser sahen zum Teil so aus, als würden sie aus der Zeit des großen Goldrausches stammen. Der einzige, größere Parkplatz war voller Busse, die darauf warteten, die Freizeitsportler in ihre Heimat zurückzubringen. Jason ging weiter, als die Gruppe vorüber war und sog die frische Luft tief ein. Die Andeutung eines Lächelns huschte über sein Gesicht. Als er die Tür des Restaurants aufschob, kam eine junge Frau herbei und hielt ihm die Tür auf. Jason starrte sie verdattert an.

„Ich dachte, Sie könnten Hilfe brauchen. Wegen ihres Arms und des sperrigen Rucksacks." Sie lächelte ihn an.

Auf ihrer Bluse prangte das Logo des Restaurants. Ihre braunen Augen wanderten über sein Gesicht. Ihre Wangen wurden eine Spur dunkler.

„Danke", murmelte Jason und senkte den Blick ein wenig.

„Der Platz da vorne beim Fenster ist echt nett wegen der Aussicht auf den Fluss. Und da können Sie Ihren Rucksack gut unter der Fensterbank abstellen."

„Äh, okay", gab Jason etwas zögerlich zurück.

Mit ihren braunen Haaren und dem leichten Anflug von Sommersprossen sah sie wirklich hübsch aus. Sie waren in etwa im gleichen Alter, schätzte er. Er humpelte zu dem angebotenen Platz. Viel los war nicht. Die meisten Touristen würden nach ihren Ausflügen zum Essen kommen. Jason kam das sehr entgegen. In zwei Stunden würde sein Bus abfahren, sodass er in Ruhe essen konnte, ehe die ganzen ach so glücklichen Touris hier einfielen. Er ließ den Rucksack von der Schulter rutschen und schob ihn unter die Fensterbank.

Dann setzte er sich und nahm die Karte. Der Laden war klassisch für Touristen eingerichtet, fand er. Eine Mischung aus Holzfällerflair und Kitsch. Der Blockhausstil von außen setzte sich im Inneren fort. Bilder aus den Bergen und rot-weißkarierte Tischtücher verliehen dem Raum Farbe. Während er seinen Blick schweifen ließ, bemerkte er die Bedienung, die ihm die Tür aufgehalten hatte. Sie tuschelte mit einer Kollegin und beide warfen immer wieder verstohlene Blicke in seine Richtung. Schnell wandte er sich der Auswahl seines Mittagessens zu. Als er die Karte wieder in den Ständer zurückstellte, kam die Brünette flink an seinen Tisch und lächelte ihn an.

„Was darf ich Ihnen bringen, Sir?"

„Ich nehm den Doppel-Woodworker-Spezial mit Fritten. Dazu 'ne Coke ohne Eis, bitte."

„Wow, das ist ein echt großer Burger. Also, ich meine ja nur", lachte sie verhalten.

Jason grinste. „Ich habe einen anstrengenden Trip hinter mir. Ich war die letzten Tage im Park unterwegs."

Ihre Augen wurden groß und leicht aufgeregt senkte sie die Stimme. „Da sind echt schlimme Sachen passiert. Also wirklich schlimm. Ihnen muss ja auch was passiert sein, so wie Sie aussehen. Es sind sogar Leute umgekommen."

„Ich denke, damit wird jetzt Schluss sein." Jason bereute sofort, dass er das gesagt hatte.

Julie, so hieß sie laut ihrem Namensschild, beugte sich vor und fragte leise: „Sind Sie von der Polizei?"

Jason seufzte. „Aber sagen Sie es nicht weiter, Julie. Ja, wir haben ihn."

Sie lächelte ihn an. „Ein echter Held in unserem kleinen Laden."

Dabei hatte sie brav die Hände ineinander verschränkt, sodass ihre Arme vor ihrem Körper lagen.

„Bitte, keine Aufregung. Ich will nur was futtern, und dann muss ich weiter", flüsterte Jason. Ein Zwinkern konnte er sich gerade noch verkneifen.

„Einmal ein Mittagessen für echte Männer. Kommt sofort", flötete sie und lief zum Tresen zurück. Sofort tuschelten die beiden Bedienungen wieder miteinander, und innerlich verfluchte sich Jason.

Hätte er doch verdammt nochmal seine Klappe gehalten. Gleichzeitig konnte er ein Lächeln nicht unterdrücken.

Statt Julie brachte ihre Kollegin das Essen. Ihrem Namensschild nach hieß sie Chloe. Sie war vielleicht ein bisschen älter als Jason und im Gegensatz zu Julie aufdringlich geschminkt. Er beobachtete ihr Näherkommen und ihr Gang ließ ahnen, was gleich passieren würde. Jason schien wirklich in der tiefsten Provinz angekommen zu sein. Chloe stellte den großen Teller mit dem riesigen Burger vor ihm ab, dann die Portion Pommes und zum Schluss das große Glas Cola, ohne Eis. Er betrachtete die Mahlzeit. Ob der schieren Übergröße der Portion beschlichen ihn doch Zweifel, ob er das alles schaffen würde.

„Na, Mr.?" Chloe grinste ihn an. „Das ist doch mal was für einen echten Mounty, oder nicht? Für einen Polizisten sind Sie echt ein netter Anblick. Aber in Uniform und rasiert ..."

Jason löste seinen Blick von der übermäßig großen Portion vor sich und sah Chloe an. Sie hatte sich halb auf die Tischkante gesetzt. Als er sie anblickte, fuhr sie fort und lächelte dabei aufdringlich.

„Bleiben Sie noch ein paar Tage hier? Der Regen kommt und geht schnell hier in den Bergen." Sie reckte sich ihm ein wenig entgegen.

Jason presste die Kiefer aufeinander. „Aber falls es regnet, also ..."

Jason unterbrach sie mit einem Grunzen. „Chloe", begann er, „mal unter uns. Der knallrote Lippenstift ist zu dick aufgetragen. Der Glitzerstein in der Nase ... nein, ernsthaft nicht. Und deine überlangen Fingernägel? Ehrlich, Chloe. Für eine wie dich rasiere ich mich bestimmt nicht. Und jetzt mach 'nen Abflug."

Ihr Mund öffnete sich zu einem lautlosen Oh, ehe ihr Gesicht sich angesäuert verzog. Beim Umdrehen murmelte sie: „Arroganter Großstadtarsch."

Jason schüttelte den Kopf, wandte sich seinem Essen zu und überlegte kurz, es mit den Händen zu versuchen, griff dann aber doch zu Messer und Gabel. Der Burger war einfach zu groß. Aus Richtung des Tresens hörte er leises Kichern. Neugierig bemühte er sich, aus den Augenwinkeln zu sehen, was los war. Chloe stand da, die Hände in die Hüften gestemmt, während Julie mit der Hand vor dem Mund ihr Kichern ersticken wollte. Chloe wirkte noch genervter als nach Jasons Abfuhr. Er musterte die beiden jungen Frauen.

Chloe war für ihn die klassische Provinzschlampe, Julie dagegen erschien ihm nett und ehrlich. Und mit ihren Sommersprossen auch viel hübscher. Mit einem Schlag sackten seine Mundwinkel nach unten. „Scheißegal", murmelte er und setzte das Besteck an. Er schnitt sich ein gutes Stück aus dem Hamburger und schob es sich in den Mund. Zufrieden kaute er. Wenn er auf die Pommes verzichten würde, würde er den Burger vielleicht sogar schaffen. Er spülte mit einem Schluck Cola nach und aß zufrieden weiter. Seit Miami hatte er seine Ruhe gehabt und von Frank-dem-Killer-Arsch nichts mehr gehört oder gesehen. Er ließ die letzten Tage Revue passieren, um sich schnell wieder von diesem Thema abzulenken.

In einem Internetcafé hatte er nach Spuren von Geistern gesucht und war auf die Berichte über die vermehrten Unfälle mit Wildtieren im Stein Valley in Kanada gestoßen. Instinktiv hatte er sie aufmerksam gelesen und sich dann weiter informiert. Je mehr er herausfand, umso sicherer war er, dass etwas nicht mit rechten Dingen zuging. Die furchtbar zugerichteten Leichen sahen zwar nach Tierangriffen aus, aber etwas störte ihn daran. Und dann hatte er ein Interview mit einem der Nlaka'pamux gelesen, der einem wütenden Geist in Gestalt eines Bären die Schuld gegeben hatte. Der Autor hatte die Aussage des Ureinwohners als Aufhänger genutzt, um die Schuld auf den wachsenden Tourismus und das Eindringen in den Lebensraum der Tiere zu schieben. Der Artikel hatte bei Jason alle Sinne anspringen lassen und so hatte er sich einem Gefühl folgend von Great Falls in Montana auf den Weg nach Kanada gemacht. Mit dem Flieger ging es bis Vancouver und von dort aus mit dem Bus bis in den kleinen Ort Lytton.
Beim Aussteigen ließ Jason die mit ihm ankommenden Touristen auseinanderströmen, ehe er sich umsah und herauszufinden versuchte, wie er weiter machen sollte. Zufällig traf er auf zwei Männer des Stammes der Nlaka'pamux, die zum Einkaufen in dem Ort waren. Er erklärte ihnen, wieso er in Lytton war. Tatsächlich schienen sie nicht einmal überrascht und erklärten sich bereit, ihn zu ihrem Dorf inmitten des Reservates zu bringen. Es ging zuerst mit dem Auto und später mit einem Boot hinaus in den Nationalpark.

Seine Führer erwiesen sich dabei als schweigsam, aber freundlich. Jason erkannte ziemlich schnell, dass er ein Stadtmensch war. Die Pfade, denen sie folgten, schienen den beiden Männern keine Probleme zu bereiten. Jason hingegen hatte das Gefühl, auch wirklich über jede Wurzel und jeden Stein gestolpert zu sein. Das letzte Stück ritten sie und Jasons Hinterteil ließ ihn jeden Meter mehr als deutlich spüren. Schließlich hatten sie das kleine, versteckt gelegene Dorf des Stammes erreicht. Es war deutlich, dass die Leute hier Angst hatten. Eine improvisierte Mauer aus Holzpfählen umgab die Siedlung aus Zelten und Holzhütten. Alle waren oben angespitzt und leicht nach außen geneigt. Die vielleicht zwanzig Anwohner versammelten sich in der Dunkelheit, als die Reiter eintrafen. Überall brannten Fackeln und ein großes Feuer erhellte den Versammlungsplatz. Selbst die Frauen hatten Gewehre umgehängt. Es war wie in einem dieser trashigen Horrorfilme: ein abgelegenes Dorf in den Bergen, rings herum nur der dunkle Wald, in dem es seltsam still war. Der Chief, ein sehr alter Mann, übernahm das Reden und erklärte ihm, dass ein riesiger Bär, ein böser Geist, Wanderer überfiel und tötete. Von Rache getrieben ermordete die Bestie jeden, den sie erwischen konnte. Da es schon spät war, hatte man Jason einen Platz zum Schlafen gezeigt. In der Dunkelheit der knirschenden und knackenden Holzhütte grübelte Jason über das Gehörte. Wirklich viel Schlaf bekam er nicht in dieser Nacht. Die ungewohnte Umgebung ließ ihn nicht zur Ruhe kommen.

Nach einem gesunden Frühstück aus Kaffee und Kippe setzte man Jason in eine Ecke und ließ ihn erst einmal allein. Er schlürfte dankbar noch einen Kaffee, während die Bewohner der kleinen Siedlung ihr Tagewerk begannen. Jason beobachtete das Treiben, rauchte eine weitere Zigarette und fragte sich, wie die Leute so viel Ruhe ausstrahlen konnten. Besonders wenn man bedachte, dass sie hier in Lebensgefahr waren. Schließlich setzte sich der Chief zu ihm.

„Du bist ein gesegneter Mann", begann der alte Mann, packte Jasons Arm und schob den Ärmel hoch.

Der zuckte zusammen und wollte den Arm wegziehen, doch die faltigen Hände des Alten hielten ihn fest im Griff. Sofort baute sich die altbekannte Wut in ihm auf. Ein bissiger Kommentar lag ihm auf der

Zunge, doch der Chief sah im fest in die Augen und lächelte. Jason atmete tief durch und ließ den Mann widerstrebend gewähren, auch wenn er sich in diesem Moment nicht sicher war, wieso. „Böse Zeichen. Warum so böse Zeichen?"

„Wie heißen Sie?", fragte Jason.

„In euren Worten Stiller Pfad. Und du?", gab der Alte zurück, während er erst einen Arm hin- und herdrehte und sich dann dem zweiten zuwandte. Sein Griff war fest, aber nicht grob.

„Mein Name ist Jason", murmelte der Geisterjäger, der völlig verkrampft dasaß.

„Deine Zeichnungen, sie zeigen das Böse, gegen das du kämpfst. Warum?"

„Ich habe gelesen, dass sie mich schützen können. Vor Geistern", gab Jason zurück. „Können Sie mich jetzt loslassen?"

Die dunklen, klugen Augen in dem faltigen Gesicht des alten Mannes ruhten aufmerksam und zugleich fragend auf ihm.

„Also, die Symbole", sagte Jason. „Schutz. Verstehen Sie?"

Stiller Pfad ließ die Arme los und nickte wissend. „Funktionieren sie?"

„Ich bin noch am Leben", gab Jason zurück.

Der Chief lachte leise und erntete dafür einen zuerst genervten, dann verwunderten Blick. Das Lachen des alten Mannes war ehrlich und klang irgendwie zufrieden, fand Jason.

„Gut", sagte Stiller Pfad. „Dann funktionieren sie." Er klopfte dem Geisterjäger auf die Schulter. Dann wurde er ernst. „Jason", murmelte er. „Klingt in Ordnung."

Stiller Pfad musterte ihn eindringlich, sah ihm fest in die Augen und neigte den Kopf von links nach rechts. Er betrachtete den jungen Mann von allen Seiten. „Du hattest Probleme. Du hast dich versteckt. Warum bist du hier? Wie hast du von unseren Sorgen erfahren?"

Jason zog die Augenbrauen zusammen. „Ich habe immer Probleme", seufzte er. „Ich jage Geister. Wie soll man da keine Probleme haben?"

Wieder lachte der alte Ureinwohner sein ungezwungenes Lachen. Mit einem Winken der Hand bedeutete er Jason fortzufahren. Er konnte sich selbst nicht erklären, wieso, aber er begann, dem alten

Mann einiges aus der jüngsten Vergangenheit zu erzählen. Stiller Pfad hörte zu, nickte ab und an und schaute Jason aufmerksam ins Gesicht.

Mit einem Seufzen kam er zum Ende. „Ich dachte immer, ich wäre der Einzige, wissen Sie? Dass nur ich könnte, was ich kann. Aber dann treff ich diesen Arsch, und der erzählt mir, es gibt mehr von meiner Sorte. Und dann bringt dieser Mistkerl jemanden um. Einfach so." Jasons Gesicht verzerrte sich. Der Alte schwieg. „Also, Scheiße ja, ich habe ein Problem. Ich hoffe, mit dem Trip hier kann ich euch helfen und diese Penner von meiner Fährte kriegen." Stiller Pfad lächelte. Jason fühlte sich seltsam befreit, auch wenn es merkwürdig war, einem Fremden einfach so alles zu erzählen. Dann fuhr er fort. „Im Internet habe ich von den Unfällen und den Morden hier in den Bergen erfahren, also bin ich hergekommen. Was meinten die beiden, die mich in Lytton aufgegabelt haben, damit, dass meine Anwesenheit sie nicht überrascht?"

Stiller Pfad wippte ein wenig mit dem Kopf. „Wir wussten, ein Krieger wird kommen. Ein Jäger. Ja, Jason der Jäger." Stiller Pfad nickte zufrieden. „Ich habe sie geschickt, auf dich zu warten."

„Aber woher wussten Sie, dass …"

Mehr musste Jason nicht fragen. Der Chief blickte ihm in die Augen und dort erkannte er es. Für einen Moment fühlte er Wind unter seinem Gefieder und sah die unendlichen Berge. Ein Blinzeln des Alten beendete die seltsame Verbindung und Jason wusste, dieser Mann war wie er. Anders, aber ähnlich. Stiller Pfad nickte ihm zu. Jason blieb nichts anderes übrig, als ebenfalls zu nicken und gleichzeitig den Kopf zu schütteln.

„Die Welt ist völlig verrückt geworden", murmelte er.

Der Chief lächelte ihn an. „Nein. Sie ist nur größer für dich geworden. Das Leben hat sich nicht geändert."

„Meins schon."

„Nein, du warst schon immer Teil davon. Doch nun hast du offene Augen und offene Ohren. Du hörst das Lied."

Jason nickte. „Das stimmt. Ich höre beständig ein Summen, ein leises Lied, ohne Melodie. Sie auch?"

Der alte Mann lachte leise. „Wer klug ist und die Ohren offen hält, der hört. Aber für jemanden wie dich singt es auch."

Jason ließ seinen Nacken knacken. „Singen würde ich das nicht nennen. Es zeigt mir den Weg. Ich finde damit die Geister, die anderen wehtun."

„Das Lied war schon immer da. Nun hörst du es. Es tat weh, sie zu verlieren, nicht wahr?"

Jason sog scharf die Luft ein und sein Kopf schoss hoch. Mit zusammengekniffenen Augen starrte er Stiller Pfad an. Dieser hob beschwichtigend die Hand.

„Es steht in deinen Augen", sagte der alte Mann ruhig. Dann legte er seine Hand auf Jasons Arm. „Es tut mir sehr leid, dass du auf diesem Wege deine Welt erweitert hast. Sehend und hörend wurdest. Dein Schmerz leuchtet in deinen Augen."

Jason drehte den Kopf zur Seite. „Lesen Sie in anderen Augen", knurrte er.

Für einen Moment herrschte Stille. Der Alte zog seine Hand zurück. Jason fummelte seine Zigaretten hervor und machte sich eine an. Schweigend rauchte er und versuchte, seine Wut zu zügeln. Stiller Pfad begann zu summen. Es war eine einfache, rhythmische Melodie. Jason schnaubte, zog an seiner Zigarette und blies den Rauch in den Himmel. Stiller Pfad ließ nach und nach Wörter einfließen und aus dem Summen wurde ein Singen. Seine Stimme war beruhigend und gleichzeitig sehr traurig. Langsam wurde er lauter. Die Menschen um sie herum hörten mit ihren Tätigkeiten auf und näherten sich den beiden behutsam. Sehr leise setzten sich mehr und mehr Leute um sie herum. Jason wollte aufstehen, doch ein kleines Mädchen mit Zöpfen und großen, braunen Augen sah ihn an und schüttelte den Kopf.

„Das ist für dich", sagte sie leise.

Andere nickten. Fassungslos starrte Jason in die Runde aus Karohemden, traditionellen Gewändern und freundlichen Gesichtern. Der ganze Stamm stimmte in den Gesang ein. Die Ureinwohner sangen ein Lied, wie Jason es noch nie gehört hatte. Etwas darin berührte ihn und seine Hand verkrampfte sich um den grünen Stein an seinem Hals. Jason kniff die Augen zu und bemühte sich, die Tränen zu unterdrücken. Die Zigarette brannte langsam herunter, ohne dass er noch einen Zug nahm. Die Worte klangen nach Abschied, nach Verlust und nach Trost. Jason konnte die Gedanken an

Charlie nicht unterdrücken. Für einen Moment schien es ihm, als würde von dem Stein in seiner Hand Wärme ausgehen. Der letzte Ton verklang, doch niemand stand auf. Still saßen sie im Halbkreis vor Jason und Stiller Pfad.

Wieder war es das kleine Mädchen, das leise etwas sagte. „Das war ein Klagelied für die Frau, die du verloren hast."

Jason schloss die Augen. Das Lied, die Stille und der Gedanke an Charlie machten ihm zu schaffen. Aber diesmal schmerzte es auf andere Art. Es war nicht so brutal und hart wie sonst, sondern sanfter und auf eine merkwürdige Weise fühlte er sich ihr in diesem Moment sehr nahe.

Jason atmete tief durch. Die Leute nahmen ihre Tätigkeiten wieder auf und er war mit Stiller Pfad erneut allein.

„Danke", murmelte er.

Der Chief nickte. Schweigend saßen sie einen Moment lang da. Dann fragte Stiller Pfad leise: „Trägst du etwas von ihr bei dir?"

Jason wollte erst nicken, doch er schüttelte den Kopf. Der alte Mann beobachtete ihn und schwieg. Sein Blick war auf die Hand gerichtet, mit der Jason immer noch den Stein umklammerte. Stiller Pfad sah ihm in die Augen, doch Jason entdeckte keinen Vorwurf, nur Verständnis.

„Ich ... sie hat mir das Amulett geschenkt", murmelte er. „Erzählen Sie mir von dem Geist", bat Jason, denn er brauchte dringend Ablenkung.

Stiller Pfad nickte und das Lächeln verließ sein Gesicht. Stattdessen zeigten sich Falten, die vorher verborgen gewesen waren. Bedächtig wiegte er den Kopf.

„Mein Stamm besucht diesen Ort jeden Sommer. Einige leben das ganze Jahr hier. Diese Gegend ist offiziell ein Reservat unseres Volkes. Doch viele leben und arbeiten in den Dörfern und Städten. Viel von unserem Wissen ist verloren gegangen. Das gefällt nicht jedem. Es gab einen Jäger, hm, in deinen Worten vielleicht Langes Messer. Er war der Vergangenheit sehr verbunden. Jagte mit dem Bogen und der Klinge. Hielt sich an die alten Rituale. Lebte das ganze Jahr hier draußen. Keine Liebe für die Zivilisation. Ein zorniger Mann." Stiller Pfad nickte und blickte in den Herbsthimmel hinauf. „Ein sehr zorniger Mann", murmelte er.

Jason zündete sich eine Zigarette an und wartete darauf, dass der Alte die Geschichte fortsetzte. Der betrachtet einen Moment lang die Wolken, die vorbeizogen.

„Eines Tages", fuhr der Chief fort, „ging Langes Messer auf die Jagd und die Götter führten ihn auf die Spur einer gefährlichen Beute." Stiller Pfad sah Jason in die Augen.

„Wilderer?", fragte der Geisterjäger leise.

Die Augen des Chiefs weiteten sich überrascht, eher nickte. „Ja, Männer deines Volkes. Sie jagten ohne Erlaubnis auf unserem Land. Sie stellten einer Bärin nach. Sie hatte ein Junges." Sein Blick sank zu Boden. „Das interessierte sie nicht. Mit ihren Gewehren fühlten sie sich stark, wie Krieger. Aber es waren dumme Männer. Langes Messer folgte ihnen. Doch er kam zu spät."

Jason drückte die Zigarette aus und schob den Filter in die Hosentasche.

„Die Bärin wollte kämpfen. Doch gegen drei Gewehre war sie ohne Aussicht auf Sieg. Ebenso Langes Messer. Er wollte das Junge beschützen, nun ein Waisenkind der Natur." Ein leises Seufzen. „Sie schossen auf ihn, als er mit gezogener Klinge auf sie zukam. Sie liefen davon, ließen die tote Bärin und den sterbenden Mann zurück."

Jason schluckte. „Sie haben beide einfach liegen gelassen?"

Stiller Pfad nickte. „Ja. Feigheit für ihre Tat ließ sie alles andere vergessen. Keine Ehre."

Die beiden Männer, Jung und Alt, schwiegen einen Moment. Stiller Pfad winkte ein kleines Mädchen heran, wechselte einige Worte in der Sprache der Nlaka'pamux mit ihr und lächelte ihr nach, als sie loslief. Dann schwieg Stiller Pfad und sein Blick ging ins Leere. Jason wartete ab. Nach ein oder vielleicht zwei Minuten kam das Mädchen wieder angelaufen und hielt etwas in jeder Hand. Jason staunte nicht schlecht, als er sah, was sie Stiller Pfad überreichte.

„Coke? Und so wie die Dosen aussehen, kalte Coke", sagte er überrascht.

Der alte Mann bedankte sich bei dem Mädchen und reichte Jason eine der Dosen. Kopfschüttelnd nahm er das gekühlte Getränk entgegen.

Lächelnd öffnete Stiller Pfad den Verschluss und sagte: „Eine Dose am Tag. Ich bin nicht Langes Messer. Ich finde nicht alles schlecht, was von deinen Leuten kommt."

Jason riss den Verschluss auf und hielt seinem Gastgeber die Coke zum Anstoßen hin. Grinsend ließ dieser seine gegen Jasons Dose prallen, um dann einen tiefen Schluck zu nehmen. Wieder schweigend saßen sie da und tranken das süße, sprudelnde Getränk. Als Jason ausgetrunken hatte, nahm er sich eine Zigarette und nutzte die Dose als Aschenbecher. Leise zischend fiel die Asche in den dunklen Schlund.

„Ich hab 'ne ungefähre Idee, wie es weitergeht", murmelte er.

Stiller Pfad blickte ihn aufmerksam an.

„Der zornige Geist eines Jägers. Der unruhige Geist der Mutter, die sich Sorgen um ihr Baby macht. Tolle Kombi. Ich würde sagen, ihr habt hier ein echtes Problem."

Stiller Pfad nickte. „Ja, das haben wir."

„Sind eure Leute auch in Gefahr?"

„Alle sind in Gefahr. Das Junge starb. Der Wald kann grausam sein für ein ungeschütztes Wesen."

„Scheiße", sagte Jason trocken. „Ein richtig dickes Problem."

Sein Gegenüber lächelte schief. „Ja, so kann man wohl sagen."

Jason nickte. Stille schloss sich an.

Schließlich formulierte Jason die Frage, die ihn beschäftigte: „Aber dann stimmt es nicht, was ich gelesen habe. Es ist kein von einem Geist besessener Bär. Es ist der Geist des Tieres, oder nicht? Und der von diesem Typen, äh, Langes Messer."

Stiller Pfad sah ihn einen Moment lang an. „Ja und nein", sagte er. „Es ist anders als jemals zuvor. Der Geist der Bärin ist verbunden mit dem Geist von Langes Messer."

Jason schüttelte den Kopf. „Miteinander verbundene Geister? Kranker Scheiß."

Stiller Pfad wiegte den Kopf hin und her und nickte dann vage.

„Und meistens passieren die schlimmen Dinge nachts", vermutete Jason weiter.

Stiller Pfad nickte.

„Dann muss ich heute Nacht in den Wald."

Der alte Mann sah ihn an. „Das ist sehr mutig oder sehr dumm."

Jason zuckte mit den Schultern. „Hier im Dorf werde ich wohl kaum gegen ihn antreten. Ich brauch was zu futtern. Ich hab Hunger."

„Dann lass uns essen. Und bevor es dunkel wird, essen wir erneut."

Die Nacht kam schnell. Das Licht ging und die Dunkelheit hielt Einzug. Fackeln erhellten den Bereich um den Eingang zum Dorf. Männer und Frauen hatten Gewehre, einige Bögen oder Speere in den Händen. Die Kinder waren alle in den Häusern. Stiller Pfad bedeutete, die beiden schweren Riegel beiseite zu nehmen. Das Tor wurde aufgezogen. Keiner sagte etwas. Jason ließ den Blick über die Anwesenden schweifen. Viele nickten ihm zu, einige lächelten sogar. Es herrschte Stille, nur das leise Raunen des Windes in den Bäumen und das Knistern der Fackeln war zu hören. Über ihnen glänzten matt die Sterne.

„Na dann", murmelte Jason und sah in die lauernde Finsternis jenseits des Schutzwalls.

„Gute Jagd, Krieger", sagte Stiller Pfad und ergänzte noch etwas in der Stammessprache. Die Menge wiederholte die Worte leise.

„Jason", begann der alte Mann und legte die Hand auf Jasons Brust. Ob gewollt oder nicht, traf er genau das Amulett. „Lege diesen Stein niemals ab. Niemals." Stiller Pfad blickte ihm eindringlich in die Augen. „Vertraue auf das, was du verloren glaubst."

Jason runzelte die Stirn und erwiderte leicht perplex: „Ich lege das Amulett nie ab."

„Gut." Stiller Pfad nickte.

Jason drehte sich um und verließ die Sicherheit der Palisaden. Kaum hatte er das Tor passiert, schoben die Dorfbewohner es hinter ihm wieder zu.

Vor ihm lag Dunkelheit. Er hörte das Rascheln kleiner Tiere im Unterholz, die leisen Geräusche des nächtlichen Waldes. Jäger und Gejagte, die bei Tag ruhten und nun erwacht waren, schufen eine leise Kulisse aus für Jasons Stadtohren ungewohnten Geräuschen. Er schnaufte, ging geradeaus und folgte erst einmal dem Weg. In dem Licht, das vom Tor herüberschien, konnte er neben Hufspuren auch Reifenabdrücke sehen. Nach einer leichten Kurve trat er unter das Dach der Bäume und schlagartig wurde es finster. Minutenlang wanderte er den Weg entlang, ehe er lauschend stehen blieb.

„Komm, Wald, lass mich deinen Rhythmus hören. Sing mir was vor und verrat mir, wo ich die Geister finde", flüsterte er.

Er legte den Kopf von der einen auf die andere Seite, wurde mit einem entspannenden Knacken belohnt und schloss die Augen. Die Melodie des Waldes war so anders als die der Stadt, tief und ruhig. Er suchte in diesem ungewohnten Lied die falsche Note, den Ton, der die Melodie störte. Ein Schaudern durchlief ihn. Er zog seine leichte Jacke enger um sich und machte den Reißverschluss zu, doch plötzlich hielt er in der Bewegung inne. Es war schlagartig still um ihn herum geworden. Jason blieb wie eingefroren stehen und ließ seine Augen wandern, ohne die Haltung des Kopfes zu verändern. Nur noch das Rauschen in den Blättern war zu hören. Ab und an unterbrach ein leises Knacken der Bäume die Stille, doch die restlichen Geräusche des nächtlichen Waldes waren verstummt. Er ließ die Jacke Jacke sein und drehte sich langsam um. Hinter sich konnte er noch den Schimmer des Dorfes gegen den schwarzen Nachthimmel sehen. In jeder anderen Richtung wartete Finsternis auf ihn. Langsam ging er voran und lauschte wieder auf das tiefe, dunkle Lied dieser Welt. Der Weg machte eine weitere Biegung und entzog das Dorf endgültig seinem Blick. Die Dunkelheit um ihn herum wurde nur von den Sternen über ihm durchbrochen. Kleine, silberne Nadelstiche in der Schwärze, deren Licht nicht ausreichte, um ihn unter dem Blätterdach zu erreichen. Jason ging bewusst langsam, prüfte bei jedem Schritt unsicher, ob er den Fuß gefahrlos absetzen konnte. Die Bäume um ihn herum konnte er nur noch erahnen. Das erste Herbstlaub raschelte unter seinen Füßen. Gleichzeitig ließ er das Lied des Waldes durch sich fließen, lauschte und suchte den Misston, der auf einen bösen Geist hinweisen würde.

„Nichts", murmelte er, während er dem Weg immer weiter folgte. Es fiel ihm schwer einzuschätzen, wie weit er schon gekommen war. „Laut den Berichten hat es immer Wanderer erwischt, die abseits der Wege waren."

Unschlüssig blieb er stehen und ärgerte sich, keinen Blick auf eine Karte geworfen zu haben. Oder vielleicht an eine Taschenlampe gedacht zu haben. Hatte er aber nicht. Stur, wie Jason war, setzte er seinen Weg fort. Eine ganze Weile wanderte er zaghaft durch das

Dunkel. Dann hörte oder vielmehr fühlte er etwas. Eine andere Melodie mischte sich in das tiefe Brummen des Waldes. Angestrengt starrte er in die Finsternis zu seiner Rechten. „Is das ein Pfad?", flüsterte er und bemühte sich, etwas zu erkennen.

Er zuckte mit den Achseln und ging los. Tatsächlich schien zwischen den Bäumen ein schmaler Trampelpfad entlangzuführen. Jason stützte sich an den Stämmen zu beiden Seiten ab. Er fühlte die trockene und rissige Rinde unter seinen Händen, während er sich von einem zum nächsten tastete.

„Scheiße, ist das dunkel hier und so verdammt still. Ich fühl mich wie 'n Bagger. Man muss mich meilenweit hören", grummelte Jason.

Er registrierte, wie sein eigenes Motzen durch die Stille unter den Bäumen hallte. Dennoch setzte er den mühsamen Weg fort und folgte dem vermeintlichen Pfad. Ab und an stolperte er und versuchte jedes Mal, ein Fluchen zu unterdrücken. Es gelang ihm nicht immer. Die Stille wurde gelegentlich von einem „Scheiße!" oder „Fuck!" unterbrochen. Der Weg führte eine Weile ein wenig bergab, bis er eine Lichtung erreichte. Er sah sich im Licht der Sterne um, an das sich seine Augen mittlerweile gewöhnt hatten. Er schien in einem kleinen Tal zu sein. Die offene Wiese vor ihm war nicht besonders groß, aber eine willkommene Abwechslung nach der Dunkelheit unter den Bäumen.

„Sind das viele Sterne", sagte er leise und legte den Kopf in den Nacken.

Er nahm den Anblick in sich auf und konzentrierte sich wieder auf das Lied. Mit zusammengekniffenen Augen drehte sich der Geisterjäger langsam im Kreis. Ein Missklang mischte sich in den leisen, tiefen Song der Natur. Jason presste die Kiefer aufeinander.

„Hier bin ich, Arschloch. Komm und hol deine Beute, du Penner", knurrte er. Unbewusst ballte er die Fäuste und sammelte Kraft. So stand er da und wartete auf seinen Gegner. Nichts geschah. Die falsche Note hing in der Luft und kam weder näher noch entfernte sie sich. Jason drehte sich angespannt langsam im Kreis. Er ließ Nacken und Ellenbogen knacken. In der Stille klang es wie Gewehrschüsse. Er strengte sich an, um zu erkennen, woher der Ton kam, ging in die Richtung los und fixierte den Waldrand. Prompt stolperte er über etwas, das verborgen im Gras lag. Jason schlug der Länge nach hin und motzte leise. „Scheiße, was war das denn?" Er rappelte sich auf und versuchte, im Licht der Sterne zu erkennen, worüber er gefallen war. Es war ein Körper. Jason atmete scharf aus. Im fahlen Licht sah er, dass es sich um einen Mann handelte, der seitlich am Boden lag. Den Rucksack hatte er noch auf dem Rücken, die Gedärme hingen aus seinem aufgerissenen Bauch. Jason schluckte. Ein Gewehr lag neben der Leiche. Die Waffe war gegen diese Art von Gegner nutzlos gewesen. Jason machte ein paar Schritte zurück, atmete tief durch und schluckte. Er hatte dem Toten ins Gesicht sehen wollen, doch da war nichts mehr außer einer großen, furchtbaren Wunde. Als er sich weiter umsah, entdeckte er eine weitere Leiche. Ebenfalls ein weißer Mann, ebenfalls fürchterlich zugerichtet. Jason schüttelte den Kopf. Er hatte schon zu viele Leichen gesehen, um schockiert zu sein. Dennoch schauderte er bei dem Anblick des Massakers.

Ein dumpfes Grollen hallte über die Lichtung. Jason wirbelte herum und starrte in den Schatten der Bäume. Er konnten nichts entdecken. Aber deutlicher als zuvor hörte er den falschen, schiefen Ton im ewigen Lied. Wo verbarg sich sein Gegner? Warum kam er nicht heraus? Das Grollen wiederholte sich, klang aber entfernter.

„Dann lassen wir die Jagd mal beginnen", sagte Jason und wurde lauter. „Hörst du mich?", rief er. „Ich komme, um dich aufzuhalten. Ich jage dich, nicht umgekehrt!"

Seine Stimme echote durch das Tal. Für einen Moment schlang Jason die Arme um seinen schmalen Oberkörper, um das Zittern zu unterdrücken. Ob es die feuchte Kühle der Nacht, die Leichen oder etwas anderes war, wollte Jason weder ergründen noch genauer wissen.

Er ging in die Richtung, aus der das Geräusch gekommen war, wieder hinein in die Dunkelheit unter den Bäumen und ließ die grausam zugerichteten Leichname hinter sich zurück. Sich wiederum von Stamm zu Stamm tastend, folgte Jason dem Misston. Angespannt lauschte er dem Lied, und die falsche Note darin war so sehr anders als alles, was er bisher kennengelernt hatte, dass sich ein feiner Film aus kaltem Schweiß auf seinen Rücken legte.

Stumm verfluchte er die Dunkelheit und erhielt als Antwort ein dumpfes Brummen. Stocksteif blieb er stehen. Wie groß war so ein Bär eigentlich? Das tiefe, kehlige Geräusch war direkt vor ihm erklungen und ließ etwas beschissen Massiges erahnen. Dann herrschte wieder Stille.

Jason verharrte einen Moment lauschend und sah sich vorsichtig um. Eine weitere Sache kam ihm in den Sinn, flog ihm zu, um seine Unsicherheit in dieser fremden Umgebung noch zu steigern: Er hatte es noch nie mit zwei verbundenen Geistern zu tun gehabt. Langsam ging er weiter. Unter seinen Füßen raschelte das Laub und ab und an zerbrachen Zweige knackend unter seinem Gewicht. Angestrengt starrte er nach vorne und wollte Ästen ausweichen, doch er blieb immer wieder hängen. Mit einem Ruck musste er sich losreißen und hörte, wie der Stoff seiner leichten Jacke nachgab. Seine Hose hatte bereits gelitten, und er war froh, seine schweren Stiefel zu tragen. So leise, wie es ihm eben möglich war, ging er weiter und stapfte eine Zeitlang durchs immer dichter werdende Unterholz.

„Hier ist doch im Leben kein Scheißbär durchgekommen", murrte er und verbesserte sich sofort selbst. „Ein Geist schon eher."

Die falsche Note brannte in seiner Seele. Er fühlte Hass und Wut. Durch das herbstliche Laubwerk über ihm schimmerten einsame Sterne, doch ihr Licht erreichte Jason nicht. Er zitterte, nein, seine Knochen vibrierten wie eine Stimmgabel. Schließlich bemerkte er ein mattes Glühen. Verwirrt blieb er stehen und sah sich um. Seine Augen wurden groß. Er selbst war die Quelle.

„Aber ich mache doch noch gar nichts", murmelte er und sah verwirrt an sich herab.

Der Schlag traf ihn völlig unvorbereitet. Ein alter, schon abgestorbener Baum stürzte auf ihn. Jason hatte keine Chance mehr auszuweichen. Er riss den linken Arm hoch und schrie vor Schmerzen auf. Trotz des Getöses der brechenden Äste konnte er das trockene Knacken in seinem Arm hören. Zu seinem Glück hatte ihn der Baum nicht voll erwischt. Die dickeren Äste hatten sich in den Boden gebohrt und so verhindert, dass der Stamm ihn erschlug. Der Geruch fauligen Holzes umgab ihn und Adrenalin toste in seinen Adern. Er nahm plötzlich alles viel deutlicher wahr, roch und hörte besser. Ein großer Käfer kroch durch sein Sichtfeld und die gewaltigen Mandibeln öffneten und schlossen sich.

Stöhnend schleppte er sich aus dem Gewirr und versuchte, den linken Arm dabei nicht zu belasten. Seine Jacke zerriss an mehreren Stellen ebenso wie seine Hose. Er hatte überall Schrammen.

„Der geht auf dich, Arschloch", zischte er.

Unter seiner Kleidung glühte er noch immer. Als er endlich frei war, stand er auf und sah sich um, atmete tief ein und lauschte.

„Fuck. Du bist überall um mich herum. Verdammt, wie machst du das?", keuchte er unsicher.

Er fühlte sich wie auf dem Grund eines Sees, als wäre er von allen Seiten von Wasser umgeben. Ebenso schien der Misston, die falsche Note im Lied des Lebens überall um ihn herum zu sein, pulsierend, dumpf, hart, hasserfüllt. Er kniff die Augen zusammen. Sein Arm pochte und seine Sinne dröhnten. Langsam drehte er sich in alle Richtungen, als er das dumpfe Knurren hörte. Ein Ton so tief und so voller Wut, dass Jason alle Willenskraft brauchte, um nicht wegzulaufen.

„Du machst mir keine Angst, Arschloch!", rief er.

Ein leichtes Zittern schlich sich dennoch in seine Stimme. Inmitten der Finsternis waren da nur diese widerlich falsche Note und das Knurren der Bestie. Jason atmete tief durch.

„Hier soll sie also enden, unsere Jagd? Stell dich, damit ich dir in den Arsch treten kann!"

Diesmal zitterte seine Stimme mehr aus Wut als aus Angst. In Jasons Innerem baute sich ein Mantra auf. Es rollte durch sein Selbst, ein Rauschen so kraftvoll wie das Meer. Oder war es das Brüllen von Feuer? Er dachte nicht darüber nach, sondern ließ es einfach geschehen, vertraute ganz und gar seinem Instinkt.

Unschuldige Seelen, noch jung und voller Trauer, unschuldige Seelen, kommt zu mir. Euer Leid will ich beenden, keinen Schaden sollt ihr erleiden.

„Unschuldige Seelen", murmelte er leise.

Um ihn herum rumorte und knackte es aus allen Richtungen. Im Dach des Waldes raschelten die Blätter. Mit einem Schlag schien alles in Bewegung zu sein. Egal wohin er sah, die Äste zitterten und Büsche wackelten. Jason zog den Kopf ein und nahm die Arme hoch. Er zischte, als der Schmerz durch seine Linke fuhr. Dennoch hielt er sich bereit, versuchte, in dem plötzlichen Lärm seine Beute zu finden. So still der Wald zuvor gewesen war, so klang es jetzt danach, als würde sich eine Armee um ihn herum sammeln. Jason atmete tief durch.

„So nicht, verdammt", knurrte er und pumpte mehr Kraft in sein Mantra. Je mehr er sich anstrengte, umso lauter wurde es um ihn herum. Jason ballte die Fäuste, wiederum belohnt durch einen Blitz aus Schmerzen in seinem Arm. „Ich weiß, dass ihr nur Opfer seid!", schrie er impulsiv.

Er schloss die Augen. Das hier war ein anderes Spielfeld mit anderen Regeln. Zumindest fühlte es sich so an. Es war nicht die hektische, laute Welt der Menschen mit ihrem Chaos aus Gefühlen. Das hier war anders. Jason ließ die Arme sinken, öffnete die Augen und ließ los. Von einer Sekunde auf die andere tat er nichts mehr, außer zu atmen und sein Herz schlagen zu lassen. Sein Gefühl sagte ihm, dass dieses Mal Angriff nicht der beste Weg sein würde. Er öffnete seine Sinne.

Jason fühlte den Wald, den unglaublich tiefen Song, den diese Welt spielte. Er nahm ihn tief in sich auf, spürte, wie sein Herz sich dem langsamen Rhythmus anpasste, und nahm die unglaubliche Kraft wahr, die ihn umgab. Pures Leben und eine ruhige, unaufhaltsame Stärke.

„Es tut mir leid, was passiert ist", sagte er leise.

Von einer Sekunde auf die andere wurde es still. Das Rascheln war fort, ebenso das Knurren, doch Jason wusste, dass er nicht allein war.

„Ihr seid Opfer. Ihr seid nicht meine Beute und ich nicht euer Jäger", fuhr er fort. „Es ist furchtbar, was passiert ist. Diese Arschlöcher haben alles kaputtgemacht. Aber die anderen, die können nichts dafür."

Unbewusst legte er die Hand auf das Amulett, eine für ihn so natürliche Bewegung, dass er nicht darüber nachdachte.

Irgendwo in ihm erklang eine leise, sanfte Stimme: *Sei vorsichtig.*

Er vernahm Schritte oder etwas, das wie Schritte klang. Seine Tattoos leuchteten nicht mehr, und so herrschte wieder völlige Finsternis um ihn herum. Jason erkannte eine schemenhafte Gestalt vor sich. Das Tier kam zwischen den Bäumen auf ihn zu. Er sog die feuchte, nach Moos und Laub duftende Luft tief in sich auf. Die pure Größe des Geistes verblüffte ihn.

„Ich bin hier, um euch zu helfen", sagte der Geisterjäger.

Die Bärin blieb einige Meter vor ihm stehen. Die milchige Gestalt schimmerte leicht, und Jason konnte die Bäume hinter ihr durch ihren Körper sehen.

„Es tut mir leid, was euch angetan wurde. Das war nicht richtig. Es war scheiße. Es war falsch. Doch all diese Leute zu töten, wird euch nicht helfen. Es wird alles schlimmer machen. Den Wald vergiften. Ihr werdet böse werden. Eure Wut wird euch zu einem Monster machen."

Die Bärin sah ihn mit ihren weißen Augen durchdringend an. Etwas Menschliches schimmerte darin.

„Bitte, lasst diesen Ort und eure Wut hinter euch. Es wird sonst schlimmer werden. Scheiße, viel schlimmer." Jason redete so sanft, wie er konnte. Das Lied des Waldes durchdrang ihn, beruhigte ihn. Die Bärin öffnete ihr Maul und Jason sah die gewaltigen Zähne darin.

„Bitte", sagte er noch einmal.

In seinem Inneren spürte er etwas anderes. Zu der ihm bekannten Energie gesellte sich etwas Neues.

Wieder erklang in ihm diese sanfte Stimme: *Allein wirst du das nicht schaffen.*

Jason verzog das Gesicht. Er war immer allein.

Du bist nie allein.

Verwirrt versuchte er, sich weiter auf den Geist zu konzentrieren.

Lass dir helfen, wisperte tief in ihm die Stimme.

Instinktiv wehrte er sich und wollte diese unbekannte Energie stoppen.

Lass mich dir helfen, flüsterte es immer leiser.

Jason wollte es nicht hören.

Weißt du das nicht … Endlich verklang die Stimme.

Jasons Gedanken waren durcheinander. Er griff sich an den Hals und holte das Amulett hervor. Wieso er das tat, konnte er selbst nicht sagen. Seine Finger schlossen sich um den Anhänger und der grüne Stein lag warm in seiner Faust. Jason zwang seine Konzentration zurück auf den Geist vor sich. Wieder erklang die leise Stimme, irgendwo tief in ihm: *Lass mich helfen.* Jason kniff die Augen zusammen, um sie dann beinahe verzweifelt wieder aufzureißen. So einen Scheiß konnte er jetzt echt nicht gebrauchen. Was war hier los? Seine Hand umkrampfte das Amulett und energisch stopfte er es zurück unter die Kleidung. *Du bist ... nicht ...*, wisperte die Stimme und wurde immer leiser.

„Ich bin im Arsch, wenn ich mich jetzt nicht zusammenreiße", knurrte er.

Jason hob die Arme und wandte trotz der Schmerzen die offenen Handflächen dem Geist zu. Er tat etwas, das er noch nie getan hatte. Statt anzugreifen, sein Mantra gegen das Gespenst zu wenden, war er bemüht, Ruhe auszustrahlen. Jason konzentrierte sich ganz darauf, nicht feindselig zu wirken. Die milchige Gestalt des großen Tieres begann zu zittern. Immer wieder wurde das Bild unscharf. Der Misston im sanften Lied des Waldes vibrierte. Jason presste die Kiefer aufeinander. Der Blick des Geisterwesens war immer noch unverwandt auf ihn gerichtet. Die Impulse folgten immer schneller aufeinander. Um sie herum war Stille. In Erwartung dessen, was geschehen würde, schien der Wald den Atem anzuhalten. Das Bild verschwamm zusehends. Jason starrte der Bärin in die Augen, ignorierte den Schwindel, den das Flackern in ihm erzeugte. Er versuchte, die wilden Noten, die schnell wechselnden Töne in dem Lied zu verstehen. Seine Knochen schienen zu vibrieren. Was ging hier ab, verdammt?

Schlagartig endete es. Von einem Augenblick auf den anderen standen zwei Gestalten vor ihm: die Bärin und die Erscheinung eines Mannes. Jason wollte gerade durchatmen, als das große Tier mit einer unfassbaren Geschwindigkeit vorsprang und ihn mit einem Prankenhieb gegen das linke Bein fällte. Doch nicht die durchscheinende Tatze des Tieres traf ihn, sondern ein zersplitterter Ast, der zur Waffe des Geistes geworden war. Blut spritzte durch die Dunkelheit. Jason schrie vor Schmerzen auf.

Zeitgleich brüllte die Seele des Ureinwohners und hechtete nach vorn. Die Bewegungen zogen helle Schlieren durch die Finsternis unter den Bäumen. In seinem erhobenen Arm hielt der Geist von Langes Messer eine silbern schimmernde Klinge. Jason lag am Boden, sein Bein brannte. Über ihm erhob die Bärin ihre Klauen, bereit, ihm den Rest zu geben. Sie brüllte auf, eine Kakofonie aus rasendem Zorn. Jason hob verzweifelt den gesunden Arm, eine hilflose Geste der Verteidigung, sinnlos im Angesicht dieser Urgewalt. Jedes bisschen Ruhe wich der Angst. Doch die Angst brachte etwas anderes mit sich. Wut loderte wie ein gewaltiges Feuer in ihm auf. Der Geist des einstigen Jägers landete im Nacken der Bärin und hieb immer wieder mit dem Messer auf den durchscheinenden Hals ein. Der Hieb, der Jason hätte töten sollen, krachte neben ihm in den Boden, ohne dort auch nur einen Abdruck zu hinterlassen. Über ihm kämpften die Geister einen wütenden Kampf. Jason zwang sich verzweifelt in die Höhe und taumelte einige Schritte rückwärts, bis er gegen einen Baum prallte. Sein linkes Bein brannte. Er ahnte, dass er zu schnell zu viel Blut verlor. Ein Gefühl, mit dem er schon grausam vertraut war. Jason zitterte vor Schwäche.

„So nicht, verfluchte Scheiße", knurrte er.

Vor ihm führten die Geisterbärin und Langes Messer einen erbitterten Kampf. Das, was einstmals die Seele eines Tieres gewesen war, schüttelte just den Geist des Mannes ab, der sich in das milchig, durchscheinende Rückenfell geklammert hatte. Sie ging auf ihn los und ignorierte Jason.

Der sah seine Chance und formulierte in seinem Kopf ein Mantra.

Böse Geister gehet fort. Seht das Licht, nehmt das Urteil an. Dies ist nicht mehr eure Welt, gehet fort in das Licht.

Der Blutverlust schwächte ihn und er sackte langsam in sich zusammen. Mühsam stand er gegen den Baum gelehnt da und versucht verzweifelt, stehen zu bleiben. Jene durchscheinende Gestalt, die einst Langes Messer gewesen war, tauchte in letzter Sekunde unter einem Prankenhieb hindurch und rammte seinem Gegner die substanzlose Klinge in die Seite. Der Kopf der Bärin schnellte herum und sie packte den Arm ihres Gegners mit ihren Fängen.

Jasons Gedanken wurden träge. Müde fragte er sich, was Tiere fürchteten, damit er es gegen die Geisterbärin einsetzen konnte. „Feuer", murmelte er. In seinem Kopf summte das Mantra weiter. *Böser Geist, deine Rache ist falsch. Böser Geist, geh in das Licht, deine Rache ist ohne Gerechtigkeit.* Langes Messer riss die Klinge heraus und stach immer wieder auf den Kopf des Tieres ein, dessen Kiefer seinen Arm in ihrem unerbittlichen Griff festhielten.

„Das bringt nichts", keuchte Jason.

Der Geisterjäger fühlte, dass die Energie des Mantras nicht wirkte, dass es an der urtümlichen Wut der Bärin abprallte. Sie war kein Mensch. Worte nutzten nichts. Kraftlos rutschte er langsam an dem Baumstamm herunter.

„Muss was anderes finden. Feuer ... Ich habe noch nie ...", keuchte er.

Mühsam schüttelte er den Kopf. Die Ohnmacht streckte ihre Arme nach ihm aus. Ihm entglitten die Worte, und was blieb, war eine Vorstellung. In seinem Kopf formten sich keine Sätze, kein Mantra mehr. Farben ersetzten alles, wurden zu Bildern. Hitze stieg in ihm auf. In einer letzten Anstrengung hielt er das Bild fest. Mit hin und her schwankendem Kopf fixierte er mühsam den Geist der Bärin.

„Mal sehen, wie dir das gefällt", hauchte er und ließ das Bild los. Vor seinem inneren Auge raste eine Flammenwand auf den urgewaltigen Geist zu. Ein Brüllen von jenseits der Zeit erschütterte den Wald, als die entfesselte Energie ihr Ziel traf und einhüllte. Jason glitt in die Dunkelheit. Die Bärin, von unwirklichen Flammen umgeben, fegte Langes Messer mit einem Hieb beiseite und sprang auf Jason zu. Das letzte Bild in seinem sich immer mehr zusammenziehenden Blickfeld war das weit aufgerissene Maul der Geisterbärin über sich.

Dunkelheit. Ein rotes Schimmern in der Finsternis. Jason fiel in einen blutigen Abgrund.

Worte in einer fremden Sprache rollten in Jasons Kopf hin und her. Die Laute klangen halb vertraut, aber er verstand nichts. Mühsam bemühte er sich, einen Sinn zu erfassen. Die Frage, ob er noch am

Leben war, hatte jedoch Vorrang vor allem anderen. Er bewegte sich ein wenig und wurde sofort mit starken Schmerzen belohnt.

„Fuck, ja, ich lebe noch", murmelte er und zwang mühsam seine Augen auf.

Über ihm war der Geist des Ureinwohners. Der Fremde redete auf ihn ein.

„Ich versteh dich nicht, Mann. Aber nett, dass du es versuchst", antwortete Jason träge.

Vorsichtig drehte er sich hin und her. Die Bärin war fort. Als er seinen Blick auf den Geist von Langes Messer fokussieren konnte, sah er, dass dieser lächelte. Jason stemmte sich müde auf die Ellenbogen und einen Moment lang schauten sie sich in die Augen. Mit einem letzten Lächeln verging Langes Messer wie eine Nebelwolke in einem Windhauch. Jason wurde wieder ohnmächtig.

Rote Dunkelheit. Fallen. Eine Stimme, die ihm vertraut war, doch Jason konnte nichts verstehen.

Wieder umschwirrten Jason Worte in einer Sprache, die er nicht kannte. Alles schaukelte und wankte. Er lag auf einer Trage, die von vier Männern durch das Unterholz bugsiert wurde. Die Augen fielen ihm wieder zu.

Rote Dunkelheit. Ein grüner Stern in der Tiefe. Eine sanfte Stimme.

Als Jason das nächste Mal erwachte, war es schummrig um ihn herum. Im ersten Moment traute er seinen Sinnen nicht. Dann nahm er den Geruch von etwas Würzigem wahr und sofort meldete sich sein Magen vehement zu Wort.

„Du bist wach. Gut", murmelte eine bekannte Stimme neben ihm.

„Hallo, Stiller Pfad", krächzte Jason und schluckte. Sein Hals war trocken.

„Hier, trink etwas."

Vorsichtig hielt der alte Mann dem Geisterjäger einen Becher mit warmem Tee hin. Jason richtete sich ein wenig auf, nahm dankbar einen Schluck und stellte fest, dass es kein Tee, sondern Brühe war. Er genoss die herbe Würze und trank noch einen Schluck.

„Wir haben deine Wunden versorgt. Du bist schwer verletzt worden."

Jason betrachtete die Bandage um seinen Arm. Sie ähnelte fast einem Gips, roch aber nach frischen Kräutern.

„Die Verbände und die alte Zauberei darin werden deinen Verletzungen helfen, schnell zu heilen. Wenn der Geruch der Kräuter fort ist, hat der Zauber seine Arbeit getan."

Jason sah ihn schief an und ließ sich dankbar wieder auf das Kissen sinken.

„Was auch immer du sagst, Alter", murmelte er.

„Du schläfst jetzt. Dann isst du. Und dann bekommst du deine Belohnung."

Jasons Augen fielen schon zu und er brummte eine Zustimmung.

Ein paar Stunden später wachte er auf.

„Scheiße", murmelte er und streckte sich vorsichtig. Sein linker Arm war geschient worden und mit einem festen Verband versehen. Diverse Unterschriften waren darauf zu lesen.

„Nichts davon mitbekommen. Ich muss echt im Arsch gewesen sein."

Er zog ein wenig die Decke beiseite und besah sich sein Bein. Es war ebenfalls in einen Verband gewickelt und der Geruch der Kräuter erfüllte seine Nase.

„Mich hat es ziemlich erwischt", brummte er und erinnerte sich kopfschüttelnd an die Bärin und Langes Messer.

Was genau war da draußen geschehen? Woher war das Feuer gekommen? Und was war das für eine Stimme gewesen, die ihn abgelenkt hatte? Auf einem kleinen Tisch neben dem Bett lag saubere Kleidung. Im ersten Moment interessierte ihn jedoch vor allem der Teller mit Brot, kaltem Fleisch und ein bisschen Gemüse. Hungrig verschlang er alles. Dann wandte er sich den Klamotten zu. Ein Flanellhemd in Karooptik, eine feste Jeans und passend dazu Stiefel.

Jason verzog ein wenig das Gesicht, als er die Sachen betrachtete. Sie waren nicht ganz sein Stil, aber er zog sie dennoch an, auch wenn er sich dabei sehr vorsichtig bewegen musste. Ein leises Knarren ließ ihn sich zu der Tür umdrehen.

„Du bist wach. Gut", sagte Stiller Pfad, während er den Raum betrat. „Du bekommst jetzt die Belohnung für deinen Mut. Das ist unser Mann der Schriften", erklärte er und deutete auf den zweiten Ureinwohner, der ihm folgte und einen kleinen Koffer aus Holz mitbrachte. Er sagte etwas in der Sprache der Nlaka'pamux zu Stiller Pfad.

„Was hat er gesagt?", fragte Jason. Der Neuankömmling war ungefähr im gleichen Alter wie Stiller Pfad.

„Er hat gefragt, ob du bereit für Schmerzen bist."

Jason verzog das Gesicht. „Wie jetzt, Schmerzen?"

„Unser Geschenk ist ein neues Bild. Eines, das dir in der Zukunft Kraft geben wird, wenn du bereit bist, den Schmerz zu ertragen. Was hast du gefühlt, dort draußen, als du auf der Jagd warst?"

Jason seufzte und erinnerte sich. „Der Geist der Bärin. Da war so viel Kraft darin. Hätte Langes Messer mich nicht gerettet, wäre ich wohl nicht hier. Und … es … ich weiß nicht, fühlte sich wie Feuer an."

Stiller Pfad nickte und sagte etwas in seiner Sprache zu dem anderen. Dieser nickte.

„Nun bekommst du dein neues Bild in die Haut, eines, das dich an uns erinnern und für immer deine Verbindung zu deinem Feuer stärken wird."

„Eine Tätowierung?", fragte Jason ungläubig. „Habt ihr überhaupt Strom hier drin?"

„Wir brauchen keinen Strom."

Der Mann öffnete den Koffer und Nadel und Faden kamen zum Vorschein. Mit starkem Akzent murmelte er: „Zieh das Hemd aus."

„Ach du Scheiße", sagte Jason leise.

Während der schmerzhaften Prozedur erzählte Jason Stiller Pfad, was im Wald passiert war. Seine Erzählung wurde immer wieder von leisem Stöhnen unterbrochen. Schließlich kam er zu dem Punkt, der ihn am meisten beschäftigte.

„Es war seltsam. Ich habe den Geist der Bärin nicht besiegt. Wäre Langes Messer nicht gewesen, dann wäre ich tot."

Stiller Pfad nickte, schwieg aber.

„Diese Stimme, sie hat mich abgelenkt. Ich weiß nicht, was das war."

Der alte Chief sah ihn an. „Darf ich?", fragte er und deutete auf das Amulett. Jason zuckte vor Schmerz zusammen und presste die Kiefer aufeinander. „Ich weiß nicht", brummte der Geisterjäger, der hilflos dalag, während der Mann der Schriften mit Nadel und Faden sorgsam Farbe unter seine Haut brachte.

Jason blickte Stiller Pfad in die Augen und nickte dann langsam. Der alte Mann berührte sanft das Amulett mit dem grünen Stein und lächelte dann.

„Du musst noch viel lernen", raunte er, nicht vorwurfsvoll oder ermahnend, sondern sanft und ruhig.

Jason schaute ihn fragend an und zuckte erneut zusammen. Stiller Pfad lächelte, öffnete eine Dose mit Limonade und trank. Am nächsten Tag brachten zwei der Dorfbewohner ihn wieder zurück in die Zivilisation. Zum Abschied hatte Stiller Pfad ihn fest an den Schultern gepackt und ihm lange in die Augen gesehen. Jason war klar geworden, dass er den alten Mann nie wieder vergessen würde.

Als jemand neben seinen Tisch trat, blickte er auf. Julie stand da und sah ihn mit leicht geröteten Wangen an.

„Es tut mir leid, dass Chloe Sie so ungezogen angemacht hat. Sie kann ein wenig aufdringlich sein."

Jason seufzte. Er atmete einmal durch und zwang sich in das Hier und Jetzt zurück. „Hör mal, Julie, is schon okay. Ich bin in knapp zwei Stunden weg und sie muss mich nie wiedersehen. Bin nur ein weiterer Gast, der hier seinen Burger isst."

Sie lächelte ihn an und ihre Wangen wurden noch ein wenig dunkler. Draußen prasselte Regen gegen die Scheiben.

„Schade eigentlich. Sie sehen nett aus, also ich meine ... ich wollte nicht, also ich. Sie sehen jung aus für einen Polizisten, der mit so einer Mordermittlung zu tun hat."

Sie hielt den Block, auf dem sie sonst Bestellungen notierte, wie einen Schild vor sich. Jason seufzte und dachte erneut, wie süß sie aussah.

„Arbeitest du hier das ganze Jahr?", fragte er dann.

„Nein, nur in den Ferien. Ich studiere. Bald geht es wieder nach Vancouver. Aber ich mag die Gegend."

Jason nickte. „Es ist wirklich schön hier. Die Berge und die endlosen Wälder. Ich bin eher 'n Stadtjunge. Ich wünsche dir Erfolg bei deinem Studium, Julie."

In seinem Kopf formte er ein Mantra. *Der Erfolg sei dein, mit Fleiß und Glück, sei auf deinen Wegen stets beschützt.* Er wiederholte es einige Male, während er ihren Blick gefangen hielt und sie anlächelte.

„Danke", sagte sie nach einem Moment und blinzelte ein paar Mal. „Gute Heimreise."

Ihr Blick war ein wenig verklärt. Jason schaute ihr nach, als sie zum nächsten Tisch ging, seufzte noch einmal und machte sich dann wieder über den Burger her. Obwohl er die Pommes links liegen ließ, schaffte er trotzdem nicht alles. Irgendwann kapitulierte er, lehnte sich zurück und trank langsam seine Cola aus.

„Mann, das war echt lecker", stellte er zufrieden fest.

Julie kam wieder an den Tisch und fragte, ob er noch etwas bestellen möchte. Jason verneinte und bat um die Rechnung. Auf ihrem Weg zur Kasse blickte sie sich mehrmals um und schien immer noch leicht neben der Spur.

Er sah aus dem Fenster. Der Regen hatte aufgehört. Er konnte von hier auf den Fraser River schauen. Dort preschte gerade ein mit jubelnden Gästen beladenes Schnellboot vorbei und legte sich in eine scharfe Kurve. Jason betrachtete gedankenverloren das Boot und lauschte auf die Mischung aus Country- und Popmusik, die durch das Restaurant waberte.

Als Julie mit der Abrechnung an seinen Tisch herantrat, wirkte sie immer noch leicht verstört und guckte sich dauernd um. Sie trat von einem Bein aufs andere. Jason fragte sich, was ihr durch den Kopf ging. Dann schien sie sich einen Ruck zu geben.

„Sie sind kein Mounty, oder? Also kein Polizist?"

Jason lächelte. „Nein, Julie, bin ich nicht. Ich bin nur jemand, der geholfen hat."

„Warum haben Sie dann Ja gesagt?"

„Weil lügen manchmal leichter ist."

„Niemand mag Lügner", sagte sie. „Also dann, trotzdem gute Heimreise. "

Ihr Blick war traurig. Nach einigen Schritten blieb sie kurz stehen, zögerte und ging dann doch schnell wieder zu der Theke zurück. Einen kurzen Moment schämte sich der Geisterjäger, die junge Kellnerin belogen zu haben. Dann schaltete er wieder in den Jason-Modus, in dem ihm herzlich egal war, was andere dachten. Er nahm seinen Rucksack und ging Richtung Tür. Diesmal hielt sie ihm niemand auf.

Draußen empfing ihn die klare Luft der Bergwelt von British Columbia. Jason schulterte den Rucksack und setzte sich in Richtung des Busparkplatzes in Bewegung. Er schob die Schirmmütze ein wenig höher und genoss tatsächlich die Aussicht. Es fühlte sich gut an, mal als Gewinner aus so einer Nummer herauszukommen. Die Leute des Stammes hatten verstanden, was er getan hatte. Schade nur, dass Julie ... Ach, scheiß drauf.

Er ließ seine Gedanken treiben und mit einem Lächeln auf dem Gesicht ging er langsam durch den kleinen Ort, der sich an die beiden Flüsse schmiegte, die sich hier trafen. Er betrachtete die Berge, die Wälder und die kleinen, altmodischen Häuser. Trotz der Schmerzen fühlte Jason sich wirklich mal wohl.

„Vielleicht sollte ich echt mal wieder nach Hause fahren", murmelte er.

In diesem Moment entdeckte er etwas, das ihm jedes Lächeln aus dem Gesicht wischte. Jeder Gedanke an Zuhause zersplitterte wie dünnes Glas. Ein großer, schwarzer SUV fuhr langsam die Hauptstraße hinunter, genau auf ihn zu. Jason blieb stehen, zog die Mütze ins Gesicht und interessierte sich plötzlich intensiv für die Angebote eines Raftingveranstalters. Aus den Augenwinkeln behielt er das große Auto im Blick. Den dumpfen Knall, der sogar den Sturm in Miami übertönt hatte, hatte er nicht vergessen. Das Gefühl von Tod in diesem Moment noch viel weniger.

Der große Wagen rollte auf Jason zu, gemächlich wie ein Jäger, der sich seiner Beute sicher war. In seinem Flanellhemd wurde es ihm zunehmend wärmer. Kalter Schweiß begann sich unter dem Rand seiner Mütze zu sammeln.

Schon fast majestätisch rollte der SUV an Jason vorbei. Angespannt studierte er die Werbung vor sich, um nicht hinzusehen. Hundertfünfzig für eine Bootstour, klingt super. Nur nicht zu dem Wagen sehen, nicht hinsehen. Doch er konnte nicht anders, drehte sich um und starrte hinüber. Sein Herz schlug schnell und hart. In dem SUV sah Jason eine Familie sitzen. Hinten zwei Kinder, die offensichtlich viel Spaß an etwas hatten. Die Eltern lachten ebenfalls. Eine Szene von Harmonie und Frieden. Als der Wagen vorbei war, setzte Jasons Atmung schlagartig wieder ein. Seine Hände, die er unbewusst zu Fäusten geballt hatte, entspannten sich wieder.

„Oh Mann!", lachte er laut auf. Ein paar Touristen schauten ihn fragend an. Grinsend winkte er ab. „Viel zu teuer, oder, Leute?" Er deutete auf die Werbung. Die Blicke wurden skeptisch. Schnell humpelte Jason los und ließ die Leute stehen. Er war sich sicher, seinen beschissenen Verfolger seit Miami abgehängt zu haben. Er würde ihn nie wiederfinden.

Als er am Parkplatz ankam, blickte er zu einer der großen Uhren in altmodischem Design auf.

„Das ist wohl mit Abstand der kleinste Bahnhof der Welt", sagte er leise zu sich selbst.

Dann suchte er sich eine Bank, setzte sich und versuchte, sich zu entspannen, um die Wartezeit zu überbrücken.

„Mist. Das mit dem Scheißgeländewagen hat mir echt die Laune verdorben", brummte er.

Das Hochgefühl von vorhin war fort. Jason zog die Mütze tief ins Gesicht und prüfte sorgsam, dass die Ärmel des Hemdes seine Tattoos verbargen. Immer wieder wanderte sein Blick umher. Trotz der Erleichterung beim Anblick der Familie in dem SUV kehrte das Lächeln nicht in sein Gesicht zurück.

Als der Bus schließlich kam, stiegen außer ihm nur drei andere Leute ein. Zwei von ihnen trugen die Kleidung eines Restaurants oder Geschäfts und der Dritte schulterte wie Jason einen Rucksack. Jason beobachtete alle sehr genau und betrat als Letzter den Bus. Ohne den Kopf nennenswert zu heben, murmelte er nur „Vancouver" und bezahlte den Preis für das Ticket.

„Ein Lächeln würde Ihnen echt guttun. Sie haben doch hier Urlaub gemacht, oder nicht?", fragte der Fahrer freundlich, als er Jason den Fahrschein gab. Jason hob kommentarlos den verbundenen Arm. „Okay, Sie hatten wohl keinen angenehmen Ausflug." Er schüttelte den Kopf und ging nach ganz hinten durch, ließ sich allein auf eine Bank fallen und sah aus dem Fenster. Mit einem dumpfen Brummen setzten sie sich in Bewegung und der halb leere Bus verließ Lytton.

Jason starrte auf das vorbeiziehende British Columbia, während der Greyhound gemütlich über den kurvigen Highway fuhr. Berge, Wälder und Flüsse zogen an ihm vorbei und er ließ seine Gedanken treiben. Er fragte sich, wieso ihn der Anblick des beschissenen Geländewagens so sehr aus der Ruhe gebracht hatte. Seit Miami hatte er bestimmt hundert von den Dingern gesehen. Sie kamen über eine Brücke und unter ihnen rauschte das Wasser entlang, schäumte um die Felsen und Gischt schoss empor.

„Weil du ahnst, dass dieser Dreckskerl wieder auf deiner Fährte ist", murmelte er leise die Antwort auf seine eigene Frage. Dabei starrte er seinem Spiegelbild in die Augen. Sein bärtiges Ebenbild blickte ihn ebenso unverwandt an. „Ich wusste schon die ganze Zeit, dass jemand hinter mir her ist. Egal, was Mom immer gesagt hat. Und jetzt hat dieser Irre meine Spur wiedergefunden. Darauf würde ich meinen Arsch verwetten."

Jason seufzte, löste sich aus dem merkwürdigen Blickduell mit sich selbst und konzentrierte sich wieder auf die Landschaft. Erneut fuhren sie über eine Brücke. Er blickte hinab in den unruhigen Fluss, der schnell und kraftvoll dahin strömte. Sein Blick wurde leer. Er nahm keine Notiz mehr von der majestätischen Umgebung. Vor ihm verdichtete sich ein Bild auf dem leicht beschlagenen Glas des Fensters. Ein Gesicht aus der Vergangenheit formte sich vor seinen Augen, und Jason spürte, wie sein Herz langsamer und schwerer schlug.

„Charlie", hauchte er ihren Namen in das gleichmäßige Brummen des Motors.

Er sah in die so vertrauten Augen. Nach all der Zeit kannte er immer noch jede einzelne Linie ihres Gesichts. Jeder Hauch einer Sommersprosse war so vertraut, dass es ihm wehtat. Er wagte nicht, sich zu bewegen, war ganz von dem Anblick gefangen. Unweigerlich dachte Jason daran zurück, wie es mit ihnen angefangen hatte. Es war wie in einem dieser kitschigen Filme gewesen. Seit sie Kinder waren, hatten sie alles geteilt, Lachen und Weinen. Mit einem Grinsen erinnerte er sich daran, wie sie gemeinsam den Kuttler-Jungen vor der Banner-Gang gerettet hatten, als die ihn mal wieder verdreschen wollte. Wie Charlie ihm immer die Kraft gegeben hatte, scheinbar alles zu schaffen. Jason spürte die Hitze hinter seinen Augen. Als sie älter geworden waren, hatten sie erkannt, dass sie mehr als nur Freunde waren. Und dann war der Tag im Schwimmbad gekommen, als sie das erste Mal ihre Hände ineinandergelegt hatten. Der beste Tag in seinem Leben. Eine einzelne Träne lief über seine Wange, fand ihren Weg über sein schmales Gesicht und verfing sich in dem dunklen Bart, wo sie schimmernd hängen blieb. Er starrte in die grünen Augen. In seiner rechten Hand spürte er die Wärme einer Berührung und zuckte zusammen.

„Was?", entfuhr es ihm.

Der Bann war gebrochen. Er blickte zu seiner Hand, schüttelte den Kopf und wischte sich in einer wütenden Bewegung über das Gesicht. Als er wieder aus dem Fenster schaute, war dort nichts zu sehen außer den Hängen der Berge, durchzogen von den silbernen Linien der wilden Flüsse.

Jason lehnte sich zurück und knurrte leise: „Fuck."

In diesem Moment passierten sie einen kleinen Ort. Auf dem Schild stand Hell's Gate.

„Wie verfickt passend", knurrte er.

Dann lehnte er sich zurück, zog sich das Cap tief ins Gesicht und versuchte zu schlafen.

Unter ihm schaukelte der Bus hin und her und folgte dem Trans-Kanada Highway weiter Richtung Süden, um dann nach Westen abzuknicken und seinem Weg weiter nach Vancouver zu folgen. Bis zu den Toren der großen Stadt würde ihnen der Fraser River Gesellschaft leisten, der sich in Lytton mit dem Thompson River vereint hatte. Dort hatte Jason das erste Mal seit Langem für einen Moment einen gewissen Frieden empfunden. Dieses Gefühl schien der

Fluss nun mit sich zu tragen, um es in der Salish Sea vor Vancouver zu ertränken.

Fifth Cut – Die weiße Frau

Jason wachte auf, als sie Vancouver erreicht hatten. Er streckte sich, ließ seine Gelenke knacken und drehte den Kopf von links nach rechts. Als Belohnung ertönte ein dumpfes Knirschen. In der Nähe des British Columbia Institute of Technology stieg er aus. An der Bushaltestelle suchte er nach einer Karte der Umgebung und orientierte sich, um eine bezahlbare Unterkunft zu finden. Nachdem Jason in ein Hotel eingecheckt, geduscht und sich rasiert hatte, ging er zur Rezeption. Er trug immer noch das karierte Flanellhemd, die derbe Jeans sowie die groben Stiefel. Mit seinem Cap ähnelte er endgültig einem Holzfäller. Bevor er das Zimmer verließ, murmelte er leise ein Mantra und ließ den Nebel aufsteigen, der jeden bestrafen würde, der das Zimmer zu betreten versuchte.

Wie ein kleiner Stein fiel Jasons Mantra in die See der Schattenwelt.

Am Empfang des kleinen, aber ordentlichen Hotels fragte er nach einem Friseur.

„Oh, Sir, das ist nicht weit. Einfach auf der Straße sofort rechts halten und nach ungefähr fünfzig Metern kommt Moose Cut. Auch wenn der Name seltsam sein mag, Mr. Richard ist ein kompetenter Friseur", erklärte der junge Bursche hinter der Rezeption bereitwillig.

Jason nickte. „Danke. Ein Elch bin ich zwar nicht, aber wenn Sie sagen, Mr. Richard kann's, dann wird's wohl stimmen."

Der Portier quittierte Jasons Scherz mit einem Lächeln und nickte.

Jason verließ das Inn und hielt sich rechts. Wie beschrieben sah er auf Anhieb das Schild des Friseursalons. Wie konnte man nur auf Moose Cut kommen? Um ihn herum machten die Gebäude und Geschäfte klar, dass er sich am Rand des Stadtkerns von Vancouver befand. Kleine und größere Läden wechselten sich mit Wohnhäusern ab. In der Nähe hörte er das unverkennbare an- und abschwellende Brummen eines Highways.

„Stehen für ʼne Stadt echt viele Bäume rum", murmelte Jason.

Im Schaufenster versprach ein Elch im Comiclook in einer Sprechblase gute Leistung zu fairen Preisen. Das Cap tief in die Stirn gezogen, betrat er den kleinen Friseursalon und ein leises Klingeln kündigte ihn an. Im Inneren empfing Jason der Kopf eines großen Stoffelches, der, obwohl seines Körpers beraubt, fröhlich grinste. Jason zog die Augenbrauen hoch. Überall hingen Bilder der großen Tiere, teilweise Fotos, teilweise gemalt und viele in Zeichentrickfilmoptik.

Mr. Richard, der gerade dabei war, einer Kundin die Haare zu schneiden, begrüßte Jason freundlich. „Setzen Sie sich, mein Freund. In nur fünf Minuten bin ich für Sie da."

Die Schläfen leicht ergraut, präsentierte sich der Friseur als gepflegter, sympathischer Endfünfziger.

„Ach, Mr. Richard", seufzte die ältere Dame, „Sie sind einfach zu begabt. So schnell wie bei Ihnen geht es nirgends."

Der Friseur lachte fröhlich auf, während seine Hände geschickt Kamm und Schere führten. „Das muss nicht immer ein Kompliment sein, meine liebe Diane. Besonders nicht von einer Dame."

Diane kicherte verschmitzt. „Ach, Sie!"

Jason verdrehte unter der Schirmmütze die Augen und setzte sich wortlos auf einen der beiden Sessel in der Ecke. Auf dem kleinen Tisch vor ihm lagen ein paar Zeitschriften. Lustlos schob er sie in der Hoffnung hin und her, irgendetwas Interessantes zu finden. Die Schlagzeile einer lokalen Zeitung erregte seine Aufmerksamkeit. Er nahm das Blatt und stellte fest, dass die Ausgabe nicht mehr ganz aktuell war, blätterte aber dennoch zu dem Artikel. Derweil machte Mr. Richard im Hintergrund Konversation mit Diane. Jason begann zu lesen.

Erneut Wachmann verunglückt
Das historische The Landing, 375 Water Street, wurde wieder Schauplatz eines tragischen Unfalls. In der Nacht von Mittwoch auf Donnerstag hörten Passanten (namentliche Nennung unerwünscht) einen Schrei und Unruhe aus dem Inneren des im Erdgeschoss befindlichen Restaurants Steamworks und verständigen die Polizei. Als die Beamten am Ort des Geschehens eintrafen, hatte die Unruhe bereits geendet. Die Polizisten verschafften sich Zutritt und fanden die Leiche des Wachmanns (namentliche Nennung unerwünscht) im Eingangsbereich des Restaurants. Der Tote hielt immer noch die Stablampe fest umklammert und

leuchtete zur Decke. Äußerliche Verletzungen waren nicht festzustellen. Der Mann scheint an Herzversagen gestorben zu sein.

Danach griff der Artikel Ereignisse aus der Vergangenheit auf und berichtete in reißerischem Ton von verunglückten Wachleuten, Reinigungskräften und sogar Gästen, die schwer verletzt worden waren. Das Landing schien eine bewegte Geschichte zu haben, denn auch wenn die Ereignisse stets nach Unfällen ausgesehen hatten, gab es scheinbar immer Zweifel daran.

Jason legte den Kopf in den Nacken und starrte an die kitschig gemusterte Decke. „Vielleicht muss ich doch einen Tag länger bleiben als geplant", murmelte er.

„Ach, die alte Zeitung wollte ich längst wegwerfen."

Jasons Kopf senkte sich ruckartig. Er hatte gar nicht bemerkt, dass Diane im Gehen begriffen war und Mr. Richard vor ihm stand und auf ihn herablächelte.

„Das Landing. Immer lässt irgendjemand diese dummen Geistergeschichten wieder aufleben. Angeblich eine Frau, die an gebrochenem Herzen gestorben ist und nun im weißen Kleid Leute zu Tode erschreckt. Eine lokale Legende. Albern, wenn Sie mich fragen. Waren Sie schon mal im Steamworks? Dort kann man hervorragend essen und hat einen tollen Blick rüber zum Hafen. Da legen die Kreuzfahrtschiffe an. Wirklich beeindruckend, diese großen Schiffe, finden Sie nicht? Sie sind nicht aus Vancouver, stimmt's? Sind vielleicht sogar selbst auf dem Seeweg hergekommen und ich erzähle Ihnen hier so was. Aber nein, warten Sie, Ihre Kleidung, nein, nein. Sie waren oben in den Wäldern, stimmt's?"

Jason fragte sich, ob Mr. Richard auch mal Luft holen musste. Er betrachtete den Mann, der ganz offensichtlich einen Elchtick hatte. Anscheinend erwartete Mr. Richard eine Antwort.

Jason, noch leicht erschlagen von dem Redeschwall, murmelte nur: „Vielleicht gehe ich da zum Abendessen hin."

„Gute Idee, kann ich nur empfehlen. Vergessen Sie diesen ganzen Quatsch, den sie gerade gelesen haben. Das Landing ist ein tolles Haus, alt und sehr ansehnlich. Wurde immer gepflegt. Ist historisch, wissen Sie. Eine Sehenswürdigkeit, das sage ich Ihnen. Nun, dann kommen Sie mal hier rüber." Mit einer Handbewegung lud der

Friseur seinen Kunden ein, sich auf den frei gewordenen Stuhl zu setzten. „So, Mr., die Mütze müssen Sie nun aber abnehmen. Es sei denn, Sie wollen mich vor eine Herausforderung stellen."

Mr. Richard grinste Jason im Spiegel an. Der seufzte, jetzt schon erschöpft von so vielen Worten, nahm das Cap ab und entblößte seine schwarzen Haare.

„Oha!", entfuhr es dem Friseur, der sich nicht zurückhalten konnte. „Sir, um Gottes willen, hören Sie auf, diese dunkle Pracht unter einer Mütze einzusperren. Das ist eine Verschwendung ohnegleichen. So pechschwarzes Haar, und das von Natur aus. Wie heißen Sie?" Mit beiden Händen fuhr er durch Jasons Haare.

Der zuckte merklich zusammen. „Hendricks", murmelte Jason, der den Friseur im Spiegel unsicher ansah.

„Ah, ganz eindeutig nicht aus Vancouver. Vereinigte Staaten? Auf Urlaub hier?", fuhr Mr. Richard gutgelaunt fort. „Hendricks ist wohl Ihr Nachname? Nun, Mr. Hendricks, wie hätten Sie Ihre Haare gerne? Überlegen Sie gut, denn die Mütze werde ich wohl verbrennen müssen. Ich kann einfach nicht zulassen, dass Sie hier rausgehen und dieses Ding wieder zum Gefängnis dieser Haarpracht machen."

Jason atmete einmal tief durch. Sein Gesicht sprach Bände.

„Oh, ich merke, ich rede wieder zu viel, nicht wahr?", lachte Mr. Richard gewinnend. „Tut mir leid, ich bin halt so. Aber nun zum Geschäft. Wie darf ich Ihnen den Kopf ausgehfein machen?"

Immerhin hatte der Mann ein gutes Gespür für seine Kunden.

Laut sagte Jason: „Bitte einmal kurz und pflegeleicht. So büromenschmäßig."

Im Spiegel sah er den Mann grinsen. „Das ist mal eine einfache Beschreibung für eine schwierige Angelegenheit. Aber da sind Sie bei dem Richtigen gelandet." Mr. Richard fuhr ihm noch einmal durch die Haare. „Frisch gewaschen, sehr löblich."

Er legte die schwarze Mähne mal nach links, mal nach rechts und betrachtete Jason aufmerksam im Spiegel. Erst jetzt fiel Jason auf, wie lang sie geworden waren. Er hätte seine Haare fast als Pferdeschwanz tragen können, was Charlie bestimmt gemocht hätte. Autsch.

Mr. Richard legte los. Anders hätte Jason es nicht beschreiben können. Geschickt ließ der Mann Kamm und Schere über seinen Kopf tanzen, schnippelte zielstrebig und selbstsicher, und schwarze Strähnen regneten um Jason zu Boden. Er ließ seine Gedanken treiben und achtete dabei darauf, die Tür zu gewissen Erinnerungen fest zu verschließen. Er wünschte sich, ein Mantra auf sich selbst anwenden zu können, um bestimmte Teile seiner Vergangenheit verschwinden zu lassen. Sofort kam das Konterargument: Was sollte ihn dann noch antreiben?

Mr. Richard, der bei der Begeisterung für seine Arbeit das Reden vergessen hatte, holte Jason wieder in das Hier und Jetzt zurück. „Schwere Zeit gehabt, Mr. Hendricks? Sie sehen so aus, als hätten Sie einiges mitgemacht. Und damit meine ich nicht, dass sie humpeln, oder den Verband da. Wissen Sie, Sie sehen mich wahrscheinlich nie wieder. Reden Sie einfach drauf los. Wenn Ihnen danach sein sollte, meine ich."

Jason blickte dem Mann in die Augen und konnte es nicht verhindern. *Halt die Klappe, halt den Mund und schweige, lass meine Kreise in Frieden und schweige.*

Mr. Richard sah aus, als wäre er geschlagen worden. Erst spiegelte sich Erschrecken in seinen Augen, dann wich es einer freudlosen Leere. Das Dauerlächeln verrutschte und die Mundwinkel fielen herab.

Ein weiterer Kieselstein fiel in den tiefen See. Es platschte leise und die Wellen waren winzig, kaum wahrnehmbar. Aber die Ruhe war erneut gestört worden.

Der Friseur schnitt gewissenhaft weiter, gab jedoch keinen Ton mehr von sich. Jason bereute ein wenig die Intensität seines Mantras. Doch dann zuckte er innerlich die Achseln. Wenigstens hatte er jetzt seine Ruhe. Schließlich war der schweigsam gewordenen Mr. Richard fertig und hielt Jason einen kleinen Spiegel vor den Hinterkopf, damit sein Kunde den Haarschnitt kontrollieren konnte. Jason begutachtet sich selbst im Spiegel. Rasiert, die Haare deutlich kürzer, so sah er schon beinahe brav aus.

„Danke. Was kriegen Sie?", fragte er.

Mit tonloser Stimme nannte der Friseur die Summe. Jason erhob sich, wühlte seine Brieftasche hervor und legte ein gutes Trinkgeld mit auf den Tresen. Mr. Richard bedankte sich kraftlos. Jason verließ das Eldorado für Elchfans und seufzte. Kaum war er draußen, setzte er die Mütze wieder auf und wollte schon loslaufen, als er zögerte. Jason drehte sich zu dem Geschäft um und sah den Mann mit hängenden Armen in seinem Laden stehen. Dann verzog er das Gesicht und beeilte sich, Distanz zwischen sich und Mr. Richard zu bringen.

Im Hotel ging Jason direkt auf sein Zimmer. Dort angekommen, entledigte er sich seiner Klamotten. Das Flanellhemd, die Workpants und die Lederstiefel stopfte er in einen Müllsack. Er betrachtet das Cap und grinste.

„Na das würde Mr. Richard jetzt gefallen."

Er warf die Mütze ebenfalls in den Beutel. Anschließend holte er ein einfaches Polohemd, ein langärmliges Shirt und eine Jeans aus seinem Rucksack. Er zog das Langarmshirt unter das Polohemd und betrachtete sich anschließend im Spiegel.

„Da fehlt noch was", murmelte er.

Obwohl es im Frühherbst die meisten Tage in Vancouver regnete, nahm Jason eine Sonnenbrille aus der Seitentasche seines Rucksacks und hakte sie am Kragen seines Hemdes ein. Dann beförderte er seine Reserven aus den Tiefen seines mobilen Zuhauses und zählte sein Geld.

Grummelnd zog er Bilanz. „Wird doch Zeit, Mom mal wieder zu besuchen. Ob sich im guten, alten Kentucky irgendwas verändert hat?"

Er nahm ein paar Scheine heraus, verpackte den Rest wieder ordentlich und prüfte vor dem Gehen, dass der Nebel sich vor allen Fenstern und Türen befand. Er hängte das Bitte-nicht-stören-Schild an die Tür und ging nach unten in die Eingangshalle. Aus einem Aufsteller fischte er sich eine Karte von Vancouver und entfaltete den Plan. Dann wandte er sich erneut an den jungen Burschen hinter dem Tresen.

„Guten Abend, Sir. Wie ich sehen, hat Mr. Richard wie immer gute Arbeit geleistet."

„Jaja, danke", nuschelte Jason. „Ich suche die Water Street. Können Sie mir die zeigen?", fragte er dann.

„Aber sicher, Sir. Geben Sie mal her, dann markiere ich Ihnen die Straße. Etwas Bestimmtes? Eine Adresse?"

„Ich suche das Landing. Mr. Richard sagte, da kann man gut futtern."

Der Bursche musste sich ein Lachen verkneifen. „Damit meint Mr. Richard sicher das Steamworks. Sehr empfehlenswert. Ansonsten kann ich Ihnen unser kleines Restaurant hier im Haus ans Herz legen, auch wenn die Aussicht nicht mit dem Landing mithalten kann."

Während er redete, zeichnete er auf der Karte einen Kreis an einer bestimmten Stelle. Dann erklärte er Jason ausführlich, welche Busverbindungen ihn hin- und wieder zurückbringen würden. Jason starrte den Portier an. Als der seinen Blick bemerkte, schürzte er die Lippen. „Ist alles in Ordnung, Sir?"

„Jaja, alles cool. Danke", brummte Jason und faltete den Stadtplan wieder zusammen. An der Tür drehte er sich nochmal um. Der Portier sah ihm offensichtlich verwirrt immer noch hinterher.

Draußen atmete Jason durch und murmelte: „Mann, so viel Freundlichkeit ertrage ich nicht."

Er fand die beschriebene Haltestelle und stieg in den vollen Bus. Möglichst unauffällig beobachtete er die Leute um sich herum. Bei einer Frau mit schlichtem Kostüm und schüchterner Haltung nahm er an, sie befände sich auf dem Heimweg zu ihrem Schatzi, denn sie trug einen Ehering. Beim Anblick eines breitbeinig dasitzenden Mannes war sich Jason schnell sicher: Das war ein Arschloch. Der Mann mit dem gestreiften Anzug und der protzigen Golduhr saß betont lässig da und telefonierte lautstark über ein Headset. Das grobe, laute Lachen führte Jason darauf zurück, dass der Penner über seinen eigenen Witz lachte. Als Nächstes betrachtete er einen jungen Burschen, der vielleicht achtzehn oder neunzehn war, also fast in seinem Alter. Der Junge hatte große Kopfhörer auf und ließ ebenfalls den Blick schweifen. Seine Haare trug der beobachtete Beobachter kurz und unaufdringlich gestylt. Seine Kleidung war ordentlich und modern. Jason zog die Mundwinkel schief und schnaufte einmal. Er fragte sich, was aus ihm geworden wäre, wenn das mit Charlie nicht passiert wäre. Vor seinem inneren Auge sah er sein altes Ich. Sechzehn, Jeans, Poloshirt, Lederarmband, Chucks. Nicht so blass wie heute und sportlicher. Er hatte Football gespielt. Wie lange schien das her zu sein? Die Haare nur eine Spur zu lang. Einen Ring am Finger ... ihren Ring.

„Fuck you!", knurrte er leise und verdrängte die Vergangenheit, schob sie hinter die Tür, die er wieder vernagelte und mit aller Gewalt für immer verschließen wollte.

Draußen vor den Fenstern zogen die Ein- und Zweifamilienhäuser von Grandview-Woodland vorbei. Jason entließ seine Mitfahrer aus seiner Aufmerksamkeit und musterte die mit viel Grün durchzogene Wohngegend.

„Wie beschissen öde und ordentlich", meinte er zu sich selbst. Die Gegend veränderte sich. Mehrfamilienhäuser, Geschäfte und Werkstätten mischten sich ins Stadtbild, und ab und zu konnte man im Licht der langsam untergehenden Sonne das Wasser des Hafens von Vancouver glänzen sehen. Als der Bus Gastown erreichte, den Hafenbezirk, sah er Schienen und dahinter Schiffe. Es waren große Kreuzfahrtschiffe, so wie es ihm der Elch-Mann erzählt hatte. Bei dem Gedanken Mr. Richard hoffte Jason, dass es ihm wieder besser ging. Die Geschäfte wurden nobler und die Gegend wirkte aufgeräumter. Restaurants, gehobene Modegeschäfte und Bars dominierten jetzt die Umgebung. Die rote Leuchtschrift der Anzeigetafel verkündete, dass die nächste Haltestelle Waterfront sein würde. Jason stieg aus und betrat das in das Licht der untergehenden Sonne getauchte Vancouver.

Jason blickte sich um. Die Waterfront Station war eine Kombination aus Bushaltestelle, Bahnhof für Nah- und Fernverkehrszüge und Metrostation. Eine lange, überdachte Fußgängerbrücke führte hinüber zum Hafen und das Schild bestätigte Jasons Vermutung. „Passagierterminals. Da legen die ganzen Kreuzfahrer an." Er stieg ein paar Stufen hoch und betrat den Übergang. Überall hingen Werbetafeln, auf denen Kreuzfahrten, Bootsausflüge und dergleichen angepriesen wurden. Von Plakaten mit den traumhaftesten Landschaften lächelten perfekte Menschen den Passanten entgegen. Jason juckte es im Mittelfinger. Er lief ein paar Meter und ging dann zu den Fenstern. Sie gaben den Blick auf die Schienen frei, die in dem großen, zur Waterfront-Station gehörenden Bahnhof verschwanden. Züge fuhren ein, andere brachen auf. Jason sah auf das Kommen und Gehen hinab, während hinter ihm Menschen entlangliefen. Die Sonne hatte sich wie eine müde Katze auf den Horizont gelegt. Er drehte sich um und ließ sich das Licht ins Gesicht scheinen. Für einen Moment war alles in Orange und Rot getaucht und der Tunnel über den Schienen schien zu einer anderen Welt zu gehören. Jason schauderte es.

„Beschissene Vorstellung. Aber ich höre hier nichts", murmelte er, nachdem er sicherheitshalber in das Lied hineingelauscht hatte. Er holte den Stadtplan heraus und studierte ihn. Wie so oft bemerkte er sein Selbstgespräch nicht. „Da vorne rechts, dann raus aus der Station und links die Cordova runter. Sollte ich finden."

Er faltete den Plan zusammen, steckte ihn ein und marschierte los. Dabei setzte er seine Sonnenbrille auf, obwohl er sie hier sicherlich nicht brauchte. Jason folgte den Treppen nach unten und lief durch den mit emsigem Treiben erfüllten Bahnhof. Nach der Abgeschiedenheit in den Bergen fragte er sich, wie viel Menschheit genug war. Es schienen ihm einfach zu viele Leute unterwegs zu sein. Das Wissen, dass bei Weitem nicht alle Menschen gut waren, machte es nicht besser. Gegen seinen Willen dachte er an Frank, dieses Arschloch. Er beobachtete die Leute, während er sich an den Schildern in Richtung Ausgang zur W. Cordova Street orientierte. Sie alle mochten einfache, manchmal sogar dumme Leben führen, aber keiner hatte verdient, was Frank dem Portier in Miami angetan hatte. In diesem Moment rempelte ihn jemand an und unterbrach grob seine Gedanken.

„Ey, pass gefälligst auf! Was rennst du denn einfach in mich rein?! Wieso hast du hier drin die bescheuerte Sonnenbrille auf, du Stricher!", pöbelte ihn ein Mann Mitte dreißig an.

Er trug zwar einen Anzug, hatte aber das weiße Hemd nachlässig aus der Hose gezogen. Eine Schnalle an seinem Aktenkoffer war auf. Die Krawatte hing nur noch lose um den Hals und der Mann schwankte leicht.

„Mann, wenn du nicht so besoffen wärst, würdest du es vielleicht schaffen, geradeaus zu gehen", knurrte Jason zurück. „Du stinkst, als wenn du in ein Scheißfass mit Stoff gefallen wärst."
Der Mann machte einen Schritt zurück. Jason konnte immer noch den schweren, beißenden Geruch von Alkohol wahrnehmen. „Du kommst mir nicht dumm, Freundchen", lallte der Mann. „Das schaffste ganz allein, Penner."
„Ich lass mir sowas nicht bieten!"
Der Betrunkene wurde lauter und deutete mit dem Finger auf Jason. Der spürte Hitze in sich aufsteigen. Einige Leute sahen zu ihnen hinüber, folgten aber weiter ihren Plänen und ließen die peinliche Szene schnell hinter sich. Damit wollte man nichts zu tun haben.
„Alter, mach, was du willst", knurrte Jason und wollte weitergehen. Er umrundete den Mann großzügig, doch der packte ihn am Arm. Sofort schnellte Jasons Kopf herum und er funkelte den Mann an. Jason ermahnte sich, ruhig zu bleiben. Dennoch hatte er beide Hände zu Fäusten geballt.
„Du kleiner Penner, du bist doch aus den Staaten, du Scheißer."
„Mann, atme in eine andere Richtung. Sonst bin ich gleich so voll wie du", gab Jason giftig zurück.
Der Mann zerrte an Jasons Arm. „Du kriegst gleich, was du verdienst, du Penner, du Penner, du ... Pähhhnnnaaa", lallte der Mann und ließ achtlos seinen Aktenkoffer fallen.
Er schlug auf den Boden, die zweite Schnalle sprang auf und jede Menge Papiere fielen heraus. Der beständige Wind, der den allgemeinen Gesetzen von Bahnhöfen überall auf der Welt folgend auch hier wehte, wirbelte alles durcheinander. Jason sah zu seinem Missfallen, dass zwei Polizisten auf die Sache aufmerksam geworden waren. Er wollte weg, aber der Besoffene zerrte immer noch an ihm herum. Jason platzte der Kragen und ehe er es verhindern konnte, raste ein Wort durch seine Gedanken, rot und scharfkantig wie gesplittertes Glas. *Schmerz!*

Ein Stein fiel, klatschte dumpf in dunkles Wasser. Wellen breiteten sich kreisförmig mit leisem Rauschen aus, unsichtbar für die Welt.

Wie von einer Peitsche getroffen ließ der Fremde Jasons Arm los und starrte ihn entsetzt an. Der atmete schwer und kämpfte um Selbstbeherrschung. Der Betrunkene taumelte zwei Schritte zurück, ehe er in den Armen der beiden Polizisten landete. Jason konnte sehen, wie die Beamten - einer etwa in seinem Alter, der andere Mitte fünfzig - angewidert das Gesicht verzogen, als der Atem des Mannes sie streifte.

„Voll wie ein Eimer", sagte der Ältere. „Mach mal Meldung. Betrunkener macht Ärger in der Waterfront."

„Okay, Mitch", bestätigte der Jüngere, hielt mit einem Arm den desolaten Anzugträger und griff mit der freien Hand nach dem Funkgerät an seinem Revers.

Der als Mitch Angesprochene befreite sich von dem haltsuchenden Mann und baute sich vor Jason auf. Dessen Gedanken rasten. Welchen Ausweis hatte er in der Tasche? Wie hieß er heute? Und verdammt, sein Magen knurrte schon wieder!

Mitch betrachtete Jason aufmerksam. „Guten Tag, Sir. Ist bei ihnen alles okay? Ist ein bisschen grob geworden, der Bursche hier. Sind Sie so weit in Ordnung?"

Jason blinzelte und zog die Augenbrauen hoch. Sprachlos starrte er den Polizisten an.

„Sir? Alles okay? Oder noch ein bisschen erschrocken?", hakte Mitch nach.

„Ich ... äh. Ja ... äh", stotterte Jason.

„Ist schon okay. Unverhofft kommt oft. Leider nicht immer positiv. Wir hatten schon einen Blick auf den Burschen. Machen Sie sich keine Sorgen. Sind Sie zu Besuch in Vancouver?"

Im Hintergrund raunte der jüngere Beamte in sein Funkgerät. Der Betrunkene starrte Jason aus schreckgeweiteten Augen an und rührte sich nicht.

„Ja, auf der Durchreise. Muss nur gucken, wann ich wie in die Staaten zurückkomme. War in den Bergen auf Tour." Langsam fing Jason sich wieder.

„Und wo, wenn ich fragen darf?" Mitch zog die ergraute Augenbraue hoch.

„Bei Lytton, Rafting und so", murmelte Jason.

„Sir, es tut mir leid, Sie zu behelligen. Aber für den Fall der Fälle muss ich einmal Ihre Personalien aufnehmen. Dürfte ich bitte Ihren Ausweis sehen?", fragte Mitch höflich, aber bestimmt.

Jason nickte, während er innerlich Panik schob. Laut sagte er: „Natürlich, Officer. Kein Problem", und fischte nach seiner Brieftasche. Er klappte das abgetragene Leder auf. Charlie hatte sie ihm einst geschenkt („Du musst mal wie ein Erwachsener auftreten, Coolboy."). Er zog den Ausweis heraus. Eine Fälschung natürlich.

„Nun, Mr. Hendricks. Um eine Sache muss ich Sie noch bitten."

Mr. Nicht-wirklich-Hendricks fiel dazu nur ein Wort ein: Kacke! Im Hintergrund bugsierte der zweite Beamt, den Betrunkenen vorsichtig auf den Boden. Offensichtlich waren weitere Kollegen unterwegs.

„Natürlich, Sir", gab Jason gezwungen freundlich zurück.

„Ist nur der Ordnung halber, aber seien Sie so gut und nehmen die Sonnenbrille ab."

Jason atmete tief durch und tat, was der Polizist verlangte. Mit einer bedächtigen Bewegung nahm er die Brille ab und lächelte Mitch an. Zumindest versuchte er es. Für ihn fühlte es sich wie ein psychotisches Grinsen an.

„Es ist immer unangenehm, wenn so etwas passiert. Entspannen Sie sich einfach, Sir", sagte Mitch und blickte zwischen Ausweis und Jason hin und her.

Dem fiel es immer schwerer, nicht zu flüchten oder ein Mantra anzustimmen. Er holte tief Luft und hielt sie an. Er konnte nicht anders. Mitch blickte noch einmal auf den Ausweis, hob den Blick und musterte Jason. Dieser war kurz davor, eine Dummheit zu begehen.

„Nun, Mr. Hendricks. Sie erlauben, dass ich kurz Ihren Ausweis abfotografiere, dann können Sie gleich weiter. Falls es im Nachgang Probleme geben sollte, was ich persönlich nicht glaube, dann haben wir ja Ihre Adresse."

Mit diesen Worten hielt der Mann den Pass vor seine Bodycam, aktivierte den Auslöser und gab den Ausweis zurück. Jason starrte das Dokument an, das Mitch ihm hinhielt, als wäre er im falschen Film gelandet.

„Äh. Ja. Danke", stammelte er und nahm seinen Pass.

„Keine Sorge, Sir", mischte sich der Jüngere ein. „So was passiert halt. Lassen Sie sich davon nicht den Tag verderben. Ist einfach Pech gewesen. Der Mann kommt zum Ausnüchtern nach Hause, und es ist niemandem etwas passiert."

Mitch nickte. „Wir wünschen Ihnen noch einen angenehmen Aufenthalt, Sir."

„Danke", murmelte Jason und sah von einem Beamten zum anderen, ehe er die Sonnenbrille wieder aufsetzte und sich in Richtung Ausgang in Bewegung setzte.

„Ah, Mr. Hendricks, eine Sache wäre da doch noch", hörte er hinter sich.

Jason blieb stehen und begann, innerlich Kraft zu sammeln. „Sicher, Officer. Was denn?", sagte er.

Mitch verzog keine Miene und wartete, bis Jason sich ganz umgedreht hatte. „Falls Sie noch essen gehen wollen, kann ich Ihnen ein großartiges Fischrestaurant direkt unten beim Anleger empfehlen. Die haben noch eine Weile geöffnet."

Jason atmete tief durch. „Oh, das ist echt nett von Ihnen, Sir. Wollte mir das Steamworks ansehen, hat mir ein Friseur empfohlen."

Der jüngere Beamte nickte. „Ja, das ist ein netter Laden. Probieren Sie unbedingt das Bier dort, ist schließlich eher eine Brauerei als ein Restaurant."

„Klar, merk ich mir. Danke, Officers." Jason winkte und schwenkte in Richtung Ausgang. Er ging jetzt zügig und verdrehte hinter der Sonnenbrille die Augen. Das war das erste Mal, dass ihm ein Cop ein Restaurant und nicht einen Anwalt empfohlen hatte.

„Endlich draußen", seufzte er und blickte unter dem rötlich schimmernden Abendhimmel die W. Cordova Street hinunter.

Zielstrebig setzte er sich in die geplante Richtung in Bewegung und ging zwischen flanierenden Touristen und entspannten Einheimischen hindurch. Er passierte ein in Chrom und Glas gehaltenes Nobelhotel. Das glänzende Metall der Fassade schimmerte wie frisches Blut. Jason starrte den Edelschuppen an, schüttelte den Kopf und fragte sich, wie kaputt er bereits sein musste. Wer würde bei diesem Anblick als Erstes an Blut denken? Er ging weiter die Straße entlang. Dabei grübelte er, wie sein Leben wohl hätte verlaufen können. Sein Vater wünschte sich, er würde mehr aus sich machen.

Charlie hatte seinen Dad gemocht, dann konnte der Alte nicht so falsch liegen, oder? Aber er verstand nicht, dass Jason nur helfen wollte, tun, was sonst keiner tun konnte. Wie diesen beschissenen kindermordenden Geist in Miami aufhalten. Aus den umgebrachten Kids hätte alles Mögliche werden können. Hinter der Sonnenbrille zog er die Augenbrauen zusammen. Nein, sorry, Leute. Der alte Jason war weg. Der neue Jason würde weitermachen, bis er draufging.

Er schob die zu Fäusten geballten Hände in die Hosentaschen, blickte sich um und betrat mit zornigen Schritten einen kleinen Laden, der neben Souvenirs auch Tabakwaren anbot. Den Hinweis darauf hätte Jason beinahe übersehen, denn das Schild war sehr klein und versteckte sich regelrecht hinter der Tafel mit den Öffnungszeiten. Im Laden selbst waren keine Zigaretten, kein Tabak oder Ähnliches zu sehen. Wiederum forderte eine winzige Karte auf dem Tresen auf: „Sprechen Sie uns bitte an."

Jason tat wie geheißen und wandte sich an den Kassierer. „Tag. Ich brauch Kippen."

„Sir, Sie sind nicht von hier, stimmt's?", fragte der Mann hinter dem Tresen freundlich lächelnd. Sein Hemd war strahlend weiß. Alles war so verdammt sauber in dieser Stadt.

Jason grunzte. „Bin ich nicht."

„Bitte beachten Sie die Nicht-Raucher-Hinweise und berücksichtigen Sie, dass an allen öffentlichen Orten das Rauchen verboten ist. Sie müssen sich von Fenster und Eingangstüren einige Meter entfernen." Man hörte dem Mann an, dass er diesen Text öfter zum Besten gab.

„Bitte?", fragte Jason. Seine Laune sank noch weiter.

„Vancouver ist eine gesunde Stadt, Sir. Hier wird aktiv gegen das Rauchen vorgegangen und insbesondere die kommenden Generationen sollen vor der ungesunden Versuchung geschützt werden. Lassen Sie mich darauf hinweisen, dass es sich mit Alkohol ähnlich verhält." Eine weitere Audiodatei, vorbildlich abgespielt.

Knurrend kaufte er eine Schachtel, ein Feuerzeug und riss die Packung noch im Laden auf. Provokant schob er sich Filter voran eine Zigarette zwischen die Zähne und grinste schief. Mit einem missbilligenden Gesichtsausdruck nahm der Verkäufer den Müll entgegen.

Jason verließ den Laden und ging die Straße weiter in Richtung The Landing. Er hielt das Feuerzeug in der hohlen Hand und zündete sich die Zigarette an. Verdammt, endlich konnte er wieder eine rauchen. Seine letzte Zigarette hatte er während einer Pause auf dem Weg von Lytton nach Vancouver gehabt. Genüsslich inhalierte er den Rauch und entließ eine blasse Wolke in den Abendhimmel. Lange sollte er das nicht genießen können.

„Ey, Mann, machen Sie die Kippe aus!"

Jason reagierte erst nicht, denn er fühlte sich nicht angesprochen.

„Machen Sie die Kippe aus!" Diesmal wurden die Worte von einem groben Stoß gegen die Schulter begleitet.

Jason kniff die Augen zusammen und murmelte leise: „Was stimmt mit den Leuten hier nicht?" Dann drehte er sich zu dem Schubser um.

Ein blasser, dünner Mann Mitte zwanzig funkelte ihn böse an. „Machen Sie endlich die Zigarette aus. Sie müssen sich an die Regeln halten wie alle anderen auch."

„Leck mich", gab Jason zurück, zog an der Kippe, blies seinem Gegenüber Qualm ins Gesicht und beobachtete fasziniert, wie dieser den Rauch einsog. Grinsend fragte er: „Na, willste auch eine, Kumpel? Scheiß auf die Regeln, Mann. Keinem wird hier draußen damit geschadet."

Jason beobachtete schelmisch, wie es in dem Gesicht fließend zwischen Überraschung, Sehnsucht und Zorn arbeitete.

„Nein, Arsch!", gab der andere schließlich zurück.

„Dein Pech, Pal", sagte Jason, paffte die Glut an und inhalierte zufrieden.

Der andere packte ihn an der Schulter.

„Finger weg, Penner!", schnauzte Jason und spürte, wie er dem jungen Mann ungewollt einen mentalen Schlag verpasste.

Der Mann wurde rot und hielt sich die Hand. Jason ließ ihn stehen und ging zügig weiter. Innerlich ärgerte er sich einen Moment lang über seine erneute Unbeherrschtheit. Aber eigentlich war es ihm egal.

In der Schattenwelt fiel ein weiterer Stein in tiefes Wasser. Kreise breiteten sich aus und vereinten sich mit den vorherigen. Die

Energie ging nicht verloren. Wellen wanderten gleichförmig in alle Richtungen, bis sie auf Hindernisse stießen. oder auf etwas, das diese Energie wie ein Hinweisschild zu lesen verstand. Mit anderen Worten, Jason hatte gerade für jeden Hai in diesem Gewässer eine Blutspur gelegt.

Rauchend und mit verkniffenem Gesichtsausdruck ging Jason jetzt schneller und sah sich um. Er rief sich die Straßenkarte vor Augen und war sich sicher, gleich am Ziel zu sein. Und tatsächlich: Als er den Blick hob, entdeckte er das historische The Landing. Das graue, rechteckige Gebäude ragte sieben Stockwerke in die Höhe. Jason blieb an der Einfahrt stehen. Neben ihm lag eine als Parkplatz angelegte Fläche, sodass es vom Restaurant freien Blick auf den Anleger mit den Kreuzfahrtschiffen und die Bucht gab. Vor ihm lag das Gebäude und, unten im Erdgeschoss befand sich das Steamworks. „Oh Mann, bei der Aussicht reicht meine Kohle gerade für 'ne Coke, wenn überhaupt. Shit."

Er ließ für einen Moment den Blick schweifen. Vancouver verwehrte ihm hier die Sicht auf den Sonnenuntergang, aber in der Bucht wurden die weißen Ozeanriesen und die Segel kleinerer Boote rot angestrahlt. Auch dieses Mal schien für Jason alles in Blut getaucht. Er schüttelte den Kopf und zog noch ein letztes Mal an der Zigarette. Er wollte sie schon achtlos wegschnipsen, als ihm der Blick einiger Passanten auffiel. Grummelnd drückte er den Tabak mit der Glut aus dem Papier, trat darauf und schob den Stummel in die Hosentasche.

„Sauberkeitsfreaks", brummte er.

In seinem Kopf summte eine leise Stimme hinter der verschlossenen Tür: *Auch du hattest mal Respekt vor deiner Umwelt.*

„Fuck. Ruhe da oben", raunzte er und ahnte, dass es weniger sein Kopf war, den er zurechtweisen musste, als sein Herz, aus dem diese Stimme erklang. Kein Brett und keine Kette schienen die Tür in seinem Inneren wirklich dicht halten zu können.

Das Steamworks präsentierte sich als rustikaler, aber hübsch eingerichteter Laden. Obwohl noch angenehme Temperaturen herrschten, setzte sich Jason nach drinnen. Holz und Stein dominierten und erzeugten eine warme, entspannte Atmosphäre. Er suchte sich einen Tisch weiter hinten und nahm eine der Karten zur Hand. Sein Magen meldete sich sofort, als er die Menüauswahl studierte. Erfreut stellte Jason fest, dass er sich weit mehr als eine Coke leisten konnte. Es würde für die Männerpfanne mit drei Sorten Fleisch und ein beschissen leckeres Bier reichen. Er legte die Karte beiseite und ließ seinen Blick durch den Laden schweifen. Über dem langen Tresen hing jeden Meter ein Fernseher und zeigte einen Sportkanal. Uninteressant. Jason hielt nach anderen Dingen Ausschau, wie Barhocker, die seltsamerweise nicht benutzt wurden, Gläser, die gefüllt an leere Plätze gestellt wurden, Tische, die vom Personal und Gästen gemieden wurden oder Bereiche, wo der Fußboden völlig unbenutzt aussah. Er suchte nach dem Fehler in dem friedvollen Bild eines stilvollen Restaurants, suchte nach der Anomalie, dort, wo die Toten die Lebenden beeinflussten. Er lauschte auf das Lied, nach der falschen Note im immerwährenden Song des Lebens. Dabei fiel ihm einmal mehr auf, wie unterschiedlich das Lied klingen konnte. Wie ruhig, tief und gleichförmig es im Wald gewesen war. In der Stadt war es hektischer, lauter, aufdringlicher. Konzentriert suchte er nach dem Ton, der die Symphonie des Lebens störte.

„'n Abend, Sir. Wissen Sie schon, was wir Ihnen bringen dürfen?"

Die Worte eines Kellners holten Jason wieder zurück in die Welt der Lebenden. Er nahm die Sonnenbrille ab und nickte.

„Also?", hakte der junge Mann nach.

Jason musterte den Kellner, der ihn abwartend ansah. Mit seinen kurzen, blonden Haaren, die wohl gefärbt waren, schätzte Jason ihn als Studenten ein. Sie waren etwa im gleichen Alter, doch sein Gegenüber mit seinem frechen, leicht überheblichen Grinsen schien dem Geisterjäger kurzum ein ziemlicher Arsch zu sein. Ihn nach Merkwürdigkeiten zu fragen, würde keinen Sinn machen. Dieser Typ könnte sich vermutlich noch an jede hübsche Frau erinnern, die in den letzten Wochen hier gewesen war, aber alles andere ...

„Hey, andere haben auch Hunger", lächelte der Blonde.

„Ja, klar. Sorry, war abgelenkt. Ich nehm die Männerpfanne und ein passendes Bier dazu", sagte Jason.

„Mögen sie eher Blondinen oder Brünette?", grinste der Kellner zurück.

„Was?", fragte Jason.

„Naja, eher ein helles oder eher ein dunkles Bier?"

„Ach so ... Ehrlich, kein Plan. Was halt zu der Pfanne passt."

„Auf Ihr Risiko", kam grinsend die Antwort und der Kellner verließ den Tisch.

Derweil füllte sich das Steamworks zusehends. Immer mehr Gäste suchten sich Tische oder Plätze an der Bar. Alles sah normal aus. Die Leute aßen, tranken, führten Konversation und lachten. Keine Ecke blieb ungenutzt. Alles erweckte den Eindruck eines entspannten Abends in einem netten Lokal.

Jason hatte zwischenzeitlich seine gemischte Pfanne bekommen. Dazu hatte ihm der Kellner mit Empfehlung des Barchefs ein helles Bier serviert. Jason konnte nicht wirklich einordnen, ob es zu dem Gericht passte, aber es schmeckte frisch. Er ließ sich Zeit beim Essen und behielt alles im Auge, lauschte wieder einmal dem Lied des Lebens, ohne ein Teil davon zu sein. Er war nie musikalisch gewesen, aber dieser Vergleich gefiel ihm am besten. Die Energie des Lebens selbst schien einen Rhythmus zu haben, der den Ereignissen folgte. Hier war das Lied irgendwie flotter. Ohne seine ewige Suche wäre Jason vielleicht aufgefallen, wie schön diese Melodie manchmal war, doch er jagte stets nach dem Fehler darin, der falschen Note, die das Lied störte.

Draußen begann die Sonne hinter dem Horizont zu versinken, und der Mond kam hinter den Bergen hervor. Bald würde es dunkel werden, so dunkel es eben in einer lebendigen Stadt wie Vancouver werden konnte. Die Lichter des Steamworks tauchten draußen den Vorplatz in einen rötlichen Schein.

Jasons Blick blieb an einem Paar hängen, dass unter einem der großen Fenster ein paar Tische weiter saß. Der Mann hatte ihm den Rücken zugewandt. Anzug, klassisch schwarz, die Haare mit Gel oder Wachs in Form gepresst. Jason neigte den Kopf. Ein schiefer, melancholischer Ton hatte sich in das Lied geschlichen. Die Frau, eine gutaussehende Schwarzhaarige, wirkte glücklich. Die beiden hatten alles aus der Mitte des Tisches geschoben und dort ihre Hände aufeinandergelegt. Sie lächelte die ganze Zeit, ab und an röteten sich ihre Wangen. Um ihre dunkelbraunen Augen zeigten sich kleine Lachfalten.

„Die beiden sind ja ganz heiß dabei", kommentierte Jason und verzog die Mundwinkel zu einem schiefen Lächeln. Dann kniff er die Augen zusammen und presste die Kiefer aufeinander. „Spinn ich? Die Alte hatte doch eben noch braune Augen, nicht blau, oder?", murmelte er leise, ließ seinen Blick schweifen und sah dann wieder zu dem Tisch hinüber. Blau. Nicht zu leugnen. Was zum Teufel? Er blickte noch konzentrierter zu den beiden hinüber. „Scheiße", zischte Jason leise.

Ihre Augen waren jetzt von so intensivem Blau, dass es Jason kalt den Rücken hinunterlief. Der Mann verhielt sich wie zuvor, hielt die Hände der Frau und schien nichts zu bemerken. Nervös rutschte Jason auf seinem Platz hin- und her. Plötzlich versperrte der Kellner ihm die Sicht.

„Noch ein Bier", murrte Jason genervt.

„Blond od …"

„Das gleiche noch mal", unterbrach Jason ihn barsch.

„Okay, Sir", kam es flapsig zurück.

Der Kellner verzog sich und Jason konnte die Frau wieder sehen. Sie erwiderte seinen Blick.

Jason wurde es eiskalt. Ihre stechenden, beinahe leuchtend blauen Augen fingen ihn ein, verkrallte sich in seinem Innersten. Seine Hände krampften sich zusammen und ein dumpfer Schmerz schoss ihm durch die Brust. Jeder Atemzug wurde quälender als der vorherige. Jasons Oberkörper zog sich zusammen, die Krämpfe weiteten sich auf seine Arme aus. Die Schultern begannen zu zittern, und seine Lunge brannte bei jedem anstrengenden Luftholen. *Böser Geist, gehe fort, böser Geist, gehe fort. Verschwinde von hier und lasse Frieden einziehen. Verschwinde in das Licht, ich zeige es dir …* Weiter konnte Jason das Mantra nicht formulieren. Sein Kopf dröhnte und er konnte keinen klaren Gedanken mehr fassen. Der Geist hatte ihn überrumpelt. Sie ließ ihn nicht aus ihrem Bann. Er konnte nicht wegsehen, so sehr er es auch versuchte. Das Lied des Lebens wurde immer leiser, die Geräusche der lebendigen Welt dumpfer, alles schien in weite Ferne zu rücken. Das blaue Leuchten ihrer Augen überdeckte alle Farben, alle anderen Lichter, alles. Jason hörte nichts außer dem leisen Branden von Geräuschen an den kalten Strand des Todes. Kälte wanderte durch seinen Körper, Müdigkeit erfüllte ihn und Jason verlor jedes Gefühl. Sein Herz schlug nur noch schwach, ihm fehlte die Kraft sich zu wehren.

Eine Stimme erklang in seinem Kopf. *Wozu auch? Das Leben dankte es dir nicht. Niemand dankte dir den Schmerz, die Knochenbrüche, das Reißen deines Fleisches, die Qualen in deiner Seele. Niemand mag dich. Niemand wird dich vermissen. Armer Jason. Lass los. Genieße endlich die Freiheit und gehe fort aus diesem jammervollen Leben, immer allein auf der Straße, immer allein, immer allein.*

„Fuck, … raus … aus … meinem … Kopf, … Schlampe!", flüsterte Jason.

Dieser grobe Satz forderte fast alles an Kraft, was er noch hatte. Die Belohnung war ein Gefühl, als würden Krallen aus Eis sich in sein Gehirn versenken. Jason konnte weder schreien noch sich bewegen. Sein völlig verkrampfter Körper saß stumm da und vibrierte kaum merklich.

Lass es sein, Jason. Wozu all die Mühe? Wir sind alle allein. Du ganz besonders. Nie ein Wort des Dankes, nie ein Zeichen der Anerkennung. Du rettest Leben und wirst dafür eingesperrt. Niemand versteht dich, niemand dankt dir.

Eine Welle aus Schmerz zog durch seinen Rücken. Aber es war eine andere Art von Schmerz, heiß, nicht kalt. Feuer. Etwas in Jason knurrte. Es war die Tätowierung, die er als Dank von den Nlaka'pamux mit Nadel und Faden auf den Rücken bekommen hatte. Eine stilisierte Flamme, in der ein Bär aufrechtstehend in den Himmel brüllte. Jason hatte es nur in einem Spiegel gesehen, aber hier und jetzt hatte er das Bild ganz klar vor Augen.

Er bog langsam die Finger durch, Millimeter für Millimeter, und richtete sich mit jedem stechenden Atemzug ein winziges Stück auf.

Ihm war gedankt worden, verflucht. Wieder ein Zentimeter.

Er hatte seine Eltern, egal, wie verkorkst ihr Verhältnis auch war. Jetzt saß er fast aufrecht.

Außerdem interessierte Jason die verkackte Meinung eines Geistes einen Scheiß.

Aufrecht.

Jason starrte zurück. Alles tat weh, Feuer bekämpfte Eis, kalt und heiß rangen in ihm miteinander. Eine Träne lief ihm über die Wange.

„Fick dich, Geist!"

Lass mich in Frieden. Ich will nicht allein sein.

Es waren keine Worte, nur Empfindungen, aber sie schwangen so klar in ihm, dass sie unmissverständlich waren.

Dann hör auf Leute zu killen, verdammte Scheiße!, schoss er in Gedanken zurück.

Niemand hörte sie. Jasons Mund blieb zu. Ebenso hielt die Schwarzhaarige ihre Lippen geschlossen.

Und hör beschissen nochmal auf, mir wehzutun!

Sofort kam eine wütende Erwiderung. *Du bist einer von denen, die mir alles wegnehmen wollen.*

Jason konterte. *Ich will nur, dass das Töten endet!*

Eine neue Welle rollte heran und darunter verbarg sich ein Eisberg, der auf direktem Kollisionskurs mit Jasons Gehirn war.

„Nicht noch mal", knurrte er und spürte regelrecht, wie die Flammen auf seinem Rücken tanzten, brennend seinen Hals hinaufwanderten und seinen Geist umschlossen. Eine weitere Träne verließ glitzernd seinen Augenwinkel.

Gib einfach auf, dann enden die Schmerzen.

Jason war jetzt in Fahrt. *Ich steh auf den Mist. Gib dir mal Mühe, ich merk ja noch gar nichts, verdammte Hexe.*

Der Eisberg schoss aus den Untiefen empor. Kalt und mit rasiermesserscharfen Graten wollte er sich tief in Jasons Verstand bohren. Der legte seinen Kopf schief und ließ das Feuer von der Leine, bleckte vor Schmerzen die Zähne und ballte die Hände zu Fäusten. Die rasenden Flammen schlugen über dem Eisberg zusammen, die Elemente rangen in ihm miteinander. Jason hatte so etwas noch nicht erlebt. Was auch immer hier gerade für eine Scheiße abging, es funktionierte. Er dachte an den Bären und holte das Bild vor sein inneres Auge. Eine Urgewalt in Pelz gehüllt. Jason presste die Kiefer aufeinander und seine Augen wurden zu schmalen Schlitzen. Er spürte die Kraft des Tieres, seine gewaltige Energie. Die Frau zuckte zurück, als wäre sie geschlagen worden. Das Feuer in ihm loderte noch einmal hell auf und verschwand dann. Jason blinzelte ein paar Mal, öffnete den Mund und atmete tief ein. Die Geräusche der Bar drangen wieder an seine Ohren und die Farben kehrten in die Welt zurück. Er schnaufte, packte das Bier und nahm einen tiefen Schluck.

„Wahnsinn!", keuchte er und wischte sich den Schaum von den Lippen.

Niemand schien etwas bemerkt zu haben, wofür Jason beschissen dankbar war. Dann sah er zu der Frau. Ihre braunen Augen blickten entsetzt in alle Richtungen, sie war blass und hielt die Hände ihres Begleiters fest. Jason konnte sie nicht verstehen, aber ihr Freund wollte sie offenbar beruhigen. Nach einem kurzen Moment stand der Mann auf und sein Gesicht zeigte ehrliche Besorgnis, als er die Frau in den Arm nahm und einen Moment festhielt. Jason senkte den Blick und war froh, dass alle noch am Leben waren, inklusive ihm selbst. Darauf leerte er das Glas in einem Zug. Der Mann zahlte und hielt dabei die Hand seiner Begleiterin. Als sie in Richtung Tür gingen, legte er seinen Arm um sie.

„Scheint ein netter Typ zu sein, trotz seines beschissenen Outfits. Ich hoffe, ihr geht es gut", murmelte er. Dann winkte er den Kellner heran.

„Na, noch mal das Gleiche?", fragte der Kellner deutlich reservierter als vorher, aber immer noch höflich.

„Nein, 'ne Coke, ohne Eis."

„Gut, kommt sofort. Wir fragen uns, ob bei Ihnen alles okay ist. Sie sahen eben für einen Moment nicht gut aus, Sir."

Jason blickte zu dem blonden Burschen hoch und versuchte zu lächeln. „War nur ein Krampf. Ziemlich unangenehm, aber passt schon."

Der Kellner zog eine Augenbraue hoch und nickte. „Eine Coke ohne Eis, bringe ich Ihnen sofort."

Die Besessene und ihr Mann, Freund, was auch immer, hatten den Laden derweil verlassen. Nun wusste Jason, wonach er Ausschau halten musste. Er fragte sich, ob es unerfüllte Liebe war, die sie im

Diesseits hielt. Unwillkürlich musste er an Charlie denken. Nein! Nicht jetzt.

Er konzentrierte sich. Eine wilde Idee nahm in ihm Gestalt an, doch wenn er eines wusste, dann das: Folge deinem ersten Gefühl.

Geist, komm zu mir. Komm zu mir, ich lade dich ein, sei nicht allein, komm zu mir, sei mein Gast, sei nicht mehr allein. Komm zu mir, frei und ungebunden. Ich rufe dich als Freund, ich lade dich ein, sei frei und nicht allein.

So wanderte das Mantra durch seine Seele und schickte Echos hinaus, unhörbar für die Menschheit. Einige besonders Empfindsame überkam vielleicht ein kurzer Schauer, der sie dazu veranlasste, sich umzublicken. Doch nur Jason sah den Geist, den blauen Umriss einer Frau dort hinten in der Ecke. Er schaute zu ihr hinüber und schickte sein Mantra gezielt zu ihr. Als die Antwort kam, schluckte der harte Geisterjäger schwer.

Ich bin so allein. Er wollte kommen, mit dem Schiff, doch er kam nie. Immer allein, immer allein.

Es war eine ganz andere Stimmung, die Jason nun erreichte. So wehklagend und traurig, dass er noch einmal schlucken musste. Die Gefühle des Geistes liefen nicht durch den Filter des Bewusstseins, sondern erreichten direkt sein Innerstes.

Ich warte, doch er kommt nicht. Sein Schiff kommt nicht, um mich zu holen. Ich will nicht allein sein. Alle haben jemanden, doch ich bin immer, immer, immer allein.

Jason spürte den Schmerz. *„Komm zu mir. Sei nicht allein. Komm zu mir und ich zeige dir einen Weg"*, wisperte er.

Er sah, wie sich der Geist in Bewegung setzte. Sie sprang von einem Menschen zum nächsten, egal, ob Mann oder Frau. Jeder, den sie berührte, hatte kurz blau schimmernde Augen. Er konnte sehen, wie einige blinzelten, wenn der Geist sie wieder verließ. Andere schüttelten sich. Alle vergaßen es sofort wieder oder taten es als einen Luftzug ab, wie man das halt so macht. So wanderte das tote, einsame Wesen, das einstmals eine Frau gewesen war, auf den Mann zu, der zu beiden und doch zu keiner Welt gehörte. Kurz bevor sie seinen Tisch erreichte, sprang sie in den Kellner, der Jason bereits vorher bedient hatte.

„Hier bin ich. Du hast mich verletzt und mir wehgetan. Du bist nicht der, auf den ich warte. Ich bin immer allein, doch jetzt bist du hier, siehst mich und tust mir weh."

Jason schluckte einen bissigen Kommentar hinunter. Der blonde Kellner sprach sogar mit leicht höherer Stimme als zuvor und sein Gesicht wirkte weicher. Die Augen waren von sattem Blau und seine Haltung war irgendwie weiblicher. Jason wünschte sich in diesem Moment eine Kamera, und sei es nur, um dem Smartboy später eine auszuwischen.

„Das tut mir leid", sagte er langsam, „aber du hast mich angegriffen."

„Du machst mir Angst. Du stehst in Flammen."

Jason legte die Stirn in Falten. „Wie meinst du das: Ich steh in Flammen?"

„Du bist voller Tod und Feuer. Böses folgt dir. So viele dunkle Gefühle in dir."

Seine Augen wurden groß. „Ich verstehe dich nicht."

„Du bist gefährlich für alle um dich. Du bist nicht böse, aber voller Gefahr. Du brennst", murmelte der Geist leise und bediente sich der Stimmbänder des Kellners.

Jasons Gehirn arbeitete immer schneller. Was der Geist zu ihm gesagt hatte, verwirrte ihn. Wieso gefährlich?

„Ich bin so allein. Immer allein. Hierher kommen viele Menschen, doch keiner ist mein Mann. Er kommt nicht, sein Schiff kommt nicht. Immer suche ich nach den Segeln und seiner Flagge, doch sein Schiff kommt nicht."

Jason zwang sich, ihr zuzuhören und seine eigenen Sorgen zu verdrängen.

„Dieses Paar, sie waren wie wir einst. So warm miteinander und so voller inniger Liebe. Für einen Moment nur wollte ich daran teilhaben, mich erinnern, wie es war, als er noch bei mir war. Aber dann sah ich dein Feuer, so rot, so tödlich. Ich hatte Angst."

„Du hast Leute umgebracht. Hier in diesem Haus."

„Das wollte ich nicht. Aber ich war so allein. Ich will nicht mehr allein sein. Er kam nie. Sein Schiff kam nie."

Eine Träne rollte dem Kellner aus dem Augenwinkel. Jason überlegte fieberhaft, was er tun konnte, damit hier niemand mehr sterben musste. Die meisten Geister waren wahnsinnig, aber manche hatten Hilfe verdient. Jason kam eine Idee.

„Komm mit", murmelte er im Aufstehen. „Wir gehen nach draußen. Damit ich dir sein Schiff zeigen kann."

Der Kopf des Kellners flog regelrecht herum und die Augen leuchteten.

„Er wird da sein. Vertraue mir, denn ich will mit dem Feuer nur beschützen."

Was zum Teufel hatten diese Leute ihm auf den Rücken tätowiert? Einige fragende Blicke folgten ihnen und eines der Mädchen hinter der Bar rief ihnen nach: „Ey, Michael, wo wollt ihr denn hin?"

Jason drehte sich um und lächelte: „Ich habe Michael nur gebeten, mir was zu dem Kasten hier zu erzählen. Sind gleich wieder da."

Jason ging mit dem Geist ein Stück weit den Parkplatz hinunter, sodass sie nicht direkt vor dem Restaurant standen. Die Sonne war fast hinter dem Horizont verschwunden.

Leise sagte die tote Frau mit Michaels Stimme: „Mit Sonnenuntergang hätte er einlaufen sollen. Eine Brigg, sein wunderschönes Schiff, mit weiß-blauem Rahsegel. Jetzt sollte er kommen, mein Mann, und mich holen. Zu mir kommen, damit wir gemeinsam fliehen können."

Jason zögerte. Er wusste, was zu tun war, wenn er das Sterben hier beenden wollte. Langsam streckte er seinen Arm aus. Sie blickte ihn an und schien zu ahnen, was er vorhatte, denn sie nahm seine Hand.

Jason sah. Und fühlte.

Er erlebte, was vor fast hundertdreißig Jahren passiert war. Alles schien in einem leichten Dunst zu liegen, die Farben waren blass und Geräusche gedämpft. Sein Atem wurde schneller und ungleichmäßig. Er beobachtete, wie die Schiffe Kohle brachten und ihre Ladung holten, sah die Rauchfahnen der Dampfkähne, die Segel, hörte das Läuten der Schiffsglocken. Das Klappern der Hufe von Kutschpferden, das Rufen der Hafenarbeiter und über all dem den traurigen Gesang der Möwen. Es war wie in der Gegenwart die Stunde des Sonnenuntergangs und alles war in das Blutrot des letzten Lichts des Tages getaucht. An der Kaimauer wartete die Frau auf ihren Geliebten. In einem weißen Kleid stand sie da, neben sich einen großen Koffer aus Holz. Ihr blondes Haar war unter einer Haube verborgen, blaue Schleifen zierten das Kleid. Sie stand genau an derselben Stelle, wie Jason und Michael so viele Jahre später. Der Geisterjäger schaute sich mit klopfendem Herzen um und bekam seinen Atem langsam wieder in den Griff. Das Landing war eine Baustelle. Steine, Sand und Holz lagen bereit, um daraus schließlich das in seiner Gegenwart historische Gebäude am Hafen werden zu lassen. Menschen eilten hin und her. Ihre Worte waren undeutlich für Jason, als würden sie in weiter Ferne oder unter Wasser reden. Jason betrachtete die bildschöne Frau. Ihre blauen Augen waren voller Tränen. Sie starrte zu den Schiffen hinüber, die Hände brav ineinander gefaltet. Segel zogen vorüber, doch keines in Weiß und Blau. Sie schluchzte und Jason zitterte.

„Oh, Scheiße", hauchte er. „Sie hat ihr ganzes Herz an diesen Mann gehängt."

Plötzlich gellte ein wütender Ruf über den Platz. Erschrocken drehte sich die Frau in dem weißen Kleid um und schlug entsetzt die Hände vor den Mund. Ein Mann, älter schon, mit grauen Haaren in einem strengen, schwarzen Anzug und einem gleichfarbigen Zylinder, stapfte harten Schrittes auf sie zu. Jason verstand die Worte nicht, doch er sah deutlich den Zorn auf der einen und den Schrecken auf der anderen Seite. Grob packte der Mann sie am Arm und zerrte sie mit sich, quer über die Baustelle. Jason folgte ihnen über das Kopfsteinpflaster.

„Ist das dein Vater?"

Nein, mein Stiefvater. Er wollte mich an jemand anderen verheiraten, erklang es in seinem Kopf.

Tränen liefen über die Wangen der jungen Frau, und sie streckte den freien Arm der Bucht entgegen, dort wo ihr Liebster von seiner Fahrt heimkehren sollte. Jason musste schlucken. Der grimmige Blick des Mannes und seine Eile machten klar, ihm missfiel das Verhalten seiner Stieftochter zutiefst. Jason verspürte den dringenden Wunsch, dem Penner in den Arsch zu treten. Doch er wusste, hier war er zum Zuschauen verdammt. Grob zerrte der Mann die weinende Frau hinter sich her. Der Koffer blieb unbeachtet stehen. Dann passierte es. In dem lockeren Sand, der das Fundament für das Landing werden sollte, lag ein Balken verborgen. Ihr weißer Schuh blieb hängen. Sie fiel. Ihr Stiefvater ließ die zarte Hand los. Mit dem Kopf schlug sie auf einem Stein auf. Jason verzog das Gesicht. Sie war sofort tot. Ihr Blut sickerte in das Fundament. Der Stiefvater blieb stehen, riss entsetzt die Augen auf und schrie irgendetwas. Doch die Stimme des Mannes war dumpf und Jason konnte ihn nicht verstehen. Leute kamen herbei, traten einfach durch den Geisterjäger hindurch. Jason entging die Ironie nicht: Hier war er das Gespenst. Alle Bilder wurden blass. Menschen versuchten, ihr zu helfen, doch es war zu spät. Die Seele erhob sich blau schimmernd und schwebte zu Jason. Ihre verschwommene Erscheinung glich der Frau, die sie einst gewesen war.

„Nun, Fremder, weißt du, was geschehen ist."

Jason nickte. „Aber vielleicht gibt es hier noch mehr zu sehen."

Er drehte sich um und strengte sich an. „Nebel geh fort, mach frei die Sicht, lass mich sehen was geschah, was geschehen sollte. Lass uns erfahren, was sie befreit. Zeige uns den Weg in ihr Licht", intonierte er leise.

In seiner Blickrichtung nahm die Welt tunnelblickartig klare Konturen an. Das Kopfsteinpflaster, eine Kutsche, die Pferde, die sie zogen und die Segel der Schiffe.

„Sieh", sagte Jason und zeigte auf die Bucht. „Sieh und sieh mit deinem Herzen."

„Was soll ich sehen? Immer allein, immer allein, nie wird er kommen."

„Guck richtig hin, verflucht noch mal, und hör auf zu jammern", knurrte Jason. Der Geist zuckte ein Stück zurück. „Sieh hin", verlangte Jason energisch und deutete mit der freien Hand zum Meer. „Vertrau mir. Vertrau deinem Herzen", murmelte er sanfter.

Von jahrzehntelanger Hoffnung getrieben kam der Geist zu ihm und sah den Tunnel entlang auf das vom Licht des Sonnenuntergangs in Rot getauchte Wasser. Segel kamen in Sicht, gestreifte Segel. Stolz hielt eine Brigg auf die Anleger zu.

Jason lächelte ein wenig. Sie hatte niemandem schaden wollen. Sie war ebenso wahnsinnig wie viele andere Geister, aber nicht böswillig. Er wünschte sich, dass sie Frieden finden würde.

Finde das Licht, finde Frieden, geh und sei frei, finde was du vermissen musstest.

Der Geist zog Jason mit sich, der bereitwillig mit zur Wasserkante eilte.

„Kann es sein?", hauchte die Frau.

Mit jedem Schritt wandelte sich das Blau in Weiß und aus der formlosen Gestalt wurde wieder die junge, hoffnungsvolle Frau. Sie ließ Jason los, hielt plötzlich wieder ihren Koffer und lief weiter. Die Vergangenheit begann zu verblassen. Jason konnte erkennen, wie sie in das Licht wanderte, das Licht ihrer ganz persönlichen Erlösung.

„Verdammt, ich habe es geschafft. Sie kann in Frieden gehen", flüsterte er lächelnd.

Die Brigg war das Letzte, was er sah, und vor dem gestreiften Segel die Gestalt einer Frau, die winkend auf dem Anleger stand. Es wurde heller und heller. Geblendet kniff er die Augen zu.

Dann stand er wieder auf dem Parkplatz und schüttelte sofort energisch die Hand des Kellners ab. Michael blickte sich völlig verwirrt um.

„Was machen wir hier draußen und warum habe ich Ihre Hand gehalten?", fragte er leise, während er sich umsah und konsterniert blinzelte.

Jason überlegte kurz, ob er eine echte Gemeinheit begehen sollte oder nicht. Dann erinnerte er sich an das glückliche Lächeln der Frau, die endlich ihren Frieden gefunden hatte, und entschied sich dagegen, dem Kellner den Abend komplett zu vermiesen. Der Geisterjäger konzentrierte sich auf Michael und überschrieb die Erinnerung einfach. Der Kellner blinzelte ein paar Mal und sah sich mit leerem Blick um.

Jason grinste ihn an. „War ja ein echter Zufall, dass wir uns ausgerechnet hier begegnet sind, Mann. Total nett von dir, dass du mich zum Essen eingeladen hast. Muss jetzt los, meinen Zug kriegen und so."

Mit diesen Worten boxte Jason seinem Gegenüber kumpelhaft gegen die Schulter und ging mit einem frechen Grinsen los.

Michael blieb zurück, hob langsam den Arm, winkte und murmelte: „Ja, war total cool."

Sixth Cut – Flucht

Einen ganzen Ozean entfernt klingelte ein altmodisches Telefon. Das Läuten hallte in dem riesigen Raum wider und der Laut verfing sich in endlosen Reihen aus Büchern, Statuen und Skulpturen. Das Gehäuse des Geräts war aus edlem, lackiertem Nussholz und der Hörer wurde von einer klassischen Gabel aus handgearbeiteter Bronze gehalten.

„Ja?", fragte der Mann, der trotz seines Alters sehr aufrecht dastand und mit fester Stimme sprach.

„Mr. Percy, Frank hier. Ich habe seine Spur wieder aufnehmen können."

„Gut. Dann haben Sie eine Chance, Ihren Faux Pas aus Miami wieder gut zu machen. Wo ist er?"

„Kanada."

„Frank", sagte Mr. Percy mit einem von Generationen aristokratischer Vorfahren gestählten Ton in der Stimme. „Ich habe Sie immer für einen begnadeten Jäger gehalten. Zwingen Sie mich nicht, diese Meinung zu revidieren. Guten Tag."

Er legte den Hörer langsam auf, nahm das Glas Cognac, das er neben dem Telefon abgestellt hatte, und ging zu seinem Schreibtisch. Genussvoll nahm er einen kleinen Schluck des teuren Branntweines und spülte ihn kurz durch den Mund. Mr. Percy betrachtete das Schwarz-Weiß-Foto in der offenen Akte vor sich. Jason blickte ihm griesgrämig wie eh und je entgegen. Mr. Percy hoffte, dass Harper Frank nicht zu sehr verärgert hatte.

Frank schob das Smartphone, schlicht schwarz und damit passend zu seinem Anzug, wieder in die Innentasche seines Jacketts. Diesseits des Ozeans sah von Roteiche seinem Spiegelbild in der Windschutzscheibe in die Augen. Kalt erwiderten sie den Blick.

Er stieg aus dem schwarzen Wagen, nicht ohne einen längeren Blick auf die eingetrockneten Flecken auf dem Beifahrersitz zu werfen. Gedanklich gab er Mr. Harper ein Versprechen. Ihr zweites Treffen würde bei Weitem nicht so zivilisiert ablaufen wie das erste. Um ihn erstreckten sich die weiten, betonierten Flächen eines Flughafens. Hangars standen in Reih und Glied, durch Scheinwerfer von der Dunkelheit der Nacht befreit. Er ließ den Wagen mit offener Tür stehen und ging auf den Privatjet zu, der bereits die Triebwerke warmlaufen ließ. In seiner Jackentasche summte es. Frank blieb stehen und holte das Telefon hervor. Als er den Namen im Display las, entspannten sich seine Gesichtszüge. Lächelnd nahm er den Anruf entgegen.

„Dharma, meine Liebe. Wie schön, deine Stimme zu hören."

„Hallo, Frank", hauchte sie ihm samtig entgegen. „Wie läuft dein Auftrag?"

„Ah, meine Liebe, sicherlich nicht so angenehm wie einige, die wir gemeinsam durchgeführt haben."

Als Belohnung für die Schmeichelei erntete er ein Lachen, das für ihn wie herunterfallende Kleidung klang. „Sicherlich, mein Lieber. Ich bin derzeit ohne besondere Aufgabe. Wo bist du? Vielleicht finden wir die Gelegenheit, uns zu sehen? Und wer weiß, meine Talente könnten dir bei deiner Jagd nützlich sein."

„Ich bin soeben dabei, einen Jet in Richtung Vancouver zu besteigen. Ich könnte dir unterwegs mitteilen, wann wir dort landen."

„Kanada, wie passend!", frohlockte Dharma. „Ich bin in Los Angeles. Ich könnte morgen früh in Vancouver sein. Ich weise an, dass unsere Flugzeiten abgeglichen werden."

„Eine hervorragende Idee, meine Liebe. Dich zu sehen, wird mir ein besonderes Vergnügen sein. Und dein Vorschlag, mir bei meinem Auftrag beizustehen, klingt verlockend. Aber dieser Jason Harper, er ist nichts Besonderes."

Leise lachend antwortete Dharma: „Ganz Herr der Lage, wie immer. Nun, dann treffen wir uns einfach zum Vergnügen. Das ist mir ohnehin lieber. Und ich werde dafür sorgen, dass es auch dir gefällt."

Sie verabschiedeten sich und Frank setzte seinen Weg fort. Zwei Männer in schlichten, dunklen Anzügen standen bereit. Erwartungsvoll drehten sie sich dem Ankommenden entgegen.

Ohne Begrüßung begann Frank, den beiden Befehle zu erteilen. „Sie, mein Gepäck, vom Rücksitz. Danach sorgen Sie dafür, dass der Wagen komplett gereinigt wird."

Der Angesprochene presste die Kiefer aufeinander, nickte und beeilte sich, die Tasche aus dem Auto zu holen.

An den zweiten Mann gewandt fuhr er in herrischem Tonfall fort. „Sie werden sicherstellen, dass mir niemand bei meiner Jagd in die Quere kommt. Es steht zu vermuten, dass auch andere wie diese lästigen Zwillinge versuchen könnten, mit Mr. Harper in Kontakt zu treten. Jedes Risiko ist zu vermeiden. Haben Sie mich verstanden?" „Ja, Sir. Nötigenfalls werden wir eingreifen …" Weiter kam der Mann nicht.

„Nein, Sie Idiot, das werden Sie nicht. Sie hätten keine Chance gegen andere Begabte. Haben Sie mich verstanden? Zeichnet sich ein eventuelles Risiko ab, informieren Sie mich oder Mr. Percy. Niemanden sonst, haben Sie verstanden? Sie unternehmen ansonsten nichts. Gar nichts."

Während er sprach, ging er dichter und dichter an den Mann heran. Dieser richtete sich immer mehr auf, hob den Kopf, und obwohl deutlich breiter und größer als seiner Gegenüber, musste er sich sichtlich zwingen, keinen Schritt zurückzuweichen. Als von Roteiche die Hand hob und die Brille wieder ein Stück den Nasenrücken hochschob, schluckte der Mann schwer. Eine einzelne Schweißperle lief seine Schläfe hinab.

„Verstanden, Mr. von Roteiche."

„Herr von Roteiche."

„Herr von Roteiche", wiederholte der Mann und seine Stimme zitterte leicht.

„Ihr Gepäck, Sir", meldete der Zweite.

Frank drehte sich um, nahm die Tasche entgegen, ließ die beiden Männer stehen und verschwand in der wartenden Maschine. Die Tür schloss sich hinter ihm und sofort rollte das Flugzeug in Richtung Startbahn davon. Die beiden sahen sich an und atmeten beinahe synchron tief aus.

„Was für ein Arschloch", murmelte der eine.

„Halt die Klappe, Idiot. Der Flieger ist noch auf diesem Kontinent", grummelte der andere.

„So schlimm?", fragte der Erste mit hochgezogenen Augenbrauen.

„Schlimmer. Frank von Roteiche ist ein Jäger, einer der stärksten überhaupt. Er kann diesen Scheiß mit dem Blut. Nicht einfach Hypnose oder so. Nein, wenn er will, dass du dir selbst die Augen rausschneidest, dann kannst du nichts dagegen tun. Nichts. Nur der alte

Percy ist immun dagegen. Alle anderen sind Opfer für ihn." Seine Stimme wurde immer leiser.

Beide drehte sich um und schauten dem Flugzeug hinterher. Der schlanke Jet schwenkte gerade auf die Startbahn ein. „Mann, was das gekostet haben muss. Einfach so von jetzt auf gleich Startfreigabe und das alles." Der andere schüttelte den Kopf. „Du kennst den Laden noch nicht wirklich, oder?" „Bin jetzt seit drei Monaten dabei. Komme eigentlich aus ..." „Will ich nicht wissen. Jetzt gehörst du der Gesellschaft. Das ...", er deutete mit dem Daumen über die Schulter auf den Flieger, „das ist nichts, gar nichts. Wenn du das erste Mal dem US-Präsidenten ein Taschentuch gegen sein Nasenbluten reichst, weil er nicht so wollte wie Mr. Percy, dann weißt du, dass du deine Seele an den Teufel verkauft hast."

Jason streckte sich auf dem Bett aus und ließ seine Gelenke eines nach dem anderen geräuschvoll einrasten. Dann setzte er sich auf und ließ den Kopf nach links fallen, knack, dann nach rechts, knack. Er grinste.

„Gut gegessen und getrunken, ohne zu bezahlen. Einen Geist von seinem Tun abgebracht und ins Jenseits geleitet, keine Toten. Geiler Abend. Jetzt mal richtig ausgeschlafen. Könnte öfter so gehen. Ich glaub, ich hab 'nen Lauf."

Er schwang die Beine über den Rand des Bettes und prüfte aus den Augenwinkeln, ob sein Nebel immer noch über dem Raum lag. Zufrieden nahm er am Rande seines Gesichtsfeldes das vertraute Wabern wahr. Nackt ging er ins Bad zum Spiegel, drehte sich um und betrachtete die große Tätowierung auf seinem Rücken.

„Die haben es echt hinbekommen, dass es einen völlig eigenen Stil hat, aber trotzdem in die anderen übergeht. Geiler Scheiß, hat aber verflucht wehgetan."

Dann setzte er seine körperliche Bestandsaufnahme fort. Der linke Arm steckte immer noch in dem Verband, unter dem zwei hölzerne Schienen die gebrochenen Knochen an Ort und Stelle hielten. Der Chief hatte ihm gesagt, wenn er die Kräuter nicht mehr riechen könne, sei alles geheilt. Jason bewegte probehalber den Arm, die

Finger und das Handgelenk und wunderte sich, dass er keinen Schmerz mehr spürte. Er schnupperte an dem Verband. „Dass ein paar Blätter so gut riechen können", murmelte er. „Aber es hat schon nachgelassen, ziemlich sogar. Vielleicht noch bis morgen."

Dann untersuchte er sein linkes Bein. Auch hier war ein fester Verband um die genähte Wunde gewickelt worden. Er beugte sich hinunter und roch an dem weißen Stoff. Verdutzt richtete er sich wieder auf. „Echt jetzt?"

Er ging zurück zum Bett, wühlte in seinem Rucksack und streifte sich eine Unterhose über. Dann fummelte Jason in einer der Seitentaschen herum und holte ein Klappmesser hervor. Der Griff war aus dunklem, abgegriffenem Holz. Mit einem Schwung aus dem Handgelenk ließ er die Klinge herausschnellen und begutachtete sie im Licht. Der Schein der Deckenlampe schien von dem polierten Stahl nicht zurückgeworfen, sondern eher in feine Streifen geschnitten zu werden. Jason legte die scharfe Schneide vorsichtig an den Verband und zog ganz sanft über die gesamte Länge. Der Stoff teilte sich unter der Klinge wie das Meer vor dem ein oder anderen Propheten. Auf der Innenseite war der Verband teilweise braun von getrocknetem Blut und welke Blätter hingen an daran. Jason besah sich sein Bein. Drei weiße, im Zickzack verlaufende Narben quer über den Unterschenkel waren als Beweis geblieben.

„Geiler Scheiß! Das ist jetzt ... was, ... drei Tage her? Vergiss die moderne Medizin, das ist der richtige Stoff, Mann."

Begeistert strich er vorsichtig über die junge Haut. Dann klappte er das Messer wieder ein und packte es zurück. Den Verband warf er achtlos in den Mülleimer und ging sich waschen. So manch einer würde sich wundern, wie freundlich Jason aussehen konnte, wenn er lächelte. Da gab es nur ein Problem. Niemand sah ihn.

Später besorgte sich Jason Frühstück und ging gut gelaunt mit seinem Rucksack auf dem Rücken am Hafen Vancouvers entlang. Er trug jetzt wieder abgetragenes Schwarz, dunkle Cargohosen und Stiefel. Er pfiff auf das Gesundheitsbewusstsein Vancouvers, rauchte in der Öffentlichkeit und ließ sich seine Zufriedenheit von niemandem nehmen. Der spätsommerliche Himmel war von tiefem Blau mit einigen friedlichen, weißen Wolken, die allein oder in kleinen Gruppen an Vancouver vorbeizogen. Jason beobachtete die Schiffe, große wie kleine, und lauschte dem Wasser, das gegen die Kaimauer plätscherte.

Kondensstreifen eines vorbeifliegenden Flugzeugs zogen eine auffällige Bahn über den klaren Morgenhimmel. Der Wind beeilte sich, die verräterische Spur zu verwischen.

Jason studierte den Busfahrplan und schob sich den Rest eines Schokoriegels in den Mund. Zufrieden kaute er auf den Kalorien herum und spülte sie mit dem letzten bisschen Kaffee hinunter. Dann sah er sich um, entdeckte eine Anzeigetafel für die Linie zum Flughafen und stellte sich dort mit an. Eine ältere, grauhaarige Dame stand vor ihm, drehte sich zu ihm um und wollte wohl etwas sagen, doch Jason zeigte ihr ein Schoko-Kaffee-Grinsen. Sie schob den Kopf nach hinten, verzog das Gesicht und kräuselte ihre Nase. Sie ließ ihren Blick von dem Grinsen über seinen freien Arm mit den Horrorszenarien streifen und wandte sich leise brummend wieder ab.

„Diese jungen Leute. Furchtbar", sagte sie laut genug, dass es jeder Umstehende hören konnte.

Jasons durch und durch gute Laune ließ ihn das einfach überhören. Während der Fahrt stierte er aus dem Fenster und ein merkwürdiges Gefühl erfasste ihn. Für einen Moment bekam die Welt eine gewisse Unschärfe. In seinem Magen machte sich Kälte breit und sein Rücken wurde unangenehm warm.

„Was is hier los?", murmelte er leise. „Irgendein Scheiß geht doch ab."

Das Lächeln und die Entspannung verschwanden. Mit dem Gefühl einer Bedrohung war Jasons gute Laune einen schnellen Tod gestorben.

Am Flughafen stieg Jason aus dem Bus und schaute sich um. Die Glas- und Chromfassade zog sich hundert Meter weit in jede Richtung. Immer wieder drehte er sich um, während er den Schildern zum Abflugterminal folgte. Die Kälte in seinem Magen war immer noch da. Er zog die Schulterriemen seines Rucksacks strammer und blickte unauffällig über seine Schulter. Wenn er auf das Gebäude sah, konnte er auf der verspiegelten Oberfläche nur sich selbst erkennen. Die Gestalten im Inneren des Gebäudes blieben vage Schatten. Jason blieb stehen. Sein Rücken schien zu kochen, während in seinem Magen Eisberge schwammen. Was stimmte nicht? Im Lied vernahm er nichts. In diesem Moment passierte ihn eine schlanke Frau mit glatten, schwarzen Haaren, die ihr bis an den straffen Po reichten.

„Heilige Schei ... Was für eine Figur", murmelte er. Sie trug hochhackige, dunkle Schuhe, ein beiges Kostüm, das offensichtlich maßgeschneidert die Vorzüge ihrer Modelmaße betonte. Sie zog einen kleinen Trolley hinter sich her und war wohl ebenfalls dabei, sich von Vancouver zu verabschieden. Jason schüttelte den Kopf, um sich wieder ganz auf seine dunkle Vorahnung zu konzentrieren, und setzte seinen Weg ebenfalls fort. Er folgte der Frau in ihrem Kielwasser aus bewundernden Blicken und fühlte sich zusehends unwohler. Irgendetwas stimmte nicht. Verdammt überhaupt nicht. Vor ihm lag die vierflügelige Eingangstür zum Abflugterminal des Vancouver International Airports, die sich dank ihrer Sensoren gemächlich öffnete und schloss. Die Frau passierte gerade die Automatiktüren, als jemand hinter ihm etwas rief.

„Hey, Jason, komm gefälligst her!"

Verwirrt blieb der mürrische Geisterjäger stehen und sah sich um. Ein kleiner Junge lief auf seine Mutter zu. Jason schüttelte den Kopf. „Ach fuck, was soll hier schon passieren?" Er drehte sich um und ging weiter.

Jason war kurz vor der Eingangstür, als eine junge Frau direkt auf ihn zulief. Sie blickte über ihre Schulter nach hinten, winkte jemandem und rannte ungebremst in ihn hinein. Auch Jason hatte sie, abgelenkt wie er war, erst zu spät bemerkt. Völlig überrascht taumelte er einen Schritt zurück.

„Oh, entschuldigen Sie bitte", sagte die braunäugige junge Frau, die einen Anflug von Sommersprossen im Gesicht hatte.

„Julie?", fragte Jason überrascht.

„Oh, der Möchtegernpolizist", lachte sie, ohne zurückzuweichen, und fuhr sich mit der Hand durch die Haare.

„Julie. Schön dich zu sehen. Bist auf dem Weg nach Hause?", murmelte Jason ein wenig verlegen und wusste nicht so genau, wo er hingucken sollte.

Julie lächelte ihn an. „Ja, meine Ma fliegt heute zu einem Geschäftstermin. Sie hat mich direkt nach der Uni abgeholt ich fahre mit unserem Auto wieder nach Hause." Sie spielte mit einer Haarsträhne. Jason nickte. Seine nächsten Worte überraschten ihn selbst. „Sorry, dass ich gelogen habe, war scheiße, ich weiß. Aber ich habe in den Wäldern wirklich jemandem geholfen."

Julie legte ihm die Hand auf die Schulter. „Ist schon okay. Ich habe dich ja auch ein bisschen überfallen und es … na ja. Aber irgendwie hast du so was ausgestrahlt. Ein bisschen verloren und irgendwie …" Sie unterbrach sich, spielte weiter an der Haarsträhne und sah dabei zu Boden. „Also, weißt du", fuhr sie fort. „Du hast tatsächlich wie jemand ausgesehen, der nicht ohne Grund da war. Ich weiß nicht, wie ich das anders ausdrücken soll."

Sie lachte leise und sah ihn verlegen an. Jason spürte, wie seine Ohren warm wurden. Er öffnete den Mund und schloss ihn wieder. Julie lachte erneut, als sie seinen Blick auf ihre Hand bemerkte. Sie nahm sie langsam runter.

„Tut mir leid, ich glaube, ich habe einfach zu viel Zeit mit Chloe verbracht. Aber ehrlich, ich habe dich gerade nicht erkannt. Der Bart ist weg und deine Haare sind viel kürzer. Wären wir nicht ineinandergelaufen, hätte ich dich gar nicht bemerkt. Nur deine Augen …"

„Ja, ähm, bin auf dem Weg zurück in die Staaten, da kann ich nicht wie 'ne Holzfäller rumlaufen."

„Schade, du hast echt gut ausgesehen." Julie errötete ein wenig. Ihr Mund war wohl wieder schneller gewesen als ihr lieb war. „Also, jetzt siehst du immer noch gut aus", setzte sie leise nach und blickte auf ihre Turnschuhe.

„Ja, danke, aber … ich muss los. Ich brauch 'nen Flieger. Und so. Weißt schon", stotterte der Geisterjäger überrumpelt.

Er fühlte einen leichten Stich. Wie sie so dastand, erinnerte sie ihn an Charlie. Julie betrachtete ihn, fuhr sich mit der Hand durch die Haare und fummelte erneut an einer Strähne herum.

„Komm gut nach Hause. Also … eigentlich weiß ich nicht einmal, wie du heißt", lachte sie.

Jason bewunderte ihr Lächeln. „Ich heiße Jas … Jeremiah. Mach's gut Julie. Viel Erfolg beim Studieren."

„Danke." Sie biss sich auf die Lippe und legte dann den Kopf schief. „Guten Flug und viel Erfolg beim Helfen. Du siehst so aus, ich weiß nicht, als wenn du ein guter Polizist geworden wärst. Also, ich meine, du siehst aus … na ja, also, ich meine, du siehst aus, als wenn du sehr nett wärst. Einer von den Guten." Jason erkannte an ihrem Blick, dass Julie sich selbst fragte, was sie da gerade zusammenstammelte. Er zog die Augenbrauen hoch und schüttelte den Kopf. „Sieh mich nur an", murmelte er. „Ich bin kein Cop. Ich tauge nur für den Müll, den andere nicht anfassen wollen oder können." Er grinste sie schief an. „Ich kümmere mich um die Sachen, die andere übersehen." Julie legte den Kopf schräg und lächelte verhalten. „Jeremiah. Passt nicht zu dir. Gelogen?" Wieder lachte sie. „Bestimmt." Jason sah sie an und fiel in ihr Lachen ein. Eigentlich war es doch egal. Er konnte ihr ruhig die Wahrheit sagen, sie würde ihm nicht glauben und ihn nie wiedersehen.

So leise, dass sie sich vorbeugen musste, um ihn zu verstehen, erzählte er ihr Folgendes: „Mein Name ist Jason. Ich jage Geister, die Menschen wehtun, und sorge dafür, dass es aufhört. In den Bergen habe ich gegen eine Gespensterbärin gekämpft und so das Morden in den Wäldern beendet. Ich bin ein Freak, der tote Menschen sieht."

Jason blickte ihr dabei fest in die Augen. Julie versank in dem tiefen Blau und plötzlich nahm sie ihn in den Arm.

„So bescheuert das auch klingt, ich glaube dir. Das hat sich mehr nach der Wahrheit angehört als alles andere vorher", flüsterte sie ihm ins Ohr, ehe sie den stocksteifen Jason wieder freiließ. „Ich wünsche dir einen guten Flug, Jason. Wenn du wieder nach Kanada kommen solltest … versuchst du vielleicht, mich zu finden." Mit diesen Worten ging sie an ihm vorbei in Richtung der Parkplätze.

Jason stand da und sah ihr nach. „Das … ich …", murmelte er völlig neben der Spur.

Die Menschen, die den Flughafen betraten und verließen, strömten an ihm vorbei. Er stand da und blickte ihr noch hinterher, als sie längst aus seinem Sichtfeld, aber beileibe nicht aus seinen Gedanken verschwunden war.

„Scheiße", seufzte er. „Wieso habe ich ein schlechtes Gewissen Charlie gegenüber und gleichzeitig das bekloppte Gefühl, dass sie sich gerade für mich freut?"

Um ihn herum schwappte das Leben hin und her, Leute kamen und gingen, doch für Jason stand einen Moment lang alles still. Während er mit dem Amulett spielte, entspannte sich sein Gesicht deutlich, und ganz kurz lächelte er fast. Dann zuckten seine Augen und der Moment war fort.

„Verdammt, die Luft hier bekommt mir nicht. Muss endlich wieder in die muffigen Staaten zurück", knurrte er, um den seltsamen Bann endgültig zu brechen.

Ruckartig drehte er sich um und stiefelte durch den Eingang des Flughafens und direkt zu einem Schalter der American Airlines. Auf halber Strecke drehte er sich noch einmal um und sah zum Ausgang. Gerade in diesem Augenblick ging niemand hindurch. Und so schloss sich die Automatiktür, sperrte Kanada und seine Bewohner aus Jasons Welt aus. Er atmete einmal tief durch und beeilte sich, zu dem Terminal zu kommen, an dem dankenswerterweise niemand anstand. Ohne den Einsatz seiner besonderen Begabung erstand er ein Ticket. Bis zum Abflug zurück in die Staaten blieben ihm noch zwei Stunden. Der Sicherheitscheck bereitete ihm noch ein wenig Kopfzerbrechen. Aber er hatte notfalls noch das eine oder andere Ass im Ärmel. Jason besorgte sich einen Kaffee und rührte mit einem Wegwerfholzstäbchen darin herum. Plötzlich zuckte er zusammen und ein Kribbeln lief ihm über den Rücken.

„Irgendwas stimmt hier scheiße noch mal nicht", grummelte er. Ohne darüber nachzudenken, hob er den Blick zur pompösen und angeberischen Skylounge, die den Gästen der ersten Klasse vorbehalten war. Das große Panoramafenster lag schräg gegenüber und gab den Blick auf zahlreiche Tische aus dunklem Holz frei. An denen saßen die Bessergestellten mit ihren Handys und Laptops und vergnügten sich mit teurem Essen und edlen Getränken.

Frank betrachtete die Auslage eines edlen Uhrengeschäfts, als er im Spiegelbild des Schaufensters seine Verabredung entdeckte. Beschwingt drehte er sich um.

„Meine liebe Dharma", begrüßte Frank sie mit einer leichten Verbeugung aus der Hüfte. Mit einem angedeuteten Lächeln auf ihren vollen Lippen blieb sie vor ihm stehen. „Hallo, Frank", gab sie zurück und biss sich leicht auf die Lippe. „Wie schön dich zu sehen." Ihre schwarzen, langen Haare schimmerten im Neonlicht. „Das gebe ich nur zu gern zurück. Ich habe uns einen Tisch reserviert. In der Skylounge gibt es einen hervorragenden Thailänder." Frank bot ihr den Arm an und nahm mit der anderen Hand ihren Trolley. Dharma hakte sich unter und ließ sich von ihrem Geliebten führen.

„Wirklich schön, dass sich diese Gelegenheit ergeben hat", säuselte sie und kam mit ihrem Mund nah an sein Ohr.

Ein Lächeln breitete sich auf von Roteiches Gesicht aus. Gemeinsam betraten sie den Bereich des Flughafens, der mit deutlich kostspieligeren Annehmlichkeiten lockte und bald saßen Frank und Dharma bei einem Glas Wein in dem teuersten Restaurant des Flughafens und warteten auf ihre Bestellungen.

„Frank, mein Lieber. Sag mir, wie hieß dein Auftrag doch gleich?"

„Harper. Jason Harper", half Frank ihr aus.

„Ah, ja. Danke. Ich bin mir sicher, du wirst ihn bald in den Schoß unserer Organisation überantworten. Es ist so schön, dich endlich wiederzusehen. Auf dem Weg hierher musste ich an unsere Zusammenarbeit in Bangkok denken." Mit diesen Worten beugte sie sich ein wenig vor und lächelte ihn über den dunkelroten Wein in ihrem Glas hinweg an.

„In der Tat, meine Liebe. Das war eindeutig einer der befriedigendsten Aufträge, den die Gesellschaft uns je erteilt hat. Es waren sehr angenehme Tage und noch wesentlich angenehmere Nächte", sagte Frank und stieß sein Glas gegen ihres.

„Auf Bangkok", wisperte sie.

„Auf Bangkok."

Sie schauten einander einen Moment lang in die Augen und schwelgten in den Erinnerungen an ihren letzten, gemeinsamen Einsatz.

„Frank!", rief Dharma mit gespielter Scham. „Du hast mich gerade mit Absicht in deinen Kopf gelassen." Ihr dunkelrot geschminkter

Mund öffnete sich leicht und sie legte die Zungenspitze an die Oberlippe. „Was du gerade gedacht hast, mein Liebster … mmmhh", hauchte sie.

Frank blickte in ihre dunklen Augen und lächelte. „Ich dachte mir, dass dir das gefallen würde."

Dharma lachte. Ihre Hände lagen in der Mitte des Tisches. Sie ließ ihre Fingernägel über Franks Handrücken und Unterarm wandern. Mit einem Mal krallte sie fest in seine Haut. Von Roteiche konnte seinen erwachenden Appetit nur schwer verbergen.

„Was meinst du, Frank, bekommen wir hier spontan ein Zimmer? Um uns ein wenig, sagen wir, über Bangkok zu unterhalten." Sie lächelte ihn an und drückte noch fester zu.

„Oh, ich bin mir sicher, dass wir über die geeigneten Mittel für ein angemessenes Zimmer verfügen", gab Frank zurück und trank einen Schluck. Er sah seiner Gespielin tief in die Augen und mit einem halb schmerz-, halb lusterfüllten Seufzen ließ Dharma von seinem Unterarm ab.

„Frank!", tadelte sie ihn spielerisch.

Er ließ seinen Blick genießerisch über die feinen Linien ihres Gesichts gleiten, folgte ihrem Hals weiter hinunter zu ihrem Dekolleté, als er eine Schwingung aufnahm. Er legte seinen Kopf leicht schief und guckte an Dharma vorbei, hinab in die Halle. Ihre Augen weiteten sich, als sie Franks Gedanken auffing. Jasons und Franks Blicke trafen sich.

„Fuck!"

Jason ließ den Kaffee fallen, wirbelte herum und rannte los. Der Becher schepperte zu Boden und verspritzte seinen Inhalt. Aus den Augenwinkeln sah er noch, wie von Roteiche in die Höhe schnellte. Jason hatte direkt aus dem Stand auf Sprint umgeschaltet, das Adrenalin trieb ihn an. Ohne Rücksicht auf Verluste schob und drängte er sich seinen Weg durch die Menge. Rechts von ihm setzten sich zwei Männer der Flughafensicherheit in Bewegung, um ihn aufzuhalten. Sie überholten ihn und stellten sich dem Geisterjäger in den Weg. Jason stoppte mit rudernden Armen und blickte sich gehetzt um.

Schmerz!

Sein kurzes, hartes Mantra ließ die beiden Wachmänner stöhnend zu Boden gehen. Jason rannte los und setzte über die sich krümmenden Männer hinweg. Hektisch suchte er nach einem Weg raus, weg von dem Irren mit seiner Scheißbrille. Endlich fand er ein Schild, das den Weg zu einem Ausgang wies. Er lief bis zur nächsten Ecke, blieb schwer atmend stehen, um einen Blick zurückzuwerfen. In seinem Kopf rauschte es und sein Herz raste. Was er sah, versetzte ihn in Panik. Mit offenem Mund verfolgte er, wie von Roteiche durch die Menge marschierte. Der affektierte Arsch rannte nicht, sondern ging. Niemand stellte sich ihm in den Weg. Egal, ob absichtlich oder unabsichtlich, wer Frank in die Quere kam, stürzte, knallte gegen eine Wand, verletzte sich.

„Mr. Harper", hörte Jason ihn rufen. „Sie hinterlassen eine deutliche Spur!"

Einer der beiden Wachleute, die gerade erst an Jason geraten waren, stemmte sich hoch und schien von Roteiche zur Rede stellen zu wollen. Der Mann streckte die Hand aus, hielt inne, zog seine Pistole und schoss sich in den eigenen Oberschenkel. Jason lief Schweiß über das Gesicht. Er spürte es, fühlte, wie dieser Kerl einfach durch die Leute marschierte und ihnen auf irgendeine Art befahl, sich selbst zu verletzten. Menschen, egal, ob Jung oder Alt, Mann oder Frau, stolperten und fielen über Stühle oder Koffer. Jason wurde speiübel.

Er wirbelte herum und stürmte weiter. Ein Alarm gellte los. Leute schrien und Panik brach aus. Vor sich sah er den Ausgang. Die Menge presste in die Richtung und Jason nutze seine Ellenbogen ohne Gnade, um durchzukommen. Geschrei aus allen Richtungen, schiebenden Menschen. Jason war überfordert. Seine Gedanken rasten. Er hatte Angst und drückte sich in Richtung Tür.

Endlich draußen! Er lief schnaufend weiter und versuchte, sich zu orientieren. Die Menge teilte sich nach links und rechts auf. Auf der anderen Straßenseite ragte das Parkhaus in die Höhe. Das war seine beste Chance, einen Fahrer zu überreden, ihn hier wegzubringen.

„Los, Los, Los!", spornte er sich selbst an.

Jason lief über die Straße, den Blick nur auf das Rettung verheißende Parkhaus vor sich gerichtet. Mit quietschenden Reifen musste eine Limousine seinetwegen eine Vollbremsung hinlegen. Jason hieb mit der flachen Hand wütend auf die Motorhaube, rannte aber sofort weiter. Bei einem kurzen Blick über die Schulter sah er seinen Verfolger aus dem Terminal kommen. Jason stürmte in den Eingang und passierte den Parkscheinautomaten, an dem gerade ein Mann in Businessoutfit sein Ticket bezahlte. Er rempelte den Mann an und jagte sofort die Treppen nach oben zu den höheren Etagen. Die Verzweiflung trieb ihn dazu, den Nichtsahnenden für seine Zwecke einzuspannen. Im Rennen formulierte er ein Mantra.

Anzugmann, Anzugmann, jetzt bist du dran. Halt ihn auf, halt ihn fern, schlag ihn nieder, stoppe ihn.

Jason ließ den simplen Reim immer wieder durch seine Gedanken rollen wie Eiswürfel in einem Glas, kalt und klar. Ihm war bewusst, dass der Fremde seinen Verfolger nur kurz aufhalten würde, aber es würde seine Chance, diesem Irren zu entkommen, vergrößern. Er hetzte die Treppe hoch, als er ein dumpfes Geräusch und ein Schnauben hörte. Seine Ablenkung hatte Frank soeben eine verpasst.

„Ein netter Versuch, Mr. Harper", vernahm er Franks Stimme.

Jason stoppte zwei Stockwerke höher, lehnte sich an die Mauer und keuchte leise.

Von unten rief Frank: „Dieser arme Mann. Er hatte nichts mit unserer Angelegenheit zu tun, Mr. Harper. Wie der Portier in ihrer Absteige in Miami. Nur ihretwegen ist er eine Figur in unserem ganz persönlichen Spiel geworden. Sie haben ihn benutzt, Mr. Harper. Sie haben ihn aus seiner Welt in unsere geholt. Und wie im Schach, nun, sicherlich weiß auch ein ungebildeter Straßenköter wie Sie, was mit Bauern passiert. Sie werden geschlagen."

Jason stieß sich ruckartig von der Wand ab. „Fuck!", stöhnte er.

Ein widerlich dumpfes Klatschen ertönte. Jason erschauderte bei dem Geräusch.

„Scheiße, was hab ich getan!", fluchte er und stürzte die Treppe wieder hinunter.

Als er sah, was passierte, wurde ihm eins mit absoluter Gewissheit klar: Fucking Frank war wahnsinnig.

Der Anzugmann hatte sich umgedreht und schmetterte gerade zum zweiten Mal seinen Kopf gegen den nackten Beton, der bereits mit roten Spritzern übersät war. Blutstropfen sprenkelten die Mauer wie der Anfang eines morbiden Graffitis. Jason blieb der Mund offen stehen. Frank von Roteiche drehte sich gerade zu ihm um, als die Schönheit von vorhin im Eingang erschien. Sie blieb stehen, nahm die Szene in sich auf, aber ihre Reaktion fiel nicht so aus, wie Jason es erwartet hatte. Die bildschöne Frau war offensichtlich von der Grausamkeit fasziniert. Ihre vollen Lippen formten ein erregtes Lächeln, doch lange genießen konnte sie es nicht. Zu seinem eigenen Erstaunen reagierte Jason als Erster und feuerte spontan ein Mantra heraus. „Schwarzes Haar, rote Glut, spüre meine Wut, erstarre in meinem Zorn, nimm den Schmerz des Lamms, spüre den Schmerz des Opfers, verbunden sollt ihr sein und sein Schaden der deine." Frank wirbelte in Dharmas Richtung herum, gerade als sein Opfer das dritte Mal den Kopf blutspritzend gegen die Wand rammte. Jasons Worte hallten durch die Parkgarage. Er spürte, dass diese Frau alles andere als ein normaler Mensch war. Doch was auch immer sie für spezielle Fähigkeiten haben mochte, jetzt gerade fühlte er, dass ihr Verstand wie ein offenes Haus für seinen Angriff war. Vielleicht war sie zu sehr abgelenkt, weil sie sich an der Brutalität vor sich ergötzte. Wieso auch immer, Jason hatte Erfolg. Dharma riss die Hände an den Kopf und brach zusammen. Mit einem entsetzten Aufschrei sprang Frank zu ihr, ehe sie auf dem Boden aufschlug.

„Oh fuck!", keuchte Jason völlig erschöpft.

Er warf einen Blick auf den Unschuldigen, der nun ohnmächtig am Boden lag. Der Mann schien noch am Leben zu sein. Jason drehte sich um und rannte in die Tiefen der Garage. Seine Gedanken rasten vor Angst und Unglauben. Frank war komplett irre. Und die heiße Alte gehörte zu allem Überfluss zu ihm! Er musste weg hier, schnell und weit weg! In seinen Adern tobte ein Cocktail aus körpereigenen Drogen und ließ ihn regelrecht fliegen. Vor ihm parkte in diesem Moment ein dunkelroter Möchtegern-Geländewagen aus. Er rannte auf das Auto zu. Der SUV hatte sein Manöver gerade beendet, als Jason direkt vor der Motorhaube zum Stehen kam. Er versuchte, den Fahrer zu erkennen, doch die Scheibe spiegelte zu sehr. Die Fahrertür wurde aufgestoßen. Jason hielt das Mantra in seinem Kopf wie eine geladene Waffe bereit. Eine vertraute Stimme rief verdutzt seinen Namen. „Jason, bist du das?"

„Julie?"

„Was ist denn los? Du siehst aus als ..."

Jason lief zur Beifahrerseite, riss die Tür auf, zerrte hektisch den Rucksack von den Schultern und sprang auf den Sitz. Julie hatte ihre Tür immer noch geöffnet und sah ihn mit großen Augen an.

„Jason, was ist denn los? Du siehst völlig fertig aus."

„Fahr! Weg hier, schnell!", schrie er sie mit sich überschlagender Stimme an.

„Jason, bitte sag mir was los ist. Du machst mir Angst." Ihre Augen waren groß und ihre Wangen blass. Sie fummelte unschlüssig an dem Schalthebel herum. Ihr Fuß verharrte auf der Bremse. Jason atmete tief ein und zwang sich zur Ruhe. Er hätte einfach ein Mantra nutzen können, aber ein Blick in ihre Augen hatte gereicht, um ihn davon abzuhalten.

„Julie, ein echt mieses Arschloch ist hinter mir her. Er bringt Leute um. Der ist total irre und jetzt sitze ich ausgerechnet bei dir im Auto und ..." Jason sah aus dem Fenster. Von Roteiche marschierte direkt auf sie zu. „Der Scheißpenner kommt und wir müssen hier weg!"

Jason warf sein Bein über die Mittelkonsole, stieß ihren Fuß von der Bremse und rammte seinen auf das Gaspedal. Julie schrie auf, als der schwere Wagen mit laut aufbrüllendem Motor einen harten Satz nach vorne machte. Sie packte das Lenkrad und hielt es verzweifelt fest. Durch den Ruck wurden die Türen zugeworfen.

„Der geht nicht aus dem Weg!", kreischte Julie.

„Egal!", brüllte Jason.

Alles ging viel zu schnell. Jason spürte von Roteiches Kraft. Was auch immer der Arsch machte, es schien sich gegen Julie zu richten. Jason hörte auf nachzudenken, packte das Amulett und ließ die Worte aus sich herausströmen.

„Egal was, egal wie, kein Opfer darf sie sein, nicht hier, nicht heute. Egal was, egal wie, kein Opfer wird sie sein", murmelte er immer wieder mit halbgeschlossenen Augen, den Fuß fest auf dem Gaspedal.

Jason nahm nur noch am Rande wahr, dass das Amulett heiß wurde. Für einen Moment hatte er den Eindruck, eine weitere Stimme würde gemeinsam mit ihm das Mantra herunterbeten. Noch nie, bei keinem Geist oder sonst irgendwann, hatte er so viel Energie aufgewendet. Es fühlte sich an, als würde er verbrennen, alles tat weh, er schwitzte, sein Kopf drohte zu platzen. Er spürte seine Kräfte schwinden.

„Jason!", schrie Julie, denn Frank von Roteiche blieb mit wütendem Gesicht stehen, wo er war.

Im letzten Moment riss sie das Lenkrad herum und der Wagen schlingerte mit quietschenden Reifen an dem Mann vorbei. Der SUV donnerte aus dem Parkhaus des Flughafens und Julie lenkte ihn panisch auf die Straße. Nur knapp entgingen sie dabei dem Zusammenstoß mit einem anderen Wagen. Jason nahm seinen Fuß vom Pedal und lehnte sich zurück.

„Bin so müde", keuchte er.

Julie hatte beide Hände fest am Lenkrad und atmete viel zu schnell. Jasons Kopf rollte zur Seite. „Fahr nicht nach Hause. Fahr zu niemandem, solange ich bei dir bin. Fahr irgendwohin, aber nicht nach Hause." Jason legte alle Kraft, die er noch hatte, in diese Worte.

Julie drehte sich zu ihm um und das Letzte, was er hörte, war ihre nervöse Stimme: „Jason! Jason, was ist mit dir? Jason?"

Dann Stille. Dunkelheit.

Von Roteiche legte die Stirn in Falten, während der SUV knapp an ihm vorbei jagte. Anerkennend zog er eine Augenbraue hoch, ehe er seine Brille richtete. Mit kalter Miene sah er dem flüchtenden Fahrzeug hinterher, ehe er mit steifen Schritten zurück zu Dharma ging. Auf dem Weg rief er über sein Telefon die Limousine, die die Organisation für ihn hatte bereitstellen lassen. Neben seiner Geliebten ging er auf die Knie und lächelte sie an.

„Wie geht es dir?", fragte er leise.

„Deine Beute erweist sich als gerissen, lieber Frank. Er hat mich kalt erwischt. Das wird ihm kein zweites Mal gelingen", gab sie zurück.

„Ich habe starke Kopfschmerzen. Es wird einige Tage dauern, bis ich mich davon erholt habe."

„Mr. Harper hat etwas Persönliches daraus gemacht, meine Liebe. Ich bin nun doch sehr ungehalten, was sein Benehmen angeht. Diesmal mag er noch Glück gehabt haben ..."

„Frank, mein Liebster", unterbrach ihn Dharma. „Wie konnte er überhaupt entkommen?" Ihre kluge Zwischenfrage ließ die Miene von Roteiches noch düsterer werden.

Mit kalter Stimme sagte er: „Ich muss zugeben, dieser Käfer hat uns wohl beide kalt erwischt. Ich habe nicht damit gerechnet, dass er ..." Frank brach ab, richtete seine Brille und fuhr fort. „Noch einmal wird er sich mir nicht widersetzen."

Er zückte sein Mobiltelefon und wählte die erste Nummer unter Favoriten. Es klingelte viermal, ehe das Gespräch angenommen wurde.

„Ja."

„Mr. Percy, hier spricht Frank. Ihr Auserwählter erweist sich als zähe Beute."

Frank konnte das Lächeln in der Stimme seines Herren hören.

„Sehen Sie Frank, genau deshalb will ich den jungen Mr. Harper. Er hat vielleicht mehr Potential als Sie."

Der Jäger konnte seinen Zorn nicht ganz aus seiner Stimme heraushalten. „Mr. Harper hat Dharma verletzt."

„Oh, ein unglücklicher Zufall." Keine Spur von Mitleid in den Worten. „Machen Sie daraus nichts Persönliches. Das könnte sonst unangenehme Konsequenzen haben. Unangenehm für Sie."

„Keine Sorge, Mr. Percy. Sie beide werden Ihr Treffen bekommen. Mir hat er nichts entgegenzusetzen. Dennoch fordere ich den Zugriff auf bestimmte Ressourcen, um Ihren Gast zu Ihnen bringen zu können."

Ein dumpfes Schnaufen, das vielleicht ein Lachen sein konnte.

„Frank, Sie erhalten die Erlaubnis für Projekt Limedecker. Darauf wollten Sie doch hinaus. Ich weiß, Sie brennen schon lange auf eine solche Gelegenheit. Bedenke Sie, dass ich Jason Harper lebend will. Ist das klar?"

„Ja, Mr. Percy. Projekt Limedecker einzusetzen, wird mir ein Vergnügen sein."

„Ich wiederhole mich nur ungern: lebend, Frank, lebend."

Mr. Percy legte auf.

Ein Lächeln breitete sich auf Franks Gesicht aus. Er schob die Brille in Position und wählte eine andere Nummer. „Von Roteiche. Ich bin auf dem Weg zu Ihnen. Bereiten Sie Projekt Limedecker vor." Jemand schien widersprechen zu wollen. „Seien Sie still. Er bekommt ein wenig Auslauf."

Damit beendete er das Telefonat und schob das Handy zurück in sein Jackett. Im selben Moment fuhr die Limousine vor. Frank half Dharma, sich hineinzusetzen.

„Kümmern Sie sich gut um sie", wies Frank den Fahrer an und wandte sich dann lächelnd an seine Geliebte. „Harper hat eine Verabredung mit Limedecker."

Dharma sah zu ihm hoch und aus ihren Augen grinste Frank der Teufel entgegen.

Jason versuchte sich das Blut von den Händen zu wischen, aber es war vergebens. Überall war Blut, er stand knietief darin, alles war dunkelrot, es schwappte in Wellen gegen seine Schenkel.

„Scheiße, was ist das hier?", murmelte er.

Ein grünes Leuchten näherte sich ihm schnell unter der Oberfläche.

„Jeremiah!", fluchte er.

In der zähen Flüssigkeit gab es kein Entkommen. Der Geist erreichte ihn, schlug zu, packte Jason und zerrte ihn nach unten. Mit einem Mal gab es keinen Grund mehr unter ihm. Er schwebte in dem roten Meer und gesichtslose Gestalten umkreisten ihn. Jason wirbelte herum und versuchte, in alle Richtungen zu sehen. Von oben leuchtete ein schwacher, roter Schimmer. Er schwamm los, ruderte mit Armen und Beinen, doch statt nach oben, wo er hinwollte, hinmusste, sank er nach unten. Es wurde dunkler und dunkler. Immer schneller glitt er tiefer in die blutrote Finsternis.

„Ich habe Angst", sagte er leise.

„Ich weiß", antwortet eine liebevolle Stimme.

„Ich kann so nicht mehr weiter machen."

„Du bist nie allein, Jason. Ich bin immer bei dir. Und andere werden dir helfen, wenn du es zulässt. Nur du zwingst dich, immer allein zu sein."

Kein Tadel oder Vorwurf, nur Freundlichkeit und Zuneigung. Jason fiel nicht mehr. Er schwebte auf der Stelle, getaucht in rotes Licht. „Wer bist du?", fragte er.

„Weißt du das nicht?"

„Jason! Jason!" Mühsam quälte er die Augen auf und erblickte Julie, die sich halb über ihn gebeugt hatte und ihn an der Schulter schüttelte.

„Bitte wach auf", flehte sie.

„Bin da", murmelte Jason leise.

„Gott sei Dank. Ich dachte, du bist, na ja, ich weiß auch nicht." Kraftlos versuchte er, sich aufzurichten. „Wo sind wir?"

„Ich habe getan, was du gesagt hast", erklärte Julie fast entschuldigend. „Ich bin weder nach Hause gefahren noch irgendwo anders hin, wo ich sonst bin."

Jason zog eine Augenbraue hoch. „Gut" hauchte er.

„Du brauchst dringend was zu trinken." Sie ließ sich wieder auf den Fahrersitz sinken. „Deine Lippen sind trocken und deine Haut auch. Ehrlich gesagt, du siehst im Moment mehr tot als lebendig aus." Sie griff neben sich und holte eine Flasche mit einem Sportgetränk hervor, löste den Verschluss und reichte sie Jason. Der sah sich mit einer Mammutaufgabe konfrontiert: die Flasche greifen, festhalten und dann auch noch an den Mund führen.

Julie nahm ihm die Flasche ab. „Ich helfe dir. Ehrlich, du siehst aus, als würdest du sterben."

„Ach, Quatsch", knurrte er. Aber er schaffte es nicht, es so bissig klingen zu lassen, wie er es gewollt hatte.

Julie klappte wortlos die Sonnenblende herunter und öffnete die Abdeckung des kleinen Spiegels.

„Heilige Scheiße!", entfuhr es Jason, als er sich selbst sah.

Sein Gesicht war eingefallen, die Augen standen beinahe heraus und waren trüb. Dunkle Ringe lagen unter ihnen und die Wangenknochen standen deutlich hervor. Seine Haut war grau und wie Julie gesagt hatte, waren seine Lippen trocken und spröde. Stöhnend drehte er sich zu ihr und Julie hielt ihm vorsichtig die Flasche an den Mund. Als der erste Tropfen seinen Hals hinablief, spürte Jason etwas. Es fühlte sich an, als würde sein Körper den Zucker aufsaugen.

Dankbar nahm er drei Schlucke. Dann fand er die Kraft, die Flasche aus Julies Hand zu nehmen.

„Danke", murmelte er.

„Jason, was war da los? Wer war dieser Mann und was habt ihr, wie hast du, was … Ich verstehe das alles nicht. Ich hatte das Gefühl, mein Körper würde mir nicht mehr gehorchen. Und dann hast du angefangen, diese Sachen zu sagen. Ich hatte plötzlich, ich weiß nicht, diese Stimme in mir und dann hatte ich wieder die Kontrolle über mich und du bist ohnmächtig geworden." Eine Träne lief über ihre Wange und sie atmete schwer.

Jason zwang sich, langsam zu trinken. Mit jedem Schluck ging es ihm besser. Sein Magen begann, laut zu knurren. Er schaute zu ihr und spürte einen Stich in den Tiefen seiner Seele, als er ihre Tränen bemerkte.

„Julie, ich werde versuchen, es dir zu erklären, aber ich brauch verdammt dringend was zu essen." Nach einem kurzen Zögern schob er noch ein „Bitte" hinterher.

Sie atmete tief ein und aus. Langsam wischte sie die Tränen ab und sah mit geröteten Augen ernst an. „Okay. Aber dann will ich wissen was hier los ist", forderte sie mit fester Stimme.

Jason bewunderte, wie tough sie mit der Situation umging. Nicht so wie die dummen Hühner in den Horrorfilmen. Nickend willigte er ein. „Ich werde versuchen, dir so viel zu erklären, wie ich selbst verstehe. Aber erst mal was futtern."

Julie starrte ihn an. „Das ist doch alles völlig verrückt. Wer bist du?"

Jason schüttelte den Kopf. „Ich brauch erst was zu essen."

„Okay, ich kenn da was. Das geht schnell und ist halbwegs genießbar. Aber dann erzählst du mir, was hier los ist, Jason. Bitte, ich weiß, dass ich vieles davon wahrscheinlich nicht verstehen werde. Aber ich habe Angst und das gefällt mir nicht."

Mit einem solchen Argument hatte Jason nicht gerechnet. „Wir sind im Geschäft, Julie. Aber denk dran: nichts, wo du dich öfter aufhältst. Ich habe keine Ahnung, was der Dreckskerl noch kann."

Sie nickte und drückte den Startknopf, mit einem dumpfen Brummen erwachte das schwere Triebwerk des SUV zum Leben. Jason lehnte sich zurück, doch der Wagen fuhr nicht los. Er drehte sich zu seiner Lebensretterin um und sah sie fragend an.

Julie musterte ihn. „Du siehst schon viel besser aus. Nicht mehr wie eine Leiche, mehr wie ein Mensch. Das fand ich in Lytton schon merkwürdig."

„Wie meinste das?"

„Als du in den Laden gekommen bist, hast du total fertig und erschöpft ausgesehen. Deshalb und wegen deines Arms." Mit einem Nicken deutete sie auf den Verband. „Als du den riesigen Burger aufgegessen hast, konnte man dir regelrecht zusehen, wie du zu Kräften gekommen bist. Beim Hinausgehen hast du nicht mal mehr gehumpelt."

Jason kratzte sich am Kopf. „Kein Plan, Julie. Kann vor Hunger kaum denken." Er grinste sie schief an.

Sie lächelte und Jason ertappte sich bei dem Gedanken, wie sehr ihm dieses Lächeln gefiel. Sofort spürte er einen altbekannten Stich im Herzen. Und damit meinte er nicht das schmierige Ding, dass sein Blut durch die Gegend pumpte, sondern das metaphysische Ding, das für den schwer greifbaren Kram zuständig war.

Julie räusperte sich und sagte: „Ich habe auch Hunger. Wir besorgen eine ordentliche Portion. Ich kenne einen Ort, wo wir danach hinkönnen."

Der SUV hatte in einem schmuddeligen Hinterhof gestanden. Jetzt lenkte Julie den Wagen zwischen den Gebäuden hinaus zur Straße, fädelte das Auto in den regen Großstadtverkehr ein und schien sich sicher zu sein, wo es langging. Jason sah aus dem Fenster. Dies war sicherlich nicht die Ecke von Vancouver, die viele Touristen besuchten. Fabriken und Lagerhallen standen zu beiden Seiten der Straße. Er ließ die tristen Gebäude an sich vorüberziehen, während der Himmel sich allmählich rot färbte.

„Wie lang war ich weg?", fragte er.

Julie zögerte. „Fast zwei Stunden."

Er drehte sich zu ihr um. Julie konzentrierte sich weiter auf den Verkehr. Jason beobachtete sie einen Moment und ließ sich dann wieder zurücksinken.

„So lange. Das muss mich echt ausgeknockt haben", murmelte er.

Julie nickte, beließ es aber dabei. So fuhren sie schweigend weiter. Ab und an wischte die junge Frau sich über die Augen, aus denen immer wieder einzelne Tränen liefen. Der Verkehr wurde dichter, doch der Großteil kam ihnen auf dem Weg zu den Randbezirken und Wohngebieten entgegen. Die normalen Menschen beendeten ihr Tagewerk, kehrten heim zu ihren Familien und Freunden, tranken vielleicht noch in geselliger Runde ein Bier und lachten und schwatzten über ihren Tag. Jason schüttelte den Kopf und überlegte, dass er, wenn es so weiterging, vermutlich nicht einmal seinen fünfundzwanzigsten Geburtstag erleben würde. Die Sonne küsste bereits den Horizont und die Lichter der Stadt begannen, ihr Strahlen zu ersetzen.

Ein Schild wies auf ein Schnellrestaurant hin. Sofort lief Jason das Wasser im Mund zusammen. Er fing an, in seinem Rucksack zu wühlen, der immer noch zwischen seinen Beinen stand und kramte sein Cap heraus. Er setzte es auf und zog es tief in die Stirn.

„Drive-In. Du brauchst dich nicht zu verstecken", sagte Julie leise.

„Überall Kameras", gab Jason schief grinsend zurück.

Sie lächelte und schüttelte den Kopf, nahm die Ablenkung aber dankbar an. „Wenn du meinst."

„Ich zeig sie dir."

Sie schaute ihn an, während sie den Blinker setzte und den schweren Wagen ruhig in die schmale Einfahrt lenkte. Ihr Blick sprach Bände.

„Du wirst schon sehen", grummelte Jason. „Da ist die erste. Sichtet das Kennzeichen."

Er deutete auf einen der kleinen Poller. Das Licht der Scheinwerfer wurde kurz von der Linse reflektiert.

„Und da oben, in der Ecke oberhalb des Affenkäfigs, wo sie deine Bestellungen annehmen, die soll die Gesichter der Insassen erkennen." Er hielt den Kopf gesenkt.

Julie versuchte, unauffällig hinzusehen und sog die Luft ein, als sie die kleine, schwarze Kugel entdeckte, die unscheinbar im Mauerwerk hing. Sie näherte sich dem Affenkäfig und senkte das Fenster.

„Ihre Bestellung, bitte", kam es gelangweilt aus dem Lautsprecher.

Julie sah fragend zu Jason. Der lehnte sich hinüber und schielte zur Menüauswahl, ohne dabei den Kopf allzu weit zu heben.

„Nummer drei, zweimal. Cola, Pommes, Ketchup", knurrte er. Ein kurzes Zögern. „Und einmal Nummer vier, Pommes, Cola, Ketchup."

Julie starrte ihn mit großen Augen an, ehe sie ihre Menüauswahl aufgab. „Für mich die Nummer sechs, French Dressing, Coke Zero und die Apfeltasche."

„Vielen Dank für Ihre Bestellung. Bitte fahren Sie zum Bezahlen an den nächsten Schalter."

Julie ließ den Wagen weiterrollen.

„Und da, neben dem Scheinwerfer, gleich zwei Stück."

„Wie hast du die entdeckt? Da muss man doch gegen das Licht schauen."

„Hab sie schon gesehen, als wir raufgefahren sind."

„Jason, wieso kennst du dich mit so was aus?"

„Wenn man oft genug an Orten auftaucht, an denen Menschen sterben, gerät man schnell unter Verdacht", murmelte er. „Und dann sitzt man ein, fühlt sich verarscht, kommt raus, wird wieder verhaftet, hat die Fresse voll und wird seltsam im Kopf." Er schnaufte kurz. „Noch seltsamer als ohnehin, wenn man Jagd auf menschenmordende Gespenster macht."

Julie lachte leise.

„Was is 'n daran nun bitte lustig", blaffte Jason sie an.

„Die Art, wie du es sagst", entschuldigte sie sich schmunzelnd. Jasons bissiger Kommentar schmolz unter ihrem Lächeln dahin.

Sie erreichten den zweiten Schalter und ohne zu zögern, reichte Julie dem Kassierer ihre Kreditkarte. Der genervt wirkende Bursche mit seiner Restaurantuniform gab ihr einen Zettel zum Unterschreiben. Julie quittierte und mürrisch wies der Mitarbeiter sie an, mit dem Beleg ihre Bestellung am nächsten Schalter in Empfang zu nehmen, einen schönen Abend noch.

Nachdem der SUV das Gelände des Schnellrestaurants verlassen hatte, reihte Julie den roten Wagen in den Feierabendverkehr ein. Jetzt schlugen sie wie so viele den Weg raus aus der Stadt ein.

„Sorry, is es okay, wenn ich schon loslege?", fragte Jason, während er bereits an einer der Tüten fummelte. Das Knurren seines Magens war kaum zu überhören.

„Du brauchst es, also iss. Meins kann nicht kalt werden."

„Cool", gab er zurück und fischte einen der Burger hervor, beförderte einen Strohhalm aus den Tiefen nach oben, riss das Papier ab und schnappte sich eine Cola. Er saugte in tiefen Zügen das klebrigsüße Getränk in sich hinein. Erst als der Becher halb leer war, setzte er ab. Er seufzte tief und begann, den Burger aus seiner Verpackung zu befreien. Aus den Augenwinkeln bemerkte er Julies Blick, ließ sich davon aber nicht beirren. In kürzester Zeit hatte Jason den Burger verputzt und machte sich über die Pommes her. Auch die vernichtete er zielstrebig und restlos, ohne sich von irgendetwas ablenken zu lassen. Dann leerte er die erste Coke und lehnte sich zurück.

„Schon besser. Jetzt lassen auch die Kopfschmerzen nach. Es lebe der elende Junkfood-Scheiß", schmatze er zufrieden.

Leise sagte Julie: „Das ist echt unglaublich."

„Was 'n?", gab Jason zurück.

„Sieh in den Spiegel."

Jason runzelte die Stirn, klappte die Sonnenblende mit dem integrierten Spiegel herunter und betrachtete sich selbst.

„Naja, ich seh wieder wie 'n Mensch aus", grunzte er.

Julie nickte. „Findest du das nicht seltsam?"

Schulterzucken.

Jason machte sich an der zweiten Portion zu schaffen. Seine Retterin lenkte derweil den Wagen mit vorbildlichem Sicherheitsabstand und umfassendem Einsatz der Blinker aus Vancouver heraus. Die Sonne nahm ihren Abschied und versank langsam hinter dem Horizont.

„Wo geht's denn hin?", fragte Jason.

„Lindell Beach. Da war ich als kleines Kind mal auf einem Schulausflug. Das ist eine ruhige Gegend, wo Farmer leben, und es ist sehr dicht an der Grenze. Außerdem ist es abgeschieden und von Bergen umgeben. Da kommt man nicht so schnell hin. Und da ist nichts, was irgendjemanden interessieren könnte."

Jason nickte. „Und von da aus?"

„Einen Tag ausruhen, und dann bringe ich dich über die Grenze."

Er sah sie an und verzog keine Miene. „Du hast dir das gut überlegt, oder?"

„Während du geschlafen hast."

Sein Gesicht blieb ausdruckslos, als er leise „Danke" sagte. Dann schob er eine Frage hinterher. „Wieso? Warum hilfst du mir?"

Julie lächelte ihm kurz zu, konzentrierte sich dann aber in der zunehmenden Dunkelheit weiter auf das Fahren.

„Jason, das alles ist total verrückt. Ich treffe dich zweimal und meine Welt steht Kopf. In dem Restaurant, da hast du gelogen. Ich weiß nicht, wie ich es sagen soll, aber ich wusste, dass du lügst, es aber nicht mit böser Absicht tust. Ja, ich war ein bisschen enttäuscht, aber mehr weil ..." Sie zögerte und fuhr dann fort. „Als du mir am Flughafen in die Arme gelaufen bist, habe ich mich einfach gefreut, dich zu sehen. Als du dann die Geschichte mit den Geistern erzählt hast, wollte ich dir gerne glauben. Es fühlte sich nicht wie eine Lüge an, obwohl es wie eine klang." Sie atmete einmal tief durch. „In dem Parkhaus, als da dieser Mann stand und ... und diese Dinge passiert sind, da wusste ich, dass du die Wahrheit gesagt hast. Dieses Gefühl, als würde mein Körper mir nicht mehr gehören. Und dann brannte es und war gleichzeitig eiskalt. Das kam von dir, glaube ich."

Jason hörte ihr mit zusammengepressten Lippen zu. Er starrte geradeaus und vermied jeden Blickkontakt.

Julie sprach weiter. „Meine Vorstellungen von der Welt waren immer sehr, na ja, vernünftig; das trifft es, glaube ich. Aber der blonde Mann, er hat ... er hat irgendetwas gemacht, das ich nicht verstehe. Und dann du. Irgendwie hast du mich gerettet. Und jetzt glaube ich dir zumindest teilweise."

Jason unterbrach Julie. „Was studierst du eigentlich?"

Sie stockte. „Ich will Kinderärztin werden."

„Cool."

„Aber was ich jetzt erlebt habe, das ... ist faszinierend und erschreckend und aufregend. Es macht mich neugierig und außerdem ..." Sie unterbrach sich und streifte Jasons Gesicht mit einem schnellen Blick. Jason sah, wie sich ihre Wangen ein wenig dunkler färbten.

„Julie, ich bin schon ein paarmal fast gekillt worden. Und dieser Penner, Frank, der hat meinetwegen einen Menschen umgebracht und jetzt wieder beinahe. Und dich bringt er auch um, wenn du ihm im Weg stehst. Meine Welt ist scheißaufregend, ja, so scheißaufregend, dass sie einen kaltmacht." Er hob den verbundenen Arm. „Sieh dir das an. Das war eine verkackte Geisterbärin. Vor ein paar Monaten wäre ich fast wie 'ne Ratte von einem beschissenen kindermordenden Ungeheuer ersäuft worden. Ich habe überall Narben, Julie. Meine Welt ist bösartig, denn ich jage nur die fiesen Arschlöcher, die töten oder verstümmeln oder krank machen. Es gibt wohl auch welche, die nicht böse sind. Zumindest am Anfang nicht. Aber irgendwann drehen sie alle durch. Und dann fangen die Dinge an, schwierig zu werden. Offene Türen, Kälte, herunterfallende Tassen ... Kratzer, die aus dem Nichts auftauchen. Verletzte. Tote." Zum Ende seiner Ansprache wurde er immer leiser.

Julie schwieg, sah nach vorne und wechselte die Spur. Jason teilte ihr Schweigen und blickte mit fest zusammengepressten Lippen durch die Frontscheibe. Straßenlaternen schossen vorbei, Lichtflecken vor dem dunklen Blau des Abendhimmels. Vor ihnen waren die roten Rückleuchten zahlloser Autos, die ihre unbeteiligten Insassen hierhin und dorthin bringen würden. Die Gebäude wurden flacher und gaben den Blick auf die umliegenden Berge und Wälder frei. Eine Zeitlang herrschte Stille in dem SUV.

Julie holte tief Luft. „Das klingt wirklich furchtbar."

„Du hast keine Ahnung", gab Jason leise zurück.

„Gibt es niemanden, der dir hilft? Andere wie dich oder ..."

„Nein, Julie. Ich war von Anfang an allein. Bis ich vor einiger Zeit diesem Wichser begegnet bin, dachte ich ernsthaft, ich sei was Besonderes. Stattdessen gibt es eine ganze Organisation von Leuten wie mir. Aber wenn einer wie Frank dazugehört, dann verpisst euch, ihr Penner." Er seufzte. „Nein, ich bin allein. Meine Ma versorgt mich mit Kohle. Aber ansonsten werde ich nur verfolgt und verhaftet. Besser, ich vertraue niemandem."

„Auch mir nicht?", hakte Julie dazwischen.

Jason verdrehte die Augen. „Doch, schon irgendwie, aber Vertrauen heißt auch, dass ich Verantwortung für dich übernehmen muss, und das ist nicht so mein Ding."

Sie sah kurz zu ihm rüber und Jason erkannte die Ernsthaftigkeit in ihren dunklen Augen. Er befingerte unbewusst das Amulett. Er befürchtete, dass jeden Moment was Kitschig-Dämliches kommen würde.

Julie sah wieder nach vorn und atmete einmal tief ein und aus.

„Okay. Ich verstehe das, glaube ich. Du bist lieber allein, weil du dann niemanden außer dir selbst in Gefahr bringst. Und weil du dich der Lage nicht gewachsen fühlst, auf jemand anderen Acht zu geben." Sie räusperte sich kurz. „Das kam blöd rüber. Ich meinte das nicht negativ. Ich denke nur, du scheust dich davor, jemanden in deine Welt zu holen, weil du Angst hast, diesen Menschen zu nicht beschützen zu können."

Sie betrachtete ihn mit verkniffenem Mund. Jason zog eine Augenbraue hoch und sagte nichts. Er war überrascht. Statt des erwarteten Kitsches hatte sie ihn zum Nachdenken gebracht. Lag es wirklich daran? Hatte er einfach schon zu viele Leute sterben sehen, denen er helfen wollte? Das waren Leute gewesen, die er nicht gekannt hatte. Was, wenn solche Dinge jemandem zustießen, den er kannte? Oder schlimmer?

„Bist du sauer? Ich meinte das jetzt nicht ... ich wollte dich nicht beleidigen", murmelte Julie, die sein Schweigen missdeutete.

Jason schüttelte den Kopf. „Nein, habe nur nachgedacht. Ehrlich gesagt, habe ich mir diese Frage nie gestellt. Irgendwie war nie Zeit dafür. Und dann ... nach den ersten Malen stellte sich die Frage nicht mehr. Wenn du an Orten rumlungerst, wo Leute sterben, dann bist du schnell verdächtig. Und die Cops, Scheiße, die ziehen vorschnelle Schlüsse. Die Leute schreien dich an, was mit dir nicht stimmt. Einer wollte mich sogar erschießen, während ich versucht habe zu verhindern, dass so ein Scheißgeist ihn in 'nen Holzhäcksler steckt. Bescheuerte Rednecks. Irgendwann habe ich es aufgegeben, den Leuten klarmachen zu wollen, was der Scheiß soll. Ich hab einfach weitergemacht. Allein."

„Allein."

„Ja."

„Hm."

Mittlerweile fuhren sie schon eine ganze Weile. Erneut schwiegen sie eine Zeit lang. Die Häuser waren fort, die urbane Landschaft war Wäldern, Hügeln und Bergen gewichen. Als ein Rastplatz angezeigt wurde, setzte Julie den Blinker und verließ den Highway. Jason hatte sein Fast Food fast komplett verputzt und besah sich im Spiegel.

„Krass. Was ist da los? Erst der totale Zombie und zack, wieder Mensch. Fast Food kann gar nicht so ungesund sein", murmelte er. Für diese Aussage erntete er einen skeptischen Blick.

Julie schaltete den Motor aus und ließ ihre Arme vom Lenkrad sinken.

„Puh, ich brauche eine Pause", seufzte sie.

„Wird auch Zeit, dann kannste jetzt auch futtern." Sie nahm ihn im Dämmerlicht der einzelnen Laterne, die den Rastplatz beleuchtete, ins Visier. „Du redest wie einer von der Straße. Nur deine Aussprache verrät dich." Jason zog die Augenbrauen zusammen.

„Wollen wir draußen essen?", lenkte Julie schnell ab, bevor Jason etwas erwidern konnte.

Er presste die Lippen zusammen und nickte. Während sie aus dem SUV kletterten, sahen sich die beiden jungen Leute über die Sitze hinweg an. Jason konnte Julie regelrecht ansehen, wie ihre Gedanken kreisten. Er nickte auffordernd in Richtung einiger Sitzbänke. Sie setzten sich und atmeten die frische Luft tief ein. Julie aß in Ruhe ihr Menü auf, während Jason den Rest seiner Sachen verdrückte. Als sie fertig waren, sammelte Julie den Müll ein und warf alles in einen der großen Abfalleimer. Jason hatte derweil eine Zigarette angezündet und blies eine Rauchwolke in den Sternenhimmel. Sie nahm wieder neben ihm Platz und musterte ihn kritisch von der Seite.

„Jaja, ich weiß. Mit Rauchen in der Öffentlichkeit habt ihr es nicht so", grummelte er. Demonstrativ zog er noch einmal an der Zigarette.

Julie schüttelte den Kopf. „Das ist es nicht. Woher weißt du ... also wie ..."

„Julie, spuck es aus. Was willst du wissen?"

„Eigentlich alles. Wer bist du? Woher weißt du, wie du sie bekämpfst, oder wie auch immer du das nennst. Und wie machst du das? Ich meine, wie viel weißt du über all das?"

Jason runzelte die Stirn. „Ziemlich viele Fragen. Naja, wer ich bin, weißt du. Und mehr gibt es da nicht. Den ersten Geist habe ich gesehen als ..."

Sein Gesicht verfinsterte sich und er fasste sich an die Brust, wo das Amulett verborgen unter seinem Shirt hing. Julie blickte ihn fragend an.

„Als ich meinen ersten Geist sah, hat das mein Leben ziemlich zerrissen. Ich saß eine Zeit lang sogar in der Psychiatrie. Keiner wollte mir glauben. Dachten, ich könnte es nicht anders verarbeiten, was passiert war. Scheiß drauf, bin nicht dumm. Ich wusste, was ich gesehen hatte. Aber wer sollte mir schon glauben, dass ein Geist meine Freun… vor meinen Augen jemanden umgebracht hatte. Erst hieß es Selbstmord. Dann haben sie auch mich verdächtigt. Als ob ich ihr, als wenn ich jemals … Ach, scheiß drauf." Sein Gesicht hatte sich wütend verzogen. „Alle hielten mich für behämmert. Also spielte ich mit. Und als ich wieder draußen war, fing ich an, mir die Vergangenheit der Brücke anzusehen. Also, da wo sie gestorben ist. Und erkannte ein Muster. Von wegen Selbstmorde und Unfälle", knurrte er.

Julie nickte stumm.

Jason fuhr fort. „Dann fing ich an zu suchen. Bücher, Internet, ich bin gereist und habe mit komischen Leuten gesprochen. Habe ein paar Sachen gefunden, die plausibel sind. Ich habe jede Spur verfolgt. Glaub mir, ich habe nahezu jede Provinzbibliothek abgegrast, die kein modernes Archiv hatte. Keine elektronischen Verzeichnisse. Da, wo alte, wirklich alte, seltsame Bücher in den Regalen verstauben." Während er redete, starrte er auf den Boden. „Ich habe gelernt, was man tun kann, um sich zu schützen. Die Mantras in meinem Kopf, die Tattoos, all das dient nur dem Fokus, um die eigene Kraft zu bündeln. Wenn man sie hat."

„Und woher … ich meine, hast du gelernt, etwas zu nutzen, was jeder hat, oder …"

Jason schüttelte den Kopf und unterbrach sie. „Nein. All die Geschichten über Zauberei und Magie, Hexer und all das Zeug aus dem Mittelalter, das geht alles auf solche wie mich zurück. Oder diesen Wichser Frank. Es hat etwas mit der Seele zu tun. Zumindest habe ich das so verstanden. Die alten Geschichten in diesen Büchern haben das angedeutet. Trotzdem dachte ich echt, ich sei der Einzige. Es gibt eine Welt in den Schatten. Und da gehöre ich jetzt hin."

Der Atem der beiden zeigte sich als blasse Dampfwolken. Julie schauderte und Jason legte einen Arm um sie. Er schnaufte leise, redete sich ein, er würde sie nur wärmen.

„Erzähl weiter", bat Julie leise und rückte dichter an ihn heran. Er nickte. „Ich dachte immer, ich sei der Einzige. In den Büchern hieß es, dass es durch ein Ereignis ausgelöst werden kann, so wie bei mir. Der Schock und die Wut, als ich dabei zusehen musste, wie ein Geist meine ... als ich das erste Mal sah, wie ein Geist jemanden umbrachte."

Julie schaute Jason schüchtern von der Seite an. „Das war nicht einfach irgendjemand, oder? Dieses erste Mal, ich meine, das Opfer, das war nicht irgendjemand für dich."

Jason starrte auf den Boden. Ein paar Blätter lagen da, in Rot und Gelb, zwischen den Grashalmen, die noch nicht niedergetrampelt worden waren. Der Wind ließ sie ein wenig schaukeln.

„Sie hieß Charlie." Er schluckte schwer und holte tief Luft. „Wir waren seit unserer Kindheit zusammen. Immer ..." Erneut atmete er durch und spürte die unwillkommene, aber vertraute Anspannung. „Is auch scheißegal", murmelte er. „Ein verkackter Geist hat sie über das Brückengeländer gezerrt. Sie stürzte sechs Meter in die Tiefe, mitten zwischen die Steine. Und dann habe ich ihn gesehen. Und er mich. Damit fing alles an. Er war der Erste. Weißt du, man kann manche der Arschlöcher in das Licht bringen, sie friedlich aus dieser Welt schaffen. Aber als ich bereit war, als ich wusste, worum es ging ..." Jason biss die Zähne zusammen und Julie ließ ihm den Moment.

Er erinnerte sich. Wie er nach seinen Reisen nach Georgetown heimkehrte, die Arme voll mit diesen Horrorbildnissen. Blass, abgemagert, verzehrt von Wut. Alles, was er wollte, war Rache. Seine Eltern waren schockiert, seine Jugendfreunde entsetzt. Niemand konnte glauben, was in achtzehn Monaten aus dem liebenswerten Jason geworden war. Einer der Besten an der Schule, toller Sportler, nett, cool, witzig. Die Gesichter seiner Eltern, seiner Freunde und seiner Lehrer zogen an seinem inneren Auge vorbei.

„Keiner hat mich verstanden", murmelte er. „Ich war ... gottverflucht, ich wünschte, ich hätte den Drecksarsch verprügeln können. Aber mir blieb nur, ihn aus allen Welten zu bomben mit der seltsamen Kraft, die ich erlernt hatte. Ich ging zu der Brücke und löschte ihn aus. Kein Licht für ihn. Nichts von ihm ist geblieben." Jasons Stimme vibrierte vor Wut.

Zaghaft sagte Julie: „Jason, bitte, meine Schulter."
Erschrocken zog er den Arm zurück. „Tut mir leid", entschuldigte er sich leise. „Weißt du, seit drei Jahren ziehe ich durch die Gegend, jage Hinweisen nach und bringe Geister zur Strecke. Du bist der erste Mensch, abgesehen von meiner abgedrehten Mutter, mit dem ich darüber rede."

„Aber ich vermute, sie kennt nicht die ganze Wahrheit", sagte Julie. Jason grinste schief. „Doch, tatsächlich habe ich ihr alles erzählt, bevor ich gegangen bin. Meine Ma versorgt mich mit Geld. Sie glaubt mir tatsächlich." Er lachte leise und abgehackt.

„Ich glaube dir auch. Frag nicht, aber ich glaube dir deine Geschichte. Es klingt nicht wie eine Lüge. Und seit dem Parkhaus erst recht nicht mehr." Jetzt war es an Julie tief durchzuatmen. „Seitdem erscheint mir die Welt viel, viel größer."

„Na toll", schnaubte Jason. „Größer ist nicht immer besser."

Julie schüttelte den Kopf. „Jetzt ist es zu spät. Jetzt ist es passiert. Aber weißt du was? Ich glaube, ich kann dir sogar helfen."

„Tust du doch schon."

„Nein, ich meine, ich verstehe etwas, glaube ich. Als du mich vor diesem Frank beschützt hast, hat dich das viel Kraft gekostet, oder?"

Jason nickte.

„Der Einsatz deiner Fähigkeiten, er verzehrt dich", sagte Julie mit fester Stimme. Jason blickte ihr überrascht in die braunen Augen.

„Hä?", fragte er und sein Unverständnis klang ehrlich.

„Wenn du deine Kraft anwendest und nicht genug Energie hast, dann verzehrst du dich selbst. Deine körperlichen Reserven. Ich habe gesehen, wie du dich trotz des Essens aus dem Auto gequält hast. Wenn du nicht aufpasst, verbrennst du dich selbst. So wie ein Ausdauersportler, der nicht genug Energie nachfüllt."

Jason sah auf seine Arme hinab und zog einen Ärmel hoch, strich mit der Hand über die Haut und spürte jede Ader, jeden Muskel und jeden Knochen. Er presste die Kiefer aufeinander.

„Da könnte was dran sein", gestand er.

„Du musst immer etwas zu essen dabeihaben, Powerriegel oder sowas." Julie schien von ihrer Überlegung sehr überzeugt zu sein.

Jason nickte, ehrlich überrascht. „Ist mir nie aufgefallen. Danke", sagte er leise.

Julie lächelte ihn an. „Na komm, lass uns weiterfahren. Es ist noch ein gutes Stück."

Sie stand auf und schaute zu ihm hinunter. Dann streckte sie Jason eine Hand entgegen. Für einen Moment rührte sich der Geisterjäger nicht. Dann nahm er zaghaft Julies Hand und gemeinsam gingen sie zu dem stummen SUV zurück. Dumpf brummend erwachte der Motor und Julie schaltete die Lichter ein. Langsam schwenkte der SUV auf die jetzt nahezu leere Straße und fuhr nach Osten durch die Dunkelheit.

Der Wagen trug Jason und Julie in Richtung des abgelegen Örtchens Lindell Beach. Die Nacht war auf dem Vormarsch und ließ die Sterne antreten, um den Himmel zu beherrschen. Seit knapp einer Stunde fuhren sie über einen Ausläufer der Berge durch stark bewaldetes Gebiet. Das letzte Dorf hatten sie vor einer guten halben Stunde passiert und waren seitdem kaum anderen Fahrzeugen begegnet. Jason war immer wieder eingenickt, doch im Moment war er wach und starrte aus dem Fenster. In dem vorbeihuschenden Wald herrschte tiefe Finsternis, denn Straßenlaternen gab es hier draußen keine. Nur die Bäume direkt neben der Straße ließen sich noch erkennen. Dahinter gab es nur vorbeiziehende Schemen, unwirklich und voller unheilvoller Omen. Bei dieser Erkenntnis schnaufte Jason leise. Er sah keinen Wald, nein, nur menschenmordende Scheißgespenster und Krallen, die ihn packen wollten. Wie viel Bullshit konnte ein Mensch in seinem Kopf haben? Und was würde aus ihm werden, wenn es so weit war? Würde er selbst zu einem ruhelosen Geist werden?

Julie unterdrückte ein Gähnen und holte Jason damit aus seinen Albträumen zurück. Er drehte sich zu ihr um.

„Sorry, dass du die ganze Zeit fahren musst, aber ich habe keinen Führerschein", murmelte er.

„Ist schon gut", japste sie. „Wir haben es gleich geschafft. Noch ein paar Meilen, dann sind wir da."

„Du bist echt cool, Julie."

„Nein, im Moment bin ich vor allem müde", gab sie lächelnd zurück, ohne den Blick von der Straße zu nehmen.

„Mach das Radio an. Ein bisschen Musik könnte doch helfen", schlug Jason vor. Doch seine Hand verharrte unschlüssig über dem Display.

Julie grinste und tippte, ohne hinzusehen, auf zwei Stellen auf dem Touchscreen. Leise erklang Musik. Dann ertönte die Stimme eines Nachrichtensprechers. Es wurde über dies und jenes berichtet. Plötzlich richtete Jason sich auf und rief: „Mach lauter!" Julie zuckte zusammen und stellte die Lautstärke höher. Fiebernd lauschten sie dem Bericht über einen Zwischenfall am Flughafen von Vancouver. Es sei dort zu dramatischen Szenen gekommen, als ein flüchtiger Verbrecher durch Beamte von Interpol gestellt wurde. Bei einem Schusswechsel habe sich ein heldenhafter Mitarbeiter der Flughafensicherheit eine Kugel im Bein eingefangen.

Jason schnaubte und regelte die Lautstärke wieder herunter. „Interpol. Arschlöcher. Können die so 'nen Scheiß? Einen ganzen Flughafen voller Leute umpolen, dass die an so einen Mist glauben?" Er und schüttelte fassungslos den Kopf.

„Ist so was möglich? Ich meine, da müssen doch Hunderte Menschen gewesen sein. Kameras und Handys, da wurde bestimmt gefilmt", gab Julie zu bedenken.

„Ich hab keine Ahnung, zu was dieser Wichser in der Lage ist", zischte Jason. Wie viel Angst ihm diese Frage machte, behielt er für sich.

Nachdem sie noch einige Minuten schweigend gefahren waren, streifte der Scheinwerferkegel das Ortsschild von Lindell. Nach und nach wichen die Bäume zurück und offenes Gelände empfing die beiden. Zwischen den weiten Feldern, Weiden und Anbauflächen lagen vereinzelt Häuser. Im Glanz der Sterne hing Herbstnebel über den offenen Feldern, ab und an glomm schimmernd das Licht eines Wohnhauses auf. Dann tauchten sie wieder in den endlosen, kanadischen Wald ein und fuhren erneut unter Bäumen dahin.

„Hast du 'nen Plan, wo wir hinwollen?", wollte Jason wissen.

„Ich habe ein Zimmer reserviert. In einem Ferienhaus", gab Julie müde zurück.

„Per Internet?", fragte Jason scharf.

„Nein, Jason. Ich habe angerufen", murrte sie.

Er atmete gezwungen durch. „Tut mir leid."

„Wir sind beide müde. Da ist das wohl normal. Und so wie du aussiehst, brauchst du noch etwas zu essen", gab Julie zurück. Dunkle Ringe lagen unter ihren braunen Augen. Jason betrachtete sie und seufzte leise. Langsam streckte er den Arm aus, zögerte und griff dann behutsam ihre Schulter. Sanft drückte er sie und murmelte: „Das kann ich nie wiedergutmachen. Verdammt nie wieder. Danke dir."

Julie lächelte. „Es wird wohl wirklich Zeit, dass du was zu dir nimmst. Du wirst sentimental und richtig nett, Jason."

Er lachte leise und ließ seine Hand noch einen Moment bei ihr, ehe er sie zurückzog. Julie fuhr in den überschaubaren und sehr touristisch wirkenden Ort. Überall wiesen Schilder auf Ferienwohnungen und Campingplätze hin. Schließlich sahen sie das leuchtende Schild eines 24/7-Supermarktes mit dazugehöriger Tankstelle. Jason nahm seine Mütze und setzte sie auf, ehe der SUV in die Einfahrt bog. Julie kommentierte das nicht, sondern seufzte leise. Jason sah mit hochgezogener Augenbraue zu ihr hinüber.

Sie schüttelte den Kopf. „Alles okay, ich habe nur über etwas nachgedacht."

„Du hast dich gefragt, wieso ich dir vertraue?"

Julie bremste den Wagen neben der Zapfsäule ab und starrte ihn mit großen Augen an. „Kannst du meine ..."

Jason und hob die Hand und unterbrach sie. „Nein, Julie, ich kann keine Gedanken lesen. Beeinflussen, ja, drin rumwühlen, aber was lesen, nein. Das is nicht mein Ding." Er zwang sich zu lächeln, aber es wirkte eher, als hätte er einen Krampf. „Ich habe nur ein ganz gutes Gefühl für ..." Jason stockte und starrte nach unten. „Scheißegal, ich kann keine Gedanken lesen. Aber gerade war es nicht weiter schwer zu erraten, was dir durch den Kopf geht."

Er bemühte sich um ein echtes Lächeln.

Julie sah ihn fragend an. „Ein gutes Gefühl wofür?"

„Is egal", murmelte er kurz angebunden.

Sie verzog ein wenig das Gesicht, bohrte aber nicht weiter nach.

Jason blieb noch einen Moment sitzen, nachdem Julie ausgestiegen war und angefangen hatte, den großen Tank des SUV zu befüllen.

„Oh Mann, Charlie, das ist doch scheiße. Sie erinnert mich einfach voll an dich", wisperte er seinem Spiegelbild in der Windschutzscheibe zu. Für einen winzigen Moment meinte er, einen grünen Schimmer zu sehen.

„Bullshit", knurrte er und stieg ebenfalls aus.

Gemeinsam sammelten sie Nahrungsmittel und Getränke zusammen. Julies Rat entsprechend kaufte Jason reichlich Energydrinks und Müsliriegel dazu. Er hatte zwar murrend auf Schokolade bestanden, aber Julie hatte sich lächelnd durchgesetzt. Dann machten sie sich auf den Weg zum Ferienhaus.

Jason konnte an dem Geraschel der Bettwäsche hören, dass Julie sich die ganze Zeit hin und her wälzte. Er selbst lag auf der Couch und konnte auch nicht schlafen. In seinem Kopf jagten die Gedanken wild durcheinander. Sie hatten die Tür zwischen Schlaf- und Wohnzimmer einen Spalt offengelassen. Ruhe kehrte ein, und Jason wünschte sich für Julie, dass sie endlich einschlafen könnte.

„Jason?", erklang leise ihre Stimme aus dem Schlafzimmer.

„Jup." Doch nicht eingeschlafen.

„Wird alles wieder gut?"

Jason starrte an die Decke. Er hatte das Gesicht verzogen und seine Hände waren völlig verkrampft. Er schluckte und zwang sich, ruhig zu sprechen.

„Na klar, Julie", sagte er laut.

„Du bist ein schlechter Lügner", seufzte Julie. Einen Moment später hörte er wieder ihre Stimme: „Versprichst du mir etwas, Jason?"

„Was denn?"

„Lüg mich nie mehr an. Bitte."

„Versprochen", gab er leise zurück.

Jasons Blick ging ins Leere. Er lauschte, aber es kam nichts mehr. Es war still in dem kleinen Ferienhaus. Die Gedanken in seinem Kopf umso lauter.

Am nächsten Morgen überquerten Julie und Jason unbehelligt den kleinen Grenzübergang südwestlich von Lindell Beach. Es regnete und graue Wolken hingen schwer an den Bergen. Nachdem sie ein kleines Stück auf der amerikanischen Seite der Grenze gefahren waren, grinste Julie zu Jason rüber.

„Hendricks, wie?", schmunzelte sie.

Jason grunzte nur. „Ja, Mr. Hendricks."

Sie kicherte. „Woher bekommst du solche Sachen wie falsche Ausweise?"

Jason rollte mit den Augen. „Wenn du ein- oder zwei-, beschissene drei- bis zwölfmal im Knast warst, dann lernt man Leute kennen. Bin zwar dank der Anwälte meiner Eltern immer schnell rausgekommen, hab da aber trotzdem einiges mitgenommen."

Sie schwiegen einen Moment.

„Wie geht es jetzt weiter?", fragte Jason nach einer Weile. „Du hast dir da bestimmt schon was überlegt."

Julie fuhr sich mit der Hand durch die Haare. „Ja. Von hier aus fahren wir knapp eine Stunde nach Bellingham. Ab da kannst du mit dem Bus oder dem Zug weiterfahren." Sie zögerte ein wenig, ehe sie fortfuhr. „Weiter kann ich dich nicht bringen, Jason. Ich habe heute Nacht über das nachgedacht, was du gesagt hast. Dass deine Welt tötet."

Jason schüttelte den Kopf. „Es ist vollkommen okay, Julie. Ehrlich, verdammt, abgesehen von meiner Ma war seit Jahren niemand mehr so nett zu mir. Du hast mir echt mehr als nur ein bisschen geholfen."

Sie runzelte die Stirn. „Jason, glaubst du, ich oder meine Familie sind in Gefahr?"

Jason verzog das Gesicht. „Ich glaube nicht. Ich denke, Frank von fucking Roteiche ist nicht klar, dass wir uns kennen. Woher soll der Penner das auch wissen? Ich denke, er wird glauben, dass es Zufall war. Diesem Wichser sind eh alle Menschen egal. Würde sagen, ihr seid sicher."

Julie nickte.

Jason fuhr fort: „Aber trotzdem ist es besser, wenn wir uns, so schnell es geht, trennen und nie wiedersehen."

Bei diesen Worten huschte ein Schatten über Julies Gesicht. Beide schwiegen. Der Regen trommelte leise auf das Wagendach und lief verspielt die Windschutzscheibe hinab. Oder vielleicht auch traurig.

Nach einer Weile ergriff Julie wieder das Wort. „Wie geht es bei dir jetzt weiter?"

Jason zuckte mit den Achseln. „Ich tauche ab, folge Hinweisen auf Geister, bekämpfe sie und versuche nebenbei, etwas über diese Organisation herauszufinden."

Julie nickte. Eigentlich hielt sie den Blick immer auf die Straße gerichtet, aber jetzt schaute sie kurz zu Jason. „Und du gehst diesem Frank aus dem Weg."

Jason nickte grimmig.

Danach war bis zu ihrer Ankunft in Bellingham der Gesang des Regens der einzige Begleiter ihres Schweigens.

Seventh Cut – Rauch und Asche

Trotz der Nähe zur Küste war es windstill und der Regen prasselte beinahe lotrecht auf Jason ein. Er stand da, den Rucksack auf dem Rücken, in seiner schwarzen Jacke und das dunkle Basecap auf dem Kopf. Schweigend sah er dem roten SUV hinterher. Jason ärgerte sich über sich selbst. Sein Abschied von Julie war ein Reinfall gewesen und er fragte sich, was mit ihm nicht stimmte. Er hatte die Schnauze nicht wirklich aufbekommen, nur ein „Danke" hatte er rausgepresst. Was war sein Problem? Emotionale Verstopfung? Die Szene war wie aus einem schlechten Film und sie lief gnadenlos vor seinem inneren Auge ab.

„Jason", hatte sie gesagt, „falls du mal wieder nach Vancouver kommen solltest, ich weiß nicht, ich würde mir wünschen, dass wir uns wiedersehen."

Und was hatte er darauf geantwortet? Bedankt hatte er sich. Immerhin, das hatte er noch hinbekommen. Er ließ den Kopf hängen, drehte sich um, ging ohne Ziel drauflos und hing seinen Gedanken nach. Hoffentlich behielt er recht, dass diese Penner nicht auf Julies Spur kamen. Bestimmt hatte es in dem Parkhaus Kameras gegeben. Er blieb stehen und hob sein Gesicht dem Regen entgegen. Beinahe schmerzhaft klatschten ihm die dicken Tropfen auf die Haut. Er hielt die Augen geschlossen und stand einfach nur da, die Arme hingen schlaff herunter. Verwundert blickte er an sich hinunter und griff sich an die Brust. Verlor er langsam den Verstand oder wurde das Amulett warm?

Jason schüttelte den Kopf und entschied, dass es langsam Zeit war, sich von Mr. Hendricks zu verabschieden. Er hockte sich hin und warf den falschen Ausweis in einen der Abflüsse im Rinnstein. Der kleine Strom aus Regenwasser riss ihn mit sich in die Tiefe.

„Bye-bye, Hendricks. Am Ende waren Sie ein ziemliches Arschloch", knurrte Jason und sah sich um. Dann stand er auf und überlegte kurz. „Plan. Was zu Essen finden. Bushaltestelle oder Bahnhof suchen. Hier abhauen. Großstädte meiden. Jeden mordenden Scheißfucking-Geist jagen, den ich finden kann."

Als er losging, hatte es fast den Anschein, als würde er mit jedem Schritt wütend den Boden treten.

Frank saß bequem und trocken in seiner Suite im Fairmont Olympic Hotel im Zentrum von Seattle. Die Aussicht auf die Stadt wurde durch den gegenüberliegenden Rainier Tower dominiert, doch das störte den blonden Mann nicht. Die edle Cascade Suite entsprach so gerade eben noch seinen Ansprüchen. Der sanft flackernde Kamin und der teure Whisky beruhigten Frank von Roteiche ausreichend.

„So weit, so gut", sagte er lächelnd. Schweigend warteten ein Mann und eine Frau darauf, angesprochen zu werden. Noch wurden sie schlicht ignoriert. „Ein warmes Bad, ein angenehm temperierter Schotte und ein frischer Anzug. Nun kann ich beginnen zu arbeiten." Er lehnte sich in dem dunklen Ledersessel zurück und schlug die Beine übereinander. „Treten Sie näher", sagte Frank zu den Wartenden. „Ich hoffe, Sie haben entsprechend meinen Anweisungen gehandelt. Setzen Sie sich. Ich erwarte, dass alles zu meiner Zufriedenheit vorbereitet ist."

Er sagte das mit einem Lächeln, doch das schien seine Gäste nicht zu beruhigen. Sie wirkten nicht wie Leute, die sich von allzu vielen Dingen auf der Welt aus der Ruhe bringen ließen, doch die Art, wie sie sich der Couch gegenüber ihrem Gastgeber näherten, ließ ihre Anspannung deutlich erkennen. Sie setzten sich und sahen einander kurz an, ehe die Frau zu sprechen begann. Sie war blass und ihre fast schwarzen Augen stachen deutlich hervor. Ihre dunklen Haare waren zu einem strengen Pferdeschwanz zusammengebunden. Sie trug ein dunkles Kostüm, ihr Begleiter einen schwarzen Anzug.

„Herr von Roteiche", startete sie mit gezwungen ruhiger Stimme. „Ich bin Eva. Ich leite die zuständige Einheit. Wie angeordnet haben wir Projekt Limedecker hierhergebracht, ruhiggestellt und, wie ich anmerken möchte, dafür beträchtliche Ressourcen eingesetzt. Sicherlich ist Ihnen mehr als bewusst, dass Projekt Limedecker eines der am schwierigsten zu kontrollierenden Objekte ist. Sein Naturell ist unberechenbar. Es gab bereits einen Zwischenfall, bei dem ..." Frank hob lässig eine Hand und sofort schwieg die Frau. „Langweilen Sie mich nicht. Wie ist der Status?"

„Herr von Roteiche, zwei unserer Leute sind tot."

Frank ignorierte den Kommentar, fasste sich an die Brille, schob sie betont langsam in eine neue Position und fixierte sie nacheinander. Er genoss den von Angst durchsetzten Respekt im Blick der Frau. Laut sagte er: „Langweilen. Sie. Mich. Nicht. Wenn sich Ihr Team als unfähig erweist, Eva, mit einem derart wertvollen und interessanten Objekt umzugehen, so sollte ich vielleicht einen Ersatz für Sie anfordern. Oder vielleicht keinen Ersatz, sondern gleich ein neues Team. Eines, das bei der Gelegenheit Ihre Überreste beseitigt. Sie hatten Anweisungen. Haben Sie diese befolgt? Oder ist Ihnen das ebenfalls nicht gelungen?"

Frank nahm betont langsam einen Schluck Whisky, stellte das Glas ab und legte die Hände auf seine Oberschenkel.

Eva atmete tief ein aber ihre dunklen Augen waren zu schmalen Schlitzen zusammengezogen. „Wir haben Ihre Anweisungen befolgt und es ist alles vorbereitet. Die Liste mit Vorschlägen für den Einsatz von Projekt Limedecker ist auf diesem Tablet aufbereitet."

Ihr Begleiter legte besagtes Gerät auf den Tisch. „Wir haben gemäß seiner Vergangenheit Umgebungen ausgewählt, die ihm zusagen sollten und ihn somit kontrollierbarer machen. Soweit mir bekannt ist, geht es darum, einer bestimmten Person eine Falle zu stellen. Wir haben daher drei Kategorien unterschieden: grün für minimale, zivile Verluste und geringe lokale Aufmerksamkeit, gelb für tragbare Verluste bei erhöhter Medienwirksamkeit und rot für maximale Aufmerksamkeit der Medien sowie staatlicher Einrichtungen, aber hier sind hohe Verluste an Unbeteiligten zu erwarten. Es ist an Ihnen zu entscheiden." Eva sprach mit ruhiger, beherrschter Stimme. „Für jede Kategorie liegen mehrere Einsatzgebiete vor, die mit zu erwartenden Verlusten und dem Grad der Aufmerksamkeit beziffert wurden. Die Zahlen basieren auf vergangenen Einsätzen von Projekt Limedecker und den örtlichen Gegebenheiten. Einsatzbereit binnen fünfzehn Minuten zuzüglich der ebenfalls notierten Transportdauer."

„Es geht doch", lächelte Frank. „So habe ich mir das vorgestellt. Und nun verschwinden Sie. Husch, bereiten Sie alles vor, um Ihre fünfzehn Minuten einhalten zu können, sobald ich ein Ziel ausgewählt habe."

Eva erhob sich und bedeute dem Mann, ihr zu folgen. Im Gehen drehte sie sich noch einmal um. Sie schien etwas sagen zu wollen, doch nach einem Blick in Franks Augen entschied sie sich dagegen. Von Roteiche grinste und nahm einen weiteren Schluck Whisky, als die Tür ins Schloss fiel. Er griff nach dem schwarz glänzenden Tablet und aktivierte das Gerät. Die Ziele der grünen Kategorie ignorierte er und sprang direkt zu der gelben Kategorie. Er wischte über das Display, las die Daten zu den einzelnen Zielen und legte entspannt die Beine übereinander. Eine zutiefst erfrischende Abendlektüre. Bei der Angabe der zu erwartenden Verluste lächelte er. Sein Wiedersehen mit Mr. Harper würde so stattfinden, wie er es für richtig hielt. Bis dahin würde eine kleine Aufwärmübung für Abwechslung sorgen und ihm die Aufmerksamkeit seiner Beute sichern. Ein diabolisches Lächeln umspielte seine Lippen und Frank sah einen Moment in die Flammen des Kamins. Das Feuer spiegelte sich auf seiner Brille. Er freute sich auf die Gelegenheit, diesem dahergelaufenen Straßenköter die Tracht Prügel zu verpassen, die er sich nach Vancouver für das, was er Dharma angetan hatte, verdient hatte. Knisternd brach ein Scheit entzwei und Funken stoben in die Höhe.

Am nächsten Morgen betraten Sam und Dean wie jeden Tag das Kaufhaus Southern House of Glass durch den Seiteneingang. Und wie jeden Morgen stritten sich die Brüder auf dem Weg zu ihren Arbeitsplätzen. Hinter der glänzenden Fassade für die Kunden lag ihre Welt aus Kabeln, Rohren und Leitungen. Sam nahm die Treppe nach oben, während Dean nach unten verschwand. Das Kaufhaus war neu und sie hatten das Glück, von Anfang an als Servicetechniker hier arbeiten zu können. Sie waren auf jeden Fall besser dran als die Fensterputzer, denn der Name „Haus aus Glas" war hier Programm. Dean war dabei, im Aufenthaltsraum sein Frühstück zu essen, als sein Funkgerät knackte.

„Hey, Dean, Sam hier. Hat Joey sich schon zum Dienst gemeldet?"
Dean knurrte und würgte den halb durch gekauten Bissen herunter. Dann nahm er das Funkgerät vom Gürtel und betätigte die Ruftaste.
„Warte mal eben. Hier war er noch nicht. Und ..." Er drehte sich um.
„Sein Funkgerät hängt auch noch im Käfig. Er scheint zu spät zu

kommen." Er nahm den Finger von der Taste und sofort kam die Antwort.

„Merkwürdig. Ich habe ihn eben auf den Monitoren bei Claire gesehen, hat sich was bei ihr gekauft. Er sah ein bisschen neben der Spur aus. Wo ist der denn abgeblieben?"

„Was weiß ich? Keine Ahnung", brummelte Dean und wollte gerade herzhaft von seinem Sandwich abbeißen, als Sam weiterredete.

„Dann, mein Alter, hast du die Arschkarte und darfst dein Frühstück wieder in den Kühlschrank stellen und runter in die Gruft gehen." Dean verdrehte die Augen und hob das Funkgerät. „Sicherlich. Mach erst mal eine Ansage, was und wieso."

„Wir haben Abfall im Druck der Gasleitungen. Und zwar massiv."

„Shit. Okay, ich geh los. Wahrscheinlich wieder eine Dichtung oder so. Ich guck es mir an."

„Gut. Melde dich, wenn du in der Gruft bist."

Den Namen verdankte der Heizungsraum dem Dämmerlicht und der komischen Atmosphäre. Es war ein Insider der Brüder. Dean stopfte sich noch schnell den Rest seines Sandwiches in den Mund und versuchte zu kauen, was bei der Menge nicht ganz leicht wahr. Kaum, dass er die Kiefer wieder einigermaßen bewegen konnte, schimpfte er mit immer noch halb vollem Mund vor sich hin: „Mein kleiner Bruder kann mit einem Computer umgehen. Darum darf ich mir hier die Hacken ablaufen und mich um den Scheißkram kümmern."

Er legte seinen Werkzeuggürtel an und machte sich kauend auf den Weg in Richtung der Untergeschosse. Er war noch auf der Treppe, als sein Funkgerät wieder rauschte.

„Dean, beeil dich. Mann, das sieht nicht gut aus. Der Druck fällt so rapide, dass wir davon ausgehen sollten, dass die Menge an Gas da unten gefährlich ist. Setz eine Maske auf, bevor du in die Gruft gehst."

An der letzten Treppe war ein Schrank mit Atemschutzmasken. Dean blieb davor stehen und zog verwundert beide Augenbrauen hoch. Er hob das Funkgerät an den Mund.

„Hey, Sam. Eine der Masken fehlt."

„Vielleicht hat Joey was gerochen. Bestimmt ist er schon da drin. Also los, du Held, hilf ihm. Oder hast du Angst vor bösen Gespenstern in der Gruft?"

„Idiot", grummelte Dean und nahm eine Maske. „Ich hasse die Dinger."

Er zog sie über sein Gesicht, vergewisserte sich, dass alles richtig anlag, und ging weiter zu der Tür. Sein Blickfeld war nun wie in einem Videospiel auf die Sichtfenster der Atemschutzmaske beschränkt. Er musste nach unten schauen, um die Klinke zu erwischen. Langsam öffnete er die Tür und betrat den dunklen Raum, in dem die riesige gasbetriebene Heizungsanlage wie ein hungriges Ungeheuer lauerte. Schon im ersten Augenblick hörte Dean, dass etwas nicht stimmte.

„Was soll der Scheiß?", murmelte er, tastete nach dem Schalter und aktivierte die explosionsgeschützten Lampen. Eine nach der anderen erwachten die dämmerigen Lichter zum Leben.

„Was ist denn hier los?", fragte er sich. „Das sieht aus wie Hitzeflimmern."

Er umrundete den Hauptkessel, um sich zuerst den Hauptgashahn anzuschauen. Als er um die Ecke kam, blieb er entsetzt stehen. Das große Absperrventil lag verbogen am Boden. Selbst unter der Maske hörte Dean das Zischen des entweichenden Gases. Daneben stand Joey mit Zigarillo und Feuerzeug in der Hand. Deans Augen wurden groß. Joey drehte sich um und trotz der Maske konnte Dean das irre Grinsen auf dem Gesicht seines Kollegen sehen.

„Mein Gott", konnte er noch hauchen, ehe Joey das Feuerzeug zündete. Das Letzte, was Dean sah, war eine Wand aus Flammen, die brüllend auf ihn zuraste.

Nicht weit vom Southern House of Glass stand eine schwarze Limousine. Frank saß im Heck des eleganten Wagens und beobachtete durch die getönten Scheiben das hektische Treiben der Rettungskräfte. Neben ihm befand sich Eva, die blass und krank aussah. Schweiß lief ihr über das Gesicht, ihr eleganter, schwarzer Hosenanzug war zerknittert.

Frank blickte zu ihr und rümpfte die Nase. „Wie sieht es aus, Eva, haben Sie unseren kleinen Freund unter Kontrolle?"

Die Angesprochene zitterte. „Es erfordert einiges an Konzentration. Ich bevorzuge es, nicht zu reden", keuchte sie.

Frank schnalzte genervt mit der Zunge. „Versagen Sie nicht."

Eva sah kurz zu ihm auf und ihr Gesicht sprach Bände. Zwischen ihren Beinen stand ein Apparat, von dem zwei Schläuche ausgingen, die in ihren Ellenbogen endeten. Unablässig pumpte das Gerät eine dickliche, klare Flüssigkeit in ihre Adern. Hinter der Limousine stand ein ebenfalls schwarzer Transporter. Nur jemand wie Jason hätte die nebelhafte Gestalt gesehen, die vom Kaufhaus aus heranschwebte, durch die Seitenwand des Wagens glitt und darin verschwand. Dann setzten sich die beiden Fahrzeuge in Bewegung. Eva sank zurück und atmete tief durch. Langsam entfernte sie die Kanülen und versorgte die Einstiche.

„Gut gemacht. Sie haben sich eine Erholung verdient, bis ich Sie wieder brauche, Eva."

Sie atmete immer noch schwer und hatte die Augen geschlossen. „Herr von Roteiche, ich begleite Projekt Limedecker bereits seit geraumer Zeit. Es ist eines der am schwersten zu kontrollierenden überhaupt. Für ihren Zweck mag Limedecker geeignet erscheinen, doch ist dieser Wahnsinnige erst einmal bei der Arbeit, kostet es mich sehr viel Mühe, ihn zu bändigen und in seinen Käfig zurückzubringen. Sprechen Sie mich nicht an, wenn ich meine Arbeit mache."

Frank zog eine Augenbraue hoch. „Nun, Eva, ich weiß Ihre Arbeit zu schätzen. Lassen Sie mich dennoch daran erinnern, dass Sie nicht die Einzige sind, die diese Fähigkeit besitzt."

„Herr von Roteiche." Eva setzte sich auf und sah ihn mit ihren dunklen Augen an. „Sie sind der am meisten gefürchtete Jäger und einer von Mr. Percys persönlichen Vertrauten. Aber Sie sollten nicht vergessen: Ressourcen wie ich sind sehr limitiert."

Frank lächelte. Plötzlich bog Eva den Rücken schmerzhaft durch und starrte Frank entsetzt an.

„Reizen Sie mich nicht, Eva", sagte er einfach. Sie sackte zurück in den Sitz. „Ihnen sollte eines klar sein, meine Liebe: Ich habe kein Interesse an Ihnen oder Ihrem Überleben. Tun Sie, was ich sage, wenn ich es sage. Dann dürfen Sie sich auch weiterhin an Ihrem Dasein als limitierte Ressource erfreuen."

Eva rieb sich den Rücken und presste die Lippen stumm aufeinander.

Frank nickte, schob die Brille auf dem Nasenrücken hoch und sagte: „Ich hoffe, das wäre dann geklärt. Zurück zum Hotel."

Jason saß in einem kleinen Imbiss, der zu dieser frühen Stunde schon aufhatte. Die billigen Plastikmöbel waren schmutzig, was unter der grellen Deckenbeleuchtung nur allzu deutlich wurde. Der Tresen aus Aluminium war verbeult und überstand mit Sicherheit keine Hygieneprüfung. In einer Ecke hing ein alter Röhrenfernseher, passend zum Publikum liefen Sportnachrichten. Um Jason herum hockten schweigend die ausschließlich männlichen Kunden in Arbeitskleidung und Industrieoveralls, die ihren ersten Kaffee tranken und ein einfaches, kalorienreiches Frühstück zu sich nahmen. Der Geisterjäger hatte sich möglichst unauffällig unter sie begeben und trank und aß wie die meisten Kaffee, Rührei mit Speck und einen Bagel. Kaum dass seine Tasse leer war, kam die müde aussehende Bedienung vorbei und schenkte nach. Jason nippte daran.

„Schmeckt noch genauso scheiße wie beim ersten Schluck", grummelte er, bevor er die Worte zurückhalten konnte.

Der Typ ihm gegenüber, ein breitschultriger Mann mit Dreitagebart und einer Narbe im Gesicht, hatte bisher gewirkt, als würde er jedem eine runterhauen wollen, der ihn ansprach. Doch jetzt grinste der bullige Typ zu Jason rüber und nickte.

„Recht haste, Kleiner." Er drehte sich um und rief: „Ey, Tiff, hör mal auf, in den Kaffee zu pissen."

Der Bemerkung folgte Gelächter und die Atmosphäre in dem Imbiss lockerte merklich auf.

Tiff, die müde Kellnerin, grunzte und knallte einen Zuckerspender zwischen den beiden auf den Tisch. „Halt die Klappe, Greg."

Greg schob den Zuckerspender zu Jason rüber. „Da, damit wird es halbwegs erträglich", grinste er.

Jason nickte und schüttete etwas Zucker in den Kaffee. „Danke, Mann."

Der Kaffee wurde dadurch nicht wirklich besser. Nach diesem Zwischenspiel kehrte wieder Ruhe ein. Jason überlegte für einen

Moment auch das pappige, fade Rührei zu kommentieren, befand dann aber, dass er Tiff nicht zu viel zumuten wollte. Er schielte zur Theke, um zu sehen, wie genervt sie war. Im Fernseher lief gerade ein Kommentar über ein Basketballspiel, als die Übertragung unterbrochen wurde. Eine Vorzeigeblondinennachrichtensprecherin erschien mit einem rot unterlegten Newsticker:

Explosion im Southern House of Glass!

Jason sah genauer hin und las den Text. Explosion, Feuer, bisher vier Tote bestätigt, Feuerwehr versucht die Lage unter Kontrolle zu bringen. Jason nahm einen Schluck Kaffee und wollte sich gerade abwenden, als Bilder vom Ort des Geschehens auf dem Schirm erschienen. Auf den wackeligen Aufnahmen waren Feuerwehrfahrzeuge mit Blaulicht, Krankenwagen und Polizeiautos zu sehen. Den Hintergrund bildete ein gläsernes Gebäude, aus dessen zum Großteil geborstenen Fenstern Rauch quoll. Menschen liefen hin und her und die Feuerwehr versuchte immer noch zu löschen. Jason nahm einen weiteren Schluck, den er fast wieder ausspuckte.
„Was zur Hölle … verfluchte Scheiße!"
Er stellte die Tasse ab und starrte auf den alten Fernseher. Gregs fragenden Blick ignorierte er. Inmitten des Qualms und im Lichterspiel der Einsatzfahrzeuge hatte er eine Gestalt entdeckt, die sich beinahe tanzend und ungesehen zwischen den Menschen hindurchbewegte. Der Schemen war nur sichtbar, wenn Licht und Qualm wie eine Leinwand wirkten. Jason kniff die Augen zusammen. Dann schob er seinen Teller zu Greg rüber.
„Hier, Mann, hau rein", brummte er und schnappte sich seinen Rucksack.
Den verwunderten Blick ignorierend verließ Jason zügig den Imbiss und trat hinaus in den Regen. Er zog das Cap tiefer ins Gesicht und marschierte in Richtung des Fähranlegers.
„Das war ein Geist. Auf jeden Fall. Ob er schuld war, weiß ich nicht. Aber ein Geist inmitten eines Feuers. Das ist kein beschissener Zufall."
Er ging schneller und erwischte gerade noch einen Bus Richtung Kingston. Seinen Plan, Großstädte zu meiden, hatte er verworfen.

Er würde eine Fähre nach Seattle nehmen. Jason schaute in den grauen Nachmittag hinaus und grübelte, während auf der einen Seiten zogen frisch umgepflügte Felder an ihm vorüber zogen. Auf der anderen Seite säumten Laubbäume den Weg. Der Herbst hatte die Blätter bunt gefärbt, doch die ersten Böen hatten ihre Opfer gefordert. Laub lag am Straßenrand, und die Äste begannen, kahl zu werden. Die Straße führte durch das Beaver Valley weiter nach Süden.
„Was mich in Seattle wohl erwartet? Nur Ärger, beschissen nochmal nur Ärger." Regentropfen schlugen gegen das Fenster des Busses und zerplatzten wässrig. Jason lehnte sich zurück. „Nur scheiß Ärger."

Frank von Roteiche saß in dem Sessel in seiner Edelsuite und sah die beiden Männer an, die stocksteif gute drei Meter entfernt stehen geblieben waren.
„Haben wir schon etwas von unserem liebenswerten Mr. Harper gehört?", fragte Frank mit einem entspannten Lächeln.
„Die Ereignisse sind landesweit übertragen worden. Wir sind überzeugt, dass er es bemerkt haben wird."
„Gut, aber hat man etwas von ihm gehört oder gesehen?", pochte Frank weiter.
„Nein, Herr von Roteiche. Nicht direkt."
Frank richtete sich auf und fixierte die beiden Mitarbeiter des Projekts Limedecker. „Sie wissen, welchem Zweck der Einsatz hier dient. Es geht nur darum, Mr. Harper habhaft zu werden. Also interessiert nur er mich, sonst nichts. Vor allem keine Vermutungen."
Die beiden Männer in ihren schwarzen Anzügen versteiften sich noch mehr.
Einer erwiderte: „Wir gehen davon aus, dass er sich von den Großstädten fernhält. Vermutlich hat er die Grenze am Boden passiert, zu Fuß oder auf einem anderen Weg. Er hat weder Flugzeug noch die Bahn benutzt. Diese Wege überwachen wir. Er ist auf keinem Flughafen oder Bahnhof aufgetaucht. Wir nehmen an, dass er über kleineren Ortschaften ausweicht."
Frank lehnte sich weiter vor und stützte die Ellenbogen auf den Knien ab.

„Nun", murmelte er. „Wir haben Leute umgebracht. Das wird ihn anlocken, wie Scheiße eine Schmeißfliege anlockt. Er wird nicht widerstehen können."

„Ja, Sir."

„Ja, Herr!", knurrte von Roteiche.

„Ja, Herr."

„Gehen Sie und bereiten Sie alles vor. Ich wähle einen neuen Spielplatz für unser Projekt." Frank schob die Brille hoch und lächelte. „Vielleicht entscheide ich mich schnell. Hoffen wir, dass Sie schneller bei den Vorbereitungen sind."

„Ja, Herr. Wir beeilen uns."

Damit drehten die beiden sich um und gingen ohne ein weiteres Wort. Die schwere Sicherheitstür der Suite fiel dumpf ins Schloss. Frank nahm lässig das schwarze Tablet und entsperrte es. Es interessierte ihn herzlich wenig, wie sicher sich diese Leute waren, dass Harper auf dem Weg nach Seattle war. Ein wenig Nachdruck konnte nicht schaden. Nur um sicherzugehen, dass seine Beute wirklich ins Netz ging, begann von Roteiche, weitere Ziele auszuwählen. Er nahm das Glas Rotwein vom Tisch, trank einen Schluck, schob die Brille hoch, lehnte sich zurück und studierte die Daten auf dem Bildschirm. Dabei lächelte er ein Lächeln, welches selbst einem Hai Angst gemacht hätte.

Schließlich hielt er das Tablet ein Stück weit von sich und nickte zufrieden. Dann legte er es auf den Tisch neben sich, nahm sein Mobiltelefon und führte ein kurzes, harsches Gespräch. Er ließ alles für eine Willkommensfeier vorbereiten.

Eighth Cut – Zwillinge

Jason hatte wie geplant die Fähre genommen. Auf dem Weg grübelte er, wo dieses explodierte Kaufhaus lag und wie er dort hingelangen konnte. Soweit er aus den Nachrichten wusste, befand sich der Laden im Süden des Zentrums von Seattle. Jason hatte wenig bis gar kein Interesse, sich in einer Großstadt zu bewegen, aber noch weniger konnte er den Gedanken ertragen, einen Geist nicht zu stoppen.

In einem Schnellimbiss besorgte er sich etwas zu essen. Der Angestellte trug wie tausend artverwandte Klone die Uniform der Kette, stand hinter dem Bollwerk seines Terminals und musterte Jason geringschätzig. Bei dem Blick drohten im Kopf des Geisterjägers einige Sicherungen durchzubrennen, aber er beherrschte sich. Er riskierte sein Leben, um Leute wie den da zu beschützen, und was war der Dank dafür? Er schlief in billigen Absteigen oder schlimmerem, versteckte sich vor der Polizei und musste sich angucken lassen, als wäre er ein Verbrecher! Schnell verließ er den Laden mit seiner Mahlzeit und hielt nach einem Platz Ausschau, wo er in Ruhe essen konnte. Gegenüber gab es einen kleinen Park, Jason steuerte darauf zu und setzte sich auf eine hölzerne Bank.

„Puh, echt beschissen frisch", grummelte er und nahm einen Schluck des noch lauwarmen Kaffees.

Ein älterer Herr mit einem stattlichen, braunen Hund an der Leine passierte ihn. Der gepflegt gekleidete Mann warf ihm einen abwertenden Blick zu und schaute demonstrativ weg, als Jason den Blick erwiderte.

„Was 'n los?", knurrte er von der Bank aus, nahm einen tiefen Zug von seiner Zigarette und starrte den Spaziergänger an.

Der Mann blieb stehen und taxierte Jason durch die Qualmwolke von oben bis unten. „Sehen Sie sich doch mal an. In Ihrem Alter bereits so heruntergekommen. Schämen Sie sich denn nicht? Sitzen hier, anstatt auf dem Weg zur Arbeit zu sein", warf der ältere Herr ihm vor.

Jason kniff die Augen zusammen und starrte zurück. „Wer sagt denn, dass ich das nicht bin?", giftete er. „Schon mal den Spruch gehört, dass man ein Buch nicht nach seinem Scheißeinband beurteilen soll?"

„Hören Sie sich doch mal reden. So, wie Sie aussehen, können Sie gar keinem ehrbaren Beruf nachgehen", gab der Mann zurück. Der Hund saß derweil unaufgefordert brav bei seinem Herrchen. Er hechelte und schien ziemlich entspannt. Jason hob den Blick von dem Hund wieder zu dessen Besitzer. In seinem Kopf rumorte es. Viel fehlte nicht und der Kerl würde schon sehen, was er von seinem Gelaber hatte. Gedanklich begann er, eines der weniger netten Mantras zu formen. Plötzlich zuckte Jason leicht zusammen. Er fasste sich an die Brust und fühlte die Hitze des Amuletts selbst durch die Jacke hindurch.

Der ältere Herr musterte ihn an und schüttelte den Kopf. „Und wahrscheinlich auch noch drogenabhängig. Schämen Sie sich einfach. Leute wie Sie bringen unser großartiges Land in Verruf."

Mit diesen Worten drehte er sich um und setzte seine Runde mit seinem Hund fort. Jason saß da und schaute ihm hinterher.

„Habe ich mir das eingebildet?", fragte er sich. „Oder dreh ich langsam durch?"

Vorsichtig holte er das Amulett hervor und besah es von allen Seiten. Es war grün, so grün wie Charlies Augen und strahlte immer noch eine gewisse Hitze ab. War die Farbe einfach Zufall? Warum schien es manchmal heiß zu werden? Was ging mit dem Ding vor sich? Jason entschied, dass er aktuell genug andere Probleme hatte, als sich darüber den Kopf zu zerbrechen. Seine Welt war verrückt genug. Missmutig registrierte er, dass seine Zigarette fast verglüht war und nahm einen letzten Zug. Er drückte die Kippe mit seinem Stiefel aus und warf den Stummel zu dem restlichen Müll.

„Jetzt ist der verdammte Kaffee auch noch kalt", seufzte er und entsorgte den Rest mit dem Becher.

Er ging wieder zur Straße zurück und suchte eine Bushaltestelle. Leider befand sich die nächste auf der anderen Straßenseite. Jason zuckte mit den Achseln, grinste und trat einfach mitten in den Berufsverkehr. Die Autos bremsten oder wichen ihm aus. Unbehelligt marschierte er über die Straße.

Ein Blutstropfen fiel in das Haifischbecken.

Jason saß in einem Bus und sah durch das Fenster die Vorstadtbe-zirke Echo Lake, Meridian Park, Evergreen und Pinehurst mit ihren Einfamilienhäusern und Grünanlagen an sich vorbeiziehen. Im Bus herrschte jene Stille, die Leute auf dem Weg zur Arbeit verbreiten. Vor ihm hatte ein junger Mann mit lockigen, dunklen Haaren und Kopfhörern Platz genommen, der seine Freundin im Arm hielt. Bei diesem Gedanken verzog sich Jasons Gesicht ungewollt, und er at-mete einmal tief durch. Der Geisterjäger ermahnte sich selbst, sich zu konzentrieren. Dies war nicht die Zeit, um an grüne Augen zu denken. Oder an braune. Mist! Nach einiger Zeit passierte der Bus die Ship Canal Bridge über den Lake Union. Die Einfamilienhäuser drängten sich enger aneinander, je dichter Jason dem Zentrum kam. Dennoch blieb Seattle sehr grün oder vielmehr bunt, jetzt im Herbst. Die Blätter hatten sich längst verfärbt und viele waren schon braun geworden. Zu seiner Rechten konnte er zwischen den Häusern hindurch die Bucht des Lake Union ausmachen. Dicht an dicht lagen große und kleine Boote an den Anlegern. Inmitten der Piers stand etwas, das wohl eine Werft sein mochte. Jason schnaufte und dachte daran, dass Bruce Lee und sein Sohn hier irgendwo beerdigt waren. Charlie hatte die alten Kung-Fu-Streifen gemocht.

Sie kamen an Capitol Hill und South Lake Union vorbei und mit je-der Minute glich das ganze mehr einer Großstadt. In Cascade ver-ließ der Bus den Highway und schließlich erreichten sie das Zent-rum von Seattle. Auf Höhe des klobigen, aber imposanten Gebäu-des des US District Court, dem Gerichtsgebäude, verließ Jason den Bus. Er hatte kaum zwei Schritte gemacht, als rasende Kopfschmer-zen ihn für einen Moment ins Taumeln brachten. Erschrocken lehnte er sich gegen einen Laternenpfahl. Da ertönte in südwestli-cher Richtung plötzlich ein gewaltiges Krachen, gefolgt von Schreien. Kurz darauf waren Sirenen zu hören.

Das hellbraune Einkaufszentrum Pacific Place ragte mehrere Etagen in die Höhe, ein moderner Konsumtempel in feiner Aufma-chung. Die Logos edler Marken prangten stilvoll an der Fassade des Gebäudes und in den großen Fenstern beworben ebendiese ihre neuesten Modetrends.

Das Atrium wurde von einer halbkreisförmigen Glaskuppel über-spannt und während der Weihnachtsfeiertage schneite es in dem Einkaufszentrum sogar. In diesem zentralen Bereich waren die Restaurants untergebracht und wetteiferten um die Aufmerksamkeit der Kunden. Die Menschenmengen strömten hierhin und dorthin auf der Jagd nach dem Besonderen.

Sally arbeitete im Mommy Rock'n Burgers auf der vierten Ebene. Die Rolltreppen kamen direkt vor ihrem Geschäft an, sodass man das Mommy als Erstes sah. Sally hatte zwei Söhne, um die sie sich kümmern musste, nachdem ihr Mann sie sitzen gelassen hatte, und sie war mehr als dankbar für den Job hier. Die dunkelhaarige, schlanke Frau wischte gerade den Tresen ab, als sie ein merkwür-diges Geräusch vernahm. Sie hörte auf, den Lappen über die glatte Kunststoffoberfläche kreisen zu lassen, und lauschte.

„Da, schon wieder", murmelte sie, als das Knacken erneut erklang. Sie trat an das Geländer, von dem aus man in das riesige Atrium hinabblicken konnte. Hier standen die Tische für die Gäste des Mo-mmy. Sally beugte sich ein Stück vor und blickte nach oben, von wo das Geräusch gekommen war. Etwas tropfte dampfend und zi-schend neben ihren Fingern auf den Handlauf. Erschrocken zog sie den Arm zurück, denn was auch immer das war, es war verdammt heiß. Vorsichtig sah sie erneut nach oben. Dort liefen die weiß la-ckierten Stahlträger entlang, die das Glasdach hielten. Da, wo sie in der Mitte zusammenliefen, glühte das Metall. Sallys Augen weite-ten sich und sie konnte ihren Blick nicht abwenden. Ihr Mund stand offen. Entsetzt verfolgte sie, wie die Träger langsam, aber sicher nachgaben, sich in der Hitze nach unten wölbten und mehr und mehr verformten.

Sally taumelte einen Schritt zurück. Der Knopf für den Feueralarm direkt neben der Rolltreppe erschien ihr meilenweit weg. Mit zit-ternden Knien hastete sie los, eine Hand vor den Mund geschlagen. Immer wieder drehte sie sich zu dem Unfassbaren um. Einige der Gäste blickten ihr verwundert hinterher. Das Knacken wurde im-mer lauter, wie eine knirschend warnende Eisfläche, die kurz vor dem Einbrechen war. Sally wusste, was passieren würde. Und sie wusste, dass der Alarm keinen Unterschied mehr machen würde. Entsetzen schnürte ihr die Kehle zu. Die einzige Chance schien der große, rote Knopf direkt vor ihr zu sein. Doch Sally würde ihn nicht mehr erreichen.

Sie würde nie das letzte Krachen vergessen, ehe das gewaltige Glasdach nachgab, mit infernalischem Lärm in die Tiefe raste und auf seinem Weg alles mitriss. Die Mutter zweier Söhne stand regungslos da, erstarrt vor Entsetzen. Immer noch regneten Trümmer herab. Das Bersten und Krachen vermischte sich mit den grauenvollen Schreien von unten.

Jason stand da und starrte in die Richtung, aus der der Lärm kam. Die Schmerzen waren verschwunden. Er lauschte in das Lied hinein und der Misston war derart widerlich, dass ihm schlecht wurde. Er wusste eines mit eiskalter Gewissheit: Was auch immer passiert war, es waren Menschen gestorben. Und es war nicht einfach ein Unfall gewesen. Überall waren Leute stehen geblieben und sahen sich verwirrt um. Schneller als ein Buschfeuer raste das Gerücht über die Straße.

„Das Dach des Pacific Place ist runtergekommen."

„Das Glasdach ist eingestürzt."

„Oh Gott, die armen Leute."

Das Geheul der Sirenen begann, den Lärm der Gerüchteküche zu ersticken.

Jason fluchte laut los: „So eine verfickte Scheiße!"

Dann rannte er in die Richtung, aus der das Krachen gekommen war, lief direkt nach links in die 7the Avenue und konnte schon die Menschenmenge sehen, die sich vor einem rechteckigen Gebäude aufgestellt hatte und fleißig Fotos und Videos machte.

„Elende Gaffer", knurrte Jason.

Neben ihm ragte ein großes Bürogebäude auf, in dessen Schatten er sich für einen Moment klein und hilflos fühlte. Das machte ihn wütend. Er lief mit hart aufeinandergepressten Kiefern weiter und kreuzte den Olive Way. Autos standen quer durcheinander und das Jaulen der Sirenen kam deutlich langsamer näher. Jason brauchte kein Mantra, um über die Straße zu kommen. Der Verkehr stand still, die meisten Menschen waren aus ihren Autos gestiegen und alle starrte in die gleiche Richtung. Vor ihm ragten zwei weitere, riesige Bauwerke auf, doch Jason interessierte sich nur für das

Einkaufszentrum, über dem eine Staubwolke hing. Immer noch hörte man Krachen und Knirschen, wenn weitere Segmente der Glaskuppel in die Tiefe fielen.

Macht mir Platz, lasst mich durch, weicht und gebt den Weg mir frei, grollte es durch Jasons Gedankenwelt. Er wiederholte das Mantra wieder und wieder, um die gaffende Menschenmenge vor sich auseinanderzutreiben. Niemand protestierte und der wütende Geisterjäger rannte durch die sich bildende Gasse. Schließlich kam Jason vor einem der Eingänge des Pacific Place zum Stehen. Er sah sich kurz um, ehe er weiterrannte. „Zum Glück noch keine nervigen Bullen da", knurrte er und betrat das Einkaufszentrum.

Der breite Gang wurde auf den ersten Metern von Werbung gesäumt, ehe kleinere Geschäfte kamen. Dann erreichte der Geisterjäger das Zentrum des Pacific Place und blieb an den Stufen, die in das Atrium führten, stehen. Er hatte kaum eine andere Wahl. Die Trümmer der Glaskuppel versperrten ihm den Weg. Überall ragten gewaltige Platten mit rasiermesserscharfen Kanten auf. Verbogene Stahlträger stachen wie grausig gebogene Krallen aus dem Schutt hervor. Jason hielt sich an der Wand fest.

„Oh Kacke! Oh Kacke! Fuck! So was habe ich noch nicht gesehen", keuchte er.

Einige der Glasbrocken waren rot gefärbt. Blutige Spritzer zeichneten sich aufdringlich auf den weißen Stahlträgern ab. Das Lied dröhnte verzerrt in seinem Kopf. Es war nicht das Grauen des Todes, dass ihn zutiefst schockierte. Das kannte er zu Genüge. Aber nicht mit so vielen Opfern auf einmal.

„Reiß dich zusammen, Jason", murmelte er und zwang sich, tief durchzuatmen.

Vorsichtig tastete er sich weiter vor. Immer wieder fielen Trümmer herab. Die kühle Herbstluft wehte ungehindert durch die Halle und spielte mit Servietten, die der Sog des einstürzenden Daches von den Tischen geholte hatte. Über allem schwebte das Klagen der Verletzten. Der Geisterjäger stand am Rande der Zerstörung. Langsam ließ er den Blick über den Alptraum um sich wandern, in der Hoffnung, eine Spur oder einen Hinweis zu entdecken. Er sah nach oben, wo die Glaskuppel vor Minuten noch majestätisch über dem

Einkaufszentrum gethront hatte. Jason lauschte auf das Lied des Lebens, das hier in der Stadt so schnell und voller Energie war. Da war eine falsche Note, aber sie verschwand, ehe Jason sie richtig erfassen konnte.

Plötzlich packte ihn eine Hand an der Schulter und zerrte ihn zurück. Jason fuhr wütend herum und wollte bereits ein „Dir soll der Scheißarm vor Schmerzen abfallen"-Mantra loslassen, als er registrierte, dass es ein Feuerwehrmann war.

„Kommen Sie, raus hier, aber schnell."

Jason sackte ein wenig zusammen, als er das Mantra hinunterschluckte. Feuerwehrmänner und Sanitäter standen im Gang hinter ihm und schoben ihn nach hinten in Richtung Ausgang. Er ließ es widerstandslos geschehen und versuchte zu verarbeiten, was er gerade gesehen hatte. Es gelang ihm nicht wirklich. Es war mitten am Tag. Scheiße, wie viel Leute waren da drin gewesen? Jason brach den Gedanken ab. Der Schrecken dahinter war zu groß.

Als er den Ausgang erreichte, empfingen ihn zwei Ersthelfer. Er winkte ab. „Danke, Jungs, aber mir geht es gut. Da drin sind andere, die eure Hilfe wirklich brauchen."

Ein kurzer, mentaler Schubser ließ die beiden Männer derselben Meinung sein.

In der schwarzen Limousine unweit der Katastrophe schwenkte Frank von Roteiche seinen Whisky genüsslich hin und her, während Rettungswagen und Feuerwehr mit lauten Sirenen an ihnen vorbeidonnerten.

„Heißen wir Mr. Harper in Seattle willkommen, Eva." Er lächelte, deutete auf die Minibar und schob sich die Brille den Nasenrücken hoch.

Eva starrte ihren Vorgesetzten mit ihren beinahe schwarzen Augen durchdringend an. Müde saß sie da und massierte sich die Schläfen. „Ich mag Sie nicht, Herr von Roteiche. Das ist wohl eher ein offenes Geheimnis. Ich frage Sie: Ist dieser junge Mann den ganzen Aufwand wert?" Eva formulierte diese Frage mit fester Stimme.

Frank sah sie mit seinen eisblauen Augen an. „Eva, meine Liebe, Mr. Percy ist dieser Meinung. Zweifeln Sie an mir, bitte. Hassen Sie mich, es interessiert mich nicht. Aber der Auftrag lautet, diese kleine, lausige Kröte einzufangen und nach Europa zu schaffen. Mir ist es gleich ... nein, warten Sie, ich korrigiere. Ich bevorzuge es, wenn Sie mich hassen und Angst vor mir haben. Aber ..." Er beugte sich zu ihr vor und brachte sein Gesicht dicht vor ihres. „Sie, meine liebe Eva, und das gesamte Projektteam werden tun, was ich sage. Und zwar dann, wenn ich es sage. Sollte einer von Ihnen den Verlauf dieses Einsatzes negativ beeinflussen, und sei es durch Nachlässigkeit, dann nützt Ihnen keine Gnade irgendeines Gottes mehr." Er lehnte sich zurück und nahm einen tiefen Schluck. Dann lächelte er ihr zu. „Nur zu, Eva, nehmen Sie sich einen Drink. Dieser Schotte, ich sage Ihnen, ein wirklich guter Jahrgang." Frank nippte ein weiteres Mal an seinem Glas. Sein Lächeln wurde noch ein wenig zufriedener, während sie einander taxierten. „Ach, Eva. Erfreuen Sie sich an Ihrem Erfolg. Ich finde, Sie und unseren Freund Limedecker haben gute Arbeit geleistet."

Eva drehte demonstrativ den Kopf zur Seite und starrte nach draußen. Frank tat es ihr gleich Sein Lächeln spiegelte sich in dem Fenster der Limousine und prallte dort auf seine eisigen Augen. Eva atmete tief ein und versuchte so viel Abstand wie möglich zwischen sich und Frank zu bringen. Der ignorierte sie und nahm das im Fahrzeug montierte Telefon, drückte einen Knopf und gab die Anweisung loszufahren. Die Kolonne setzte sich in Bewegung.

Jason lief ziellos durch die Straßen. Er hätte seine Scheißraucherlunge darauf verwettet, dass es derselbe Geist war wie beim anderen Kaufhaus. Doch das Ausmaß dieser Unfälle war etwas völlig Neues für ihn. Er wischte sich mit den Händen über das Gesicht. Seine Füße lenkten sie ihn die 7te Avenue runter zur Pine Street. Er machte ein paar Schritte auf der Straße parallel zum Einkaufszentrum, als sich seine Nackenhaare aufstellten.

„Was zum Teufel ...", murmelte er und drehte sich um.

Er wusste es nicht, doch er starrte auf die Stelle, an der kurz zuvor noch drei schwarze Fahrzeuge gestanden hatten. Für einen Moment ähnelte er einem Jagdhund, der Witterung aufnahm. Er knackte mit den Fingerknöcheln und drückte die Ellenbogen durch.

„Was geht hier ab, verdammt?", fragte er sich leise.

Er lauschte in das Lied hinein, schüttelte den Kopf und setzte seine besonderen Sinne noch einmal mit Bedacht ein. In der Melodie Seattles, mit seinem schnellen Rhythmus brummend wie ein Bienenstock, war etwas. Verwirrt sah Jason sich um. Für einen Moment meinte er, er würde beobachtet. Es fühlte sich seltsam an und definitiv nicht wie bei diesem Wichser Frank. Verdammt, was passierte hier?

Zwei Augenpaare in tiefem Grün beobachteten ihn. Eine Frauenstimme sagte in einer Sprache, die man auf Seattles Straßen selten hörte: „Er spürt es, er spürt die Energie."
Eine zweite Stimme, tiefer aber seltsam kindlich, antwortete: „Sieht lustig aus."
„Nichts hiervon ist lustig. Er achtet nicht auf seine eigenen Kräfte. Er achtet auf gar nichts."
Ein Glucksen. „Dann Hund auf der Jagd."
„Ja, das passt besser, mein Lieber. Er ist ein Jäger, der die Ratten wittert."
Als Jason sich suchend umsah, wichen die beiden in den Schatten der Bäume zurück, die die Straßen säumten.

Jason stand unschlüssig herum und verzog genervt das Gesicht. Irgendetwas stimmte hier nicht, überhaupt nicht. Er wühlte in seinen Taschen und holte die Schachtel Zigaretten hervor, nahm einen Glimmstängel heraus und zündete ihn an. Langsam sog er den Rauch tief in seine Lunge und marschierte zur Elliot Bay hinab. Dabei schaute er nach links und rechts und schauderte. Ein Einkaufszentrum stand neben dem anderen, mehr als genug Beute für das Monster. Vor seinem inneren Auge erschienen die rot besprizten Trümmer. Im Vorbeigehen registrierte er, wie voll das Macys zu seiner Rechten war und sofort bevölkerten Alptraumversionen der Zukunft seinen Kopf. Er blies eine Rauchwolke aus. Kaum drei Blocks weiter konnte man den Eindruck gewinnen, dass nichts passiert war. Nur das Heulen der Sirenen störte das geschäftige Treiben um ihn herum. Menschen hasteten zur Arbeit, flanierten umher und folgten ihrem Lebensplan. Die Katastrophe hatte die wenigsten direkt betroffen. Also fuhren sie mit ihrem Vorhaben fort, als wäre nichts geschehen.

Jason wanderte in Gedanken versunken weiter und erreichte schließlich den Pike Place mit seinem öffentlichen Markt. Kleine Buden drängten sich aneinander, im Hintergrund gab es Läden, die dicht an dicht ihre Waren anpriesen. Rauchend marschierte er durch die Touristenfalle, doch er hatte kein Auge für die kleinen Läden und teuren Restaurants. Er hatte immer noch an den Bildern in seinem Kopf zu knabbern. Das Krachen, das Wimmern der Verletzten und die roten Spritzer auf den Trümmern. Er nahm einen tiefen Zug und stieß den blassen Rauch aus. Als er den Fischmarkt erreichte, ein großes Backsteingebäude am Ende des Pike Place, blieb er stehen. Er brauchte einen Plan. Vor allem eine bezahlbare Bleibe, was zu futtern und eine Möglichkeit, nach Informationen zu suchen. Julie hätte bestimmt eine Idee. Mist, falscher Gedanke! Er schüttelte den Kopf. Einige der Passanten, die an ihm vorbeigingen, warfen ihm fragende oder abschätzige Blicke zu. Insbesondere seine Zigarette erregte Aufmerksamkeit. Normalerweise bemerkte Jason das nicht, aber heute fiel es ihm auf.

„Leckt mich alle", murmelte er, schob die Zigarette in den Mundwinkel und rammte die Hände in die Hosentasche.

Ziellos lief er nach rechts. Er passierte die Pike Brauerei, kam am Four Seasons vorbei und kreuzte schließlich die University Street. Er sah an den Hochhäusern entlang, in denen große Banken und Elektronikunternehmen ihren Sitz hatten. Seine Instinkte liefen auf Hochtouren, während seine Gedanken hin und her trieben. Dabei rauchte er eine Zigarette nach der anderen. Er versuchte, sich zu erinnern, ob er in irgendeinem Schundblatt oder auf einer Spinnerwebsite jemals etwas von Kaufhauskatastrophen oder ähnlichem gelesen hatte. Das hätte er doch sofort verfolgt, verdammt. Er warf die aufgerauchte Kippe auf den Gehsteig und trat mit einem unbewussten „Fuck!" energisch auf die Glut.

Eine blonde Frau beobachtete ihn missbilligend und rümpfte die Nase. Sie trug ein schickes Kostüm und elegante High Heels. Jason schätzte sie spontan auf Ende vierzig. Sie standen sich direkt gegenüber.

„Is was?", knurrte er und zog die Stirn kraus.

„Sehen Sie sich doch mal an. Verschmutzen hier den Gehweg, riechen wie ein Waschbär und Ihre Kleidung ist mehr als desolat. Sie hätten in der Schule besser aufpassen und etwas Vernünftiges lernen sollen. Dann könnten Ihre Eltern stolze Amerikaner sein. Aber so? Schämen sie sich vermutlich nur."

Die Frau sagte das in einem entspannten Ton, als wäre es für sie das Normalste der Welt, Fremden einen solchen Vortrag zu halten. Jason holte Luft und spürte die Wut in sich kochen.

Mit hochgezogener Augenbraue sah die Frau ihn an. „Da habe ich wohl ins Schwarze getroffen, junger Mann. Noch können Sie etwas aus sich machen. Mit ein wenig Disziplin schaffen Sie das. Unser Land braucht nicht noch mehr Obdachlose, sondern motivierte Amerikaner, die etwas für die Gesellschaft tun, anstatt ihr zu schaden."

In Jason tobte die Wut. Seine Lippen hatte er fest aufeinandergepresst. Dieser Bitch würde es gleich furchtbar leidtun. In ihm tobte bereits der Lärm eines Mantras, das an den mentalen Ketten zerrte, mit denen er es noch zurückhielt.

„Ah, und da kommen die passenden Begleiter. Leute wie Sie sind der Grund, warum ..."

Weiter kam die Frau nicht, denn Jason wurde plötzlich links und rechts untergehakt und an ihr vorbeigezerrt.

Von hinten hörte er noch ein: „Also bitte, was ist das denn für ein Benehmen? Haben Sie denn gar keinen Sinn für ..."

Auf seiner rechten Seite hörte Jason nur ein scharfes „Still", ausgesprochen mit einem leichten Akzent. Die Sprecherin war eine schlanke Frau von vielleicht einem Meter sechzig mit langen, bunten Dreadlocks. Links von Jason ging ein Berg von einem Mann. Er schluckte. Der Typ hatte Arme wie Rambo und war locker zwei Meter groß. Beide trugen dunkelblaue Fliegerjacken. Keiner der beiden sah ihn an, aber sie zerrten ihn entschlossen mit sich.

„Jetzt reicht's mir aber!", knurrte Jason. „Verflucht nochmal, wer seid ihr Freaks?"

Um stehen bleiben zu können, musste er energisch seine Stiefel auf den Beton rammen und sich losreißen. Er starrte die beiden herausfordernd an. Die dunkelgrünen Augen und die Gesichtsformen ließen ihn annehmen, dass er es mit Geschwistern zu tun hatte, wobei das Riesenbaby aussah, als hätte er sie nicht mehr alle. Bei der Frau zogen sich Tätowierungen in Form von Linien und Kreisen vom Hals bis in das Gesicht hoch. Die Geschwister erwiderten seinen Blick gelassen.

„Dummer Jagdhund", brummte der Große.

Jason stockte. Das Muskelpaket hatte eine Aussprache wie ein Kleinkind.

„Stimmt, mein Lieber. Wir helfen ihm und er nennt uns Freaks", hauchte sie leise.

Beide sprachen mit Akzent, irgendwas Slawisches oder so. Die Stimme der Frau war der Hammer und Jason war ungewollt fasziniert von dem Klang. Dann fasste er sich wieder und schaltete in den nächsten Jason-ist-genervt-Gang, verschränkte die Arme vor der Brust und starrte die Geschwister abwechselnd an.

„Also, wer seid ihr Freaks und was sollte die Nummer gerade? Und was soll der Scheiß mit dem Jagdhund? Und wieso hab ich das beschissene Gefühl, dass ihr wisst, wer ich bin. Und wie hast du die Alte da hinten zum Schweigen gebracht?"

Die beiden legten fast synchron die Köpfe schief, aber in entgegengesetzter Richtung. Jason sah von einem zum anderen und holte tief Luft, um weiterzureden, als die junge Frau das Wort ergriff:

„Der Jäger weiß, dass du hier bist, dummer Junge. Er will dich und er will dir wehtun. Wir haben ein Versteck, wo du in Sicherheit bist."

Jason kniff die Augen zusammen und schüttelte den Kopf. „Vergiss es. Du hast auch irgendwelche Kräfte. Wahrscheinlich gehört ihr zu dem Penner, diesem Wichser Roteiche."

Der Berg seufzte. „Dummes Junge."

„Wir sind die Zwillinge", säuselte sie mit ihrer hinreißenden Stimme.

„Wahnsinn, das erklärt natürlich alles. Die Zwillinge, glasklarer Scheiß. Dass ich das nicht sofort erkannt habe", knurrte Jason kopfschüttelnd.

„Wir haben für so was keine Zeit." Sie lächelte ihn an.

Er öffnete den Mund für eine weitere, patzige Erwiderung, doch sie kam ihm zuvor. Ihre Lippen hauchten nur ein Wort: „Schlaf."

Mühsam zwang der Geisterjäger die Augen auf. Langsam nahm die Welt um ihn herum wieder Konturen an. Er starrte in zwei grünäugige Gesichter.

Verdammte Frage Nummer eins: Wo beschissen war er hier gelandet? Und Frage zwei: Der Sessel, in dem er saß, war zwar bequem, aber was sollte der Scheiß?

Der Riese vor ihm war fast ebenso breit wie groß und sportlich gebaut. Fragend blickte er auf Jason hinunter und ein schiefes Grinsen ließ ein paar strahlend weiße Zähne durchblitzen. Auf dem hellen, ärmellosen Shirt prangte in dunklem Rot das Biohazard-Zeichen. Es war so dargestellt, als würde Blut daran hinunterlaufen. Mit großen Augen wanderte Jasons Blick weiter zu der Frau. Sie war deutlich kleiner als ihr Bruder und zierlich. Ihre wilden, rot, orange und gelb gefärbten Dreadlocks erweckten den Eindruck, als stünden sie in Flammen. Zwischen den Strähnen sahen ihre grünen Augen ihn durchdringend an. In ihrer Nase und ihren Augenbrauen glänzten Piercings, und aus dem Ausschnitt ihres locker sitzenden Shirts schlängelten sich verwirrend angeordnete Symbole über ihren Hals bis auf ihre hohen Wangenknochen. Die Linien, Kreise und Wellen ergaben kein erkennbares Muster. Auf ihrem bunten Shirt war ein Baum dargestellt. Mutierte Affen kletterten darauf herum. Sie hatte den Kopf schief gelegt und ihre Lippen verzogen sich zu einem Lächeln.

Jason fragt sich, was zur Hölle die Gruselshow sollte. Warum sagte niemand was? Die Zwillinge rührten sich nicht. So ungleich sie auf den ersten Blick zu sein schienen, so war doch nicht zu übersehen, dass sie Bruder und Schwester waren. Sie taxierten ihren Gast mit stummen Blicken, der eine mit seinem debilen Grinsen, die andere mit ihrem sexy Lächeln. Jason presste die Kiefer aufeinander. Er versuchte, sich schnell einen Überblick über seine Umgebung zu verschaffen. Er lauschte und meinte, ein startendes oder landendes Flugzeug zu hören. Ansonsten war der Keller ein dunkles Loch, vermutlich ein älteres oder verlassenes Haus. Tapeten fehlten ebenso wie Bilder und es stand nur wenig Krempel herum. Er sah eine Treppe, die nach oben führte. Eine Tür und ein kleines Fenster, mehr Fluchtmöglichkeiten gab es nicht.

Er fixierte die zwei nacheinander. Dann atmete er einmal tief ein und legte los.

„Ey, Leute, was soll dieser Auftritt? Ich weiß nicht, wo ihr herkommt, aber da knallt man verdammt noch mal den Leuten auch nicht einfach die Tür ins Gesicht, oder? Also, was soll dieser Scheiß, ihr Freaks?"

Er wollte aufstehen, doch der Typ stieß ihn spielerisch wieder um, wie ein Hund, der seinem Spielzeug nicht erlaubte wegzulaufen. Jason fiel zurück auf seinen Platz auf der unteren Etage dieses bisher sehr einseitigen Gespräches. Er fuhr sich mit beiden Händen durch die schwarzen Haare und blickte zu den beiden hoch.

Schnaubend stieß er hervor: „Ihr nervt!"

Die Frau kicherte und wiegte ihren Kopf wie eine Schlange von links nach rechts. Ihre zierlichen Schultern folgten der Bewegung. Ihr Bruder stand einfach da, die kräftigen Arme hingen entspannt herab.

„So, genug Generve. Ihr zwei Spinner seid offensichtlich einem Zirkus entkommen und euren Grips habt ihr gleich dagelassen", zischte er. Wieder sah er sie nacheinander an. „Okay, nette Show bis hierhin. Ihr könnt euch jetzt verpissen und eurem gelackten Boss sagen, dass er mich in Ruhe lassen soll", grummelte er, während er aufstand, darauf gefasst, wieder geschubst zu werden.

„Wir sind die Zwillinge", sagte die Frau leise mit übertrieben fröhlicher Stimme. Es klang halb wie ein Kichern.

„Es zu wiederholen, macht es nicht besser. Also, was soll mir das verfickt noch mal sagen?", fragte Jason gereizt.

„Wir sind Zwillinge, Dummerchen." Sie lächelte weiter, stemmte die Hände in die schmale Taille und streckte ihren schlanken Körper.

Wieder wanderte sein Blick hin und her, ehe er laut sagte: „Schön. Mir egal. Haut ab und lasst mich in Ruhe!" Mittlerweile stand er und hatte die Hände zu Fäusten geballt.

„Das geht nicht, Jason", säuselte sie.

Ihr Bruder schüttelte grinsend den Kopf.

„Woher …"

„Dummerchen. Natürlich kennen wir deinen Namen. Wir sind die Zwillinge." Wieder das Kichern.

„Is mir scheißegal. Keine Ahnung, wer ihr Irren seid", fauchte er und schüttelte seinen Kopf. „Verpisst euch!"

Sie machte einen so schnellen Schritt, dass Jason nicht mehr ausweichen konnte, und tippte ihm mit dem Zeigefinger auf die Nase. Dabei beugte sie sich so weit vor, dass es fast unmöglich war, ihr nicht in den Ausschnitt zu schauen. Jason spürte Hitze in seine Wangen schießen.

„Du kleiner Schlingel", trällerte sie und gab ihm einen sanften Klaps auf die Wange.

Der Typ stand einfach da und grinste sein schiefes Grinsen. Die kräftigen Arme brachten Jason von der Idee ab, dem Kerl das dämliche Grinsen aus dem Gesicht zu wischen. Unbewusst legte er eine Hand an die bestrafte Hälfte seines Gesichts.

Genervt fragte der Geisterjäger: „Was wollt ihr?"

„Alleine, nein, nein. Nicht allein, dummer Jason. Dann stirbst du. Stirbst, stirbst, stirbst du", summte sie unter ihren feurigen Dreads, während sie mit ihren grünen Augen Jasons Blick gefangen hielt.

Jason verließ zunehmend die Geduld. „Wer zur Hölle seid ihr?"

Dabei kniff er die Augen leicht zusammen und versuchte, ihren hypnotischen Blick zu ignorieren. Der breite Typ lächelte immer noch leicht debil und trat vor. Jason zuckte zusammen.

„Nicht vor uns fürchten", wisperte die Frau, die sich wieder viel zu schnell bewegt hatte und Jason direkt ins Ohr flüsterte.

„Fuck!", entfuhr es ihm.

Seinen Kopf hatte er mittlerweile zwischen die Schultern gezogen. Keiner von beiden verhielt sich direkt bedrohlich, dennoch fühlte Jason sich alles andere als wohl. Wie konnte sie sich so schnell bewegen? Drauf geschissen, mit den beiden würde er auf andere Art fertigwerden. Er ließ sich wieder in den Sessel fallen und rieb sich die Stirn.

„Hättet ihr Freaks nicht einfach Hallo sagen können?", fragte er.

Innerlich formte er ein Mantra.

Zwilling, Zwilling, was widerfährt dem einen, soll spüren der andere, teilen und gemeinsam leiden.

Er wiederholte es in seinem Kopf immer schneller und legte immer mehr Kraft hinein, während er die beiden abwechselnd anstarrte.

Der Mann trat einen Schritt zurück und zog einen alten Revolver hinter seinem Rücken hervor. Jason zuckte zusammen und legte all seine Kraft in das Mantra. Der leicht verwirrte Gesichtsausdruck des Mannes änderte sich. Es schien, als würde er aufwachen. Die Pistole machte Jason keine Sorge. Vorher würde sein Mantra diese Freaks an die Wand klatschen. Er nahm innerlich Anlauf, doch der Riese war schneller. Die alte Waffe schoss nicht auf die übliche Weise.

Der Typ sagte leise: „Peng."

„Was zum …", keuchte Jason.

Es fühlte sich an, als hätte ihn ein sehr harter Schlag direkt in die Brust getroffen. Das Mantra in seinem Kopf verpuffte und er konnte nur mit Mühe atmen.

„Oh", wisperte die Frau. „Wir haben viel mehr Erfahrung als du, Jason."

Sie wiegte sich wieder einer Schlange gleich hin und her. Der Revolver zielte immer noch auf Jason, die Mündung zitterte nicht einmal. Entnervt ließ er den Kopf nach hinten gegen die Lehne des Sessels kippen und holte einmal tief Luft.

An die Decke gewandt erklärte er den alten Steinen über sich: „Okay. Na gut. Also, das sind die Zwillinge. Verdammt, ja! Der Tag ist verfickt noch mal gerettet. Jetzt bleibt ja nur noch eins zu klären."

Er sah die Geschwister an. Die Frau hatte einen Schritt zurück gemacht und stand neben ihrem Bruder. Erwartungsvoll fixierten ihn zwei dunkelgrüne Augenpaare.

„Wer zum Teufel seid ihr?!", brüllte er.

Die Frau schnellte vor, sodass ihre Dreads Jason ins Gesicht schlugen. „Er ist mein Bruder, Bohdan. Ich bin Daria", raunte sie, während ihre grünen Augen hypnotisch in seine blauen blickten. Ihre fein gezeichneten Lippen waren zu einem leichten Lächeln geöffnet und sie zeigte ihre perfekt geraden Zähne.

Jason versuchte sich in die Rücklehne hineinzupressen. „Okay, hey, Daria, hey, Bohdan. Nett, euch kennengelernt zu haben. Kann ich mich jetzt verpissen? Oder verpisst ihr euch?"

Daria sah ihm fest in die Augen. „Niemand verpisst sich. Verpisser sterben allein. Schluss mit Verpissen, Jason."

Der Möchte-gern-Verpisser auf dem Sessel konnte nirgendwo sonst hinsehen als in die grünen Augen vor sich. Sie fing seinen Blick ein und ließ ihn nicht mehr los. Dabei lächelte sie und blieb ganz dicht vor Jason, lehnte ihren Oberkörper weit vor, stützte sich auf den Armlehnen des Sessels ab. Ehe er etwas sagen konnte, küsste Daria seine Nasenspitze und zog sich wieder zurück. Jason saß da und berührte seine Nase. Er atmete tief durch und riss sich zusammen. Dann musterte er die beiden noch einmal eingehend. Währenddessen ließ er seine anderen Sinne in den Strom des Lebens hineinlauschen. So völlig bescheuert die beiden auch rüberkamen, etwas sagte Jason, dass sie nicht auf der Seite dieses Wichsers Frank waren. In das Lied hatten sich zwei Noten gemischt, die Jason verwirrten. Irgendwo oder irgendwann meinte er diese Melodien schon einmal gehört zu haben, aber sicher war er sich nicht.

Bohdan hatte den Revolver mittlerweile sinken lassen. Daria stand da und wiegte sich immer noch leicht hin und her. Jason lauschte dem Rhythmus der Stadt, aber er konnte nichts Bedrohliches erfassen. Außerdem glaubte er nicht, dass der verfickte Frank jemanden wie diese beiden in seinem Team von Lackaffen akzeptieren würde. An die Geschwister gewandt sagte er: „Okay. Ihr seid also die Zwillinge. Ich brauch dafür mal eine Übersetzung. Was soll mir das sagen? Wer seid ihr? Ich meine damit nicht eure scheiß belanglosen Namen. Was verfickt noch mal wollt ihr von mir und was soll diese Show hier?"

Jason stemmte sich ein Stück weit aus dem Sessel hoch und zog streng die Augenbrauen zusammen. Bohdan lachte. Es begann irgendwo tief in seinem Bauch und wanderte langsam nach oben. Aus einem Kichern wurde ein ausgewachsenes Gelächter. Der große, muskulöse Mann mit dem kindlichen Gesichtsausdruck und dem alten Colt in der Hand lachte und lachte. Daria stand daneben, lächelte und schüttelte den Kopf.

„Das wird jetzt ein bisschen dauern", erklärte sie schulterzuckend über das Gelächter hinweg. „Wenn Bohdan lacht, dann richtig."

Jason schüttelte den Kopf und schlug die rechte Hand vor das Gesicht. Minutenlang war ein Gespräch unmöglich. Dem Berg liefen Tränen vor Lachen über das Gesicht. Er schüttelte sich und stützte sich japsend mit den Händen auf den massiven Oberschenkeln ab.

Daria schien derweil zu einer Melodie zu tanzen, die nur sie hören konnte. Während Jason mit finsterem Gesichtsausdruck dasaß, hoffte er, dass seine Nerven das irgendwie überstehen würden. Langsam wurde der Lachanfall von Tränen und Atemnot erstickt. Bohdan stand da und rang keuchend nach Luft. Daria streichelte ihrem Bruder über den Rücken und sagte etwas in einer Sprache, die Jason nicht verstand. Er seufzte. „So, ihr Freaks. Kommen wir alle mal wieder klar? Wie geht es jetzt weiter?" Daria ließ ihre Hand auf dem breiten Kreuz ihres Bruders liegen und sah Jason fröhlich an. „Was soll mir dieser Gesichtsausdruck sagen?", fragte er. Daria lächelte. „Es gibt Essen. Wir kochen. Du isst mit uns. Dann reden wir."

Sie hatten den ungemütlichen Keller verlassen und waren über eine schmale Treppe, die unter Bohdans Gewicht bedenklich knirschte, nach oben gegangen. Jason blickte aus den von alten Vorhängen verdeckten Fenstern und sah einen Flughafen. „Hübscher Ausblick", grummelte er. „Ja, nicht wahr? Es ist sehr nett, dass man uns hier wohnen lässt", summte Daria. Er folgte den ungleichen Zwillingen durch einen schmalen Flur. Die ordentlich gerahmten Fotografien an den Wänden waren teilweise schwarz-weiß und zeigten Szenen eines Familienlebens. Staub bedeckte die Ziergegenstände auf der kleinen, weißen Kommode, den Dielenboden und die Türrahmen. Als Jason sich umdrehte, sah er, dass die Haustür von innen mit Brettern vernagelt war. In dem schummerigen Licht tanzten Staubflocken. Vor ihnen lag die Küche. Neben der Tür entdeckte Jason zu seiner Erleichterung seinen Rucksack. Ehe er den Raum betrat, ließ er eine Hand beinahe streichelnd über das Tarnmuster gleiten. Die Küche war im Gegensatz zum Rest des Hauses blitzsauber und aufgeräumt. „Habt ihr zwei hier einen zwanghaften Putzwahn ausgelebt?", fragte Jason. „Hier essen wir. Hier reden wir", gab Daria schlicht zurück.

Bohdan und seine Schwester fingen gemeinsam an, in der Küche zu hantieren. Jason blieb in der Tür stehen und bestaunte das reibungslose Zusammenspiel. Während der muskulöse Mann Töpfe und Pfannen aus einem der alten, weißen Schränke holte, tanzte seine zierliche Schwester um ihn herum und sammelte Löffel, Messer und eine Reibe zusammen. Sie brachten zeitgleich ihre Beute zu der kleinen Arbeitsplatte in der Ecke neben dem alten Gasherd. Dabei berührten sie weder einander noch einen der Stühle an dem Esstisch vor dem Fenster. Völlig unbeschwert bewegte sich jeder von ihnen durch den Raum, holte Dinge aus Schränken und Lebensmittel aus dem Kühlschrank.

Jason fand es beschissen harmonisch. Doch er brachte es nicht fertig, so mies drauf zu sein wie sonst. Seltsamerweise beruhigte ihn das Zusammenspiel, das so ganz ohne Worte auskam. Er verschränkte die Arme und lehnte sich gegen den Türrahmen. „Ich steh eh nur im Weg", murmelte er und blieb, wo er war.

Daria entzündete zwei Gasflammen auf dem Herd, während ihr Bruder Wasser in zwei Töpfe füllte. Übergangslos tauschten sie die Plätze und die Töpfe standen auf dem Feuer. Daria war zu der Arbeitsplatte getanzt und schnitt Gemüse. Dabei schienen ihre Hüften nie stillzustehen, als würde sie die ganze Zeit zu einem Lied in ihrem Kopf tanzen. Bohdan dagegen stand wie ein Fels neben ihr, schnitt Fleisch in Streifen, legte es in die Pfanne, ölte und würzte es. Auch hier, direkt nebeneinanderstehend, kamen sie sich nicht in die Quere. Ohne ein Wort zu wechseln, arbeiteten sie synchron und ergänzten sich jederzeit. Als das Wasser zu kochen begann, tänzelte Daria hinüber, drehte sich dabei geschickt an dem breiten Kreuz ihres Bruders vorbei und balancierte zwei Teller mit geschnittenem Gemüse. Jason bemerkte gar nicht, wie er sich das erste Mal seit Langem entspannte.

„Mann, ich könnte im Stehen einschlafen", sagte er zu sich selbst. Plötzlich stand Daria wie aus dem Nichts dicht vor ihm und lächelte ihn friedlich an. „Tut gut, oder? Harmonie, Jason, Harmonie." Und schon war sie wieder fort.

Jason blinzelte. Lustlos sagte er: „Ihr nervt mich trotzdem." Der Bemerkung fehlte der Biss.

Daria lachte, während sie Buchweizen in den zweiten Topf gab. Ihr Bruder kicherte sein kindliches Lachen. Jason schüttelte den Kopf. Erneut lauschte er dem Lied des Lebens und fragte sich, ob Daria es auch hörte. Es gab keinen Misston, keine Bedrohung, nur Seattles Rhythmus, mit einem kräftigen Bass und ganz nahe eine leise, leicht überdrehte Melodie. Jason verzog die Lippen ein wenig. Egal, wie verrückt die beiden waren, er hatte das Gefühl, ihnen trauen zu können. Die ungleichen Geschwister wirbelten weiter geschickt durch die Küche. Nach kurzer Zeit wurde der eine Topf durch die Pfanne abgelöst. Bohdan kümmerte sich darum, während seine Schwester mittlerweile summend den Tisch deckte. Jason war von dem Schauspiel so gebannt, dass er gar nicht wirklich wahrnahm, dass Daria ihn ansah. Ihre grünen Augen leuchteten fröhlich.

„Gäste gehen in unserem Land niemals leer aus. Es gibt immer Essen und Trinken. Und Gespräche. Wir essen, Jason, und wir reden. Du brauchst unsere Hilfe, wenn du überleben willst."

Ihre ernsten Worte standen im Widerspruch zu dem Lächeln. Jason wollte sich aus dem Zauber lösen, den das Schauspiel über ihn gebracht hatte.

Grob sagte er: „Ich bin bisher alleine ziemlich cool klargekommen."

Aber so richtig von Herzen kam der harte Ton nicht. Darias Lächeln bekam eine frechere Note und sie zwinkerte ihm zu. Ihr Bruder goss das Gemüse ab, wendete das Fleisch und rührte den Buchweizen durch.

Jason nickte in seine Richtung. „Was geht eigentlich mit deinem Bruder? Er sieht aus, als hätte er sie nicht alle, redet wie ein Kleinkind und lacht wie bescheuert. Aber jetzt ist er so selbstsicher und geschickt."

Daria sah kurz zu Bohdan und legte den Kopf schief, blickte wieder zu Jason und grinste wortlos. „In unserer Welt sind die Dinge anders, als es aussieht."

Jason stöhnte und beließ es dabei. „Was soll das hier werden? Ich meine ..."

„Was das wird?", trällerte Daria. „Buchweizen mit Fleisch und Gemüse."

Jason atmete tief durch. „Ich meine, was zur Hölle wollt ihr von mir?"

Er war sich nicht sicher, ob sie ihn verscheißern wollte. Er schätzte die Geschwister auf Mitte zwanzig. Aber zwischen all dem Gegrinse und Getanze waren Darias Augen älter, als hätten sie schon zu viel gesehen.

Daria lachte. Zu Jasons eigenem Erstaunen klang es für ihn wie ein warmer Sommerregen. Er schüttelte sich, holte er das kleine Amulett hervor und sein Blick verlor sich in den Tiefen des Steins. Gedankenverloren drehte er ihn ein wenig und beobachtete das Spiel des Lichts darin. Daria trat vorsichtig vor ihn, während ihr Bruder die letzten Handgriffe für die Mahlzeit beendete.

Leise fragte sie: „Das war ein Geschenk, nicht wahr? Ist das ein Smaragd?"

Jason zuckte zusammen und sah ihr in die Augen. Ehrliches Interesse sprach aus ihrem Blick und eine Spur Mitgefühl vielleicht. So standen sie einen Moment da, Grün versunken in Blau, nicht einmal eine Armlänge voneinander entfernt. Bohdans Klappern und Räumen war für sie Welten entfernt. Daria begann zu zittern. Jason stand da und spürte, wie ihm übel wurde. Den Stein hielt er immer noch in der Hand.

„Jason", sagte sie stockend und er hörte an ihrer Stimme, wieviel Kraft sie das Sprechen kostete. „Gib. Mich. Frei."

Er konnte nicht. „Was ist hier los?", keuchte er. Gleich würde er sich übergeben müssen.

„Du hältst mich fest. Es tut weh." Ihre Stimme wurde immer leiser.

„Ich mach doch nichts."

Aber er konnte den Blick nicht von ihren Augen lösen. Er war in diesem Tiefgrün gefangen und konnte nur an Charlie denken. Immer wieder pochte ihr Name durch seinen Verstand. Daria wimmerte leise. Die zierliche Frau mit den feurigen Dreadlocks atmete schwer. Plötzlich weiteten sich ihre Augen.

„Wer ist Charlie?", presste sie hervor.

Es war wie ein Blitzschlag. Jason stolperte einen Schritt in den Flur zurück, japste nach Luft und stützte sich an der Wand ab.

Daria taumelte in die Arme ihres Bruders, der schnell reagierte und sie auffing, bevor sie gegen den Tisch prallen konnte. Sanft legte er seine Arme um sie und hielt seine zitternde Schwester fest. Jason hob ruckartig den Kopf und starrte sie zornig an. „Woher kennst du diesen Namen, verdammt? Woher?!", schrie er mit sich überschlagender Stimme, während er sich mit weichen Knien an der Wand abstützte. Eine Träne lief über seine Wange. Mit einer trotzigen Bewegung wischte er sie weg. „Sag diesen Namen nie wieder, niemals wieder, scheiße, nie wieder!" Er sank auf die staubigen Dielen und lehnte sich mit dem Rücken gegen die Wand.

„Jason noch viel lernen muss", murmelte Bohdan mit seiner tiefen Stimme.

Daria nickte nur schwach.

„Essen ist fertig", ergänzte ihr Bruder.

Jason schaute zu ihm hoch und wollte gerade auffahren, als er Darias Erschöpfung und ihre sichtliche Erschütterung bemerkte. Sie hing völlig fertig in den Armen ihres Bruders. Ihr zierlicher Körper vibrierte und ihr ohnehin blasses Gesicht war kreidebleich. Schweißperlen liefen ihr von der Stirn.

„Was ist hier gerade passiert?", fragte er leise und zu seiner eigenen Überraschung schwang Sorge in seiner Stimme mit.

„Erst essen. Kraft sammeln", brummte Bohdan ruhig und half seiner Schwester, auf einem der vier Holzstühle Platz zu nehmen.

Jason wollte sich an der Wand hochstemmen, doch auch er zitterte und schaffte es kaum. Plötzlich packten ihn zwei starke Arme und halfen. Er sah zu Bohdan hoch, wollte protestieren, doch der Riese lächelte so entwaffnend, dass Jason nichts Bissiges herausbrachte.

„Geht schon, Mann, ich steh ja schon", murrte er.

Bohdan nickte und ließ ihn los. Sich an der Wand abstützend schwankte der Geisterjäger in Richtung Tisch und ließ sich gegenüber von Daria auf einen Stuhl sinken. Ihr Gesicht war halb hinter ihren feurigen Dreads verborgen. Die Arme hatte sie auf dem Tisch verschränkt und den Kopf darauf abgelegt. Mit leicht glasigem Blick sah sie ihn an, atmete langsam, und dunkle Ringe lagen unter ihren Augen. Ihre schmalen, geschwungenen Lippen waren bleich.

„Du siehst nicht besser aus, Jason", murmelte sie.

Er lehnte sich zurück und atmete tief ein. „Wenn ich so aussehe, wie ich mich fühle, haste wohl recht", gab er zurück.

Bohdan füllte drei Teller und stellte jedem einen vor die Nase. Daria richtete sich mühsam auf.

„Essen", sagte der große Mann schlicht und setzte sich neben seine Schwester.

Vor Jason stand ein Haufen Buchweizen, darauf gedünstetes Gemüse und ein Stück Fleisch. Der Duft ließ ihm das Wasser im Mund zusammenlaufen.

„Essen. Dann reden." Bohdan unterstrich seine Worte mit einer auffordernden Geste. Dann begann er selbst, mit Begeisterung seine Mahlzeit zu verschlingen.

Daria fing langsam an, schob sich eine Gabel voll in den Mund und kaute müde. Jason ging es nicht viel besser. Er schob sich einen kleinen Bissen rein, dann den nächsten. Mit jedem bisschen wurde es spürbar besser. Er fühlte, wie seine Energie zurückkehrte, und konnte Daria ansehen, dass es ihr ähnlich ging. Julie hatte absolut recht gehabt mit ihrer Vermutung. Bei der Erinnerung an sie legte sich ein leichtes Lächeln auf Jasons Gesicht.

Er sah abwechselnd die beiden Zwillinge an. Es erstaunte und verwirrte ihn immer noch, dass es andere wie ihn gab. Auch wenn diese beiden völlig neben der Spur liefen, sie waren wie er. Obwohl, viel weiter neben der Spur als er waren sie auch nicht. Er ließ seinen Blick über seine Arme gleiten und betrachtete die Fratzen, Totenschädel, die religiösen, teils mystischen Symbole, die er sich unter die Haut hatte stechen lassen. Er erinnerte sich daran, wie diese Bildnisse blau zu glühen anfingen, wenn es hart auf hart kam. Jason musste sich eingestehen, dass er kaum weniger Freak war als Daria und Bohdan. Aber das würde er den beiden nicht auf die Nase binden.

Sobald ein Teller leer war, wurde unaufgefordert nachgefüllt. Jason und Daria aßen mit Begeisterung. Der große Mann erhob sich und holte einen Kanister Saft aus dem Kühlschrank, füllte drei Gläser und stellte vor jedem eines ab. Jason leerte seines in einem Zug und Bohdan schenkte sofort nach. Jason grinste ihn dankbar an. Daria sah bereits deutlich besser aus. Die Ringe unter ihren Augen waren verschwunden und ihre Lippen hatten wieder an Farbe gewonnen. Sie saß aufrechter und ihre Augen leuchteten wieder.

Jason selbst fühlte sich ebenfalls eindeutig besser. Als er seinen zweiten Teller leer gefuttert hatte, wollte Bohdan nachfüllen, doch Jason winkte ab. „Danke, Mann, das ist echt lecker, aber ich bin pappsatt."

Bohdan schüttelte den Kopf: „Essen, Jason muss essen."

Daria hakte ein, ehe Jason etwas erwidern konnte. „Mein Bruder hat recht, Jason. Iss noch ein wenig. Du wirst es brauchen."

Zu Jasons Erstaunen schob Daria ihren Teller zu ihrem Bruder, der diesen ebenso großzügig wie die ersten beiden Male befüllte.

„Wo lässt du das?", fragte er mit großen Augen.

Daria lächelte ihn wie zuvor mit einem frechen Glitzern in den Augen an. „Du verstehst noch nicht viel von dem, was du tun kannst", gab sie in dem ihr eigenen Singsang zurück. Der hypnotische Unterton war in ihre Stimme zurückgekehrt. „Du brauchst viel Kraft. Iss jetzt, Jason. Und trink."

Jason sah auf seinen Teller, den Bohdan bereits wieder reichlich vollgemacht hatte. Der Anblick ließ seinen Appetit zurückkehren und mit sichtlichem Genuss schaufelte er sich das Essen in den Mund. Nach der dritten Portion waren alle Töpfe leer genauso wie die zwei Kanister mit Saft. Sie hatten alles aufgegessen. Bohdan begann unaufgefordert, den Tisch abzuräumen. Jason wollte sich erheben, doch Daria winkte ab.

„Kein Rauchen hier drin", grinste sie.

Jason verzog das Gesicht. „Dann geh ich halt raus."

„Nein." Bohdan drehte sich nicht um, sondern stapelte weiter das Geschirr in die Spüle. „Hier drin sicher. Da draußen, nein."

„Sieh genau hin", trällerte Daria und deutete auf das Fenster.

Jason tat, wie ihm geheißen und ahnte, was sie meinte. Er öffnete seine Sinne, ließ das Offensichtliche außer Acht und sah genau hin. Weißer Nebel waberte vor dem Fenster. Er drehte den Kopf hin und her. Erstaunlicherweise nahm er den Schleier überall wahr.

„Ihr habt das ganze Haus gesichert", staunte er.

Daria tippte ihm mit ihrem schlanken Finger auf die Nasenspitze.

„Genau", summte sie zufrieden. „Allerdings nicht wir. Mein Bruder. Allein."

Jason schaute sie an und zog die Augenbrauen zusammen. „Verarsch mich nicht. Ich schaff es, einen Raum zu sichern. Aber ein ganzes Haus?"

„Hast du es schon einmal versucht?", erwiderte sie.

Er lehnte sich zurück. „Nein, hab ich nicht." Er zögerte einen Moment, sprach dann aber doch an, was ihn beschäftigte. „Was verdammt ist da vorhin mit uns passiert?"

„Jason hat Daria wehgetan", brummte Bohdan und klapperte weiter mit dem Geschirr.

Daria lehnte sich ebenfalls zurück. „Das war keine böse Absicht, lieber Bruder. Unser Freund Jason weiß nicht, was er kann."

„Dann, verflucht, erklärt es mir."

Daria blickte ihn ernst an. „Ich habe mich nur geschützt. Du hast mich in einen Bann gezogen. Mich festgehalten und mir sehr weh getan. Du bist sehr stark. Und wer ist Charlie? Seinen Namen habe ich so deutlich in meinem Kopf gehört, dass es mich schmerzte. Du hättest mich umbringen können, Jason."

Erschüttert starrte Jason sie an. Schwach murmelte er: „Ihr Name, nicht seiner. Charlie ist, ich mein, war meine Freundin." Er zögerte und fuhr dann fort: „Was meinst du mit umbringen?"

„Das erklärt vieles. Hat sie dir den Anhänger geschenkt? Vor ihrem Tod?", fragte Daria mit sanfter Stimme und überging seine Gegenfrage.

Jason schüttelte den Kopf. Sein Herz pochte beinahe schmerzhaft. Wie lange hatte er nicht mehr über Charlie gesprochen?

„Nein. Ja", sagte er leise. „Sie hat ihn immer getragen. Kurz vor ihrem Tod hat sie ihn mir geschenkt."

„War es einer von den Toten?" Daria sprach jetzt ruhig, ohne den ihr sonst eigenen, leicht spöttischen Unterton.

„Ja, ein Geist hat sie getötet", entgegnete er matt. Hitze stieg in ihm auf und seine Augen brannten.

„War es der erste, den du gesehen hast?"

Nicken. Eine Träne lief aus seinem Augenwinkel.

„Und danach war alles anders für dich."

Eine zweite Träne folgte, brach die Bahn für weitere, die über Jasons blasses Gesicht hinabliefen. Lautlos tropften sie von seiner

Wange, während sein Blick stumm auf die Tischplatte gerichtet war. Er hob den Anhänger vor sein Gesicht.

„Es ist ein Abendsmaragd. So nannte Charlie den Stein immer", murmelte er. Seine Augen verengten sich und sein Blick wurde finster. Mit einer harten Bewegung schob er den Anhänger unter sein Shirt. Knurrend sagte er: „Ich hab den Scheißgeist zur Hölle geschickt. So!" Er verschränkte die Arme und starrte Daria wütend an.

Sie nickte. „Das verstehe ich. Er hat dir das Liebste auf der Welt genommen. Und danach war dein Leben trotzdem ein anderes." Zögernd beugte sie sich vor und strich sanft mit den Fingerspitzen über die Tätowierungen und Narben auf seinen Armen. „Wie lange bist du allein auf die Jagd gegangen? Und wie viele Tote hast du besiegt?"

Jason starrte auf ihre schlanke Hand und seine Kiefer malten. Langsam zog sie ihren Arm zurück.

„Keine Ahnung", brummte er. „Seit drei Jahren oder so. Neun habe ich vernichtet, dreizehn hinübergeleitet. Die Scheißer tun keinem mehr was."

Ihre Augen weiteten sich. Fragend sah sie ihn an. „Hinübergeleitet?"

„In das Licht gebracht. Ihre Seele ins Jenseits geschickt."

Sie lehnte sich zur Seite. Jason hatte gar nicht bemerkt, dass das Geklapper hinter ihm verstummt war. Die Zwillinge tauschten Blicke aus.

„Was denn?", wollte Jason wissen.

Daria richtete ihren Blick wieder auf ihn. „Wir können die Toten nur zerstören. Wir haben davon gehört, dass es auch anders geht, aber wir haben nie gelernt wie." Etwas in ihrem Blick hatte sich verändert. „Darum jagt er dich", ergänzte sie.

Jason schloss die Augen. Der ganze Scheiß wuchs ihm langsam über den Kopf. Der Großteil der Welt hielt ihn für einen Verbrecher oder Penner oder was auch immer. Dabei wollte er nur verhindern, dass andere Charlies Schicksal teilten. Jason war zum Außenseiter geworden, weil er sich eine Mission auferlegt hatte. Und jetzt änderte sich mit einem Schlag alles. Es gab andere wie ihn. Und er wurde gejagt. In was war er bloß hineingeraten?

Bohdan beendete den Abwasch und räumte das Geschirr in die Schränke. Jason und Daria saßen sich gegenüber. Sie ließ ihm Zeit, seine Gedanken zu ordnen. Dann fällte Daria eine Entscheidung.

„Wir kommen aus Osteuropa", begann sie. „Unsere Eltern waren normale Menschen, brav, angepasst. Wir nicht, noch nie." Jason sah sie an und nickte, damit sie weitererzählte. Wenn sie redete, würde ihn das wenigstens ablenken. „Wir sind tatsächlich Zwillinge. Mein lieber Bruder ist nur eine Minute älter als ich. Wir gingen zur Schule wie alle Kinder. Aber es wurde schnell klar, dass er anders ist als die anderen. Ich auch. Wir waren Außenseiter, schon damals. Wir sind so geboren, Jason. Wir waren schon immer so. Wir haben mit den Toten gesprochen, die in dieser Welt wandeln. Und dann, eines Tages, spielten wir ein Spiel mit anderen Kindern. Eins mit Pistolen. Und Bohdan sagt: Peng und eines der Kinder fliegt durch eine Scheibe. Alle laufen weg, haben Angst. Die Eltern kommen und schimpfen Bohdan aus, er hätte ihn in das Glas geschubst. Sie werden grob, weil er sagt: Nein, ich war das nicht. Schlagen ihn. Ich schreie sie an." Daria redete schneller und ihr Akzent drang immer mehr durch. „Schreie, damit sie meinen Bruder in Ruhe lassen. Einer der Männer fällt hin, hält sich den Kopf. Blut aus der Nase." Darias Stimme zitterte.

Jason murmelte: „Daria, es ist okay. Du musst nicht weitererzählen. Ich hab es schon kapiert."

„Nein, hast du nicht!", fuhr sie ihn an und Jason zuckte zurück. „Unsere Eltern hatten Angst vor uns, haben uns weggegeben. In eine Anstalt. Sie haben uns fortgeschickt, weil wir nicht wie andere waren. Unsere eigenen Eltern! Dann wurde alles schlimmer. Wir liefen fort. Nutzten unsere Kräfte und schlugen uns durch. Mussten fort aus Europa, mussten weglaufen. Und kamen hierher. Das war vor sechs Jahren."

Daria atmete schwer. Für einen Moment schwiegen sie. Jason biss sich auf die Lippe.

„Wie alt warst du, als es passiert ist?", fragte sie plötzlich. Ihr Gesichtsausdruck machte klar, dass sie immer noch in ihrer Erinnerung festhing und wie Jason zuvor nun eine Ablenkung suchte. Bohdan setzte sich neben sie und legte einen Arm um seine

Schwester. Sie lehnte ihren Kopf gegen seine Schulter, ohne den Blick von Jason zu nehmen. Dieser schloss die Augen.

„Scheiße. Siebzehn, als Charlie getötet wurde. Dann war ich eine Zeit lang aus dem Verkehr. Danach fing ich an, mir alles beizubringen."

Er spürte an beiden Schultern eine Berührung. Auf der einen Seite war es Daria, auf der anderen ihr Bruder. Sie hatten seine Schultern ergriffen und lächelten ihn an.

„Hört mal, ehrlich jetzt. Ich hatte wenigstens eine normale Kindheit. Ihr seht mich an wie 'nen nassen Köter, der um Futter bettelt. Ich glaub, ich hatte es leichter als ihr."

Die Zwillinge ließen ihn los.

Nach einer Weile sagte Daria: „Wir hatten mehr Zeit, um zu lernen, wie man damit umgeht."

Sie hatte sich wieder gefangen, hatte wieder ihr hypnotisches Lächeln aufgesetzt und ihre Augen leuchteten. Ihr Kopf pendelte von links nach rechts. Aber der Vergleich mit einer Schlange passte nicht. Jason vermutete eher, dass sie wieder irgendeine Melodie im Kopf hatte.

Er schüttelte den Kopf. „Gut, jetzt haben wir uns gegenseitig einen vorgeheult, wie scheißarm wir sind. Wie geht es jetzt weiter? Hier treibt ein echt mieser Geist sein Unwesen und hat schon 'nen Haufen Leute getötet oder verletzt. Die Kaufhäuser? Habt selbst ihr Freaks vielleicht mitbekommen?"

„Kein Geist", brummte Bohdan.

Daria schüttelte den Kopf. „Kein Geist, Jason. Eine Waffe. Frank von Roteiche benutzt ihn, um dich zu kriegen. Es ist eine Falle. Seattle ist eine Falle, um dich zu fangen. Damit hat er dich hergelockt."

Jason schüttelte den Kopf. „Unmöglich. Niemand kann einen Geist kontrollieren."

Daria wiegte ihren Oberkörper leicht hin und her. Ihr Bruder zog den Arm zurück und legte den Revolver auf den Tisch.

„Ich könnte das. Und du auch", säuselte sie, hauchte die Worte über den alten Küchentisch.

„Was? Ich kann die Penner bekämpfen und dafür sorgen, dass sie verschwinden."

„Hast du es denn schon einmal probiert?", kam prompt die fast gesungene Gegenfrage.

„Jason kennt sich nicht", sagte Bohdan.

„Nein", erwiderte Daria. „Er kennt seine eigene Welt nicht." Jason spürte das vertraute und durchaus willkommene Gefühl von absoluter Entnervung. Er presste die Kiefer aufeinander.

„Hört mal, ich bin seit Jahren allein unterwegs, zieh mein Ding durch, und bisher hat der Mist ganz gut funktioniert."

„Oh, Jason, noch weißt du nicht, wer du bist." Sie sah ihn mit weit geöffneten Augen an, und für einen Moment spürte er den Sog ihrer Stimme und des tiefen Grüns, das ihn gefangen nehmen wollte. Jason schnaubte. „Nicht noch mal, du Freak."

Daria brach den Bann, indem sie ihr helles Lachen erklingen ließ, als würde sie nichts ernst nehmen. „Komm, mein lieber Bruder. Wir zeigen Jason, was für Möglichkeiten es gibt."

Der Geisterjäger folgte den Zwillingen in den kühlen Keller. Bohdan kramte in einer Ecke und holte einen kleinen Beistelltisch hervor, den er neben den Sessel stellte. Dann drapierte er einige alte Dosen und Kartons darauf.

„Gucken wir uns jetzt Familienfotos an, oder was soll das werden?", fragte Jason.

Keiner der beiden reagierte auf seine Patzigkeit. Jason lehnte sich gegen die Wand neben der Treppe und ließ sie machen.

„Is eh zu dunkel hier unten, um sich irgend 'nen Krempel anzuschauen", schob er provozierend hinterher.

Daria drehte sich lächelnd zu ihm um und sagte: „Bohdan, mein Lieber, mach das Licht an."

Jason wollte gerade etwas sagen, als der bullige Bohdan sich viel schneller umdrehte, als Jason es für möglich gehalten hätte. In der Drehung zog er den alten Revolver aus dem Hosenbund hinter seinem Rücken, spannte den Hahn, zielte und sagte ganz leise: „Peng."

Der Hahn schlug auf eine leere Kammer, doch Jason zuckte trotzdem zusammen. Neben sich hörte er ein leises Klicken und sah verdutzt erst zu der nackten Glühbirne, die über ihm aufleuchtete, und dann zu dem Schalter direkt neben sich.

Ehe er etwas sagen konnte, fuhr Daria fort: „Der Sessel."

Bohdan schnellte erneut herum, spannte den Hahn. „Peng." Diesmal sagte er es lauter und der Sessel rutschte die fast zwei Meter bis zur Wand nach hinten.

„Dose."

„Peng." Eine der Dosen wurde mit so viel Wucht getroffen, dass sie komplett deformiert durch die Luft geschleudert wurde. Es geschah etwas, dass sehr selten vorkam: Jason war sprachlos und der Mund stand ihm offen.

Daria lächelte. „Bohdan kann Dinge bewegen. Der Revolver ist seine Hilfe, sein Fokus."

„Er kann Telekinese?", fragte Jason.

„Das klingt, als wolltest du fragen, ob er Kung-Fu kann", kicherte sie und drehte eine Pirouette. „Aber ja, so kann man es vielleicht nennen. Die Toten kann er damit stoppen, aber nicht zerstören."

„Das macht Daria." Bohdan lächelte sein leicht kindliches Lächeln. Jason starrte und fragte sich, was in dieser verrückt gewordenen Welt beschissen noch mal alles möglich war.

„Ich nutze meine Stimme. Sie ist mein Fokus, mein Mittel, mein Werkzeug. So wie bei dir, als ich dich schlafen ließ."

Jason verzog das Gesicht und schaute sie schief an.

„Was ist dein Fokus?", wollte sie lächelnd wissen.

„Mantras, meine Gedanken. Ich muss nicht in der Luft herumfuchteln", brummte er. „Ich brauch es nur zu denken, dann kann ich Leute dazu bringen, Dinge zu tun. Oder eben Geistern in den Arsch treten."

Daria nickte. „Und wie viele Leute schaffst du auf einmal?"

Jason schnaubte. „Ich kann über 'nen beschissenen Highway gehen, und ich schwör dir, kein Auto wird mich erwischen."

Jetzt war es an Daria und Bohdan, wortlos Blicke zu tauschen. Jason grinste.

„Was für ein netter Trick", lächelte Daria.

„Trick?", wiederholte Jason trocken.

„Und was ist mit deinem Anhänger?", fragte sie und sah ihm fest in die Augen.

„Is nur ein Erinnerungsstück."

„Nur ein Erinnerungsstück. Du legst ihn nie ab, oder?"

„Geht dich nichts an. Was soll das alles hier?"
Daria begann wieder, sich hin und her zu wiegen. Jason spürte eine Veränderung in dem Lied. „Ich zeige dir, was möglich ist." Ihre Hüften kreisten und ihr Wiegen ging in einen langsamen Tanz über.
„Ich zeige dir, wer dieses Haus erbaut hat."
„Was?", entfuhr es Jason.
Daria sang in einer Sprache die Jason nicht verstand.
„Fuck, die könnte ihr Geld als Sängerin, Tänzerin oder beides verdienen", staunte er, gefesselt von der Darbietung.
Bohdan stand einfach da und lächelte sein kindliches, ein wenig beschränkt wirkendes Lächeln. Daria hatte die Augen geschlossen, sang und tanzte. Jason hörte heraus, dass sich bestimmte Zeilen wiederholten. Er schüttelte den Kopf. Was sollte das mit dem Erbauer dieses Hauses zu tun haben.
„Was für ein Schwachsinn wird das?", brummte Jason. Was er dann sah, ließ ihn verstummen.
Daria tanzte und sang mit ihrer traumhaften Stimme. Bohdan stand breitbeinig da, den Revolver fest in der Hand und den Hahn gespannt. Jedes bisschen Kindlichkeit wich aus seinem Gesicht, während er hoch konzentriert den Tanz seiner Schwester beobachtete.
Vor Daria erhob sich eine Erscheinung, wie Jason sie schon oft gesehen hatte. Einem Trugbild gleich zeigte sich schemenhaft der Geist eines Verstorbenen, einer der Toten, wie die Zwillinge sie nannten. Nach und nach wurde die Gestalt deutlicher, bis Jason einen Mann erkannte. Der Strick, der noch um seinen Hals hing, machte schnell klar, wie er ums Leben gekommen war. In dem Lied summte ein schiefer Ton mit, scharf und unangenehm.
Jason starrte ungläubig. „Das kann nicht sein."
Der Geist sah sich um und in seinen Augen glomm es leicht rot. Daria blieb nun auf einer Stelle und bewegte sich schlangengleich hin und her, wisperte immer wieder die gleichen Worte. Ihr Blick war auf den Toten gerichtet. Jason wurde nervös. Der rote Schimmer in den Augen, ein sicheres Zeichen dafür, dass dieser hier dabei war durchzudrehen. Der Geist wirkte ziemlich angepisst. Die leicht verschwommene Erscheinung wanderte an Daria vorbei zu der Dose, die verbeult an der Wand lag. Er hob sie auf.
Jason zog scharf die Luft ein. „Das gibt es nicht."

Der Geist trug das Opfer von Bohdans Beschuss zu dem kleinen Tisch und stellte sie wieder an ihren Platz. Dann drehte er sich um und trat wieder vor Daria. Obwohl er unter Kontrolle zu sein schien, konnte Jason die wachsende Mordlust in seinem Gesicht sehen. Der Geist begann, sich zu drehen und zu winden. Jason riss sich von dem Anblick los und sah zu Daria. Schweiß lief ihr von der Stirn und ihre Augen waren glasig. Aus ihrem schlangengleichen Wiegen war inzwischen ein haltloses Taumeln geworden. Als würde sie seinen Blick spüren, drehte sie sich zu ihm um.

Schwach murmelte sie: „Zeig mir einen Trick."

Schlagartig verstummte sie. Der Geist drehte sich sofort zu Jason um, seine Augen glühten rot auf und die Erscheinung veränderte sich.

„Oh, scheiße!", keuchte Jason, während er zusehen musste, wie der Tote größer wurde und seine Gestalt sich verzerrte. Die Hände wurden zu Klauen und das Gesicht zu einer Maske aus purem Hass.

„Ohhh, scheiße!", wiederholte Jason, ballte die Hände zu Fäusten und wappnete sich für das, was kommen musste. Er biss die Zähne fest zusammen und hob die Arme wie ein Boxer, der sich für die erste Runde bereit machte.

Der Geist holte aus, als wollte er etwas werfen. Wie von unsichtbarer Hand wurden die Dosen und Schachteln vom Tisch gerissen und in Jasons Richtung geschleudert.

„Fuck!" Er ließ sich fallen und die Sachen krachten gegen die Wand und die morsche Treppe. „Du Arsch, dich mach ich fertig", knurrte er und rappelte sich wieder auf.

Böse Geister, gehet fort. Böse Geister, gehet fort, summte das altbewährte Mantra in seinem Kopf.

„Dich bomb ich ins Nirgendwo, Arschloch", fügte er wutentbrannt hinzu.

Der Tisch kam ihm entgegen. Jason ließ sich zur Seite fallen doch das Gespenst behielt ihn fest im Blick.

Böse Geister, gehet fort. Böse Geister, gehet fort. Dieser Ort soll frei von dir sein, niemals wieder sollst Schaden du anrichten.

Als er sah, wie der Sessel, in dem er vor vielleicht zwei Stunden auf-
gewacht war, zu beben anfing, fauchte er: „Du Penner wirst doch
nicht etwa ..."

Das schwere Möbelstück schoss in seine Richtung. Jason sprang in
die Höhe und schaffte es gerade noch, einen Fuß auf die Sitzfläche
zu stemmen, sich abzustoßen und mit einem Sprung in Sicherheit
zu bringen. Hinter ihm zerbarst der Sessel, als er mit furchtbarer
Wucht gegen die Wand schmetterte.

Jason stemmte sich vom Boden hoch, und noch während er sich
aufrichtete, brüllte er los: „Böse Geister, gehet fort. Böse
Geister, gehet fort. Fort von diesem Ort, fort von dieser
Welt, geh ins Nirgendwo, verschwinde, vergehe! Böse
Geister, gehet fort!"

Die Tätowierungen leuchteten blau auf. Leise ergänzte er: „Game
over, Drecksack."

Der Geist erstarrte. Jason fixierte ihn und ließ ihn nicht eine Sekunde aus seinem Mantra entkommen. Die nebelartige Gestalt
wand sich und schrie lautlos, als erlitte sie schreckliche Schmerzen.
Sie streckte die Klauen nach Jason aus, als ein Schimmer den Geist
von innen heraus durchdrang. Das Leuchten nahm zu, hüllte die
Gestalt ein und dann war der Geist fort.

Jason sank auf den Boden, rollte sich auf den Rücken und
schnappte nach Luft. Er schloss die Augen und atmete mehrmals
tief durch. Als er sich nach einem kurzen Moment nach den Zwillingen umsah, beobachtete er Bohdan dabei, wie dieser mit seiner
Schwester in Richtung Treppe ging.

Vor Jason blieb er stehen, lächelte debil und sagte: „Guter Trick."
Dann stapfte er über die knirschenden Stufen nach oben.

„Was sollte der Scheiß", grummelte Jason, schob sich an der Wand
in die Höhe und schleppte sich die Treppe hoch.

Aus der Küche hörte er Geräusche, also ging er müde dorthin. Bohdan war dabei, die Gläser wieder mit Saft zu füllen. Der Himmel vor
dem Fenster hatte sich orange gefärbt. Daria leerte ihr Getränk und
ohne zu fragen, füllte ihr Bruder nach. Jason setzte sich ihnen gegenüber hin und trank gierig sein Glas in einem Zug aus. Sofort
wurde nachgeschenkt. So saßen sie alle einen Moment da und
schwiegen.

Jason sprach als Erster: „Der Geist war noch nicht besonders alt."
Eine Feststellung, keine Frage.

Daria nickte. „Der Mann hat sich vor einem Jahr im Keller dieses Hauses erhängt. Er war kein böser Mensch, nur sehr traurig. Seine Familie ist bei einem Autounfall gestorben. Das Haus sollte verkauft werden, aber der Tote hat allen Angst gemacht."

„Und du hast ihn auf mich gehetzt? Um mich zu testen?", fragte Jason gereizt. „Auf so 'n Scheiß steh ich gar nicht."

„Nein. Ich hatte ihn gebunden und dann frei gelassen. Wütend gemacht hat ihn seine Trauer. Und du hast ihn mit all deinen Gefühlen angezogen wie ein Magnet", gab sie müde lächelnd zurück. „Die Toten reagieren auf uns, Jason. Oft ist es unsere Angst oder unsere Trauer, die sie so zornig macht. Und dann werden sie böse und böser, jeder hat Angst vor ihnen und alles wird schlimmer. Dein Kummer war der Funke, der ihn in Brand gesteckt hat."

Jason schüttelte den Kopf. „So ein Müll. Ich ..."

Daria unterbrach ihn. „Du bist nicht ehrlich zu dir selbst."

Er schnaubte. „Ich jage diese Monster, weil sie Menschen umbringen. Und du meinst, die Leute sind selbst schuld, dass die beschissenen Geister sie killen? Was für ein Scheiß."

„Jason, weißt du, wie sie zu Geistern werden?"

„Klar weiß ich das. Wenn das Scheißleben unfair war und es so richtig kacke gelaufen ist. Oder wenn es eh Arschlöcher waren."

Bohdan begann zu glucksen, als würde sich ein weiterer Lachanfall ankündigen, doch Daria sah ihn ernst an. Ihre geschwungenen Lippen waren zu einem schmalen Strich zusammengepresst und ihr Bruder schwieg sofort. Betreten blickte der große Mann aus dem Fenster.

„Nicht genau genug, Jason."

Das Orange vor dem Fenster wurde zu einem sanften Rot.

Jason verschränkte die Arme. „Was heißt hier, nicht genau genug?"

Als sie nun sprach, war ihre Stimme das erste Mal nicht sanft, säuselnd oder verführerisch, sondern hart. „Es sind Gefühle, dummer Junge. Emotionen. Wut, Zorn, Verzweiflung, Kummer, Unglauben, Gier, Hass, was immer du willst. Starke Gefühle lassen die Toten keinen Frieden finden, keine Erlösung. Stattdessen verlieren sie alles, was sie zu menschlichen Seelen macht. Es bleibt nur

Verzweiflung und Unverständnis. Irgendwann wissen sie nicht mehr, was sie tun. Manche werden wütend. Das macht sie zu dem, was du Geister nennst."

„Wenn man es umständlich ausdrücken will, dann kann man das so sagen", brummte er.

Daria rollte mit den Augen und schüttelte den Kopf. Ihre Dreadlocks schwangen hin und her. „Die Toten gieren nach dem Leben. Nach Gefühlen, nach dem, was uns zu Menschen macht. Und dann kommst du, voller Trauer und Wut. Du bist wie ein Feuer in der Nacht für sie. Und daran verbrennen sie sich und werden noch wütender." Sie atmete durch.

„Das kann nicht stimmen. Ich habe schon einige echt alte Geister fortgebracht, in das Licht."

„Wie auch immer du das geschafft hast", seufzte sie, schloss die Augen und lehnte sich zurück.

Der Himmel vor dem Fenster war dunkelrot geworden. Jason tat es Bohdan gleich und sah nach draußen. Daria verschränkte die Arme auf der Tischplatte und legte ihr Gesicht in die Armbeuge. Es herrschte Ruhe, nur draußen, außerhalb der kleinen Küche, erklangen die Geräusche einer lebenden Welt. Die Sonne versank hinter dem Horizont und aus Rot wurde Violett. Daria murmelte etwas in ihrer Muttersprache. Bohdan brummte leise eine Antwort, erhob sich und verließ die Küche. Jason schaute weiter aus dem Fenster. Er ahnte, dass Daria recht haben könnte, doch das würde er ihr nicht auf die Nase binden. Aber gleichzeitig ergab es doch keinen Sinn. Wenn er sie anlockte ... Niemand würde sich von einer laufenden Kettensäge anlocken lassen, oder? Dann erinnerte er sich an das Restaurant in Vancouver und die Frau in Weiß, der er dort begegnet war. Wie schnell sie erkannt hatte, dass er eine Bedrohung war. Aber dennoch hatte er ihr Erlösung verschafft. Oder hatte sie keine Bedrohung in ihm gesehen, sondern etwas anderes? Jason tat es Daria gleich, legte Arme und Kopf auf die Tischplatte und stöhnte leise: „Ach, fuck."

„Ach, fuck", kam es leise aus dem Haufen Dreads ihm gegenüber.

„Ernsthaft jetzt?", knurrte Jason.

„Ernsthaft jetzt?", kam es zurück.

Etwas an dem Tonfall brachte ihn beinahe, aber nur beinahe, zum Lächeln.

„Lass es, okay?", brummte er halbherzig.

„Lass es, okay?" Er hörte regelrecht ihr Grinsen.

„Daria, is mein Ernst. Mach das nicht", fauchte er. Er hob den Kopf und rieb sich mit der Hand über die Augen.

„Jason, is mein Ernst. Mach das nicht", kam es gesäuselt zurück. Er sah zu ihr hinüber und erstarrte. Daria hatten den Kopf ebenfalls gehoben und schaute ihn unter dem Vorhang aus rot-gelben Haare hindurch an. Sie blickten einander in die Augen, Grün gefangen in Blau, wieder einmal. So verharrten sie einen Moment in der Stille der Küche.

Aus dem Violett über der Stadt wurde ein dunkles Blau und dann das Schwarz der Nacht, abgemildert durch das künstliche Lichtermeer Seattles. Jason richtete sich auf und fasste sich unbewusst an sein Shirt, umschloss das Amulett unter dem Stoff und seufzte leise. Charlie fehlte ihm. Der Gedanke flog ihm zu wie ein Windhauch, ganz sacht, leise, schlich sich heran und erwischte ihn unvorbereitet.

„Du fehlst mir so sehr. Was wäre aus mir geworden, wäre das nicht passiert? Was wäre aus uns geworden?", murmelte er leise. Für einen Moment hatte er vergessen, wo er war.

Leise sagte Daria: „Das Amulett ist etwas ganz Besonderes für dich. Das ist schön."

Jason schloss die Augen. Ein eiskalter Klumpen machte sich in ihm breit. Er schluckte schwer.

„Du bist hier in Sicherheit, Jason. Hier darfst du loslassen", summte Daria.

Eine einzelne Träne lief über Jasons Gesicht, floss über die Wange hinab zu seinem Hals. Seine Lippen öffneten sich, doch die Zähne waren fest aufeinandergepresst. Jason zitterte. Was passierte hier? Er konnte diesen sentimentalen Scheiß jetzt echt nicht gebrauchen. Mit immer noch fest zugekniffenen Augen ließ er seine Hand auf den Tisch sinken und fühlte warme, weiche Haut unter seinen Fingern. Verwundert sah er hin. Bunt lackierte Fingernägel, Lederstulpen. Dann ein schlanker, blasser Hals, ein freundliches Lächeln und tiefgrüne, mitfühlende Augen. Er presste die Kiefer aufeinander und blieb an dem Grün hängen. Daria drehte ihre Hand unter Jasons herum. Sie schloss ganz sanft ihre Finger um sein Handgelenk. Sein Atem wurde ruhiger und er spürte eine Entspannung durch sich fließen, die er Ewigkeiten nicht empfunden hatte. Doch der Moment verging ebenso schnell, wie er gekommen war. „Ach, fuck!", fluchte er und zog seine Hand grob weg. Seine Mundwinkel verzogen sich zu dem mürrischen Gesichtsausdruck, der ihm so eigen war. Er verschränkte die Arme und seine Augen verengte sich zu schmalen Schlitzen. „Guck mich nicht so an", zischte er. Daria lächelte immer noch. Ihre Hand lag noch einen Moment auf dem Küchentisch, ehe sie betont langsam den Arm zurück zog. In der Küche war es langsam, aber sicher dunkel geworden. Das letzte bisschen Licht der Sonne war fort, und die beiden konnten einander nur noch als Schatten wahrnehmen. Wie lange sie so dasaßen, konnte Jason nicht sagen.

In die Schatten hinein fragte der Geisterjäger: „Was wollt ihr von mir, Daria? Was macht ihr hier?"

Er konnte ihren Atem hören, leise und gleichmäßig. „Wir wollen ihn umbringen", sagte sie schlicht. Kein summender Unterton, kein Lächeln war in ihrer Stimme.

„Wen?"

„Von Roteiche."

„Und was hab ich damit zu tun? Ich will niemanden umbringen."

„Er jagt dich. Sie wollen dich, wie sie uns wollten."

„Ihr kennt die Wichser?", fuhr Jason auf.

„Ja. Wir lassen nicht zu, dass sie dich bekommen."

„Was?" Jason versuchte, das alles irgendwie zu verdauen. Er wusste, dass fuckin Frank ihn irgendwohin bringen sollte. Zu dieser bescheuerten Organisation. Aber was steckte dahinter? Also fragte er sie: „Daria, was verflucht geht hier vor sich? Wer sind diese Leute? Was habt ihr damit zu tun? Und was wollen die von Freaks wie uns?"

Bohdans Schritte näherten sich der Küche und unbekümmert griff der große Mann durch die Tür um die Ecke und schaltete das Licht ein. „Schlafenszeit", sagte er grinsend.

Jason und Daria blinzelten einen kurzen Moment, geblendet von dem künstlichen Licht.

„Zeig Jason sein Bett, lieber Bruder. Morgen werden mehr Fragen beantwortet", wisperte sie, ohne ihr Gegenüber einen Moment aus den Augen zu lassen. „Mein lieber Bruder hat dir oben ein Zimmer hergerichtet. Dort kannst du unbesorgt schlafen." Sie zögerte kurz. „Oder pennen, wenn dir das lieber ist."

Jason schüttelte den Kopf, einerseits wütend, dass seine Fragen wieder mal ins Leere liefen, andererseits war er einfach am Ende. „Na denn, zeig mir mal mein Zimmer. Und morgen will ich alles wissen."

Jason folgte Bohdan die Treppe nach oben. Drei Türen gingen von dem dunklen Flur im Obergeschoss ab. Bohdan deutete auf eine davon und wortlos stampfte Jason hinein. Sein Rucksack lehnte an dem Nachttisch neben dem Bett. Ein einfacher Schrank stand beim Fenster. Verstaubte Bilder hingen an den Wänden des Gästezimmers. Jason war bereits dabei, seinen Schutzbann zu formen. *Dieser Raum sei gesegnet. Dieser Raum sei gesegnet und frei von allem Bösen. Dieser Raum sei gesegnet, frei von allem Bösen und eine sichere Wiege für einen Wanderer.* Er schloss die Tür vor Bohdans Nase, setzte sich auf das Bett und sah zu seiner Zufriedenheit den Nebel am Rande seiner Wahrnehmung wabern.

Seufzend legte er sich auf den Rücken und murmelte leise: „Was für eine verrückte Welt. Plötzlich sind scheinbar überall Leute wie ich." Er schnaufte, ehe er seinen Monolog fortsetzte. „Daria und Bohdan. Die sind echt anstrengend, aber ich mag sie. Vielleicht weil sie so sind wie ich." Jason ließ seinen Nacken knacken. „Dieses Arschloch Frank benutzt einen Geist, um mich zu kriegen? Verfickte Scheiße, warum? Ich kapier es nicht. Die Zwillinge wollen ihn umbringen. In was bin ich hier bloß reingeraten?"

Da er sich seine Fragen sowieso nicht selbst beantworten konnte, versuchte er, sich zumindest für den Moment abzulenken. Sein Blick wanderte zu dem mittlerweile recht ramponierten Verband an seinem Arm. Er schnüffelte daran und nickte. Der Geruch nach Kräutern war nahezu verflogen. Er wühlte im Rucksack, holte das scharfe Klappmesser hervor, öffnete es und schnitt vorsichtig durch den Stoff. Er zog den Verband und die Schienen ab, bewegte die Finger, besah sich den Arm und schüttelte den Kopf.

„Danke, Stiller Pfad."

Er sah zur Tür. Ganz leise sagte er: „Danke, Zwillinge."
Dann schlüpfte er aus den Stiefeln und Klamotten und kroch unter die Decke. Im Einschlafen stöhnte er: „Was für eine verrückte Scheiße."

Mitten in der Nacht schreckte Jason hoch.

„Shit, was für ein mieser Traum war das denn?", murmelte er schlaftrunken, streckte sich und alle seine Gelenke schienen in das Konzert aus Knacken und Knirschen einstimmen zu wollen. Wage, bruchstückhafte Erinnerungen waberten durch seinen Verstand. Ein Gefühl von Fallen, roter Dunkelheit und doch irgendwie nicht direkt bedrohlich.

„So wie bei Julie, als ich während der Fahrt geschlafen habe. Seltsamer Mist", seufzte er.

Er setzte sich auf und sah zum Fenster. Es war noch stockfinster draußen, also konnte er nicht lange geschlafen haben.

„Ob es in diesem Laden eine Dusche gibt? Bestimmt hier oben", brummelte er und schwang die Beine über die Bettkante.

Er ließ den Kopf von links nach rechts kippen und wurde mit einem weiteren Knacken belohnt. Ächzend zerrte er seinen Rucksack heran, anstatt aufzustehen. Dann wühlte er einen Moment darin herum und förderte frische Unterwäsche zutage. Er hob einen Arm, schnüffelte an sich selbst und schauderte.

„Verdammt, das wird echt Zeit. Muss mir mal wieder neue Unterwäsche besorgen. Oder 'ne Chance zum Waschen kriegen. Egal, erst mal duschen."

Jason fischte einen kleinen Kulturbeutel aus dem Rucksack. Dabei dachte er wieder an den Traum. Es war schon anders als beim ersten Mal, irgendwie war da ein Gefühl von Dringlichkeit. Er stand auf, streckte sich ein weiteres Mal, ging zur Tür und zog sie auf.

„Verdammt!", entfuhr es ihm.

Daria stand vor ihm, ihre Haare völlig zerzaust und nur mit einem langen Shirt bekleidet. Er hatte vor Schreck einen Schritt zurück gemacht. Daria hatte die Hand ebenfalls nach dem Türgriff ausgestreckt, doch Jason war ihr zuvorgekommen.

„Jason, was hast du geträumt?", fragte sie und wirkte dabei ein wenig atemlos.

„Was?"

„Was hast du geträumt?", fragte sie energischer.

„Gar nichts. Ich will duschen, wenn es hier so was gibt." Darias Augen wurden größer und sie legte den Kopf schief, machte einen wütenden Schritt vor und prallte an der Türschwelle zurück. Sie schnaubte ein paar Worte in ihrer eigenen Sprache und starrte Jason zornig an.

„Was hast du geträumt?!", fuhr sie ihn an.

Jason trat einen Schritt zurück. „Was weiß ich?", knurrte er. „Kann mich nicht erinnern."

Daria griff sich in die Haare, und auch wenn Jason ihre Sprache nicht verstand, kapierte er doch, dass sie gerade herzhaft fluchte.

„Was ist denn los?", gab er entnervt auf. „Okay, also, ich habe keine Ahnung, was ich genau geträumt habe. Hat sich angefühlt, als will mich jemand warnen."

Daria starrte ihn an. „Er hat deine Prägung. Der Jäger weiß, wo du bist", keuchte sie. „Wir müssen hier sofort verschwinden."

„Wer hat was von mir?"

„Pack deine Sachen. Jetzt!", schnauzte Daria ihn an, während sie sich umdrehte und in der Tür gegenüber verschwand.

Jason stand noch einen Moment da, eine Augenbraue hochgezogen, und hielt immer noch sein Waschzeug fest. Meinte sie etwa Frank, den Wichser? Und was sollte das mit der Prägung? Aus dem Zimmer gegenüber hörte er Geräusche, die auf Hektik hinwiesen. Die Tür ging auf und Daria rief etwas in ihrer Muttersprache nach unten. Dann sah sie zu Jason hinüber, der immer noch etwas ratlos dastand.

„Du sollst packen", fauchte sie. „Er ist auf dem Weg hierher. Er weiß, dass du hier bist."

Jason nickte, schüttelte dann den Kopf und blickte sich kurz um.

„Wie?", fragte er.

„Dein Bann. Wieso hast du dein Zimmer …? Das Haus steht unter Bohdans Schutz. Aber du hast …" Daria fluchte erneut in ihrer Muttersprache und ihre Augen sprühten dabei vor Wut.

„So ein verkackter ...", knurrte Jason, wirbelte herum, warf alles wieder in den Rucksack, zog seine Klamotten an und schüttelte den Kopf. „Was für ein Dreckskerl, so ein beschissener ... Den mach ich fertig!" In Jason entstand eine explosive Mischung aus sehr schlechter Laune.

Er warf sich den Rucksack über und lief die Treppe nach unten. Bohdan und Daria hatten ebenfalls große Tourenrucksäcke dabei. Bohdan half seiner Schwester gerade, ihren zu schultern. Beide trugen wieder die dunkelblauen Fliegerjacken. Der kräftige Mann hatte dazu passend eine Wollmütze auf, die er wie ein Seefahrer an den Seiten hochgekrempelt hatte. Daria trug einen Kapuzenpullover und versuchte wenigstens teilweise, ihre bunten Dreadlocks darunter zu verbergen. Jason sah sich um.

„Wenn dieser Penner wirklich auf dem Weg hierher ist, werde ich ihm eine böse Überraschung dalassen", murmelte er. „Los, raus mit euch. Ich werde diesem Arsch einen heißen Empfang bereiten."

Derweil rumorte sein Schutzmantra immer lauter in ihm. Sein Rücken glühte und Jason genoss das Gefühl des Feuers. Es war ungewohnt, aber es fühlte sich einfach geil an.

Daria beobachtete ihn genau und ihre Augen wurden groß. „Wir müssen hier raus, mein lieber Bruder", wisperte sie nervös.

Bohdan blickte fragend von ihr zu Jason. In ihrer Muttersprache wiederholte sie sich energischer. Bohdan nickte mit großen Augen. Dann stapften die Zwillinge zur Kellertür. Daria schob den großen Mann die Treppe hinunter, drehte sich zu Jason um und ihr Gesicht war sorgenvoll verzerrt. Sie schien etwas sagen zu wollen, blieb unschlüssig stehen und folgte dann ihrem Bruder.

Jason stand im Flur und fragte sich für einen Moment, ob das, was er vorhatte, eine gute Idee war. Oder kam die Frage von jemand anderem? Er fühlte sich, als würde er in Flammen stehen. Sonst waren seine Mantras immer von Worten bestimmt, doch diesmal waren es Bilder und Geräusche. Wie in einem Film vor seinem inneren Auge sah er das Gesicht von Frank und das Innere des Hauses. Beides stand in Flammen. Jason ließ seinen Kopf kreisen. Die Hände zu Fäusten geballt stand er da, stocksteif und ganz aufrecht. Auf seiner Stirn sammelte sich Schweiß.

Er presste ein einzelnes Wort zwischen den zusammengebissenen Zähnen hervor: „Brenne!"

Dann sackte er für einen Moment zusammen, taumelte einen Schritt und musste sich an der Wand abstützen. Er keuchte, japste nach Luft. Er fühlte sich ausgelaugt und hätte sich jetzt gerne hingelegt, doch stattdessen torkelte er zur Kellertreppe, hielt sich mühsam am Handlauf fest und ging nach unten. Dort warteten die Zwillinge. In der Dunkelheit des Kellers konnte Jason ihre Gesichter nicht sehen, doch in Darias Stimme lag Sorge: „Was hast du gemacht? Ich habe viel Kraft gespürt."

„Einfach weg hier, schnell", sagte Jason mit matter Stimme.

Die Zwillinge nickten synchron und gingen durch den Raum mit dem Sessel, öffneten eine Tür, hinter der eine kleine Treppe nach oben in die Nacht führte. Sie betraten den verwilderten Garten. An der gegenüberliegenden Seite führte eine Lücke zwischen den Büschen zu einer maroden Gartenpforte, die offen stand. Sie erreichten eine Straße und bogen nach links ab, liefen schnellen Schrittes durch den anbrechenden Morgen. Jason fummelte in seiner Jackentasche herum und fischte einen Schokoriegel daraus hervor. Er dankte Julie, riss die Packung auf und biss im Gehen herzhaft ab. Daria und Bohdan liefen vor ihm.

Gerade laut genug, dass Jason sie hören konnte, sagte Daria, ohne sich umzudrehen: „Ich weiß nicht, ob das klug war, Jason."

Jason zuckte mit den Achseln. „Der Penner wird eine heiße Überraschung erleben, wenn er glaubt, mich in der Bruchbude zu erwischen", murmelte er und bemühte sich um einen gleichgültigen Ton.

Frank saß entspannt auf dem Rücksitz der schwarzen Limousine. Er trug einen mitternachtsblauen Anzug, hatte die Beine übereinandergeschlagen und hielt die Hände wie im Gebet aufeinandergelegt vor sein Gesicht. Über die Fingerspitzen hinweg betrachtete er Eva und lächelte.

Eva wiederum wirkte erschöpft und müde mit ihren dunklen Augenringen in dem blassen Gesicht. Trotzdem saß sie sehr aufrecht da, die Beine eng aneinandergestellt und die Arme vor der Brust verschränkt. Ihre fast schwarzen Augen taxierten Frank.

„Herr von Roteiche", begann sie mit trockener Stimme, „warum muss ich Sie zu diesem Ausflug begleiten? Projekt Limedecker ist hieran nicht beteiligt. Warum also ich?" Sie warf einen kurzen Blick aus dem Fenster. „Vor allem um diese Uhrzeit. Wissen Sie, die Kontrolle über ein Projekt aufrechtzuerhalten, kostet viel Kraft. Schlaf ist eine Quelle für ebendiese benötigte Kraft."

Frank legte die Fingerspitzen gegen sein Kinn. Das Lächeln wuchs zu einem siegesgewissen Grinsen an. „Wissen Sie, Eva, wenn dieser kleine Ausflug von Erfolg gekrönt ist, werden Sie sich wieder in ihr kleines, langweiliges Labor zurückziehen können. Jetzt haben Sie die Chance zu erleben, wie eine Jagd endet. Das Gefühl, die Beute endlich einzufangen, den Sieg nach Hause zu holen." Er beugte sich zu ihr vor und fokussierte ihre Augen. „Das, meine Liebe, ist weitaus befriedigender als alle anderen Vergnügungen. Nur übertroffen von dem Gefühl, seine Rache zu bekommen."

Eva erwiderte seinen Blick, hielt sich aber mit einem Kommentar zurück. Frank ließ sich wieder gegen das Sitzpolster sinken. Er lächelte zufrieden und sah aus dem Fenster.

„Mr. Harper wird mir diesmal nicht entkommen, Eva. Lassen wir uns überraschen, welche unangebrachten Worte er diesmal finden wird."

Plötzlich stockte Frank und auch Eva zuckte zusammen. Ganz deutlich hatten beide den Stein gespürt, der das sanfte Wasser aufgewühlt hatte. Ein massiver Stein. Das Lächeln verließ Franks Gesicht.

Nun war es an Eva zu lächeln. „Wenn Sie sich da mal nicht täuschen."

Der Konvoi aus Limousine und zwei SUV raste durch das nächtliche Seattle, während sich im Osten der erste Streifen Silber zeigte. Nach einigen Minuten kamen sie mit knirschenden Reifen direkt vor dem Haus zum Stehen.

„Ich vermute, Harper hat uns ein kleines Präsent dagelassen", sagte Frank, als er das einfache, kleine Einfamilienhaus betrachtete. „Sehen wir uns das doch gemeinsam an, Eva." Seine Stimme war eiskalt.

Diese seufzte. „Als ob ich eine Wahl hätte, nicht wahr, Herr von Roteiche. Als ob ich eine Wahl hätte."

Sie griff nach der Tür und stieg aus. Frank folgte ihr. Aus den SUV kamen jeweils drei Männer in dunkler Kleidung. Frank winkte sie heran.

„Sie drei gehen nach hinten. Der Rest tritt freundlicherweise die Tür ein und holt mir meine Beute", befahl er den kräftig gebauten Männern. Diese nickten und setzten sich in Bewegung.

Eva schaute Frank fragend an. „Ist das eine kluge Idee? Sie können ihre Beute kontrollieren. Diese Männer können das nicht."

Franks Blick blieb auf das Haus gerichtet. „Eva, da Sie von diesen Dingen keine Ahnung haben, halten Sie einfach den Mund. Mr. Harper hat eine kleine Überraschung für uns hinterlassen. Sicherlich möchten Sie nicht den Rest des Tages mit starken Schmerzen und blutenden Augen verbringen."

Die blasse Frau sah skeptisch zu dem Haus, kniff die Augen ein wenig zusammen und schien sich zu konzentrieren. Zwei der Männer, die durch die Haustür eindringen sollten, hatten sich links und rechts neben dem Eingang aufgebaut. Der Dritte bereitete sich drauf vor, die Tür zu öffnen. Die gekreuzten Bretter waren rasch entfernt. Gerade streckte der Mittlere seine Hand nach der Türklinke aus.

Frank kniff die Augen zusammen. „Etwas ist ..."

Eva keuchte auf und warf sich hinter von Roteiche. Die Stille des noch schlafenden Seattles wurde von einem furchtbaren Donnern zerrissen.

In dem Moment, als die Tür geöffnet worden war, raste eine Flammenlanze heraus. Binnen Sekunden brannte das Haus. Keiner der drei Männer hatte das überlebt. Die verkohlten Leichen lagen auf dem Rasen inmitten der Scherben und Trümmer. Frank und Eva knieten gegen die Limousine gelehnt und schirmten ihre Gesichter gegen die infernalische Hitze ab.

Frank erhob sich, zerrte die Tür des Wagens auf, schob die geschockte Eva grob hinein, folgte ihr und war noch nicht einmal ganz drinnen, als er den Fahrer anschnauzte: „Fahren Sie los, sofort!"

„Aber unsere Leute ...", wollte der Fahrer kurz widersprechen.

„Losfahren, habe ich gesagt", donnerte von Roteiche.

Der Fahrer zuckte zusammen und startete den Motor. Mit durchdrehenden Reifen fuhr der schwere Wagen davon. Frank ließ sich auf die Sitzbank fallen und holte eine Flasche aus der Bar. Wütend zerrte er den Korken heraus und nahm einen Schluck. Seine rußverschmierten Hände zitterten. Eva zog sich verzweifelt von dem vor Wut bebenden Mann zurück. Frank schob die Brille auf seiner Nase zurecht. Nahm einen weiteren tiefen Schluck und lehnte sich zurück, schlug die Beine übereinander. Wäre das Zittern seiner Hände nicht gewesen, so hätte man denken können, er hätte sich vollständig unter Kontrolle. Seine blauen Augen glänzten, als er sich an Eva wandte.

„Wir werden ab jetzt weder Mr. Harper noch die Menschen dieser Stadt mit Samthandschuhen anfassen." Mit jedem Wort wurde er lauter. „Wir werden JETZT Projekt Limedecker mit aller Härte einsetzten, und ich werde Mr. Harper wissen lassen, wann und wo. Und dann wird es ENDEN. Haben Sie mich verstanden?!" Die letzten Worte schrie er.

Daria und Bohdan blieben ruckartig stehen und drehten sich mit erschrockenen Gesichtern um. Hinter ihnen wurde der Nachthimmel von Flammen erleuchtet. Jason kaute auf seinem Schokoriegel herum und blieb, den Blick starr nach vorne gerichtet, ebenfalls stehen.

„Was hast du angerichtet?", murmelte Daria leise und drehte sich zu dem Geisterjäger um.

Jasons Gesicht zeigte keine Regung. Zu tief saß der Schock. Drei Leben, das spürte er ganz deutlich. Ausgelöscht. Von ihm.

Daria stellte sich vor ihn und sah ihm in die Augen, ohne dass er darauf reagierte. Sie streckte den Arm aus, doch Jason machte einen Schritt zurück. Er schüttelte den Kopf und marschierte an ihr vorbei, rempelte sie grob an und ging weiter.

Ein eisiger Schauer jagte seinen Rücken hinunter. Warum hatte er so bescheuert unüberlegt gehandelt? Aber, fuck, woher sollte er denn wissen, dass er so etwas konnte? Verdammt!

Die Feuerwehr jagte mit Blaulicht an den drei jungen Leuten vorbei, die zügigen Schrittes in Richtung Zentrum liefen. Jason ging jetzt wieder hinten, vermied jeden Augenkontakt mit den Zwillingen und schwieg. Daria und Bohdan waren ebenso still. Daria sah sich nach Jason um, doch der reagierte nicht darauf.

„Wir müssen hier weg, raus aus Seattle", sagte sie leise an ihn gerichtet.

Jason schüttelte den Kopf. „Nein, ich kann nicht. Da hinten sind Leute gestorben, aber er war nicht dabei."

„Woher weißt du, dass jemand gestorben ist?", fragte sie und blieb stehen. Ihre weiche Stimme hatte eine schmerzhafte Note bekommen.

„Drei. Fuckin Frank hat es nicht erwischt, dass weiß ich. Ab jetzt wird es nur schlimmer werden. Ich muss ihn aufhalten. Ich bin schuld." Jason stoppte. „Ich kann es spüren, wenn … ich weiß auch nicht. Wenn es mit mir zu tun hat. Dieser Wichser Frank hat in Miami meinetwegen jemanden gekillt. Das habe ich auch gespürt. Und da hinten sind in meinem Feuer drei Leute draufgegangen."

Daria starrte ihn sprachlos an. „Ihr verschwindet. Wenn ich auf euch achten muss, geht es schief. Verzieht euch, ihr Scheißfreaks", murmelte er. Aber seinem Ton fehlte die übliche Grobheit. Daria wollte etwas sagen, doch Jason schüttelte den Kopf. „Lass es und verpisst euch. Ihr steht mir nur im Weg. Ihr seid nutzlos und mir keine Hilfe, und ich finde euch beide scheiße und ihr nervt. Also. Verpisst euch!" Sein Gesicht verzog sich wütend. Die Zwillinge starrten ihn an. „Scheiß drauf", knurrte Jason und ging einfach los. „Folgt mir ja nicht, ihr Freaks."

Daria und Bohdan blieben stehen. Sie sahen ihm nach, blickten einander an und dann wieder zu Jason. Der folgte der Straße und drehte sich nicht mehr um. Bei der ersten Kreuzung schwenkte er willkürlich nach rechts und verschwand aus der Sicht der Zwillinge.

Die Sonne schob sich langsam, aber sicher über den Horizont. Der zweite Sonnenaufgang, seit Jason in Seattle angekommen war. Innerlich kochte er vor Wut auf sich selbst und auf Frank und eigentlich auf die ganze Welt. Wieso hatte er nicht nachgedacht? Wieso hatte er nicht daran gedacht, dass dieser Penner jemanden vorschicken könnte? Er warf die aufgerauchte Zigarette weg, steckte sich aber sofort eine neue an.

„Scheiße", knurrte er, als er sah, dass es die letzte in der Packung war.

Er ließ die leere Schachtel fallen. Seine Hände zitterten, in seinem Kopf wirbelten Schuld und Hilflosigkeit durcheinander. Um nicht zu platzen, redete er leise vor sich hin.

„Ich muss was machen, damit das aufhört. Wenn die wirklich einen Geist oder irgendwelche Kräfte, oder wie auch immer man den Scheiß nennen will, einsetzen, dann muss das aufhören. Es darf nicht noch jemand meinetwegen sterben. Ich wollte doch immer genau das verhindern, seit Charlie getötet wurde. Ich will helfen und niemanden umbringen. Was ist nur aus mir geworden? Ich ... ich wollte so etwas niemals."

Bilder aus dem Einkaufszentrum kamen ihm in den Sinn. Die blutverschmierten Trümmer. Das Jammern der Verletzten, ihr Weinen. Doch am meisten entsetzte ihn das Gefühl, dass all das seinetwegen geschehen sein sollte.

Jason trat in seiner Hilflosigkeit gegen ein parkendes Auto, sein Stiefel knallte gegen das Blech. Im Licht der Straßenlaterne sah er sein eigenes Gesicht in dem Beifahrerfenster. Und trat noch einmal zu. Und nochmal. Und ein weiteres Mal, immer schneller hintereinander. Er stützte sich mit den Händen am Dach des Wagens ab und trat immer wieder zu. Irgendwann fiel ihm die Zigarette aus den kraftlosen Fingern. Er hörte auf, den Wagen zu misshandeln.

„Scheiße", murmelte er und stopfte die Hände in die Jackentasche. „Das war meine letzte Kippe."

Mit diesen Worten stapfte er die Straße weiter hoch, ignorierte die Rufe hinter sich und versank wieder in seinen Gedanken. Ihm wollte nicht in den Kopf, dass all das seinetwegen passierte. Was sollte so wichtig an 'nem Typen aus Kentucky sein?

Frank war nicht weniger wütend als Jason. Mit hartem Griff hielt er das Tablet und scrollte wütend durch die Daten.

An Eva gerichtet knurrte er: „Sorgen Sie sofort dafür, dass Projekt Limedecker bereit gemacht wird." Er reichte ihr das Tablet. „Wir fahren direkt dorthin. Ordnen Sie an, dass alles vorbereitet wird. Treffen vor Ort."

Eva nahm das Gerät zögerlich entgegen und starrte auf das Display. Ihre Augen wurden schmal, als sie Frank ansah. Dieser rückte soeben seine Brille wieder in Position. Langsam, und ohne ihren

Vorgesetzten aus den Augen zu lassen, holte sie ihr Telefon hervor und nutzte eine Schnellwahltaste.

„Eva hier. Bringen Sie sofort alles zum Westfield Southcenter. Wir treffen uns dort. Nehmen Sie das große Geschirr mit, ich habe wenig geschlafen. Schnellstmöglich." Sie legte Tablet und Handy neben sich ab und sah von Roteiche an.

„Geschirr?", fragte er mit hochgezogener Augenbraue.

„Das von Ihnen ausgewählte Ziel ist ein großes Areal. Ich brauche eine lange Leine, um ihn unter Kontrolle zu halten", erwiderte sie sachlich.

„Ach, Eva, meine Liebe." Frank lehnte sich zurück, breitete die Arme aus und legte sie auf den Kopfstützen zu beiden Seiten ab. „Ein bisschen die Zügel zu lockern, kann doch nicht schaden. Wir alle wollen uns doch beizeiten amüsieren, nicht wahr. Sogar jemand wie Sie."

Eva schüttelte den Kopf. „Herr von Roteiche, ich glaube unser beider Vorstellungen von Vergnügen gehen weit auseinander."

In einer schnellen Bewegung beugte Frank sich vor und brachte sein Gesicht ganz dicht vor Evas. Sie presste die Kiefer aufeinander und ihre schwarzen Augen versuchten, Franks blauen standzuhalten. Sie legte all ihren Willen hinein, um nicht wegzusehen.

„Wir werden uns nun ein wenig amüsieren, Eva. Und wissen Sie, was mich besonders erfreut, meine Liebe, Sie können nichts tun, um mich davon abzuhalten. Nichts. Ich kann mit Ihnen machen, was ich will und wann ich es will. Und Sie haben keine Mittel, sich zur Wehr zu setzten."

Eva kniff die Augen zusammen. „Nichts von alledem wird Mr. Percy sonderlich erfreuen, von Roteiche", zischte sie.

Frank ließ sich wieder auf seinen Platz sinken. „Ah, Mr. Percy. Ihr einziger Trumpf an dieser Stelle. Wieder einmal."

Ein Summen unterbrach ihn. Genervt drückte er auf den Knopf für die Sprechanlage. Mit strengem Ton sagte er: „Bringen Sie uns umgehend zum Westfield Southcenter."

Der Fahrer schien überrascht, zögerte und sagte dann: „Ich habe einen Anruf für Sie, Herr von Roteiche, Sir."

„Gut, ich übernehme."

Er hob den weißen Hörer von dem fest installierten Telefon und meldete sich. Nachdem er zugehört hatte, begann sich sein Gesicht zu einem Lächeln zu verziehen.

„Ah, sehr gute Nachrichten. Die moderne Technik ist immer wieder ein Segen, nicht wahr? Ja, ausgezeichnet. Bringen Sie sie her. Nutzen Sie alle Ressourcen und unsere Leute vor Ort. Es ist mir egal wie aber bringen Sie sie JETZT hierher."

Eva starrte den Mann an. „Wen sollen unsere Leute holen?", fragte sie zaghaft.

Frank legte das Telefon wieder in die Halterung und lächelte bösartig. „Ah, Eva. Das Spiel wird immer besser. Dank der allgegenwärtigen Überwachungskameras ist es uns gelungen, einen weiteren Schwachpunkt von Mr. Harper in unser Spiel zu bringen."

Die blasse Frau sah ihn an. „Sie meinen, wir opfern weitere Unschuldige?"

„Niemand, der sich mir in den Weg stellt, ist unschuldig, meine Liebe. Niemand", knurrte er und richtete seine Brille.

„Bringen Sie uns ins Hotel", wies er den Fahrer an. An Eva gerichtet sagte er: „Sie bekommen doch noch die Chance, ein wenig Schlaf nachzuholen, meine Liebe. Seien Sie bereit, wenn es losgeht."

Eva nickte schwach, nahm ihr Mobiltelefon und rief ihr Team an, während sie in das Hotel zurück fuhren.

Frank lächelte zufrieden. Er hatte Frühstück auf die Suite kommen lassen, nahm sich jetzt eines der fein angerichteten Häppchen mit Lachs und aß genussvoll. Eva saß so weit weg von ihm wie eben möglich, auf der Couch gegenüber dem Sessel, in dem der Jäger saß.

„Herr von Roteiche, sind Sie sich sicher, dass Ihr Plan aufgeht? Ich meine, ein weiteres Kaufhaus voller Leute? Und wollten Sie nicht direkt dorthin? Was haben Sie jetzt vor?", fragte sie.

Die Beine eng nebeneinandergestellt und die Arme vor der Brust verschränkt saß sie mit durchgedrücktem Rücken da. Im Gegensatz zu ihrem Gegenüber hatte sie sich den Ruß aus dem Gesicht gewaschen und ihre fast schwarzen Haare zu einem strengen Pferdeschwanz gebunden. Frank kaute in Ruhe und ließ das Aroma wirken, ehe er sich zu einer Antwort herabließ.

211

„Wir warten auf einen besonderen Gast. Gemeinsam werden wir morgen das Westfield Southcenter beehren und wissen Sie, was das Schöne daran ist? Morgen findet dort eine Festivität statt, ein Anlass, der besonders viele Besucher anlocken wird. Mr. Harper werden wir noch darüber informieren, und dann feiern wir ein Wiedersehen der besonderen Art."

Er schob die Brille den Nasenrücken hoch. „Doch nun, meine Liebe, genieße ich ein hervorragendes Frühstück und Sie die Zeit, die Sie haben, um alles vorzubereiten."

Eva nickte und sagte: „Dann werde ich jetzt in mein Labor zurückkehren und alles vorbereiten, Herr von Roteiche. Damit wir das Ganze zu Ihrer Zufriedenheit abläuft. Wir wollen ja, dass dieser besondere Anlass wirklich gelingt, nicht wahr."

Damit erhob sie sich steif und ging zur Tür.

„Eva", sagte Frank hinter ihr. Sie blieb stehen, ohne sich umzudrehen. Der Jäger fuhr fort. „Ich weiß Ihren Eifer, der zugegeben etwas überraschend kommt, zu schätzen. Aber seien Sie sich über eines im Klaren."

Der Klang seiner Stimme brachte sie dazu, ihm über die Schulter einen Blick zuzuwerfen. Der Ausdruck auf seinem Gesicht ließ ihr das Blut in den Adern gefrieren.

„Ich werde Sie und jeden töten, der sich mir in den Weg stellt. Merken Sie sich das."

Eva blickte kurz zu Boden. „Ich habe verstanden", murmelte sie und musste jedes bisschen an Selbstbeherrschung aufwenden, um nicht zur Tür zu rennen.

Ninth Cut – Eine wahnsinnige Einladung

Jason war den ganzen Tag durch Seattle gewandert, ohne ein bestimmtes Ziel zu verfolgen. Immerhin hatte er daran gedacht, zu essen und sich neue Zigaretten zu kaufen. Er wusste nicht, wonach er suchte und schon gar nicht, wie er weiter machen sollte. So war er auf einer Bank im Seahurst Park gelandet. Das zumindest stand auf dem Schild rechts von ihm. Zu seiner Linken lag ein kleiner Spielplatz und vor ihm die Bucht des Puget Sound. Friedliche Wellen spülten auf den Sandstrand, von der Sonne und dem Salzwasser gebleichte Baumstämme lagen kreuz und quer an der Küste verteilt. Ein leichter Wind wehte ihm den Geruch des Meeres entgegen. Leise sangen Möwen ihr trauriges Lied. Ein andächtiger Kontrast zu dem Lachen der Kinder, die auf der blauen Rutsche spielten.

Jason blies blassen Rauch aus. Graue Wolken hingen tief über der dunklen See. Ratlos sah er auf das Meer. Ein Geist als Waffe. So eine Scheiße. Er zog noch einmal an seiner Zigarette und inhalierte tief. Was sollte er bloß tun? Einfach verschwinden oder versuchen, den Geist zu vernichten, und sich diesem Wichser Frank stellen? Er schnippte seine Kippe in hohem Bogen auf den nassen Sand. Jason sah den Stummel an und rollte mit den Augen. Seufzend hob er ihn wieder auf, blickte sich um, fand einen Mülleimer und warf den Stummel hinein, ehe er seine ziellose Wanderung wieder auf nahm. „Was mach ich jetzt, verdammt?", schnaufte er. „Na gut, da ich keine beschissen bessere Idee habe, gehe ich doch mal in ein Archiv oder so. Kann ja nicht schaden, ein paar Infos mehr zu haben."
Jason blieb stehen. „Zu blöd, dass ich null Plan hab, wohin."
Er sah sich um, zögerte und ging auf den Spielplatz zu. Wachsame Mütter beobachteten ihre spielenden Kinder. Er atmete einmal tief durch.
„Entschuldigen Sie."
Zwei Frauen drehten sich zu ihm um und zuckten bei dem Anblick leicht zusammen.
„Ich suche eine möglichst umfangreiche Bibliothek und kenne mich in Seattle nicht aus. Können Sie mir vielleicht sagen, wo ich da hinmüsste?"

Die Angesprochenen tauschten Blicke aus und schienen zu zögern. „Die nächste Bibliothek ist in Delridge", äußerte die erste. „Ja, schon, aber die größte ist natürlich die öffentliche Bücherei im Zentrum. Die muss man gesehen haben, wenn man Seattle besucht."

„Stimmt, stimmt, da hast du recht."

„Und wo finde ich die?", hakte Jason nach.

„Downtown Seattle natürlich", sagte die erste Frau.

Nach einem für Jason mehr als anstrengenden Gespräch wusste er endlich, wie er zu der Bibliothek kommen würde. Gerade als er sich bedankte, fragte eine der Frauen, ob er eine dieser Selbstfindungsreisen unternahm.

Jason wiegelte ab. „Tut mir leid, keine Zeit. Muss die Welt retten, wissen Sie."

Mit diesen Worten drehte er sich schnell um und marschierte los. Hinter sich hörte er gekünsteltes Lachen und beeilte sich noch mehr, von dort zu verschwinden. Er musste eine ganze Weile laufen, bis er die Metrostation gefunden hatte. Es herrschte das für Großstädte übliche Kommen und Gehen. Er studierte den Streckenplan.

„Downtown. Da kenn ich mich ja schon aus", murmelte er, erinnerte sich an die Szene in dem zerstörten Kaufhaus und die blutverschmierten Trümmer. Wut kochte in ihm hoch. Während der Fahrt mit der U-Bahn blieb Jason stehen. Sein großer Rucksack ging dabei einigen anderen Fahrgästen sichtlich auf die Nerven, doch das ließ ihn kalt. Er hing seinen düsteren Gedanken nach und wurde mit jeder Minute unruhiger. Als die Bahn an seiner Haltestelle anhielt, schob er sich rücksichtslos durch die Leute und erntete dafür einige bissige Kommentare. Er reckte die rechte Hand mit erhobenem Mittelfinger und marschierte die Stufen hinauf, verließ das Gebäude und sah sich um. Downtown Seattle, mal wieder. Er ließ den Strom aus Passanten an sich vorbeifließen und zog verwundert die Augenbrauen zusammen. Es waren ziemlich viele Polizisten unterwegs. Aber das war wohl kein Wunder nach dem, was passiert war.

214

Ein fahrbarer Hotdog-Stand weckte seine Aufmerksamkeit. Er ging auf den Mann zu, der sein Cap verkehrt herum trug und seine Ware an seine Laufkundschaft verkaufte. „Yo, hey", begrüßte ihn Jason. „Einen auf die Hand, mit allem."

„Hey, geht klar."

Jason wühlte ein bisschen Kleingeld aus der Hosentasche und reichte es dem Verkäufer. Der nahm es entgegen und fischte ein Würstchen aus dem heißen Wasser, packte es in das Brötchen und platzierte die anderen Zutaten darauf. Zum Schluss deutete er auf eine gelbe und eine rote Flasche. Jason nickte zu der gelben.

„Gute Wahl", brummte der Mann.

Jason nahm den Hotdog entgegen und fragte: „Danke. Sag mal, wo finde ich denn die Bibliothek?"

Der Verkäufer schaute ihn fragend an, um dann schief zu lächeln.

„Bist du blind, Mann? Dreh dich mal um."

Jason wandte sich um und blickte auf ein riesiges, mehrstöckiges Gebäude aus Glas. Es setzte sich aus mehreren geometrischen Winkeln zusammen und wirkte mehr wie eine Skulptur als eine Bibliothek.

„Das da?", wunderte er sich und deutete mit dem Daumen über die Schulter.

„Yo, Mann, der ganze Stolz Seattles, Mann", grinste der andere zurück.

„Danke." Jason nickte ihm zu, biss einmal herzhaft ab und bemühte sich, den überquellenden Senf nicht auf seine Klamotten zu kleckern. „Echt lecker", sagte er noch, ehe er weiterging.

Kauend wanderte er in Richtung des beeindruckenden Gebildes. Eine wabenförmige Stahlkonstruktion trug die mehrwinklige Fassade aus Glas. Auf dem Bürgersteig standen ringsherum Bäume und an einen davon lehnte sich Jason. Nachdem er aufgegessen hatte, betrat er das Gebäude. Glas blieb auch im Inneren das beherrschende Thema. Irritiert sah Jason sich um. Alles war weitläufig gehalten und das Dach spannte sich hoch über dem Eingangsbereich. Mehrere Ebenen waren durch Rolltreppen und Treppen verbunden.

„Wie soll man sich hier zurechtfinden?", fragte sich Jason.

Er hielt nach etwas wie einer Infotafel oder einer Rezeption Ausschau und entdeckte beides. Ohne lange zu zögern, entschied er sich für die Infotafel. Im vierten Stock sollte es ein Computerarchiv geben. Für einen Moment hatte Jason das Gefühl, beobachtet zu werden. Er checkte seine Umgebung, entdeckte aber niemanden. Er kniff die Augen zusammen und lauschte in das Lied hinein. Da war etwas unter der Oberfläche, ein Summen. Doch anfangen konnte er damit nichts. Also ging er zu einer der Rolltreppen und folgte den Hinweisschildern, um bis zur vierten Etage zu kommen. Durch das Glasdach fiel das matte Licht des wolkenverhangenen Tages herein. Es gab Regale um Regale angefüllt mit Büchern, einen Bereich, der wohl eher für Kinder gedacht war, Leseecken mit großen Sofas und jede Menge Menschen. Schließlich erreichte er sein Ziel.

„Wow. Das sind viele Computer", staunte er.

„Jason Harper?", erklang eine Stimme hinter ihm.

Er schluckte und drehte sich um. Eine Frau mittleren Alters in normaler Alltagskleidung stand vor ihm. Als Jason in ihre Augen sah, beschleunigte sich sein Puls. Ihr Blick war völlig leer.

„Ich habe eine Nachricht für Sie", fuhr die Frau monoton fort. „Ich soll Ihnen diesen Brief geben."

Sie zog einen einfachen Umschlag aus der Jackentasche. Jasons Herz pochte. Er starrte das Ding einen Moment lang an, ehe er es der Frau aus der Hand zog. Kaum dass ihre Finger das Papier nicht mehr berührten, blinzelte sie und schaute sich verwirrt um. Jason wartete ab, ob sie irgendwie auf ihn reagieren würde, sei es mit Erkennen oder auf sonst eine Art. Sie starrte ihn an, und für einen Moment schien es, als wollte sie ihn etwas fragen. Nach einem Stirnrunzeln und einem verwirrten Lächeln drehte sie sich um und ging. Jason atmete tief durch und betrachtete den Umschlag von allen Seiten. Es war weder ein Absender noch sonst irgendein Zeichen darauf zu sehen. Erneut lauschte er, doch auch das seltsame Summen war nun fort.

„Fuck", murmelte er leise.

In unregelmäßigen Reihen angeordnete Arbeitsplätze verteilten sich zwischen den Bücherregalen. Jason wanderte zwischen den anderen Besuchern umher, bis er einen freien Platz ausmachte, an dem er hoffte, seine Ruhe zu haben. Den schweren Rucksack stellte er neben sich ab und legte den Umschlag vor sich hin. Langsam öffnete er ihn. Darin befand sich nur ein Zettel, auf dem eine Internetadresse und eine Zahlen- und Buchstabenkombination standen. Jason studierte die Anleitung für den Rechner und startete ihn. Er öffnete den Browser, tippte die Adresse ein und musste anschließend ein Passwort eingeben. Jason stutzte, denn es öffnete sich eine Seite über Mordfälle.

„Was soll der Mist?"

Gruselige Fälle des FBI, Serienkiller in verlassenem Hotel erschossen

Jason runzelte die Stirn, las aber nervös weiter.

„1935. Bla, bla, bla. Tötete so, dass es wie Unfälle aussah. Mehr als dreißig Opfer. Hat auch in Kaufhäusern zugeschlagen."

Er scrollte über die Seite und überflog den Text. Schwarz-Weiß-Bilder zeigten ein altes Hotel, in dem die Polizei und das FBI den Mann schließlich gestellt und erschossen hatten. Er scrollte weiter. Der Name des Mörders war Limedecker.

„Was für eine Scheiße läuft hier?", fragte sich Jason leise und verfolgte den Artikel weiter.

Am Ende der Seite war ein großer Button. Jason atmete schwer und kalter Schweiß stand ihm auf der Stirn. Doppelklick. Gespannt lehnte er sich vor. Einen Moment lang geschah nichts. Statt eines Ladesymbols wurde eine langsam rotierende Kamera eingeblendet. Einem Reflex folgend suchte sein Blick die kleine Linse am oberen Rand des flachen Monitors. Schlagartig veränderte sich das Bild. Was er sah, ließ ihm das Blut in den Adern gefrieren.

„Fuck", fluchte er fassungslos und erstarrte.

„Hallo Mr. Harper", begrüßte ihn Frank von Roteiche.

Der Mann saß in einem breiten Ledersessel und grinste böse in die Kamera. Mit dem Zeigefinger schob er die Brille ein wenig hoch, ehe er weitersprach.

„Dank moderner Technik und dem Einsatz einer Gesichtserkennungssoftware weiß ich sehr sicher, dass Sie es sind, Mr. Harper. Bemühen Sie sich nicht um eine Antwort und ersparen Sie Ihrer

Umwelt ihre Beschimpfungen. Diese Aufzeichnung wurde ausgelöst, nachdem das System Sie erkannt hat."

Frank beugte sich vor. Jason presste die Kiefer aufeinander. Seine Hände drückte er links und rechts neben der Tastatur auf die Tischplatte.

„Sicherlich fragen Sie sich jetzt, wie das möglich ist." Frank legte die Hände aufeinander und lächelte zufrieden. „Eigentlich ist es sehr einfach. Ihr Muster, Ihre Vorgehensweise mussten sie zwangsläufig irgendwo hinbringen, wo es mehr Informationen gibt. Ich bin schon eine Weile auf Ihrer Fährte. Also haben wir unsere besonderen Ressourcen genutzt und unsere Botschafter positioniert. Ich hoffe wirklich, unsere Nachricht erreicht Sie rechtzeitig." Von Roteiche beugte sich vor. „Ich habe eine, nein, sogar zwei Überraschungen für Sie. Zuerst die kleinere. Ich habe mich entschieden, Sie für morgen in das Westfield Southcenter einzuladen. Ein wirklich großartiger Komplex, voller Läden und voller Menschen. Seien Sie morgen um vierzehn Uhr dort. Ich plane eine große Show nur für Sie zu veranstalten."

Er lehnte sich zurück, richtete seinen Anzug und den Sitz seiner Brille. Die kalten, blauen Augen blickten direkt in die Kamera.

„Und Überraschung Nummer zwei wird sicherstellen, dass Sie erscheinen werden. Diese ist von besonderer Bedeutung. Menschenleben bedeuten ihnen, wie Sie mit ihrem kleinen Feuerzauber bewiesen haben, nicht besonders viel. Aber vielleicht ändern Sie Ihre Meinung. Auch in Ihrem Leben gibt es Menschen, die Ihnen wichtiger sind als andere."

Jason sackte kraftlos in dem Stuhl zusammen. Von Roteiche schlug die Beine übereinander. Ein gönnerhaftes Lächeln zog über sein Gesicht.

„Sie erinnern sich noch an Vancouver? Sie haben einer sehr lieben Freundin meinerseits sehr wehgetan. Und dafür möchte ich mich, sagen wir, revanchieren." Sein Gesicht kam dichter an die Kamera heran. „Und ich bin mir sicher, Mr. Harper, dass Sie sicherstellen werden, dabei zu sein. Morgen. Vierzehn Uhr. Kommen Sie nicht zu spät. Es wäre zum Schaden eines Menschen, der Ihnen Güte erwiesen hat. Zudem bin ich mir sicher, dass selbst Ihnen klar sein dürfte, welche Folgen ihr Nichterscheinen im Allgemeinen haben wird."

Jason sah die Zufriedenheit in von Roteiches Gesicht. „Sollte diese Nachricht Sie nicht rechtzeitig erreichen, nun, dann werde ich mich hinreichend amüsieren und dort eine eindeutige Botschaft an Sie hinterlassen."

Die Aufzeichnung endete. Jason saß da und starrte auf den dunklen Schirm und die weißen Buchstaben, ohne es bewusst wahrzunehmen. Der Name des Einkaufszentrums und die Uhrzeit verblassten langsam. Sein Atem ging flach. Wortlos schloss er alle Anwendungen, löschte den Browserverlauf, nahm seinen Rucksack und verließ die Bibliothek. Jason brauchte nicht zu überlegen, was der Wichser getan hatte. Wen er eingeladen hatte, an ihrer kleinen Feier teilzunehmen. Das Parkhaus, das Kennzeichen des Autos, die Kameras. Nein, es war bestimmt jemand anderes, es musste einfach jemand anderes sein. Jason redete sich ein, dass hier seine Paranoia aus ihm sprach.

Zitternd holte er die Schachtel Zigaretten hervor. Es fiel ihm schwer, auf Anhieb einen der Glimmstängel zu greifen. Als er ihn schließlich zwischen den Lippen hatte, der Tabak brannte und er den ersten Zug tief in seine Lunge holte, schloss er für einen Moment die Augen. In schneller Folge nahm er mehrere, kräftige Züge, ehe er den bitteren Geschmack des brennenden Filters wahrnahm.

Gegenüber dem Ausgang stand auf der anderen Straßenseite ein imposantes Gebäude. Durch einen Grünstreifen führten zwei breite Treppen zu dem Eingang. Jason ließ sich von den Passanten, die die Ampel nutzten, um auf die andere Seite zu kommen, mitziehen. Müde plumpste er auf eine der Stufen und vergrub sein Gesicht in den Händen. So blieb er sitzen, während in seinem Kopf die Gedanken wild kreisten. Zwei Schatten fielen auf ihn. Schweigend setzten sich die Zwillinge neben ihn.

„Verschwindet", murmelte Jason, ohne sie anzusehen.

Daria betrachtete ihn und imitierte dann seine Haltung. Bohdan saß aufrecht da und starrte geradeaus. Jason atmete einmal tief durch. Dann holte er umständlich die Zigaretten hervor, kramte eine aus der Schachtel und steckte sie sich zwischen die Lippen. Er zündete sie an und kehrte wieder in seine vorherige Haltung zurück.

„Was ist an verschwindet nicht zu verstehen, ihr Freaks?", sagte er tonlos.

„Was hat der Jäger getan?", fragte Daria. Sie sah unauffällig zu ihm hinüber.

„Geht euch nichts an."

„Jason, allein wirst du es nicht schaffen", gab sie zurück.

Alle drei blickten geradeaus, als wären die vorbeiziehenden Menschen mit ihren normalen Problemen interessant anzusehen.

„Du nervst. Und hör auf, mich nachzumachen." Ein tiefer Zug folgte und Jason blies blassgrauen Rauch aus.

„Ob ich nerve, ist nicht wichtig, Jason. Du brauchst unsere Hilfe. Egal, was er getan hat."

Jason konnte aus den Augenwinkeln sehen, wie sie ihn unter der Kapuze heraus beobachtete.

„Du brauchst unsere Hilfe." Ihre Stimme wurde eindringlicher. „Er ist stark. Jason, du weißt nicht, was er kann."

Jason schnaufte leise, zog wortlos an der Zigarette und starrte weiter auf die Stufen. Einen Moment lang saßen sie schweigend da. Als Daria jetzt sprach, hatte sich ihre Stimme verändert. Nichts daran war mehr lasziv oder melodisch.

Beinahe tonlos begann sie zu erzählen: „Er beherrscht das Blut. Verstehst du, was das bedeutet? Jason, er kann dein Blut kontrollieren, deinen Körper. Wenn er dich sieht, bist du ihm ausgeliefert. Dann macht er mit dir, was er will. Dein Geist ist in einer Hülle gefangen, die der Jäger beherrscht. Du wirst dich selbst verletzten, wenn er das will. Und du wirst es spüren, hilflos, ohne etwas dagegen tun zu können."

Jetzt sah Jason Daria an. Leises Grauen klang aus ihrer Stimme. Sie alberte nicht herum. Kein Getue, kein Tanzen. Jason hatte eine verängstigte Frau vor sich.

„Niemand ist dagegen immun. Niemand. Er kann jeden kontrollieren. Auch dich. Oder mich. Wenn er dich sieht, bist du in seiner Gewalt."

„Ach, das ist sein kleiner Trick", sagte Jason leise.

Ihre grünen Augen fixierten ihn. „Kein kleiner Trick. Das ist böse, Jason. Und sehr gefährlich. Er kontrolliert Blut und Fleisch. Du die Seele und Gedanken."

Ein wütendes Schnauben kam als Antwort. Für einen Moment schien es, als wollte Daria ihn berühren, doch ihre Hand zuckte nur kurz in seine Richtung. Jason zog wieder an der Kippe, schnippte die Asche weg und stieß den Rauch aus.

„Hör zu, Freak Nummer eins. Und du auch, Riesenbaby-Freak. Ihr zwei verschwindet jetzt und lasst mich verschissen noch mal in Ruhe."

„Nein", sagte Bohdan und der amüsierte Klang in seiner Stimme ließ Jasons Kopf herumschnellen. Er sah zu dem großen Mann auf. Dieser hatte sein debiles Lächeln aufgesetzt und schaute immer noch geradeaus.

Jason legte den Kopf in den Nacken. „Ihr nervt mich so heftig. Bin kurz davor, euch an die Wand zu klatschen."

„Halt den Mund jetzt." Darias Stimme war scharf, und jetzt hörte Jason neben dem Akzent echte Wut darin. „Kapierst du nicht, dass wir ihn schon viel länger kennen? Was, glaubst du, hat er schon alles getan? Und du denkst, du kannst etwas gegen ihn ausrichten?", zischte sie. Sie bewegte sich viel schneller, als Jason reagieren konnte, stand auf und stieß ihm die schlanke Hand vor die Brust.

„Du bist ein Idiot, wenn du meinst, du kannst uns irgendetwas sagen. Oder uns wie Kinder wegjagen. Du bist seine Beute. Aber wir jagen ihn." Jason blickte sie überrascht an. „Du hast keine Chance gegen ihn. Nicht mal ein bisschen. Nicht ohne uns." Jedes Wort wurde von einem Stoß ihrer Hand begleitet. „Du wirst nicht sterben, Jason. Das ist es nicht, was er will. Er will dich fangen, wegbringen, gegen deinen Willen. Und dann werden sie dich brechen."

Jason stützte sich jetzt mit einer Hand ab, um nicht endgültig von Daria umgeworfen zu werden. Ihre zierliche Gestalt baute sich über ihm auf, sie beugte sich zu ihm vor, brachte ihr tätowiertes Gesicht dicht vor seins. Er versank in den Tiefen ihrer grünen Augen.

„Das lasse ich nicht zu. Und mein lieber Bruder auch nicht. Nicht um deinetwillen. Sie dürfen nicht noch stärker werden." Sie packte ihn mit beiden Händen an den Schultern. „Das erlauben wir nicht." Ihr Blick war voller Zorn.

Jason war ehrlich überrascht. Einen Moment lang starrten sie einander an. Dann wich langsam die Wut aus ihrem Gesicht. Daria atmete einmal tief ein.

„Jason, diese Leute, sie machen dich kaputt, um zu bekommen, was sie wollen. Das darf nicht sein."

Jason saß da, sah Daria an und wusste nichts zu sagen. Bohdan betrachtete seine Schwester. Sie ließ mit einem erschöpften Seufzen Jasons Schultern los und trat eine Stufe zurück. Sie senkte den Kopf und unter der Kapuze quollen ihre roten, orangen und gelben Dreads hervor. Ihr Gesicht verschwand hinter einer Wand aus Feuer.

Ganz leise fügte sie hinzu: „Du weißt nicht, was das für Leute sind, Jason. Sie dürfen dich nicht bekommen."

Bohdan erhob sich. Ein gewaltiger Schatten fiel auf Jason, und nur um sich nicht kleiner als nötig zu fühlen, stand er ebenfalls auf. Er atmete durch, ließ die Kippe fallen und trat sie mit seinem Stiefel aus.

„Hört zu. Für diesen Arsch ist das was Persönliches zwischen ihm und mir. Aber ich werde ihn fertigmachen. Ich habe ihm schon einmal widerstanden, das pack ich auch nochmal. Also, ihr Freaks, haltet Euch morgen vom Westfield Southcenter fern."

Er sah sie abwechselnd an.

„Nein, Jason", kam es unter dem Vorhang aus Haaren hervor.

„Dummer Jason", grollte Bohdan.

„Und schon nervt ihr wieder so richtig", brummte Jason. „Ich geh mir jetzt Kraftfutter holen und eine Bleibe suchen. Und dann bereite ich mich darauf vor, diesem Arsch eine zu verpassen. Geht ihr doch derweil in, keine Ahnung, Chicago jemanden nerven."

„Jason dumm", kam es von Bohdan.

„Sehr dumm, lieber Bruder."

„Ihr wiederholt euch, und das nervt mich noch mehr. Ich zieh jetzt Leine."

„Nein", murmelte Daria. „Das lasse ich nicht zu." Sie hob den Kopf und fixierte ihn. „Schlaf", sagte sie leise.

Jason sah sie aus seinen blauen Augen an. Er hatte geahnt, was komme würde. „Diesmal nicht, Daria."

Sie stöhnte leise auf und wankte eine Stufe hinab, als hätte sie einen Schlag abbekommen. Bohdan überwand die Treppe mit einem langen Schritt und legte einen Arm schützend um sie. Auf der Straße liefen die Menschen vorbei, als wäre nichts Ungewöhnliches passiert. Sie erledigten ihre täglichen Aufgaben, jagten ihren Vergnügungen und Träumen hinterher. Derweil standen die drei ungleichen Geisterjäger auf den Stufen, die hoch zum Gerichtsgebäude führten, und starrten einander an.

„Jason", begann Daria, doch der winkte ab.

„Tut mir leid, Freaks. Meine Sache. Der Wichser hat mich persönlich herausgefordert. Ihr haltet euch da raus. Keine Tricks mehr. Zeit für das verschissene Finale." Er ging an den Zwillingen vorbei.

„Tu das nicht. Du kannst uns nicht daran hindern, dich zu finden", wisperte Daria.

Jason schwieg, holte eine weitere Zigarette hervor und marschierte weiter. Er erreichte den Gehweg und lief nach links weg in Richtung Meer. Die Zwillinge blieben einander Halt gebend stehen und sahen ihm nach.

Nach ein paar Metern warf Jason einen schnellen Blick über die Schulter zurück zu den Zwillingen und flüsterte: „Tut mir leid, Leute."

Er verbrachte den Rest des Tages damit herauszufinden, wie er zum Westfield Southcenter kommen konnte, und versorgte sich mit allem, was er als nötig erachtete. Er kaufte Energydrinks, Schokoriegel und zur Sicherheit noch eine Schachtel Zigaretten. In einem kleinen Park setzte er sich auf eine Bank, aß sein mitgebrachtes Fast-Food-Mittagessen. Später suchte er sich bei einigen Obdachlosen unter einer Brücke einen Schlafplatz. Über ihnen brummte unablässig der Verkehr. Ab und an unterbrach ein vorbeifahrender Lkw oder ein Motorrad den Rhythmus.

„Was auch immer der Tag für eine Scheiße bringen wird, morgen endet es", versprach er der Dunkelheit, ehe er einschlief.

Er lag flach auf dem Rücken. Um ihn herum war alles rot, blutrot.

„Oh Shit. Nicht das schon wieder. Träume ich oder bin ich wach?"

„Du träumst und bist wach", sagte eine leise Stimme.

Tief unten, dort, wo das Rot dunkler und dunkler wurde, bis nur noch Schwarz blieb, leuchtete schwach ein grüner Schimmer. Ein funkelnder Stern in der Dunkelheit.

„Wo bin ich?", murmelte er. Er atmete tief durch. Kein Gefühl des Ertrinkens. „Ich schwebe."

Er sah sich in alle Richtungen um. Dann kehrte sein Blick zu dem Leuchten zurück.

„Ich weiß, dass ich dort hinunter muss. Aber ich habe Angst", sagte er leise in die Stille hinein.

„Hab keine Angst, Jason."

„Er hat jemanden entführt."

„Ich weiß. Aber du bist nicht allein, Jason. Du musst das nicht allein durchstehen."

„Aber dann werden andere verletzt. Der Scheißkerl ist nur hinter mir her."

„Lass los, Jason. Lass es zu."

Er spürte, wie er tiefer sank.

„Ich habe Angst", hauchte er.

„Ja, Jason. Aber hier brauchst du keine Angst zu haben."

„Wer bist du?", fragte er mit gerunzelter Stirn. „Ich kenne dich."

„Du weißt, wer ich bin."

Franks unfreiwilliger Gast saß gefesselt auf der breiten Couch in der noblen Suite und ließ den Kopf hängen. Ihre braunen Haare hingen der Frau über das Gesicht. Ihre Augen waren vom Weinen gerötet und die Lippen trocken. Sie stöhnte und ruckte ein wenig an den Kabelbindern, die ihr langsam, aber sicher in die Haut schnitten. Julie hob den Kopf und erstarrte. Frank sah ihr direkt in die Augen.

„Ah, meine Liebe. Verzeihen Sie meine Manieren", sagte er lächelnd und richtete seine Brille. Dann winkte er einen seiner Männer heran. „Machen Sie die Dame bitte los. Was für schlechtes Benehmen wir doch zeigen. Und was für grauenvolle Gastgeber wir sind. Eva, Sie hätten mich doch darauf hinweisen müssen, dass unser Gast es nicht wirklich bequem hat."

Die Angesprochene schaute ihn nur kurz an, lächelte gezwungen und starrte dann wieder zum Fenster hinaus. Einer der Anzugträger holte ein Messer hervor und durchtrennte die Kabelbinder. Mit einem schnellen Ruck riss er das Klebeband von ihren Lippen.

„Bitte", flehte Julie. „Etwas Wasser."

Ihre Stimme vibrierte, und sie wagte es nicht, Frank in die Augen zu sehen.

„Aber natürlich, meine Liebe. Wie heißen Sie noch? Ach, eigentlich ist es auch egal. Mein Name ist Frank von Roteiche und die schweigsame Dame heißt Eva." Er sprach mit ruhiger und gönnerhafter Stimme. „Bringen Sie unserem Gast bitte etwas Wasser und einen, hm, ich glaube Rotwein. Ja, Sie scheinen mir ganz der Rotweintyp zu sein. Und dazu ein leichtes Mittagessen. Ich denke da an etwas mit Geflügel. Und anschließend ein Dessert. Eine Creme vielleicht. Bitte organisieren Sie das." Ein weiterer Anzugträger setzte sich in Bewegung. Julie saß zitternd da und ließ den Kopf hängen. Sie hatte die Arme um sich geschlungen und versuchte, die Tränen zurückzuhalten.

„Ihre erste Geiselnahme, nehme ich an?" Franks Stimme war weich wie Honig. „Aber natürlich. Was rede ich denn. Das alles verdanken sie Jason Harper. Ein furchtbarer Zeitgenosse, oder? Diese grobe Sprache und seine rüde Art. Kein schöner Umgang."

Schweigen schlug Frank entgegen. Sie leckte sich die wunden Lippen. Jemand stellte ein Glas Wasser vor sie auf den Tisch.

„Nur keine Scheu, meine Liebe. Sie sind mein Gast. Greifen Sie ruhig zu."

Julies Blick klebte an dem Glas und sie vermied es, Frank anzusehen. Langsam streckte sie eine Hand aus und wollte es greifen. Zentimeter davor stoppte ihre Hand, und sie musste entsetzt feststellen, dass sie sich nicht mehr bewegen konnte. Gegen ihren Willen hob sie den Kopf und schaute Frank an.

„Um eine Sache klarzustellen: Sie sind mein Gast. Aber seien Sie versichert, ich brauche keine Fesseln. Wenn Sie mich reizen, lasse ich Sie von dem Balkon dort springen. Sie werden nicht einmal schreien können, wenn ich es nicht zulasse."

Ihre Hand umschloss das Glas, und sie spürte die Kühle, die davon ausging. Langsam wanderte es zu ihrem Mund und verharrte nur ein kleines Stück von ihren Lippen entfernt. Keine der Bewegungen entsprang ihrem Willen.

Schlagartig entließ Frank sie aus seiner Kontrolle und beinahe ließ Julie das Glas fallen. Etwas Wasser schwappte heraus und lief über ihre Jogginghose und auf den Boden.

„Ach, wie herrlich ungeschickt Sie vor Aufregung sind." Von Roteiche lächelte und fuhr dann fort: „Nennen Sie mich ruhig Frank, wir sind ja in einer kleinen Runde hier." Er legte den Kopf ein wenig schief. „Trinken Sie, bevor Sie alles verschütten", ermunterte er sie. Zaghaft nahm Julie einen Schluck und erstarrte. Der Schluck blieb ihr im Hals stecken. Sie konnte das Wasser nicht weiter nach unten bringen. Ihr Hals war völlig verkrampft und sie konnte sich nicht mehr bewegen.

Franks Gesicht zeigte nichts mehr von der übertriebenen Freundlichkeit. „Ich kann dein Herz anhalten. Deine Lungen zwingen, nicht mehr zu atmen. Wenn ich es will, wirst du dummes Ding dir selbst die Augen auskratzen. Eine Dummheit, und du wirst bestraft."

Julie konnte den Blick nicht abwenden. Franks blaue Augen waren alles, was sie sah.

„Sei ein braves Mädchen und mach keine Fehler. Genieß das Essen und den morgigen Ausflug und danach kannst du dein belangloses Leben fortführen."

Dann ließ der Jäger sie frei. Kaltes Entsetzen begleitete das kühle Nass in ihren Bauch.

„Ein Nicken reicht mir", sagte Frank.

Gehorsam bewegte sie den Kopf, während ihr ganzer Körper zitterte.

„Morgen wird alles vorbei sein. Insbesondere für Mr. Harper", sagte Frank zufrieden in die Runde.

Tenth Cut – Krieg

Daria und Bohdan standen auf dem gewaltigen Parkplatz, der das Westfield Southcenter umgab. Die Hälfte der Stellplätze war bereits belegt, und die Besucher strömten auf den riesigen Komplex zu. Die Zwillinge sahen einander an.

„Groß", murmelte Bohdan.

Daria nickte. „Es wird schwer sein, hier gegen den Jäger anzutreten."

Sie trugen wieder ihre Fliegerjacken und marschierten nebeneinander auf den Eingang zu. Auf der braunen Fassade prangten die Logos verschiedener Modeketten. Der Eingangsbereich war aus Glas, durch das man auf das emsige Treiben auf den verschiedenen Etagen blicken konnte. Die beiden schauten sich immer wieder um. Daria lauschte in das Leben um sie herum hinein, doch sie hörte weder einen Missklang noch ein anderes Zeichen in der Melodie.

„Jason ist noch nicht hier", sagte sie. Bohdan nickte nur.

Der Parkplatz füllte sich. Am vormittäglichen Himmel sammelten sich dunkle Wolken.

Bohdan sah nach oben. „Regen kommt", brummte er. Daria nickte.

Unter dem Vordach des Eingangsbereiches war in großen, roten Lettern der Name „Westfield" zu lesen. Bereits hier konnte man links und rechts Geschäfte und Restaurants betreten. Tische und Stühle standen umgeben von Blumenkästen für die Gäste bereit. Durch eine riesige Glasfront führten mehrere Türen in das Innere. Die Zwillinge atmeten synchron ein und betraten das riesige Einkaufszentrum.

Im Inneren begrüßten sie Werbeschilder, Rolltreppen, Wegweiser und eine Infotafel. Und zu ihrem Entsetzen ein großes Schild, das auf Folgendes hinwies:

Heute großer Familientag! Besuchen Sie das Westfield Southcenter mit Ihren Liebsten und kommen Sie in den Genuss von Preisnachlässen und anderen tollen Aktionen!

Einige Angestellte des Zentrums bauten eine große Hüpfburg auf. Der Kompressor brummte vor sich hin, während sich die bunte Fantasienachbildung einer mittelalterlichen Festung langsam erhob. „Der Jäger hat den Verstand verloren", entfuhr es Daria. Der Blick ihres Bruders sprach Bände. Wo sonst ein debiles Grinsen zu sehen war, zeigte sich jetzt Sorge. „Das ist Wahnsinn. All die Menschen! Was hat von Roteiche nur vor?", flüsterte die junge Frau in ihrer Muttersprache, während ihr Blick über das Atrium glitt, das trotz der frühen Stunde bereits gut besucht war.

Nervös setzten die beiden ihre Wanderung durch die endlos erscheinenden Gänge des Komplexes fort. Geschäft reihte sich an Geschäft und überall verwiesen bunte Schilder auf den Familientag. Klettergerüste und Informationsstände mit Fakten über Seattle waren aufgebaut worden. Die Restaurants warben mit Menüs für die ganze Familie, und das gewaltige AMC-Kino bot Kidsmenüs und Familientickets an. Daria vernahm immer noch keinen Misston und lauschte weiter in der Hoffnung Jason oder den Jäger zu entdecken. Immer wieder schauderte es sie, auch ihr Bruder war sichtlich besorgt. Kinderlachen hallte über das Raunen der Gespräche und die leise Musik durch die Korridore.

Als sie gerade durch einen Spielzeugladen gingen, zuckte Daria zusammen. Die ganze Zeit hatte sie angespannt auf irgendein Zeichen gewartet.

„Lieber Bruder, Jason kommt", wisperte sie.

Bohdan nickte. In dem Regal vor ihnen hingen Spielzeugwaffen. Bohdans besonderes Interesse hatte die fast originalgroße Nachbildung einer doppelläufigen Schrotflinte geweckt. Daria winkte ihm, sich zu beeilen.

„Wir müssen Jason finden", drängte sie.

Bohdan nickte und nahm das Spielzeug. Dann bahnten sie sich einen Weg durch die Kinder, die mit riesigen Augen die ganzen Spielsachen bestaunten, in Richtung Ausgang. Der Verkäufer musterte die Zwillinge skeptisch. Daria schenkte ihm ein Lächeln, ehe er den Barcode scannen konnte.

„Stimmt so", säuselte sie mit einem verführerischen Grinsen. Der Blick des Verkäufers wurde glasig und er nickte nur.

Wieder auf den Gängen orientierten sie sich. Daria folgte dem dumpfen Ton, der ihr verriet, dass Jason in der Nähe war. Sie liefen in Richtung Eingang.

Daria blieb so plötzlich stehen, dass Bohdan noch einige Schritte weiterging, bevor er merkte, dass sie nicht mehr neben ihm war. Er drehte sich zu seiner Schwester um, die ihn mit großen, angstvollen Augen anstarrte. In dem Lied erklang ein gleichmäßiger, hämmernder Bass.

„Er ist hier", flüsterte sie.

Bohdans Blick verfinsterte sich. Von dem leicht kindlichen Ausdruck auf seinem Gesicht war nichts mehr da. Rasch überbrückte Daria die Distanz zwischen ihnen und nahm seine Hand. „Wir sind diesmal zusammen, lieber Bruder. Wir treten gemeinsam gegen ihn an", versuchte sie, Bohdan zu beruhigen. „Sie werden uns nie wieder trennen. Diesmal jagen wir ihn, nicht er uns."

Ihr Bruder nickte und die steilen Falten zwischen seinen Augen glätteten sich ein wenig. Daria drückte seine Hand. Ihre Lippen waren fest zusammengepresst. Daria und Bohdan schoben sich durch die Menge, bis sie den Eingang erreicht hatten. Familien mit kleinen und größeren Kindern umgaben sie auf allen Seiten und ließen ihr Entsetzten wachsen.

„Wir müssen Jason finden, bevor es zu spät ist", sagte Daria gepresst.

Bohdan war derweil dabei, die Verpackung von dem Spielzeuggewehr zu reißen. Er brummte zustimmend. Ohne darüber nachzudenken, wandten die Zwillinge einander den Blick zu. In ihren grünen Augen spiegelte sich die Sorge des anderen.

In Darias Kopf hämmerte der Bass, und ihr Fuß folgte dem hämmernden Rhythmus, indem er auf den Boden tippte. Der dumpfe Ton, der Jasons Gegenwart verriet, bildete einen disharmonischen Kontrast dazu. Nervös sahen sie sich um, bemüht Jason oder den Jäger zu entdecken. Mit einem Schlag donnerte der Bass laut in ihrer Seele und Daria riss die Augen auf.

Jason saß nervös in dem Bus, der ihn zum Einkaufszentrum bringen würde. Es ging auf vierzehn Uhr zu. Endlich leuchtete auf der Anzeige Westfield Southcenter auf. Jason packte seinen Rucksack, quetschte sich rücksichtslos durch die anderen Fahrgäste hindurch und stand am Strander Boulevard.

„Heilige Scheiße. Hier würden alle Autos der Welt 'nen Parkplatz finden", murmelte er.

Bis zu dem weit entfernten Eingang mit dem roten Westfield-Schriftzug erstreckten sich scheinbar endlose Reihen von Parkplätzen. Er schulterte seinen Rucksack und marschierte los. Als er die Einfahrt passierte, fiel sein Blick auf eine Werbetafel. Er las den Text und wurde noch blasser als sonst.

„Verfickte Scheiße, das kann doch nicht wahr sein. Familientag? Frank, du Wichser!" Jason holte eine Zigarette hervor und zündete sie sich mit zitternder Hand an. Er stand sprachlos vor dem Schild, inhalierte tief den Rauch. „Dieser Wahnsinnige. Das kann ich nicht zulassen, Scheiße."

Jason lauschte auf das Lied des Lebens, doch da war nichts Auffälliges. Oder doch? Vor ihm wuchs der Komplex des Westfield Southcenter in die Breite. Er ließ den Blick von links nach rechts schweifen und versuchte, die Ausmaße des Centers zu erfassen. Aber egal, wie groß das Einkaufszentrum sein mochte, es würde niemals reichen, um den Wahnsinn dieses Penners Frank aufzunehmen. Familientag!

Jason stand zitternd da, fingerte noch eine Kippe hervor und brauchte drei Anläufe, ehe er sie angezündet hatte. Er sog den Rauch tief in seine Lunge und massierte sich mit der freien Hand die Augen.

„Scheiße", fluchte er leise und marschierte los.

Nach einigen Minuten erreichte er den gläsernen Eingangsbereich. Auf dem Weg dahin fielen zwei weitere Zigaretten Jasons Nervosität zum Opfer. Er verharrte vor den Türen und las die Werbetafeln.

„Familienrabatte, ha! Heute sterben sie alle zum Preis von einem. Fuck!", motzte er und betrat das Westfield Southcenter.

Seinen Rucksack deponierte er in einem Schließfach, dann wanderte er planlos durch das Einkaufszentrum. Immerzu lauschte er auf den Klang des Lebens, das ihn umgab. Noch vernahm er keinen Missklang, keine falsche Note. Etwas war da, aber er konnte nicht erkennen, was. Um ihn herum waren so viele Leute. Ihre Gespräche bildeten ein beständiges Rauschen, mal lauter, mal leiser, wie das

Meer. Und so, wie sich am Meer der Ruf der Möwen in die Symphonie einbrachte, waren es hier die hellen Kinderstimmen. Jason drehte sich hilflos mal hierhin und mal dorthin. Verzweifelt schloss er die Augen und lauschte tief hinein in all das Leben um ihn herum. Es strömte an ihm vorbei, umspülte ihn, ohne ihn zu berühren. Er wanderte umher, in der Hoffnung, etwas zu finden. Etwas tun zu können, um Schlimmeres zu verhindern. Jason zuckte zusammen, als plötzlich eine falsche Note in dem Lied erklang. Er marschierte los, gelockt von dem Missklang in der Melodie des Lebens, und folgte der Spur zurück Richtung Eingang. Er schob sich durch die nichts ahnenden Besucher, bewegte sich zielstrebig, benutzte seine Ellenbogen und zog eine Spur aus Beschwerden und Beschimpfungen hinter sich her. Es war ihm egal. Jason taumelte einen Schritt, als ein dumpfer Bass durch seinen Schädel hämmerte. Er rannte los.

Frank hob den Kopf, während seine Limousine soeben auf den Parkplatz fuhr.

„Ah", frohlockte er. „Es scheint, unser gemeinsamer Freund ist bereits hier. Das wird wunderbar. Kommen Sie, freuen Sie sich ein wenig mit mir."

Julie sah ihn an und wagte es nicht, sich zu rühren.

Neben ihr saß Eva und atmete tief durch. „Ist das wirklich Ihr Ernst, von Roteiche. Familientag? Hier soll ich Projekt Limedecker einsetzen? Ist das noch im Sinne unserer Organisation? Ist das wirklich im Sinne von Mr. Percy? Von irgendjemandem außer Ihnen?"

„Seien Sie still, Eva. Der alte Mann sitzt in England auf seinem Anwesen und erwartet nur das richtige Ergebnis. Also, wenn sich hier keiner mit mir freuen kann oder will, dann seien Sie beide eben still", knurrte Frank.

Eva holte Luft und wollte etwas sagen, doch Frank richtete seine zornig aufblitzenden Augen auf sie. Die blasse Frau erstarrte, presste die Lippen aufeinander und konnte nicht mehr atmen.

„Denken Sie an das, was ich im Hotel zu Ihnen gesagt habe, Eva. Vergessen Sie das nicht", zischte er.

Keuchend holte Eva Luft und massierte ihre Kehle. Mit einer auffordernden Geste deutete Frank auf ihr Handy. Sie nutzte die Schnellwahl und hob es ans Ohr.

„Ist alles bereit?", fragte Eva mit belegter Stimme. Frank schaute sie warnend an. „Gut", murmelte die Frau und nickte von Roteiche zu.

„Sehr fein. So, meine Liebe, Zeit für unseren Auftritt. Wenn Sie so nett wären, mir zu folgen", sagte er an seine Geisel gewandt. „Wissen Sie, zu einem großen Auftritt gehört immer, dass der Star sich verspätet. Heute sind Sie das und wir sind fünf Minuten zu spät dran. Das sollte genügen, oder?"

Gegen ihren Willen folgte Julie ihm aus dem Wagen. Vor der Glasfassade blieben sie stehen. Frank fuhr im gönnerhaften Ton fort. „Ah, und sehen Sie, die Empore ist doch wunderbar geeignet, nicht wahr? Und all diese glücklichen Familien. Herrlich! Sie sind alle so belanglos. Kommen Sie, meine Liebe. Verleihen wir diesem tristen Ort ein wenig Glanz."

Frank winkte seinem unfreiwilligen Gast, ihm zu folgen. Müde, mit dunklen Ringen unter den geröteten Augen folgte Julie ihrem Entführer schicksalsergeben. In dem Wissen, dass sie sich nicht widersetzen konnte, betrat sie das Einkaufszentrum und ließ sich von dem blonden Mann, der immer wieder seine Brille zurechtrückte, zur Rolltreppe führen. Schweigend fuhren sie eine Etage nach oben und dort bugsierte Frank sein Opfer an das Geländer, sodass sie freie Sicht in den Eingangsbereich des Centers hatten. Viele Leute warfen dem seltsamen Duo fragende Blicke zu. Ein elegant gekleideter Mann, perfekt gepflegt und in aufrechter Haltung, gefolgt von einer zerzausten, müde wirkenden Frau in Jogginghose und Kapuzenpullover, die zudem barfuß war. Doch niemand wagte es, sich Frank in den Weg zu stellen. Allein seine Ausstrahlung hielt jeden davon ab.

„Herrlich, nicht wahr? Dann lassen wir unsere Gäste wissen, dass wir angekommen sind." Frank grinste sie böse an.

Er ließ sie ihre Hände heben, langsam schlossen sich die Finger um ihren eigenen Hals und sie begann, sich selbst zu würgen.

Ein Stein fiel in den See.

Frank entließ seinen Lockvogel aus dem mörderischen Griff. Einige Passanten hatten sie fragend angesehen, doch der selbstsichere, blonde Mann hatte alle davon abgehalten, sich einzumischen. Er lächelte und richtete seine Brille. „Nun weiß unser Freund, dass wir hier sind. Wissen Sie, ich vermute, Jason ist nicht allein hier. Mein Gefühl sagt mir, dass noch ein paar alte Bekannte an unserer kleinen Feierlichkeit teilnehmen werden. Das kommt mir sehr gelegen, dann kann ich zwei Fliegen mit einer Klappe schlagen. Ein Sprichwort, das Sie wahrscheinlich nicht kennen." Er stellte sich neben sie und legte seine Unterarme auf dem Geländer ab. „Ach, sehen Sie nur all diese Schafe. Schauen Sie."

Gegen ihren Willen drehte sich Julie um. Wortlos tat sie es Frank gleich und lehnte an dem Geländer.

„Sie ahnen nicht, dass der Jäger unter ihnen ist." Seine Geisel sah ihn an und zitterte. Frank holte sein Mobiltelefon aus der Innentasche seines Sakkos. „Eva, es ist Zeit. Lassen Sie Projekt Limedecker zum Spielen herauskommen. Unser Mr. Harper scheint einen kleinen Schubs zu brauchen." Die erste Antwort gefiel ihm offensichtlich nicht. „Nein, Eva, Sie übersehen eine Sache: Ich werde Sie umbringen, wenn Sie meiner Anweisung nicht Folge leisten. Ich will Mr. Harper seine Grenzen aufzeigen. Also tun Sie es, verdammt." Unwirsch schob er das Gerät wieder in die Tasche zurück. Sein finsterer Gesichtsausdruck verschwand und machte einem Lächeln Platz.

„Nun, meine Liebe, beginnt der interessante Teil. Wissen Sie, ich sehe das wie eine Partie Schach. Sie sind meine Dame und Projekt Limedecker ist mein Springer. Mit ihnen beiden werde ich den Straßenköter mattsetzen."

Julie blickte ihn von der Seite an. Sie schüttelte vorsichtig den Kopf. „Jason ist kein Straßenköter. Er versucht nur zu helfen", hauchte sie schüchtern.

Frank schnaubte. „Er ist ein räudiger Bastard, mehr nicht. Er hat das Glück, dass das Oberhaupt unserer Organisation ihn haben will, in dem Glauben, dieser Wicht sei etwas Besonderes. Aber heute werde ich allen zeigen, dass Mr. Harper nur ein schlechter Witz ist." Franks Stirn legte sich zornig in Falten.

Zaghaft ergriff Julie noch einmal das Wort. „Er ist weder ein räudiger Hund noch ein schlechter Witz. Ich glaube, Sie haben Angst, dass er stärker sein könnte als Sie."

Der Schmerz kam unerwartet und sehr heftig. Ihr Herz verkrampfte sich und mit einem Keuchen sank Julie in die Knie.

„Halten Sie den Mund, oder ich sorge dafür, dass Ihr kleiner, dreckiger Freund noch heute Ihre Leiche beerdigen muss", zischte er, ohne sie anzusehen.

Derart gefoltert hielt sie sich am Geländer fest und rang nach Luft. Sie schaute zu ihrem Entführer hoch und beobachtete entsetzt, wie die Wut aus seinem Gesicht wich. Leise und mit großer Genugtuung sagte Frank: „Projekt Limedecker ist eingetroffen."

Die Zwillinge standen an einer Ecke, von der sie den Eingangsbereich gut einsehen konnten. Zielsicher hatte das Lied sie hierhergeführt und nun starrten beide zu der Empore hinauf, wo Frank mit seiner Geisel stand und die Menge herablassend betrachtete.

Darias Gesicht hatte sich unter der Kapuze grimmig verzogen, Bohdan fingerte nervös an dem Spielzeuggewehr herum. Die Geschwister sahen einander an. Hinter ihnen befanden sich der Eingang und die Schaufenster eines Juweliers. Unbewusst hörte Daria das Tuscheln der in schicke, schwarze Kostüme gekleideten Verkäuferinnen.

„Diese beiden sehen unmöglich aus", flüstere die eine ihrer Kollegin zu.

„Ja, Sarah, da hast du recht. Warum müssen diese ungepflegten Gestalten ausgerechnet hier vor unserem Laden stehen."

„Ich weiß auch nicht, Annie. Die sehen so aus, als hätten die was vor."

Daria drehte sich mit verwirrtem Gesichtsausdruck um und starrte in das Innere des edlen Geschäfts. Ein quälender Misston hatte sich in das Lied geschlichen.

Ein leises Knacken lenkte die beiden Verkäuferinnen ab. Die eine drehte sich um und schaute zu den Vitrinen mit den Uhren und dem Schmuck.

„Hast du das auch gehört? Da! Da war es wieder."

„Ja, aber was ist das?"

Verwirrt gingen die Verkäuferinnen durch den Laden und lauschten aufmerksam. In dem Moment, als eine von ihnen zwischen zwei hohen Vitrinen hindurchging, platzten die Scheiben aller Auslagen und zerbarsten schlagartig in Abertausende rasiermesserscharfe Splitter, die schimmernd und glitzernd durch den Laden rasten. Bohdan schnellte herum, als panische Schreie ausbrachen. Die Zwillinge blickten durch das Schaufenster und sahen einen regelrechten Sturm aus Glassplittern durch den Raum fegen. Die Verkäuferinnen wurden von den Beinen gerissen, Blut spritzte gegen die Schaufensterscheiben und lief in roten Bahnen an dem Glas herab. Im Inneren lagen die beiden Frauen regungslos am Boden, dunkle Pfützen breiteten sich zähfließend unter ihnen aus. Um sie herum brach Geschrei aus. Ein Kind weinte. Hektik erfasste die Menschen. Jemand rief nach einem Sanitäter. Über dem Tumult heulte die grelle Sirene des Juweliers los.

Jason hörte den Lärm und den Alarm und stürmte los. Seine Sinne arbeiteten auf Hochtouren, aber er konnte die verschiedenen Töne in dem Lied nicht mehr verstehen. Der Bass lockte ihn, aber dann war da auch dieser kreischende, nervenzerfetzende Klang. Was passierte hier? Hatte dieser verfickte Irre den Geist losgelassen? Der Missklang schwoll an und Jason sah schemenhaft etwas durch die aufgeregte Menge schweben. Es verschwand in dem Eingang zu einem Build-a-Bear-Spielzeuggeschäft. Hektisch schaute Jason sich um und entdeckte Daria und Bohdan. Aber erst musste er sich um den Geist kümmern.

In dem Build-a-Bear konnte man seinen eigenen Teddybären herstellen, natürlich unter fachkundiger Aufsicht. Ein beleibter Mann, der ein Shirt mit dem Logo des Ladens trug, stand mit blassem Gesicht im Eingang zu seinem Geschäft und sah hinüber zu dem Juwelier. Jason wollte ihn gerade umrennen, als er die Familie bemerkte, die die fachkundige Aufsicht allein gelassen hatte.
Der Bär, den das kleine Mädchen sich gebastelt hatte, hing vergessen an der Maschine, die mit Luftdruck Füllmaterial in die Plüschtiere blies. Die kleine Tochter der Familie zog ihren Vater am Hemd und deutete mit ungeduldigem Blick auf den halbfertigen Bären.

„Daddy, wir wollen doch noch ins Kino. Der Mann soll den Bären jetzt fertig machen", jammerte sie.

„Schätzchen, wir haben noch Zeit", sagte Daddy und streichelte die dunklen Haare seiner Tochter.

Die Mutter stand eher gelangweilt daneben und schielte neugierig zum Ausgang. Dann drehte sie sich zu ihrem Mann um. „Dan, was ist das?", fragte sie genervt. „Soll das Gerät solche Geräusche machen?"

Ihr Mann blickte sie fragend an, lauschte und rief nach dem Mitarbeiter: „Äh, Berry. Berry, kommen Sie doch mal kurz. Hier stimmt etwas nicht."

Der Verkäufer drehte sich in dem Moment um, als die Gasflasche, die das Gerät zum Befüllen der Teddybären mit dem notwendigen Druck versorgte, detonierte. Berry taumelte an dem geschockte Jason vorbei. Ein Metallstück ragte aus seinem Oberschenkel und Blut quoll durch den Stoff seiner hellen Hose. Fassungslos starrte Jason in den Laden. Das Mädchen lag inmitten eines Haufens aus Teddybären und ruderte hilflos mit den Armen.

Die Mutter war gegen die Regale mit den Kleidungsstücken für die Plüschtiere geschleudert worden. In ihrem Gesicht und Oberkörper steckten unzählige Metallsplitter, und Blut lief über ihren Hals auf ihre Kleidung. Ihr Mund stand weit offen, als würde sie schreien, doch kein Ton verließ ihre Lippen. Ihre Augen waren weit aufgerissen.

Das Mädchen hatte überlebt, weil ihr Vater zwischen ihr und der Detonation gestanden hatte. Er lag tot am Boden. Das weiße Füllmaterial, das ihn dankenswerterweise bedeckte, saugte sein Blut auf. Im Gegensatz zu ihrer Mutter konnte das Mädchen schreien. Sie kreischte gegen die Sirene an. Berry taumelte aus dem Laden und fiel in Ohnmacht, während sein Leben ihn durch die durchtrennte Hauptschlagader im Oberschenkel verließ.

Jason stand der Mund offen. Es war alles viel zu schnell passiert.

Bohdan und Daria starrten entsetzt zu dem Build-a-Bear hinüber. Ein beleibter Mann taumelte nach dem Knall in den Gang und fiel einem Passanten in die Arme. Jemand schrie laut auf. Wachleute des Einkaufszentrums rannten in den Juwelierladen und die Sirene verstummte. Einer der beiden Männer stolperte rückwärts wieder heraus und erbrach sich. Im Eingangsbereich herrschte das reinste Chaos. Die Angestellten versuchten verzweifelt, die Ordnung wiederherzustellen. Weitere Wachleute liefen in den Spielzeugladen.

„Wir müssen was unternehmen", fauchte Daria. Entsetzt sah sie sich um und ballte die Fäuste.

Zu spät bemerkte sie, was ihr Bruder zu tun im Begriff war. Bohdan hob das Gewehr an, als wäre es eine echte Waffe. Er klappte den Doppellauf herunter, schob imaginäre Patronen hinein und klappte die Spielzeugwaffe wieder zu. Dann riss er den Kolben gegen seine Schulter und trat um die Ecke.

„Bohdan, nein!", rief Daria, doch es war zu spät.

Laut rief der große Mann: „Bumm!"

Jason sah Bohdan zielen, folgte der unsichtbaren Linie mit seinem Blick und entdeckte Frank. Eine junge Frau war bei dem Jäger. Julie! Sie taumelte einen Schritt zurück, als Bohdans Kräfte das Geländer in Stücke zerfetzten. Um Jason herum herrschte totale Panik. Menschen liefen durcheinander, es wurde nach Sanitätern gerufen. Kinder weinten. Immer mehr Leute drängten kopflos in Richtung Ausgang.

Er ging hinter der verwaisten Hüpfburg in Deckung und atmete einmal tief durch. Verzweifelt versuchte er, irgendwie klarzukommen und das Chaos in seinem Kopf unter Kontrolle zu bekommen.

„Was mach ich jetzt, was mach ich jetzt? Warum sie, verdammte Scheiße? Warum Julie?!"

Atmen. Hände, die sich krampfartig zu Fäusten ballten und wieder öffneten. Weiche Knie. Atmen. Er hatte es gewusst, aber nicht wahrhaben wollen. Er hatte gewusst, dass es Julie sein würde.

Eine sanfte Stimme aus den Tiefen seines Selbst sprach zu ihm: *Du bist nicht allein.*

Jason wollte schreien. Das musste eine Einbildung sein. Diese Stimme, das konnte nicht sein. So was brauchte er jetzt nicht. Jason zwang sich, sich auf das Hier und Jetzt zu konzentrieren.

„Was für eine Scheiße", schnauzte er.

Schon schloss er die Augen und wollte gerade sein Mantra anstimmen, als ihm klar wurde, dass es für Frank wie ein Leuchtsignal sein würde. Aus der Verzweiflung erwuchs plötzlich ein Plan. Die Zwillinge mussten den Irren so lange ablenken, bis er den Geist plattgemacht hatte. Er schielte um die Ecke der bunten Hüpfburg und sah, wie Daria die Kapuze vom Kopf riss und Luft holte. Jason presste sich die Hände auf die Ohren und rannte los. Er folgte seinem Gefühl, lauschte hinein in den Strom des Lebens und ahnte, in welche Richtung der Geist weitergezogen war. Er folgte dem Gang geradeaus, lief mit eingezogenem Kopf, die Hände fest auf die Ohren gepresst, zwischen den aufgeregten Menschen hindurch. Aus dem Chaos in seinem Schädel stach ein Gedanke heraus: Bitte lass Julie hier heil rauskommen. Hinter sich hörte er Darias Schrei. Er verstand die Worte nicht, aber das musste er auch nicht. Die Reaktionen der Menschen um ihn herum waren eindeutig. Die Leute rissen nahezu synchron die Hände an die Köpfe, gingen unter Schmerzen zu Boden und wälzten sich hin und her.

Jason taumelte ein paar Schritte, schaffte es gerade noch, sich mit einem hastigen Bann gegen den Schrei zu schützen, und zwang sich weiterzulaufen. Er hoffte einfach, dass sein Mantra in dem Chaos unterging. Aber ob es ihn nun verriet oder nicht, war nicht wichtig. Er hatte eine Aufgabe zu erfüllen. Jason stürmte an Dutzenden Geschäften vorbei und kam an eine Kreuzung. Er stockte, lauschte auf den Missklang und rannte weiter geradeaus.

„Ich spüre es. Dieser Scheißgeist hat was richtig Mieses vor. Ich muss mich beeilen", knurrte er im Laufen.

Der Geisterjäger rempelte Leute aus dem Weg, wich Kindern aus und lief direkt auf ein asiatisches Restaurant zu. Jason folgte einem Knick und schlitterte um die Ecke. Vor ihm tat sich ein weiterer, mit Läden gesäumter Gang auf. Am Ende sah er einen riesigen Nordstrom-Laden und links davor ein Geschäft, vor dessen Eingang hohe, weißen Säulen standen. Die Menschen strömten an ihm vorbei in die Richtung, aus der sie die Schreie und den Lärm gehört hatten. Wahrscheinlich trieb sie die Neugier. Als Jason die Säulen erblickte, stoppte er abrupt.

„Oh Scheiße", flüsterte er.

Es waren vielleicht noch zwanzig Meter bis zu dem Laden. Niemand außer ihm konnte den Geist sehen, der dort herum kletterte. Die Erscheinung war nahezu menschlich, doch immer wieder zitterten die Umrisse und offenbarten eine grauenvoll entartete Erscheinung. Jason hatte mal einen schlanken Mann mit einem Gesicht, das man in der Menge einfach übersehen würde, dann ein grauenvolles Monster, ein spinnenartiges Ding vor sich, das die Säulen hinaufkletterte. Seine riesigen Augen stachen rot leuchtend in beiden Gestalten hervor. In diesen Augen wohnte ein Irrsinn, der alles übertraf, was Jason je gesehen hatte. Er hörte ein irres Kichern über den Lärm der Massen hinweg und etwas rastete in ihm aus.

„Dieses verkackte Kichern. Wie dieser Scheißer, der Charlie auf dem Gewissen hat", zischte er.

Mit dieser Erinnerung loderte das Feuer in ihm brüllend auf und brannte durch seine Adern. Er presste die Kiefer aufeinander und ballte die Fäuste. Das Mantra, das schon gegen viele Geister zum Einsatz gekommen war, hallte durch sein Selbst wie eine Lawine durch die Berge. Getrieben von dem Feuer raste es durch seinen Verstand.

Böser Geist, geh fort. Böser Geist geh fort. Verschwinde aus dieser Welt, geh fort und vergehe!

Immer und immer wieder brüllte der Bär in seiner Seele diese Zeilen und schleuderte die Energien dem Geist entgegen. Jason ging langsam weiter und ließ das Monster nicht aus den Augen. Die wabernde Gestalt kletterte und schwebte halb die Säulen empor. Rotglühende Augen fixierten Jason, als sein Angriff Limedecker traf.

Der Geist hielt inne, lachte kreischend und krallte sich in dem Beton fest. Er sah Jason herausfordernd an und seine klauenartigen Hände versanken tiefer im Beton. Jason beobachtete, wie sich Risse in der Säule bildeten. Sein Blick wanderte nach oben, während das Mantra in ihm mittlerweile wie Lava hin und her schwappte. Es waren vier Säulen, die bis zur Decke hinaufreichten. Sie gingen in Querbalken über, zwischen denen große Fenster Tageslicht hereinließen. Die erste Säule zeigte bereits tiefe Risse.

Die Gespräche der Leute, die nicht ahnten, was gleich geschehen würde, übertönten das Knacken und Knirschen. Mitten in dem Gang standen verglaste Vitrinen, in denen die Waren verschiedener Läden ausgestellt waren. Blumentöpfe mit künstlichen Pflanzen, gut besuchte Sitzbänke aus dunklem Holz und verchromte

Mülleimer füllten die Fläche unter den Fenstern. Familien ruhten sich hier aus und genossen ihren Ausflug. Limedecker sprang zur zweiten Säule.

Jason marschierte weiter, wurde angerempelt und immer wieder angesprochen oder angemacht. All das ignorierte er. In ihm loderte das Feuer seines Mantras. Er fühlte sich, als würde er in Flammen stehen.

„Ich mach dich fertig, Arschloch!", fauchte er, völlig versunken in den geistigen Kampf mit dem Ungeheuer. Seine Seele spürte das kalte Gift, das Limedecker ihm entgegenwarf.

Die zweite Säule zeigte tiefe Furchen. Über dem Knacken erklang in Jasons Kopf eine unangenehm hohe Stimme: *Ah, einer ist zum Spielen gekommen. Lass uns spielen!*

Jason verfolgte den nächsten Sprung. Verdammt! Warum machte der Dreckskerl einfach weiter und ignorierte das Mantra? Der Geist glotzte Jason an. Die rotglühenden Augen fokussierten den Geister-jäger und Jason hielt ihm stand. Limedecker grinste, seine Gestalt verzerrte sich zu dem Monster, das den Serienmörder, der er war, widerspiegelte, und trieb seine Klauen in die dritte Säule. Jason schnaubte und arbeitete sich weiter vor. Über sich hörte er ein lei-ses, dumpfes Knirschen. Er hob den Kopf und entdeckte immer mehr Risse, die sich ausbreiteten.

„Oh, Kacke!", murmelte er. „Muss mehr Kraft in das Mantra legen, ehe hier alles zusammenbricht."

Er sah sich um. Niemand außer ihm bemerkte die nahende Kata-strophe. Doch plötzlich sprangen die Leute Jason aus dem Weg und einige zeigten auf ihn oder gafften ihn an. Rufe wurden laut.

Jason wusste, was los war. Seine Tätowierungen glühten und ein blauer Schimmer, nur wenig gedämpft durch das Shirt, umgab ihn. Gleichzeitig spürte er die Kraft, die ihn durchströmte. Limedecker zuckte zusammen und starrte Jason wütend an. Ein helles Krei-schen, das nur Jason hören konnte, hallte durch die Passage.

Wieder diese nervtötende Stimme in seinem Kopf: *Lass mich spielen. Du bist kein Polizist, du darfst auch mitspielen. Spielen wir. Hör auf damit! Hör auf mein Spiel zu stören und spiel mit!*

„Na, tat das weh, Arschgesicht? Hier kommt noch mehr davon."

Böser Geist, vergeh, weder Licht noch Dunkelheit für dich, vergessen sollst du sein. Deine bösen Taten ungesühnt, vergeh und verschwinde, böser Geist, vergeh, warf er dem Ding auf den Säulen entgegen.

Die Leute sahen ihn verwundert bis entsetzt an. Doch niemand kam ihm mehr zu nahe, Jason marschierte ungehindert vorwärts. Schweiß lief über sein Gesicht und das blaue Glühen pulsierte um ihn herum. Limedecker kreischte noch einmal und trieb seine Klauen mit neuer Wut in den Beton.

„Das gibt es doch nicht!", fauchte Jason. „Wie kann dieses Kackgesicht sich immer noch widersetzen?!"

Er sammelte alle Kraft, die er aufbringen konnte. Jeder bewusste Gedanke endete und floss in das Mantra. Er blieb stehen und fixierte den Geist. Jason bemerkte nicht einmal, dass er die Zähne fletschte. In ihm tobte das Feuer. Schweiß lief ihm jetzt in Strömen über die Stirn. Der Geist sprang die vierte Säule an. Die anderen drei zeigten tiefe Spalten.

Oh, wie wundervoll, dröhnte die helle, aufdringliche Stimme des Geistes durch Jasons Kopf. *Du lenkst sie ab von mir. Wie fein wir gemeinsam spielen.*

Das Mantra brach sich Bahn, laut schrie Jason den Reim heraus, schoss seine ganze Energie auf den Geist ab: „Böser Geist, geh fort, vergeh. Halte ein mit deinen bösen Taten, vergeh, verschwinde, geh fort!"

Er stand in einem immer größer werdenden Kreis. Eltern stellten sich schützend vor ihre Kinder. Limedecker kreischte und ließ für einen Moment von der Säule ab. Jasons Augen waren weit geöffnet, er und der Geist fochten einen unerbittlichen Kampf aus. Rote Augen bohrten sich hasserfüllt in die blauen des Geisterjägers. In seiner Seele spürte Jason, wie sich die Kälte des Giftes auszubreiten versuchte, während das Feuer es verzehrte. In seinen Ohren donnerten die Flammen, die in ihm wüteten. Er wiederholte immer wieder laut das Mantra. Seine Knie zitterten und sein Herz schlug rasend schnell.

Limedecker fauchte ihn an: *Nein, nein, wir spielen weiter!*

Jason machte einen Schritt zurück und sackte langsam zusammen. Er streckte seine Hände in die Richtung des Geistes aus.

„Halte ein! Geh fort! Vergeh!", keuchte er.

Limedecker kreischte erneut. Seine Augen glühten immer heller. Jason ging in die Knie. Noch immer konnte er keinen klaren Gedanken fassen. Seine Arme wurden schwer und sanken herab, doch seinen Kopf hielt er weiterhin oben, rang mit dem Geist, bemühte sich, ihn in seinem mentalen Griff zu halten. Immer mehr verlor Limedecker seine Form. Die Beine zerflossen und liefen an der Säule hinab. Sein Gesicht wurde zu einer breiigen Masse, in der zwei rot leuchtende Punkte saßen. „Geh fort. Vergeh. Lass ab von deinem bösen Tun. Vergeh. Geh fort", murmelte Jason. Schweißgebadet ließ er sich auf alle viere hinab und versuchte, die formlose, wabernde Masse aus Bösartigkeit fest im Blick zu behalten. „Geh fort", wisperte er.

Limedecker kreischte noch einmal und verschwand. Der Nachhall eines Kicherns streifte Jason, dann ließ er sich keuchend zur Seite fallen.

„Fick dich, Arschloch", stieß er hervor. „Nicht heute, Wichser."

Er rollte sich auf den Rücken. Risse zogen sich von den Säulen quer über die Decke. Leute näherte sich ihm. Er drehte den Kopf herum. Müde winkte er ab: „Mir geht's gut. Lassen Sie mich in Ruhe."

Jason schloss die Augen und atmete durch.

Ein dumpfes Knacken ertönte.

Entsetzt riss er die Augen auf. Direkt über ihm leuchteten bösartig zwei rote Punkte und ein irres Kichern erklang, wurde immer lauter und ging in ein widerliches Gelächter über. Limedecker hatte seine Klauen tief in die Risse getrieben. Jason stemmte sich in die Höhe, die Augen panisch geweitet.

„Lauft! Lauft weg, hier bricht gleich alles zusammen! Verdammt, laufen Sie!", schrie er mit sich überschlagender Stimme.

Der Geist lachte höhnisch und presste seine zerstörerische Kraft in den Beton. Staub und Putz rieselten von oben herab.

Jason sprang auf die Beine und packte einen Mann an den Schultern: „Schaffen Sie die Leute hier weg, verflucht!"

Ein größerer Brocken traf ihn am Arm. Fluchend schubste Jason den entsetzt dreinblickenden Mann zur Seite. Weitere Trümmer fielen zu Boden. Langsam begannen die Umstehenden zu begreifen, was vor sich ging. Panik brauch aus. Leute rannten wild umher, Eltern packten ihre Kinder und hoben sie hoch oder zerrten sie hinter sich her. Jason starrte zu dem Geist hoch, der glotzte zu ihm herab. Wie hatte der Wichser seinem Mantra widerstehen können? *Du hast schön mit mir gespielt*, sirrte es durch den Kopf des Geisterjägers. Jason stand inmitten des Tumultes und schwankte hin und her. Um ihn herum fielen immer Trümmer herab und die Lage wurde immer chaotischer. Er hatte nur noch eine Chance. Jason schloss die Augen, ballte die Fäuste und atmete tief durch. Zitternd begann er ein neues Mantra. Ein Splitter traf ihn im Gesicht. Er spürte Blut über seine rechte Wange laufen. Direkt vor ihm krachte ein kopfgroßer Brocken weißen Betons auf den Boden und zerbarst in tausend Teile.

Menschenkinder, Ruhe soll euch erfassen. Gehet fort von hier, ruhig und besonnen. In Sicherheit sollt ihr gehen, von Ruhe erfüllt und die euren und andere schützend.

Immerzu wiederholte er es, bündelte seine Energie, um so viel zu erreichen wie möglich, während Limedeckers Lachen ihn quälte. *Es ist alles deine Schuld. Du hast mit mir gespielt*, folterte ihn die Stimme des Geistes.

Jason biss die Zähne zusammen und zwang sich durchzuhalten. Er durfte nicht aufgeben. Woher die Kraft kam, die er nun aufwandte, wusste er selbst nicht. Die Panik um ihn herum ebbte ab. Die Menschen wurden ruhiger, schubsten und drängelten nicht mehr, sondern halfen einander, brachten sich gegenseitig aus der Gefahrenzone. Jason stand da und immer wieder pulsierte das Mantra durch seinen Kopf. Er spürte, dass er jeden Moment umfallen würde. Seine Beine drohten nachzugeben. Er dämmerte davon, spürte rote Wogen schwer über sich zusammenschlagen und sank dem winzigen, grünen Stern am Grund der Stille entgegen.

Er wurde links und rechts an den Armen gepackt und mitgezerrt. Mühsam riss er die Augen wieder auf. Der Mann, den er geschubst hatte, und ein Unbekannter schleppten ihn weg von den kollabierenden Säulen. Um sie herum knirschte es bedenklich und die Wände waren übersät mit Rissen. Scheiben sprangen unter dem Druck. Menschen riefen panisch Namen. Es waren Szenen wie aus einem Erdbebengebiet, nur dass das Beben hier gerade erst begonnen hatte. Verletzte lagen am Boden, getroffen von herabfallenden Teilen der Decke oder von anderen niedergetrampelt. Doch dank seines Mantras halfen die Leute einander. Jason drehte den Kopf und schaute zur Decke hoch. Der Geist starrte ihn an. Dann stürzte alles ein. Die Säulen kippten in verschiedene Richtungen und rissen Teile der Decke mit sich. Die großen Oberlichter zerbarsten und Glas flog explosionsartig in alle Richtungen. Betonplatten krachten herab und begruben jene unter sich, die nicht schnell genug waren. Die Wucht der Erschütterung war fürchterlich. Über all dem Getöse hörte Jason die Schreie und sah, während er rückwärts fortgezerrt wurde, wie Menschen von gewaltigen Brocken erschlagen oder verletzt wurden.

Der Wind, der durch das Loch in das Center kam, wehte Staub und Schreie durcheinander. Immer noch krachte und knackte es. Noch immer regnete es scharfkantige Trümmer. Noch immer wurden Menschen verletzt und getötet.

Jason hing schlaff zwischen den beiden Männern. Über die Hilferufe und die Schmerzensschreie hinweg hörte er das irre Gelächter des Geistes. Das Biest schwebte inmitten des Chaos und ergötzte sich an Tod und Leid.

„Scheiße", murmelte Jason, ehe er einfach den Kopf hängen ließ. Er wünschte sich beinahe die Ohnmacht herbei, um die Klagelaute und Schmerzensschreie nicht mehr hören zu müssen. Nicht mehr das Weinen von Kindern und die panischen Rufe der Eltern ertragen zu müssen. Sich nicht mehr darüber im Klaren sein zu müssen, dass er es nicht hatte verhindern können.

Aber die Ohnmacht kam nicht. Jason hörte ein Geräusch zwischen all dem akustischen Terror, das ihn den Kopf heben ließ. Er beobachtete, wie der Geist sich wand und gegen einen unsichtbaren Sog zu wehren schien. Vergebens jaulte das Gespenst und wurde durch die Reste einer Wand fortgezogen.

„Was zum Teufel war das denn jetzt?", fragte er sich kraftlos.

Eva zitterte und musste sich beherrschen, nicht von ihrem Sitz zu rutschen. Sie saß in dem dunklen Van draußen auf dem Parkplatz. In jedem Arm steckte eine Kanüle. Sie zitterte und war totenbleich. Die Haare hingen ihr schweißnass in die Stirn. Durch die Kanülen in ihren Armen floss eine klare, dickflüssige Masse in ihre Adern. Ihre schwarzen Augen hielt sie fest geschlossen und ihre Hände krallten sich in den Armlehnen fest.

Eva begann zu verstehen, wieso Mr. Percy den Mann haben wollte. So eine Energie hatte sie noch nie gespürt. Sie presste die Kiefer aufeinander und kämpfte darum die geistige Verbindung, mit der sie Limedecker kontrollierte, aufrechtzuerhalten. Sie sah, was der Geist sah, und spürte die Energie, die Jason Limedecker entgegenwarf. Trotz ihrer Erschöpfung lächelte sie zum ersten Mal, seit Frank von Roteiche in ihr Leben getreten war.

Ohne hinzusehen drückte sie zwei Tasten vor sich und der Strom der klaren Flüssigkeit verstärkte sich. Die Adern an ihrem Hals und ihren Schläfen traten überdeutlich hervor. Zwischenzeitlich hatte ihr einer ihrer Mitarbeiter einen Mundschutz aus Gummi eingesetzt, auf den sie ihre Kiefer presste. Immer wieder zitterte sie, warf den Kopf hin und her und rang um Kontrolle über das Projekt. Verzweifelt versuchte sie, ihn nicht entkommen zu lassen. Eva öffnete die Augen. Sofort nahm man ihr den Mundschutz heraus und flößte ihr etwas zu trinken ein. In diesem kurzen Moment fällte Eva eine Entscheidung.

„Rufen Sie Mr. Percy an", murmelte sie schwach. Jemand hielt ihr sofort ein Handy ans Ohr. „Mr. Percy, Sir, hier spricht Eva. Ich muss Ihnen etwas berichten." Sie sprach leise, aber schnell, bis sie von ihrem Gesprächspartner unterbrochen wurde. „Ja, Mr. Percy. Ich habe verstanden. Ja, Sir, ich werde umgehend Ihren Wünschen nachkommen. Jawohl, Sir." Mit einem matten Lächeln beendete Eva das Gespräch.

„Mehr," befahl sie an einen ihrer Leute gerichtet. Erneut begann Flüssigkeit durch die Kanülen in ihre Adern zu fließen. Hektisch setzte man ihr den Mundschutz wieder ein und keuchend warf Eva den Kopf nach hinten.

Jason stand vor dem Trümmerfeld. Seine beiden Retter hatten ihn am Anfang des Ganges abgeladen, um sich wieder um ihre Familien zu kümmern. Durch die offene Decke konnte Jason den Lärm von Sirenen hören. Schwer atmend stand er da, wühlte in der Seitentasche seiner Hose und holte einen Riegel hervor. Mühsam fummelte er mit zitternden Händen die Verpackung auf. Nur zu stehen, war schon anstrengend genug. Er biss ab, kaute langsam und schluckte, um sofort wieder abzubeißen. Kaum hatte er den ersten Riegel aufgegessen, holte er einen zweiten heraus. Als er auch diesen verschlungen hatte, ging es ihm schon deutlich besser.

Jason sah zu dem Schlachtfeld hinüber. Überall lagen Verletzte und Tote. Er schloss die Augen, kniff sie fest zusammen. Einige der reglosen Körper waren klein. Blut verteilte sich über den Korridor, rote Fußabdrücke überall. Menschen weinten oder riefen Namen. „Fuck! Fuck! Fuck! Fuck!", fluchte Jason niedergeschmettert. Seine Hände öffneten und schlossen sich, eine Träne lief heiß über seine Wange, brannte in der Schnittwunde und ließ ihn seine Augen wieder öffnen. Eine unfassbare Wut baute sich in ihm auf und ein ganz bestimmtes Gesicht erschien vor seinem inneren Auge.

„Dafür mach ich dich fertig, fucking Frank von beschissen Roteiche!"

Nach einem letzten Blick auf den Albtraum vor sich drehte er sich um und marschierte wieder in Richtung Eingang. In seinem Gepäck hatte er das furchtbare Gefühl von Versagen und Hilflosigkeit. Und diese mündeten in einen See aus Wut und Zorn. Zum zweiten Mal in seinem Leben spürte er echten, tiefen Hass.

Nein, sagte eine leise, so vertraute und doch fremde Stimme in seinem Kopf. Es war wie ein Lichtstrahl aus Wärme, der Jasons Herz inmitten all der Hilflosigkeit und Schuld berührte. Der junge Mann stockte, atmete tief durch und ließ seinem Zorn dennoch freien Lauf.

„Dafür polier ich diesem Arsch die Fresse", knurrte er und wischte die Tränen weg.

Frank stemmte sich in die Höhe, versuchte, einen Blick auf die Zwillinge zu erhaschen, als Bohdans Stimme erneut durch die Eingangshalle donnerte. „Bumm!"

Der Jäger ließ sich fallen, als ein weiterer Hagel aus Beton, Glas und Metallsplittern über ihn hinweg fegte. Julie lag zusammengerollt am Boden und schrie angsterfüllt auf. Ehe Frank wieder in die Höhe kam, hatte Daria ihre Kräfte fokussiert und griff erneut an. Julies Schrei ging von Angst nahtlos in Schmerz über. Ihr ganzer Körper stand in Flammen und wurde gleichzeitig von Eis durchbohrt, ihre Eingeweide schienen zu platzen. Blut lief ihr aus Nase und Ohren. Sie brannte und erfror. Jede nur erdenkliche Folter marterte ihren Verstand. Die gnädige Ohnmacht kam nicht. Julie zitterte, krampfte unbeherrscht, erbrach sich, drohte zu ersticken, weil sie einfach nur noch schreien wollte.

Frank krümmte sich ebenfalls zusammen und brüllte vor Wut. „Nicht noch einmal, du billige Hure", fauchte er.

Sein mentaler Schild hatte einen Teil von Darias Angriff abgefangen, aber dennoch war es mehr als unangenehm gewesen. Frank hatte sich in Deckung geworfen und Julie einfach liegen gelassen. Er stand hinter einer Werbetafel und spuckte ein wenig Blut aus. Er schob seine Brille zurecht und bereitete sich darauf vor, zum Gegenangriff auf die Zwillinge überzugehen, als sein Telefon vibrierte. „Wer stört denn ausgerechnet jetzt?", knurrte er, nahm es trotzdem aus der Tasche und zog eine Augenbraue hoch. „Eva, was wollen Sie? Ich bin beschäftigt. Und dem Lärm nach zu urteilen, sind Sie es auch", zischte er.

„Ich ziehe mich mit Projekt Limedecker auf Anordnung von Mr. Percy zurück. Sie sind ab jetzt vollständig auf sich gestellt. Ich zitiere: Wenn jemand wie Frank es nicht allein schafft, hat er den Titel Jäger nicht verdient."

Frank kniff die Augen zusammen. Eva hatte den selbstzufriedenen Ton aus ihrer Stimme nicht heraushalten können.

„Ach, noch etwas. Mr. Percy ist, wie soll ich sagen, nicht amüsiert. Ich wünsche Ihnen noch viel Vergnügen", sagte Eva und legte auf.

Frank atmete tief ein und ließ das Handy fallen. Dann zertrat er es wütend, schnellte hinter der Säule hervor und warf Daria eine unschuldige Frau entgegen, die sich seiner Macht nicht widersetzen konnte.

Daria wich der Frau aus und sammelte ihre Kräfte. Bohdan stand breitbeinig da, stemmte das Spielzeuggewehr gegen die Schulter und visierte die Empore an. Um sie herum rappelten sich die Menschen wieder auf, zerrten ihre Kinder mit sich und taumelten in Richtung der großen Doppeltür. Daria stand an der Ecke und blickte über all die Menschen um sich herum.

Viele lagen mit schmerzverzerrten Gesichtern am Boden, andere krochen davon. Jene, die bisher nicht in den Malstrom unsichtbarer Kräfte geraten waren, liefen weg. Ihr Bruder hatte die obere Empore mittlerweile in einen Trümmerhaufen verwandelt. Noch nie hatte sie ihn so wütend gesehen. Bohdan stand ungedeckt, sein Gesicht zeigte nichts mehr von der leicht debilen Kindlichkeit, sondern war bar jeder Gefühlsregung. Daria selbst zitterte. Dreimal hatte sie ihre Energie von Roteiche entgegengeschleudert. Insgeheim bewunderte sie ihren Bruder für dessen schier unerschöpfliche Reserven. Jemand tippte ihr auf die Schulter. Daria zuckte zusammen und wirbelte herum. Es war Jason.

„Du siehst schlecht aus", stellte sie mit zitternder Stimme fest. Ihr Erschrecken konnte sie nicht wirklich verbergen. Müde lehnte sie sich gegen die Wand. Jasons rechte Gesichtshälfte war blutverschmiert und ein tiefer Schnitt klaffte in seiner Wange. Er war blass und dunkle Ringe lagen unter seinen Augen.

„Hast du den Geist besiegen können?", fragte sie zaghaft.

Der Ausdruck in seinem Blick sprach Bände. „Nein", murmelte er. „Aber er ist trotzdem verschwunden. Wo ist dieser Wichser?"

Daria spähte vorsichtig um die Ecke. Jason folgte ihrem Blick.

„Da oben. Er hat ein Mädchen dabei", sagte Daria.

„Julie. Ich kenne sie. Er benutzt sie als Druckmittel gegen mich, dieser Arsch", knurrte Jason.

Daria sah den Hass in Jasons Augen. In diesem Moment schielte von Roteiche hinter einer Werbetafel hervor.

„Bumm!", brüllte Bohdan sofort und eine gewaltige Druckwelle raste in Franks Richtung. Der zog gerade noch rechtzeitig den Kopf ein. Hinter ihm detonierte die Glasfassade des Eingangsbereichs. Tonnen von Glassplittern regneten auf die Flüchtenden nieder. Einige wurde niedergerissen. Überall wurde geschrien. Es war das reinste Chaos. Das Westfield Southcenter war zu einem Kriegsschauplatz geworden.

Daria stand stocksteif da. Ihre Augen waren weit aufgerissen und sie starrte Bohdan entgeistert an.

„Mein lieber Bruder, was tust du nur?", hörte Jason sie wispern. „Was hast du vor?", fragte er. Daria ignorierte ihn und sprach weiter. „Bohdan, es tut mir leid."

Jason sah die Sorgen und den Kummer in ihren Augen. Dann warf er einen schnellen Blick auf Bohdan, der bereitstand, sollte sich von Roteiche wieder zeigen.

Daria sagte leise ein Wort: „Schlaf."

Bohdan sackte dort in sich zusammen, wo er gestanden hatte. Das Spielzeuggewehr rutschte über die Fliesen.

Von der Empore erklang eine überhebliche Stimme: „Hat dieser kleine Aufschneider seine Kräfte wohl überschätzt. Wie äußerst schade, es wäre beinahe eine Herausforderung geworden. Nun, beenden wir das hier. Julie, wären Sie so freundlich?"

Jason blickte an Daria vorbei um die Ecke und beobachtete, wie Julie sich puppenartig erhob und an die Reste des Geländers herantrat. Sie sah furchtbar aus, Erbrochenes klebte an ihrer Kleidung und ihr Gesicht war blutverschmiert.

„Mr. Harper, ich weiß, dass Sie da unten sind. Ich habe hier etwas für Sie!", rief von Roteiche.

Julie blieb gut sichtbar stehen. Jason zischte wortlos, aber Frank entdeckte er nicht. Er zog sich zurück, holte tief Luft und legte sich ein Mantra zurecht. Daria lehnte an der Wand und atmete flach. Die meisten Leute waren geflohen. Nur die Verletzten, um die sich niemand kümmerte, und die Toten lagen noch herum. Leises Jammern und Weinen wurde von näherkommenden Sirenen übertönt. An den Scheiben des Juweliergeschäftes war das Blut in trägen Streifen hinabgelaufen und hatte groteske Muster gebildet.

Jason wollte sich gerade um die Ecke werfen, als Daria seinen Arm packte. Ihre schlanke Hand zitterte, doch sie hielt ihn mit aller Kraft zurück.

„Nein, Jason. Wenn er dich sieht, dann hat er dich. Du musst jetzt durchhalten. Wenn er dich bekommt, dann …"

„Halt den Mund", unterbrach Jason sie leise. „Hier geht es nicht mehr nur um mich. Sieh dich um. Das alles ist nur meinetwegen passiert, weil dieser Irre … Ach, scheiß drauf. Der Mistkerl kriegt

Julie nicht und auch sonst niemanden mehr. Das ist das Einzige, was jetzt noch zählt."

Er löste Darias Griff und hielt noch einen Moment ihre Hand. Ihre Blicke versanken einen Atemzug lang ineinander.

Sie nickte schwach. „Du bist verrückt", murmelte sie. „Aber allein lasse ich dich das nicht tun."

„Du kannst kaum noch stehen."

„Hast du dich in den letzten Minuten mal im Spiegel gesehen?", gab sie zurück, lächelte frech, wurde dann aber sofort wieder ernst.

„Schaffst du es wirklich, den Bann auf ihr Blut zu brechen?"

„Hab ich beschissen schon mal geschafft. Was hast du vor?"

„Ich halte den Jäger auf", erwiderte sie grimmig.

Jason nickte. „Dann los."

Die beiden warfen sich um die Ecke und sahen zu der Empore hinauf. Julie stand stocksteif einen Schritt vor dem Abgrund, der Boden gut fünf Meter entfernt, voller Trümmer und Scherben. Frank schien immer noch hinter der Werbetafel zu stehen.

„Jetzt, Jason", flüsterte Daria.

Er nickte und schickte sein Mantra auf den Weg. *Blut sei frei, frei der Wille. Julie, dein Geist sei frei, frei deine Entscheidung. Frei seist du.*

Immer und immer wieder spulte er es in seinem Kopf ab. Seine Tattoos begannen, blau zu schimmern. Daria stand da wie ein Kämpfer, der auf den Angriff seines Gegners wartete.

Mit einem zufriedenen Lächeln trat von Roteiche aus seiner Deckung.

Daria schrie: „Schlaf!"

Frank wischte die Energie lässig mit einer Hand beiseite. Daria wankte zurück und sank auf die Knie.

„Ach, wie armselig. Schon fast amüsant. Ihr Bruder war da wesentlich gefährlicher für mich", lächelte er.

Jason taumelte und schwitzte. Julie rührte sich immer noch nicht.

„Ah, Mr. Harper. Willkommen. Und nun folgt eine kleine Bestrafung für das, was Sie Dharma angetan haben. Auge um Auge, Zahn um Zahn."

Julie machte einen Schritt nach vorn.

Jason rannte los.

Julies zweiter Schritt ging ins Leere. Frank lächelte grausam. „Ach, wie schade", sagte er.

Julie fiel. Jason streckte im Laufen beide Arme aus.

„Jetzt gehörst du mir, Straßenköter", hörte er von Roteiche rufen. Jason erstarrte mitten im Lauf und blieb stocksteif stehen. Nur einen Meter vor ihm schlug Julie seitlich auf den Boden auf. *Nein, nein, nein*, hämmerte es durch seinen Kopf. Er konnte den Blick nicht von der jungen Frau abwenden. Ihre Beine lagen in unnatürlichen Winkeln da und aus einer großen Platzwunde am Kopf lief Blut. Sie rührte sich nicht mehr. Jason konnte sich nicht bewegen. Alles in ihm wollte zu ihr, nach ihr sehen, sie in den Arm nehmen.

Julie, es tut mir so leid, schrie er in dem Gefängnis seiner Gedanken. Von oben ertönte Franks Stimme. „Ach, Mr. Harper, die Jagd auf Sie hat sich erfrischend skrupellos gestalten lassen. So viele sind Ihretwegen gestorben und verletzt worden. Vielen Dank, Straßenköter. So war es seit Langem wieder einmal unterhaltsam für mich."

Von Roteiche fuhr mit der Rolltreppe nach unten. Er richtete seine Brille, wischte sich lässig den Staub von seinem Anzug und nahm sich noch die Zeit, seinen blonden Pferdeschwanz in Ordnung zu bringen.

„Ich habe mich wirklich amüsiert, aber nun reicht es mir. Ab hier langweilen Sie mich und andere dürfen sich Ihrer annehmen."

Jason wollte irgendetwas tun, doch er konnte nicht. Er war in sich selbst gefangen. Der Jäger kam auf ihn zu und wie zufällig trat er auf eine von Julies Händen. Jason konnte das Brechen der Knochen hören. Sie reagierte nicht.

Du Schwein, du elender Dreckskerl! Er kochte, ohne seiner Wut in irgendeiner Weise Ausdruck verleihen zu können.

„Falls Sie sich fragen, was mit der kleinen Schlampe da hinten ist, die ist einfach zu schwach. Daher hat sie, glaube ich, ihr Heil in der Flucht gesucht, wenn sie einigermaßen klug ist, was ich bezweifle."

Frank zog seinen Anzug zurecht und schob die Brille in eine für ihn angenehmere Position. Er strich sich die Hose glatt und lächelte Jason an. Der konnte nicht anders, als den Kopf zu heben und den überheblichen Blick zu erwidern.

„Sie sind jetzt in meiner Hand, Harper. Wenn ich will, dass Sie sich umbringen, dann werden Sie es tun. Sie sind nur ein Käfer, den ich zertrete, wenn ich das will. Wie diese dumme Frau hier." Jasons Blick wanderte unweigerlich wieder zu Julie, doch sein Gegner zwang ihn, den Kopf wieder zu heben. „Bevor nun unsere Freunde und Helfer hier eintreffen, seien Sie doch so gut und begleiten mich. Wir müssen einen Flug nach England hinter uns bringen." Frank drehte sich um und ging in Richtung Ausgang. Ohne es zu wollen oder es verhindern zu können, folgte Jason ihm. In seinem Kopf sammelte er alles, was er noch hatte, und wehrte sich. Aber es half nichts. Stocksteif und mit ruckenden Schritten ging er dem Jäger hinterher.

Ohne sich umzudrehen, sagte Frank: „Geben Sie auf, Mr. Harper. Sie werden sich nicht befreien können."

„Er kann es nicht, aber ich", ertönte plötzlich eine säuselnde Stimme hinter ihnen.

Frank seufzte und blieb stehen. „Ach, bitte. Langweilen Sie mich nicht. Allein haben Sie keine Chance gegen mich."

„Ich bin nicht allein", entgegnete Daria.

Frank war dabei sich umzudrehen, doch er war zu langsam. Bohdan stand da, hielt seinen Revolver in der rechten Hand und zielte auf den Jäger. Daria stand neben ihm. Ihre Dreadlocks fielen ihr wie Flammen über die Schultern.

„Peng", sagte Bohdan.

Franks Kopf schlug zurück, als hätte er einen harten Fausthieb abbekommen.

„Peng."

Der Jäger krümmte sich, als hätte ihn etwas in den Magen getroffen.

„Peng."

Frank taumelte einen Schritt zurück.

„Peng."

Noch einen Schritt.

Jason rang mit der Kontrolle über sich.

„Peng."

Der Jäger geriet ins Stolpern.

„Peng."

Frank schien einen weiteren Schlag gegen den Kopf zu bekommen. Benommen wankte er. Daria holte Luft und ihre grünen Augen weiteten sich. Frank fing sich ein wenig, sah sie an und kniff die Augen zusammen.

Auf Englisch sagte Daria: „Stirb."

Der Jäger stand für einen Wimpernschlag mit entsetztem Gesichtsausdruck da. Seine Hände griffen sich an die Brust. Dann kehrte das Grinsen in sein Gesicht zurück.

„Oh, meine Liebe, das war ein Fehler", knurrte Frank. „Ein großer Fehler."

Bohdan klappte gerade die Trommel wieder in den Revolver, als würde er nachladen. Seine Schwester wollte schreien, doch sie erstarrte abrupt.

„Endlich!", japste Jason laut und streifte den Bann ab.

Darias Angriff abzuwehren, hatte für Jason eine Lücke geöffnet. Dann tat er etwas, das er nur selten zu tun gezwungen war. Er trat zu, direkt zwischen die Beine des Jägers. Von Roteiche schnappte nach Luft und seine Knie knickten ein.

Jason wirbelte herum. Bohdan hatte die Arme seiner Schwester gepackt. Ihre Hände mit den bunt lackierten Fingernägeln waren zu Klauen gebogen und ihre Arme drückten sie mit aller Kraft in Richtung ihres Gesichtes.

„Wehr dich!", brüllte Jason, schnellte herum und trat noch einmal nach Frank. Nur der pure Hass hielt ihn noch auf den Beinen. „Dich mach ich fertig!", schrie er und trat noch mal zu.

Frank taumelte nach hinten und sah Jason über die schief sitzende Brille hinweg wutentbrannt an. Mühsam wehrte er die ungeübten Tritte ab. Jason baute ungelenke, von Verzweiflung getriebene Schläge ein und trieb von Roteiche vor sich her.

Bohdan kämpfte derweil mit all seiner Kraft gegen seine Schwester, die sich gegen ihren Willen die Augen auszukratzen versuchte. Draußen vor dem Eingang kamen mit quietschenden Reifen mehrere Rettungswagen, Polizei und Feuerwehrfahrzeuge zum Stehen. Jason bearbeitete immer noch von Roteiche, schlug und trat nach ihm, trieb ihn vor sich her. Der Bereich vor dem Eingang wurde in flackerndes rotes und blaues Licht getaucht, das sich millionenfach in den Scherben am Boden brach.

Jason übersah das alles. Sein einziges Ziel war es, von Roteiche nicht wieder auf die Füße kommen zu lassen. Wild hämmerten seine Fäuste und Füße auf ihn ein.

„Ich erledige dich, du verkackter Penner! Du Mörder!"

Fluchend ließ Jason nicht locker. So erschöpft wie er war, reichte seine Kraft nur, von Roteiche am Boden festzunageln. Er prügelte wie von Sinnen immer weiter auf den Mann ein, bis ihn ein Feuerwehrmann von hinten packte, hochhob und von Frank wegzog. Sanitäter und Rettungskräfte strömten in die Halle und schwärmten aus.

„Lassen Sie mich los, verdammte Scheiße!", schrie Jason und trat weiter in Franks Richtung. Dem wurde von einer Sanitäterin hoch geholfen, die ihn in Richtung Ausgang führte. „Nein! Der ist an allem schuld, scheiße, der hat das alles hier angerichtet!", brüllte Jason.

Der Feuerwehrmann hielt ihn weiterhin fest. „Beruhigen Sie sich. Alles wird gut werden."

Jason dachte eiskalt: *Halt den Mund und lass mich runter.*

Der Feuerwehrmann zuckte zusammen und setzte Jason ab. Er sah sich genervt um. Überall liefen jetzt Rettungskräfte umher, Tragen wurden gebracht und Leute versorgt. Feuerwehrmänner schleppten schweres Werkzeug in die Tiefen des Centers, um zu retten, was zu retten war. Frank war verschwunden.

Jason sank auf die Knie. Jedes bisschen Kraft war fort. Er schüttelte den Kopf und spürte das Brennen in seinen Augen.

„So viele. Dieser Scheißkerl. Dieser Scheißkerl hat das alles meinetwegen angerichtet", keuchte er.

Die Wut kochte wieder in ihm hoch, zwang ihn auf die Füße und er wollte losrennen, hinaus, hinter Frank her. Doch jemand hielt ihn plötzlich fest. Bohdan hatte Jason am Arm gepackt und schüttelte den Kopf. Jason zog die Augenbrauen zusammen und mit einem Schlag fiel alle Wut von ihm ab.

„Julie. Ich habe sie ganz vergessen", hauchte er.

Daria tauchte hinter ihrem Bruder auf, hielt sich an ihm fest. Zu dritt taumelten sie zurück zu Julie.

„Kümmere dich um sie, Jason. Wir jagen Frank", wisperte sie schwach.

Jason kniete sich hin und strich Julie vorsichtig das Haar aus dem Gesicht.

„Alleine schafft ihr das nicht", murmelte er. Vorsichtig nahm er einen der Arme der jungen Frau und hielt ihre Hand.

„Wir haben schon schlimmer eingesteckt", gab Daria zurück. Jason sah sich um. „Schlimmer als das? Verarschen kannst du dich alleine."

„Jason, es war nicht alles umsonst. Der Geist ist fort. Der Jäger hat dich nicht bekommen." Daria deutete auf das umliegende Trümmerfeld. „Dieser Mann ist wahnsinnig geworden. Aber hier haben wir ihn gestoppt. Er muss aufgehalten werden. Und mein lieber Bruder und ich, wir werden es beenden."

„Super Ansprache, Freak", schnaubte Jason mit halb erstickter Stimme.

„Jason, ich lasse dir etwas hier, damit du uns finden kannst." Daria kniete sich vor ihn hin. Sie strich sich mit ihren schlanken Händen die Haare aus dem Gesicht und sah ihn an. Jason erwiderte ihren Blick. Es war mehr als offensichtlich, dass sie alle am Ende ihrer Kräfte waren.

Daria nickte zu Jasons Händen. „Gib sie mir", forderte sie auf und streckte ihm ihre Arme hin. Jason zögerte, Julie loszulassen, seufzte und legte seine Hände in ihre. Sie lächelte schwach und näherte sich ihm. „Wir nennen das eine Spur. Damit kann ich dich und du mich finden. Solange, bis wir die Spur wieder lösen, sind wir verbunden."

Jason nickte. „Klingt beschissen kitschig. Aber auch praktisch."

„Kümmere dich um sie. Dann folge uns. Wir verhindern, dass dieser Mann noch mehr Schaden anrichtet."

„Ich beende das, Daria. Nicht ihr."

„Sch!" Sie schüttelte den Kopf. Schneller, als Jason reagieren konnte, beugte Daria sich vor und presste ihre warmen Lippen auf Jasons, der stocksteif dasaß.

Nur langsam löste sie sich wieder von ihm. Bohdan sagte etwas, dass Jason nicht verstand. Daria antwortete in ihrer Muttersprache. Sie erhob sich und ließ erst im letzten Moment Jasons Hände los. Dabei sah sie ihm die ganze Zeit in die Augen, bis sich ihr Griff löste. Sofort drehte sie sich um und ging los.

Die Zwillinge verschwanden zwischen all den aufgeregt umherlaufenden Menschen. Einige wankten kraftlos zum Ausgang, andere wanderten ziellos durch die Reste des Einkaufszentrums. Jason wandte seine Aufmerksamkeit wieder Julie zu. In diesem Moment kamen zwei Sanitäter. Ein Mann und eine Frau ließen sich neben der Schwerverletzten nieder und begannen, sie zu untersuchen.

„Wie schlimm ist es?", fragte er.

„Wer sind Sie?", knurrte der Sanitäter, ein bulliger Bursche.

Jason zögerte. „Ein Freund."

Der Mann grunzte. „Sie hat Glück gehabt, würde ich sagen. Sie ist gestürzt, richtig? Von da oben nehme ich an." Er nickte zu der Empore.

„Ja", bestätigte Jason.

„Ihr rechtes Bein ist gebrochen. Und eine Hand, wahrscheinlich ist jemand darauf getreten. Ihr Kopf hat auch etwas abbekommen. Wir bringen sie in ein Krankenhaus. Wie die meisten hier. Gott, was ist hier bloß passiert?"

Jason ließ den Kopf sinken. „Kann ich mit ihr mitfahren? Sie ist aus Kanada."

Die beiden Sanitäter sahen einander an.

„Sie sehen auch nicht gerade gesund aus", meinte die Sanitäterin.

„Mir geht es gut. Nur ein Kratzer", winkte Jason ab.

„Sicher? Ich meine, vielleicht muss sich das ja mal jemand ansehen", hakte sie nach. „Verstehen Sie? So in einem Krankenwagen zum Beispiel, der zufällig ihre Freundin ins Krankenhaus fährt."

Jason hob den Kopf und lächelte dankbar, wenn auch nur kurz. Die Sanitäterin zwinkerte ihm zu. Auch als Julie auf eine Trage gelegt und in den Krankenwagen verladen wurde, wachte sie nicht auf.

Er saß auf einem Notsitz neben dem Sanitäter. Dieser behielt Julie mithilfe der Monitore im Blick. Die junge Frau war mit Riemen gesichert, damit sie nicht von der Liege fallen konnte. Ihre dunklen Haare waren notdürftig mit einem Gummiband zu einem Pferdeschwanz gebunden. Jasons Blick trübte sich und er rang mit seinem Gewissen. Er hatte sie da reingezogen. All das war nur seinetwegen geschehen.

Der Sanitäter, seinem Namensschild nach hieß er Washington, musterte Jason von der Seite. Er war ziemlich groß und seine kräftigen Hände ruhten locker auf seinen Knien. „Sie sollten sich wirklich untersuchen lassen. Und dann mal lange schlafen. Ihre Freundin wird eine Zeit bei uns bleiben. Sie können sie jeden Tag besuchen kommen. Wie heißen sie, Mr.?"

Jason hing noch seinen Gedanken nach. „Har ... Hendricks", stotterte er.

Washington musterte ihn mit hochgezogenen Augenbrauen. „Mr. Hendricks. Aha", brummte der Mann.

Jason ignorierte ihn. Seine ganze Aufmerksamkeit lag bei Julie. Vorsichtig streckte er einen Arm aus und berührte ihre Hand.

„Wissen Sie, Mr. Har-Hendricks, ich habe in meinem Beruf eine Menge Leute kommen und gehen sehen. Da waren gute Menschen dabei und echte Arschlöcher."

Jason zog die Hand zurück, legte sich bereits eine typische Jason-Antwort zurecht und sah zu dem Sanitäter auf. Dieser fuhr fort, ehe der Geisterjäger etwas sagen konnte. „Auch ein paar ganz schräge Typen. Verbrecher, Cops und so weiter. Verstehen Sie? So ziemlich alle Arten von Menschen. Aber einen wie Sie, nein, das hatte ich noch nie."

Jason schnaufte leise. „Fuck, ja, das glaube ich Ihnen sogar."

„Sie haben ein schlechtes Gewissen wegen der Kleinen. Sie wird wieder, keine Sorge, Mr. Har-Hendricks."

Im Krankenhaus erlaubte man Jason widerwillig, und nur weil Julie keinen Ausweis oder andere Papiere bei sich hatte, bei ihr zu bleiben. Nachdem man ihre Verletzungen versorgt hatte, verlegte man sie in ein Patientenzimmer. Jason saß neben ihr, als sie aufwachte.

„Hey, Julie. Ich würde ja sagen, schön, dich wiederzusehen, aber ich glaub das, passt nicht", murmelte er.

Julie sah ihn an. Ihr gebrochenes Bein lag in Gips auf einem Kissen. Um den Kopf trug sie einen dicken Verband und eine Halskrause stützte ihren Nacken.

„Ja", krächzte sie. „Hätte ich mir auch anders gewünscht."

„Schonen Sie sich, Kleines", mischte sich die diensthabende Ärztin ein. „Es wird alles gut, aber jetzt brauchen Sie Ruhe. Und das, junger Mann, heißt für Sie, Zeit zu gehen."

Jason nickte. „Hab eh was vor. Einen Moment bitte noch." Er wandte sich wieder der jungen Frau zu. „Julie, ich halte ihn auf. Ich sorge dafür, dass er dir nie wieder zu nahe kommt."

„Jason", wisperte sie. „Jason, ich hatte solche Angst. Ich hatte keine Kontrolle mehr. Er hat sogar mein Herz angehalten."

Tränen liefen ihr aus den Augen. Sie schluchzte leise. Die Ärztin wollte etwas sagen, doch Jason warf ihr einen Blick zu, der sie schweigen ließ. Ihre stumme Antwort deutete jedoch an, dass er noch dafür bezahlen würde. Die Ärztin erweckte nicht den Eindruck, sich leicht beeindrucken zu lassen.

Jason legte seine Hand auf Julies. „Ja, das glaube ich dir. Es tut mir leid, dass dieser Arsch dich da mit reingezogen hat."

„Kameras", krächzte Julie. „In dem Parkhaus am Flughafen. Ich habe sie reden hören. Sie wussten nicht mal, ob wir uns kennen. Sie haben es einfach darauf ankommen lassen. Aber als sie mich geholt haben, war da eine Frau. Es hat sich angefühlt, als würde er in meinem Kopf wühlen. Und dann haben sie mich nach Seattle geflogen. Da war dieser Frank, Jason, der Blonde aus dem Parkhaus."

Tränen liefen über ihre Wangen auf das Kissen. „Jason, dieser Mann ist so furchtbar. Er ist gefährlich und böse. Wirklich böse. Und er wird nicht aufhören, bis er dich hat. Er drohte sogar, seine eigenen Leute zu töten. Er hat mich fast erstickt und ich konnte nichts dagegen tun. Ich konnte nichts tun, Jason. Ich war so hilflos. Und die Schmerzen, Jason. Ich war völlig ..."

Julie konnte nicht weiterreden. Jedes Wort, das sie herauszubringen versuchte, ging in ersticktem Schluchzen unter. Jason schaute sie an und ließ seinen Nacken knacken. Er atmete durch und nahm vorsichtig Julies Hand. Sein Daumen streichelte sanft ihren Handrücken.

„Julie, es tut mir leid."

Die Ärztin meldete sich zu Wort: „Junge, ich weiß nicht, in was Sie die Kleine hineingezogen haben, aber eventuell wird die Polizei diesbezüglich einige Fragen an Sie haben."

Jason sah die Ärztin wütend an, ehe er sich wieder an die junge Frau wandte. „Ich mach ihn fertig. Aber erst kümmere ich mich um dich." Er schluckte. „Julie, ich kann dich all das vergessen lassen. Die Angst. Den Schmerz. Frank. Mich. Alles. Du wirst dich an nichts mehr erinnern."

„Kommen Sie mir auf meiner Station nicht mit Hypnose!", sagte die Ärztin in vehementem Ton.

Jason grunzte nur, fokussierte sie mit den Augen. Der Blick der Medizinerin leerte sich kurz und ihre Gesichtszüge erschlafften. Als er sich wieder Julie zuwandte, stutzte er.

Sie sah ihn sehr ernst an. „Alles?", fragte sie. „Auch das, was du mir erzählt hast? Unsere Fahrt? Alles?"

„Alles", bestätigte Jason. „Es ist der einzige Weg. Vorher gebe ich dir noch einen Segen, der dich vor diesen Menschen schützt. Der verhindert, dass sie dich finden können. Und dann lebst du dein Leben weiter, als hätte es mich nie gegeben."

Julie kniff die Augen zusammen. Mit der gesunden Hand wischte sie die Tränen fort. „Und wenn ich das nicht will?"

Jason war verwirrt. „Willst du lieber ein Leben voller Albträume? Willst du dich immer an den Schmerz und die Hilflosigkeit erinnern? Es ist besser so."

Julie blickte ihm direkt in die Augen. „Ich habe immer noch Angst, Jason. So sehr, wie noch nie in meinem Leben. Aber dich will ich nicht vergessen. Nicht dich."

Jason starrte zu Boden. „Es ist besser so. Für dich. Dann hast du eine Zukunft."

„Von der du kein Teil mehr bist", flüsterte sie.

„Julie ... bitte. Ich habe dir gesagt, in meiner Welt sterben Menschen. Du hast es erlebt. Willst du so 'ne Scheiße in deinem Leben haben? Ernsthaft? Ich kann das nicht zulassen. Du bist ..." Er zögerte. „Du bist ein guter Mensch und hast den Scheiß nicht verdient." Er machte einen Schritt zurück und ließ ihre Hand los. Bei ihrem Anblick rang er mit den Tränen. „Und ich mag dich. Und darum lass ich nicht zu, dass du noch mal in Gefahr gerätst." Er redete schnell, als müsste er befürchten, die Worte sonst nicht herauszubekommen. „Ich mag dich. Du bist der erste Mensch seit Langem, der mir geholfen hat. Du hast, ich weiß nicht, keine Vorurteile gegen mich."

In seinem Kopf begann bereits, ein Mantra zu rumoren. Er fummelte einen Riegel aus der Seitentasche seiner Hose und verschlang ihn. Julies Blick ging zur Decke. Sie wischte sich erneut die Tränen fort. Jason stand kauend zu ihrer Linken und schien tief in Gedanken versunken. Unbewusst nahm er wahr, dass sie der Ärztin einen Blick zuwarf. Dann wandte sie sich wieder Jason zu, streckte ihren Arm aus und ergriff seine Hand.

„Ich will das nicht."

Jason vermied es, sie anzuschauen, und schnaubte hörbar. „Julie, es ist besser so für dich."

„Hey, die Kleine hat nicht unrecht", mischte sich die Ärztin ein. Jason schaute sie verdutzt an. „Mal ehrlich, junger Mann, wenn irgendwelche Leute hinter ihr her sind und Sie sie alles vergessen lassen, dann ist sie wehrlos."

Jason schüttelte den Kopf, sah sie ernst an und kniff die Augen zusammen. Der Blick der Frau wurde wieder leer. Ihre Arme mit den hochgekrempelten Ärmeln des weißen Kittels hingen schlaff herab.

„Starker Wille, die Alte", raunte er, ehe er sich wieder an Julie wandte. „Julie, ich weiß ehrlich gesagt nicht, was ich machen soll", sagte er leise.

Sie betrachteten einander. Julie lächelte sogar leicht, trotz der Schmerzen und der Medikamente, die ihr dagegen verabreicht worden waren. Jason konnte nicht verhindern, dass sich seine Mundwinkel nach oben zogen.

„Ich glaub, ich hab eine Idee", sagte er plötzlich und seine Augen wurden groß. „Ey, Frau Doktor, Sie können mir 'nen Gefallen tun. Draußen steht ein Automat. Ich brauch was zu trinken, Coke oder so. Und Futter."

Wortlos drehte sich die kompakte Frau um und verließ den Raum.

„Dafür brauch ich Kraft", sagte er zu Julie, die ihn fragend ansah. Ihr Blick wurde langsam glasig. „Und danach lasse ich dich erst mal in Ruhe, damit du wieder auf die Beine kommst."

„Ich will dich nicht vergessen", murmelte sie schläfrig.

„Die Alte hat recht. Du darfst leider nicht vergessen, was passiert ist. Aber ich hab 'ne bescheuerte Idee, wie ich dich schützen kann. Zumindest ein bisschen."

Sie streckte den Arm aus. „Jason", sagte sie leise. Ihre Finger berührten seinen Arm. „Ich will dich nicht vergessen. Nicht dich." Wieder lächelte der Geisterjäger und spürte ein warmes Glühen auf seiner Brust. Ein angenehmes Gefühl. Verwirrt griff er nach dem Amulett. Eine Woge aus Wärme und Entspannung flutete durch sein Selbst. Mit zusammengekniffenen Augen schüttelte er den Kopf.

„Ach, scheiß drauf", flüsterte er, nahm ihre Hand und trat wieder dichter an das Krankenbett heran.

Julie sah ihn an, drückte seine Finger und lächelte. Jason erwiderte sanft den Druck. Dann konzentrierte er sich und formte ein Mantra.

Egal, wo du bist, egal was du tust, ich finde dich.

Wieder und wieder sagte er es gedanklich auf, wiederholte und festigte es. Er beugte sich zu Julie herunter und küsste sie unbeholfen. Die junge Frau riss überrumpelt die Augen auf. Im ersten Moment versteifte sie sich. Dann gab sie sich dem sachten Kuss hin, schloss die Augen, entspannte ihre Lippen und erwiderte den Druck leicht. Jason und Julie verharrten einen Moment lang, in ihren Kuss versunken, während in seinem Kopf das Mantra hämmerte. Gleichzeitig flutete eine Wärme ganz anderer Art seinen Körper.

„Soso, dafür brauchst du also eine Coke und was zu essen, hm?", erklang eine Stimme hinter ihm.

Die beiden jungen Leute unterbrachen die intime Berührung und sahen schuldbewusst zu der Ärztin hinüber, die soeben den Raum wieder betreten hatte. Sie nickte ihnen grinsend zu und stellte die mitgebrachten Sachen auf dem Tisch neben dem Bett ab.

„Ist schon okay", sagte sie.

Jason rieb sich verlegen den Nacken. Seufzend erwiderte er: „Hören Sie, Sie scheinen echt tough zu sein. Aber was gleich passiert, werden Sie nicht verstehen."

„Oh, Kleiner, ich versteh euch zwei schon." Sie zwinkerte ihm zu. Dann wurde sie wieder ernst. „Aber ich brauch Ihren Namen trotzdem für die Polizei."

Jason nickte, ließ Julies Hand los, wühlte in seiner Hosentasche und holte einen falschen Ausweis hervor. Sie nahm ihn entgegen, sah kurz drauf und meinte zufrieden: „Ich mache eine Kopie davon, Mr. Jefferson."

Jason nickte. Die dunkelhaarige Frau verließ den Raum.

Julie sah ihn mit einem leicht glasigen Blick an. „Jefferson diesmal?" Jason lächelte matt. „Na ja. Ich hab es nicht so mit der Polizei." Dann wurde er wieder ernst. „Jetzt kommt Phase zwei", erklärte er. „Dafür brauche ich Kraft."

Er ging um das Bett herum, riss die Packung mit Keksen auf und verschlang sie. Dann kamen die zwei Schokoriegel dran, gefolgt von der Coke. Julie fielen derweil die Augenlider zu. Jason betrachtete sie und sein blutverschmiertes Gesicht entspannte sich.

„Los geht's", murmelte er.

Ein Käfig, ein Gitter, Schutz, eine Mauer, eine Festung. Schutz für ihren Geist, Schutz für ihre Seele, eine Mauer, Schutz, ein Gitter, ein Käfig, eine Festung. Schutz für dich, Julie, fortan, für immer.

Es hämmerte durch ihn hindurch. Jason spürte die Flammen an seinem Rücken, spürte das Feuer in sich. Er biss die Zähne zusammen und konzentrierte sich ganz auf Julie. Er nahm den Segen wahr, den er ihr in dem Restaurant gegeben hatte, spürte ihre Furcht. Er ließ sich weiter in ihre Seele sinken. Immer tiefer führte ihn der Weg, vorbei an ihren Sorgen, ihrer Freude, ihrem Lächeln. Er sah keine Bilder, sondern fühlte sie, nahm Julies Leben auf eine Art wahr, die anderen Menschen immer verwehrt bleiben würde. Derweil schmiedete er in der Hitze den Schutz, den er Julie mitgeben wollte. Jason versank ganz in ihr, und als er spürte, dass er in ihrer Mitte angekommen war, ließ er das Mantra von der Leine.

Sofort wurde er hinausgeschleudert. Die Flammen schlugen auf ihn zurück. In der körperlichen Welt taumelte er einige Schritte, bis er gegen das andere Bett im Raum krachte. Er plumpste darauf und atmete schwer. Schweiß stand auf seiner Stirn.

„Hoffentlich habe ich es nicht übertrieben", keuchte er.

Julie bäumte sich auf und sank wieder in das Kissen zurück. Ihr Gesicht hatte sich schmerzhaft verzerrt. Sorgenvoll sah er sie an und beobachtete zu seiner Beruhigung, wie sie sich wieder entspannte.

Er atmete tief aus und streckte ganz vorsichtig seine Sinne nach ihr aus. Sofort spürte er Widerstand.

„Gut", seufzte er und ließ sich nach hinten fallen.

Vor seinem inneren Auge zog noch einmal vorbei, was er soeben gesehen hatte. Julie war einfach ein guter Mensch. Anders konnte er es nicht beschreiben. Das Geräusch der Tür schreckte ihn auf und er quälte sich hoch.

„Soll ich sie mir mal anschauen, Mr. Jefferson?", fragte die Ärztin.

„Nein, nein. Bin nur platt und im Arsch. Sonst ist alles in Ordnung. Ich hau jetzt ab, wenn es okay ist. Meinen Namen und so haben Sie ja."

Mit einem mürrischen Gesichtsausdruck reichte sie ihm den Ausweis. „Zumindest Ihr Gesicht sollten wir uns ansehen."

„Keine Zeit", murmelte Jason. Er sah noch einmal zu Julie. Sie schlief. „Wird Zeit, dass ich in den Arsch trete, der Schuld an der ganzen Scheiße ist."

„Und Sie meinen, Sie sind in der Verfassung dafür?"

„Ja", gab er patzig zurück.

Er stand auf, packte die restlichen Schokoriegel ein und nahm die halbvolle Coke ebenfalls mit. An der Tür blieb er kurz stehen.

„Passen Sie auf sie auf", bat er und verschwand.

Die Ärztin sah ihm nach. „Sie sollten lieber gut auf sich selbst aufpassen, Mr. Jefferson", rief sie ihm hinterher und wandte sich dann ihrer Patientin zu.

Jason marschierte den Flur entlang, stieg in den Fahrstuhl, fuhr nach unten und verließ das Krankenhaus. Es war an der Zeit herauszufinden, ob Darias komischer Scheiß funktionierte. Er konzentrierte sich, legte den Kopf zur Seite, ein Knacken, dann zur anderen Seite, wieder ein Knacken. Er kniff die Augen zusammen. In der Ferne nahm er einen Schimmer wahr, wie ein heller Stern in der Abenddämmerung. Es schien ihm, als wären sie weit weg. Allein würden die Zwillinge keine Chance gegen diesen Penner haben.

Er schaute sich um, marschierte über die Einfahrt auf die Stellplätze für die Besucher zu. Mit einem dumpfen Brummen fuhr soeben ein alter, leicht rostiger Chevrolet vor. Spontan vermutete Jason, dass die Karre aus dem letzten Jahrhundert stammte. Da er nicht wusste, wie man Autos kurzschließen konnte, besann er sich auf seine besonderen Talente. Der Besitzer wuchtete sich aus dem Auto. Er war ein großer, beleibter Kerl mit ungepflegtem Vollbart und schmuddeligem Karohemd. Er spukte auf den Boden und musterte Jason, der zielstrebig auf ihn zukam.

„Geile Karre, Alter. Was ist das denn?"

„Ein 75er Bel Air Impala mit V8. Und du kleiner Scheißer wirst meinem Baby nicht einen Schritt näher kommen", grollte der Kerl und spuckte noch einmal aus.

Jason grinste schief und schoss ein kurzes, hartes Mantra auf den Mann ab. Der erstarrte und blieb stocksteif in der offenen Tür seines Wagens stehen. Jason nahm ihm die Schlüssel aus der schlaffen Hand, schob ihn ächzend aus dem Weg und setzte sich hinter das Lenkrad.

„Beschissenes Glück, ist 'ne Automatik", murmelte er mit einem Blick auf den Schalthebel.

Er schob den Schlüssel in das Zündschloss und nach einem kurzen Rucken und Knurren erwachte der Motor zum Leben. Jason zog die Tür zu, trat auf die Bremse und legte den Rückwärtsgang ein. Aufbrüllend setzte der schwere Wagen schwungvoll zurück. Erschrocken trat er hart auf die Bremse und brachte das Auto ruckartig zum Stehen.

„Oh Scheiße!", entfuhr es Jason.

Dann ging er wesentlich behutsamer mit dem Pedal um, wendete den Wagen und fuhr in Richtung Straße. Regenwolken zogen auf und es wurde immer düsterer.

„Richtige Festtagsstimmung", grummelte Jason und bugsierte den Chevy in den Verkehr. Draußen kündigte zunehmender Wind das aufkommende Unwetter an. Die ersten Tropfen fielen auf die Windschutzscheibe und malten schimmernde Bahnen auf ihrem Weg nach unten. Jason folgte Darias Spur.

Eleventh Cut – Nicht mehr allein

Während draußen der Regen gegen die Scheibe hämmerte, rauchte Jason beinahe verzweifelt eine Zigarette. Nachdem er sich überwunden hatte, das Gaspedal durchzutreten und den Wagen immer mehr zu beschleunigen, sah er durch die Windschutzscheibe fast nichts mehr. Der Regen lief in Sturzbächen herab, und die Scheibenwischer schaufelten mühsam und mit mäßigem Erfolg die Wassermassen zur Seite. In kurzen Abständen glühte das Innere des Wagens in mattem Rot auf, wenn Jason an der Kippe zog, die Asche rieselte direkt auf den Sitz und seine Hose. Den Blick für die Suche nach einem Aschenbecher von der Straße zu nehmen, war keine Option mehr. Jason krallte sich am Lenkrad fest und versuchte gleichzeitig, auf das nur für ihn sichtbare, schwache Leuchten in der Ferne zu achten, ohne einen Unfall zu verursachen. Der V8-Motor des Bel Air dröhnte und schob den Wagen unerbittlich über die regennasse Straße vorwärts. Den Schalter für die Scheinwerfer hatte Jason eine Zeit lang suchen müssen. Ebenso den für die Scheibenwischer. Als er endlich Licht vor sich hatte, konnte er wenigstens etwas sehen. Dennoch zitterte er vor Anspannung.

„Ich darf nicht zu spät kommen. Die beiden haben keine Chance gegen diesen Arsch. Der Scheißer legt die Freaks um. Muss mich beeilen. Komm schon, komm schon", murmelte er aus dem Mundwinkel und hielt den Fuß fest auf das Pedal gedrückt. Nur in Kurven nahm er etwas Gas zurück.

Der Highway, den Jason mit mehr Glück als Verstand gefunden hatte, führte nach Süden, raus aus Seattle. Die Umgebung wandelte sich von Stadt zu Vorstadt zu Industriegebiet. In der Dunkelheit leuchteten links und rechts immer wieder rote Lichter auf, die hohe Schornsteine markierten. Große Trucks schleppten ihre Anhänger über den Highway. Jason bemühte sich, den schweren Wagen ruhig zu halten, doch bei jedem Spurwechsel fühlte es sich an, als wollte das Fahrzeug ausbrechen. Verzweifelt atmete Jason die Mischung aus feuchter Luft und Rauch ein. Das Schimmern in der Ferne blieb an einem Ort und pulsierte vor sich hin. Dann veränderte sich Darias Spur. Rot mischte sich hinein, färbte das Leuchten blutig. Er ließ seine Kippe einfach in den Fußraum fallen und trat sie dort aus.

„Oh Scheiße! Was verfickt noch mal ist da los? Komm schon, du Scheißkarre, mach, verdammt." Wütend rammte Jason seinen Fuß noch fester auf das Gaspedal. Gequält jaulte der Motor auf. Kalter Schweiß lief ihm über den Rücken und die Stirn. Seine Hände drohten, am Lenkrad abzurutschen, doch verbissen hielt er es fest im Griff. Der blutige Schimmer pulsierte schwächer.

Daria und Bohdan blieben links und rechts der offenen Doppeltür stehen und lugten vorsichtig um die Ecke. Der Polizeiwagen, den Frank gestohlen hatte, stand neben der verlassenen Fabrikhalle vor dem hinteren Eingang. Daria hatte das ebenfalls gestohlene Taxi danebengestellt.

Obwohl sie noch keine Minute dem Regen ausgesetzt waren, waren sie bereits komplett durchnässt. Der Wind peitschte die Tropfen umher und warf ihnen das Wasser regelrecht entgegen.

Die Mündung des Revolvers wanderte hin und her. Drinnen war es dunkel, die große Halle lag verlassen da. Von den Fertigungsanlagen, die hier einstmals gestanden hatten, waren nur die gewaltigen Betonsockel geblieben. Alles aus Stahl war verschwunden, von den ehemaligen Besitzern abgebaut und verkauft. Um die restlichen Kabel und anderen Schrott hatten sich Plünderer gekümmert. So war nur ein leeres Gerippe geblieben, das nach und nach zerfiel. Weiter hinten konnten die Zwillinge eine Wand mit mehreren Türen erahnen, die sich vier oder fünf Etagen nach oben zog. Leere Fenster starrten sie wie tote Augen an. Die Geschwister standen unbewegt da und beobachteten jeden Winkel, suchten nach einem Hinterhalt und hielten Ausschau nach ihrer Beute. Mit Sinnen, die normalen Menschen nicht zur Verfügung standen, suchten sie nach Fallen, die weder zu sehen noch zu hören waren.

Daria und Bohdan nickten sich zu und huschten hinein. Leise und leicht geduckt liefen sie zum ersten Betonsockel und gingen dahinter in Deckung. Die Zwillinge teilten sich auf und lugten an den Seiten vorbei. Der Regen hämmerte auf das Dach und erzeugte wilde, verzerrte Echos zwischen den massiven Säulen, die das Gebäude stützten. Der Wind pfiff durch offene Fenster und Spalten und spielte eine traurig-schaurige Melodie. Es roch muffig und alt. Daria kniff die Augen zusammen und spähte in jede Ecke. Ihr Bruder zielte mit dem Revolver und tat es ihr gleich. Sie sahen einander an, pirschten weiter, jeder auf einer Seite der Halle, und rannten jeweils zu einem der großen Pfeiler.

So arbeiteten sie sich auf die Wand zu. Vier Türen waren geschlossen, eine fünfte war angelehnt, dahinter nur Finsternis. Daria schaute zu ihrem Bruder hinüber, der gerade die Fenster Reihe für Reihe über die Visierung seines Revolvers absuchte. Als er zu seiner Schwester sah, deutete Daria auf die angelehnte Tür. Bohdan bestätigte lautlos. Sie liefen los, von Pfeiler zu Sockel zu Pfeiler, bis sie links und rechts neben der Tür ankamen. Daria legte den Zeigefinger auf die Lippen. Der offene Spalt war auf ihrer Seite. Sie holte Luft und stieß die Tür auf. Das metallene Kreischen der rostigen Scharniere hallte klagend durch die Fabrik.

Eine nur zu bekannte Stimme beantwortete den Laut. „Willkommen, Abschaum. Ich freue mich, dass Sie zu unserer kleinen Tanzveranstaltung gekommen sind."

Bohdan wirbelte herum, doch Frank war schneller. Die Zwillinge waren ihm in die Falle gegangen.

Von Roteiches Stimme war das Lächeln anzuhören. „Ach, ist es nicht schön? Schon so lange widersetzen Sie sich der Organisation und legen uns Steine in den Weg. Damit ist jetzt endlich Schluss. Schade eigentlich, dass ich Sie nur einmal umbringen kann. Nun, ich werde einfach das Beste daraus machen. Ich habe bereits ein amüsantes Bild im Kopf, wie ich es zu meiner Befriedigung zu Ende bringen kann. Soweit ich weiß, benötig Ihr Bruder Ihre Führung, da er, sagen wir, etwas debil ist. Gestatten Sie, dass ich übernehme?"

Bohdan schob den Revolver hinter den Hosenbund an seinem Rücken und drehte sich steif zu seiner Schwester um.

„Glücklicherweise sind seine körperlichen Fähigkeiten sehr ausgeprägt. Nutzen wir das", sagte Frank.

Bohdan näherte sich ungelenk seiner Schwester.

„Oh, Sie beide haben einen starken Geist." Von Roteiches Augen verengten sich. „Leider nützt euch Zwillingen das nichts mehr. Sie beide werden gleich, nun ja, tot sein." Mit einem gehässigen Grinsen schob Frank hinterher: „Wie äußerst schade."

Bohdan schlug zu. In seinem Inneren heulte er wie ein kleines Kind, als seine große Faust das Gesicht seiner Schwester traf. Sie taumelte gegen die Wand und aus der Platzwunde über ihrem Auge lief Blut. Daria stellte sich wieder vor ihren Bruder. Willenlos machte sie drei Schritte auf ihn zu und hielt ihm das Gesicht hin. Ohne Chance sich zu widersetzten waren die Zwillinge dem sadistischen Spiel des Jägers ausgeliefert. Sie sah die Faust wieder auf sich zufliegen, spürte die brutale Gewalt des Einschlages. Blut schoss aus ihrer Nase. Nicht mehr Herr ihrer selbst nahm sie wieder Aufstellung vor ihrem geliebten Bruder. Erneut traf die Faust. Diesmal in den Bauch. Daria fiel auf die Knie und stand sofort wieder auf. Blut tropfte von ihrem Gesicht auf den schmutzigen Boden.

Frank applaudierte. „Was für ein bezauberndes Schauspiel. Wissen Sie, ein guter Scotch wäre jetzt passend. Doch seien Sie versichert, den werde ich mir später genehmigen."

Bohdan schlug wieder und wieder zu, mechanisch, gefangen im Bann von Roteiches. Er konnte sich nicht dagegen wehren, nicht verhindern, dass er seiner geliebten Schwester wehtat. Darias Gesicht war blutüberströmt. Die Schläge zielten nun auf ihren zierlichen Körper.

„Oh, das ist so amüsant zu sehen. Sie beide sind so herrlich unterhaltsam in Ihrer Hilflosigkeit. Einfach großartig", jubilierte Frank. Plötzlich erstarrten die Zwillinge und standen einander still gegenüber. „Das große Finale, nun, dass heben wir uns auf, bis er hier ist. Oder was meinen Sie? Ich finde, Ihr Dahinscheiden braucht Publikum. Mr. Harper hat es sich verdient, mitzuerleben, wie noch mehr Leute sterben, während er machtlos danebensteht." Das Lächeln verschwand. „Ach, was interessiert es mich was ihr lästigen Figuren denkt", sagte er. „Als Köder taugt ihr gerade noch. Habt ihr ernsthaft geglaubt, ich würde die Brotkrumen nicht bemerken? Aber so erspart ihr mir Arbeit. Ich lasse die Beute zu mir kommen. Und was euch angeht, nun, da habe ich schon eine Idee."

Daria ging mit steifen Schritten beiseite und hob eine kurze Metallstange auf, die vergessen in einer Ecke lag.

„Köstlich", murmelte Frank und betrachtete die Zwillinge mit zufriedenem Grinsen. „Endlich können wir dieses Spiel auf eine angemessene Weise beenden."

Sie stellte sich mit leerem Gesicht ihrem Bruder gegenüber auf und hob die Stange über den Kopf. Bohdan kniete vor ihr nieder. Wie ein Knappe, der seinen Ritterschlag erwartet, senkte er das Haupt. „Keine Sorge", knurrte Frank. „Bald bin ich von euch erlöst. Meine Beute ist da. Sollte das Hoffnung in euch wecken, begrabt sie gleich wieder."

Jason lief Gefahr, die Ausfahrt zu verpassen. Er zerrte an dem Lenkrad, während er gleichzeitig bremste. Auf der regennassen Straße rächte sich der schwere Chevy Bel Air für die vorangegangene Misshandlung und brach über das Heck aus. Verzweifelte krallte der sich Geisterjäger am Lenkrad fest.

„Scheiße! Scheiße! Nein, nein, oh Kacke!"

Der Wagen rutschte eine Wand aus aufspritzendem Wasser vor sich herschiebend seitlich weiter, ehe er quer mitten auf dem Highway stehen blieb. Jason sank über dem Lenkrad zusammen, doch sofort ertönte ein gewaltiges Horn und Licht flutete das Innere des Wagens. Jason riss den Kopf hoch. Ein Truck donnerte heran, hupte und gab wie wild Lichtzeichen.

Panisch rammte er den Fuß auf das Gaspedal. „Komm schon! Fuck! Fuck!"

Die Hinterreifen drehten gnadenlos durch und der Bel Air schlingerte hin und her. Das Hupen wurde lauter und Jason starrte auf den heranrasenden Laster. Das Heck brach aus und Jason rutschte mit dem Fuß vom Pedal. Sofort trat er wieder drauf, doch der kurze Moment ohne Druck auf das Gas rettete ihm das Leben. Von der übermäßigen Kraft des starken Motors befreit, bekamen die Reifen für einen Moment Halt und pressten den Wagen gerade noch aus der Schusslinie des Lasters. Hupend donnerte das tonnenschwere Gespann an Jason vorbei, der schweißgebadet die Ausfahrt hinabschlingerte und den Fuß vorsichtig vom Gas nahm. Zitternd fischte er eine Zigarette und sein Feuerzeug aus der Hosentasche und zündete sie sich an.

„Wenn ich diese Scheiße hier überlebe, dann mach ich einen Führerschein", versprach er sich leise.

Jason sah die leer stehende Fabrikhalle vor sich. Ein roter Schimmer umgab das Gebäude. Er erreichte einen niedergefahrenen Bauzaun bei der Einfahrt zu einem Parkplatz. Anstatt auf die riesige Betonfläche zu fahren, lenkte Jason den Wagen daran vorbei und brachte ihn ungelenk auf einem Stellplatz an der Straße zum Stehen. Er stieg aus und betrachtete das weiträumige Gelände. Zitternd holte er die beiden letzten Riegel aus seiner Tasche, fummelte das Papier ab und stopfte sich die Schokolade in den Mund. Binnen Sekunden hatte der Regen ihn durchnässt, doch das ignorierte er. Er stapfte los, passierte die niedergewalzte Absperrung und steuerte auf die erste, sichtbare Tür zu. Das rote Leuchten verschwand.

„Oh, fuck", knurrte er. „Wehe ihr Freaks seid abgekratzt. Wagt es ja nicht."

An der Tür blieb er stehen, legte unschlüssig die Hand auf die Klinke. Er schloss für einen Moment die Augen. Sofort hatte er das Gefühl zu fallen. Die blutige See umgab ihn wieder und er sank hinab in Richtung des grünen Schimmers.

Diese Stimme, die so vertraut war, ohne dass er sie zuordnen konnte, flüstere ihm zu: *Höre auf deine Instinkte. Nutze, was du hast. Nutze, wer du bist.*

Jason öffnete die Augen.

„Ich hab doch keine Scheißahnung, wer ich bin. Aber eins weiß ich", zischte er. „Frank, du Wichser. Mach dich auf ein Feuerwerk gefasst."

Mit Feuer hat der Mensch schon immer Monster vertrieben. Jason konzentrierte sich. Nicht auf ein Mantra, sondern auf das Bild auf seinem Rücken.

Zuerst der Bär. Urgewaltige Kraft. Jason knurrte.

Dann kam das Feuer und begann, auf seinem Rücken zu lodern. Es tat weh. Die Flammen schossen durch sein Selbst, steckten alles in Brand.

Er ballte die Fäuste. „Nicht mit mir. Mein Feuer, meine Kontrolle, verdammt."

Mühsam zwang er das Brennen in feste Bahnen, presste das Feuer in seine Adern und spürte die brutale Hitze durch sich fließen. Für einen Moment taumelte er. Jason nahm einen tiefen Atemzug, ließ seinen Nacken knacken und stieß die Tür auf.

„Jetzt mach ich dich fertig, fucking Frank von beschissen Roteiche. Du kontrollierst das Blut, ha. Dann versuch das mal mit beschissener Lava." Mit diesen Worten betrat er das alte Fabrikgebäude.

Er befand sich in einem Teil des Gebäudes, der in kleinere Fertigungsbereiche unterteilt war. Von der Tür aus führte ein Gang tiefer in das ehemalige Werk. Links und rechts standen Wände, die zu einem großen Teil aus Sichtfenstern bestanden hatten, in die man in die einzelnen Arbeitsräume sehen konnte. Überall gab es noch Werktische, doch auch hier waren alle Geräte und Werkzeuge entfernt worden. Hellere Flächen auf den Tischen ließen noch erahnen, wo einstmals etwas gestanden hatte. Die Fenster waren fast alle eingeschlagen. Überall waren Glasscherben verstreut. Alte Papiere, die man beim Auszug einfach zurückgelassen hatte, waren von Wind und Eindringlingen durcheinandergeworfen worden und lagen im Gang und in den Räumen herum.

Jason wanderte vorsichtig den Gang entlang und hielt die Augen in der Dunkelheit weit geöffnet. Gleichzeitig lauschte er auf jedes Geräusch, unter seinen Stiefeln knirschten die Scherben. Mit seinen besonderen Sinnen suchte er nach einem Missklang in der Melodie dieses verlassenen Ortes. Sprayer hatten die Wände mit ihren mehr oder weniger künstlerischen Werken verziert, verschiedenste Motive tauchten auf seinem Weg aus der Finsternis auf und verschwanden hinter ihm. Schweigend pirschte er vorwärts. Jason erreichte eine Biegung. Der Gang ging nach rechts weiter. Er konnte eine Treppe erahnen, die nach oben führte. Daneben ging es geradeaus weiter in das Innere der Halle.

Der Misston in dem Lied wies ihm die Richtung: immer geradeaus weiter. Jason hielt sich eng an der Wand und schlich vorsichtig den Gang entlang. Behutsam setzte er seine Füße voreinander und versuchte, trotz der schlechten Sichtverhältnisse Glasscherben und anderem Gerümpel auf dem Boden auszuweichen. Er stützte sich an der Wand zu seiner Rechten ab. Vor sich sah er, dass der Gang an einer offenen Tür endete, hinter der nur ein dunkler Schlund lag.

Jason stand unschlüssig da und strengte seine Augen an, um in der Finsternis jenseits der Tür etwas zu erkennen. In seiner Seele brüllte der Bär. Alle seine Instinkte warnten ihn vor der Falle, während in seinen Adern das Feuer brannte. Er wippte vor und zurück, horchte angestrengt mit allen Sinnen. Alles schrie ihm entgegen, dass er in Gefahr war. Jason atmete tief ein und wappnete sich. Je dichter er der Tür kam, desto deutlicher konnte er zwei Personen ausmachen, die starr dastanden. Mit jedem Schritt konnte er sie besser erkennen. Bohdan kniete am Boden und Daria stand mit erhobener Eisenstange vor ihm. Sie rührten sich nicht.

Jason blieb stehen und sagte laut: „Frank von fucking Roteiche, ich bin da. Komm raus, Arschloch!"

Frank lachte leise. „Ach, Mr. Harper, Sie und Ihr Straßenköterjargon. Weder erfrischend noch charmant. Ihr Sprachgebrauch ist ebenso dreckig und unangenehm, wie Sie es sind." Mit diesen Worten trat er aus der Dunkelheit hinter Daria und Bohdan hervor und rückte seine Brille zurecht. „Denken Sie wirklich, Sie können diese beiden Subjekte noch retten? Die Zwillinge sind mir schon lange ein Dorn im Auge. Und heute wird das enden. Danach liefere ich Sie bei Mr. Percy ab und kann mich wieder erfreulicheren Dingen widmen."

„Das hättest du wohl gerne, du Penner", knurrte Jason und konzentrierte sich auf Daria.

Befrei dich, Freiheit für deinen Geist und Körper, Freiheit für dein Blut. Kämpfe, nutze meine Kraft, befrei dich.

Immer schneller und schneller wiederholte er das Mantra und fokussierte sich ganz auf die zierliche Frau. Er spülte das Mantra durch seinen Geist und verstärkte es mit jeder Wiederholung.

Frank stand ihm gegenüber und beobachtete ihn gelassen, sah abwechselnd von Daria zu Jason und lächelte überheblich. „Ah, Sie haben dazugelernt. Mr. Harper, ich gestehe, ich bin ein wenig beeindruckt." Der Jäger klatschte langsam und gleichmäßig in die Hände. Der Laut hallte durch die Dunkelheit in der leeren Fabrik. „Nur nützen wird es Ihnen nichts."

Darias Arme hoben sich drohend weiter. Bohdan kniete immer noch unbewegt vor ihr.

„Nicht mit mir, du Arsch", fauchte Jason und pumpte mehr Kraft in das Mantra.

„Nun, Mr. Harper, genießen Sie den Abschied von diesem debilen Muskelpaket."

Die improvisierte Waffe schnellte nach unten, direkt auf Bohdans ungeschützten Kopf zu. Unbarmherzig raste die Eisenstange vorwärts. Frank stand lachend und klatschend daneben.

„Nein!", schrien Daria und Jason gleichzeitig mit einer Stimme. Die Eisenstange verfehlte Bohdans Schädel nicht ganz, schrammte an ihm entlang und riss eine klaffende Wunde. Dann traf sie die Schulter und schickte Bohdan zu Boden.

„Oh, wie amüsant. Wie äußerst amüsant. Zu schade, dass Sie Ihre Kraft hiermit verbraucht haben, Mr. Harper."

Blitzschnell ergriff von Roteiche die Kontrolle über Jason und zwang ihn, stocksteif dazustehen. Er konnte sich nicht bewegen, spürte Franks Macht über seinen Körper wie eine schwere Kette. Nicht einmal fluchen konnte er. Daria war durch den Schwung nach vorne gerissen worden und kniete neben Bohdan, der regungslos am Boden lag.

Jason vermeinte ein leises Flüstern zu hören: „Oh, mein lieber Bruder."

Jason konnte nichts mehr tun. Wütend musste er sich eingestehen, dass sein Plan nicht aufgegangen war. Sein Feuer war nicht stark genug gewesen. Frank ging um die Zwillinge herum und baute sich in seinem dunklen Anzug vor Jason auf. Der Jäger schob seine Brille hoch und beugte sich leicht vor, um seiner Beute in die Augen zu sehen.

„Jetzt habe ich Sie, Mr. Harper. Machen Sie sich keine Sorgen, die Zwillinge werden gleich noch bekommen, was sie verdienen. Als Köder waren die beiden gut genug. Aber nun haben sie ihren Zweck erfüllt", sagte er leise. Er lächelte nicht mehr. Eiskalt bohrten sich seine Augen in Jasons. „Ihr kleiner Trick mit der Hitze war gut. Sehr beeindruckend. Aber nur ein Mensch auf der Welt kann mir widerstehen, und das sind nicht Sie."

Jason musste den Blick erwidern. Ihm blieb keine andere Wahl. Seine Wut auf diesen aufgeblasenen, arroganten Wichser stieg immer mehr.

„Es war für einen Moment tatsächlich unangenehm, wissen Sie. Ich hätte nicht gedacht, dass Ihre Kräfte so, sagen wir, elementar sind", redete Frank weiter.

Jason hatte die reglosen Zwillinge in seinem Blickfeld. Daria kniete immer noch vor ihrem liegenden Bruder. Frank ging langsam um Jason herum. Dabei redete er weiter. Jason konnte nichts tun, unbewegt war er gezwungen, von Roteiches Redefluss zu lauschen. „Du dreckiger Straßenköter. Wie kann jemand so stark und gleichzeitig so dumm sein? Mit deinen Fähigkeiten hättest du Macht und Geld haben können. Du könntest dir Frauen gefügig machen, stattdessen wühlst du im Dreck, räumst für andere den Müll weg in dem Irrglauben, irgendjemandem zu helfen. Was soll das alles? Willst du ein Held sein? Und nun sieh dir an, wohin es dich gebracht hat. So viele Menschen sind wegen eines Versagers wie dir gestorben. Mir persönlich sind diese ganzen Ameisen egal, aber dir nicht. Und doch hast du zugelassen, dass all diese Leute umgekommen sind. Du bist wirklich ein schlechter Scherz."

Jason konnte sich dem Gelabber nicht entziehen. Nur seine Gedanken unterlagen noch seiner eigenen Kontrolle. Verzweifelt suchte er nach einem Ausweg. Eine Sache schoss ihm plötzlich durch den Kopf: Daria hatte geschrien!

Frank war hinter ihm. Jason hatte die Zwillinge im Blick und versuchte, sie mit einem Blick zu fixieren.

Daria, verdammt, komm schon, schrie er ihr in Gedanken entgegen.

Frank hatte seine Runde beendet und trat wieder vor Jason. „Nun, wir sollten das hier jetzt beenden. Wir haben noch einen Flug vor uns, Harper. Unser Oberhaupt ist schon ganz versessen darauf, Sie endlich kennenzulernen." Er richtete seine Brille und klopfte sich den Staub vom Kragen seines Sakkos. „Außerdem finde ich diesen Ort mehr als unangenehm. Sie mögen so etwas für angemessen halten, ich hingegen bevorzuge ein gehobeneres Ambiente", lächelte Frank affektiert.

Jason hörte dem Mann nur halb zu. Seine Gedanken waren ganz auf Daria gerichtet.

„Nun, wie wollen wir das Leben der beiden beenden? Ich denke, um ein wenig Zeit zu sparen, zwinge ich einfach ihre Herzen, die

Arbeit einzustellen. Das fühlt sich dann in etwa so an, Harper."
Frank sah Jason tief in die Augen.

Sein Herz blieb einfach stehen. Von einer Sekunde auf die andere hörte es auf zu schlagen. Rasende Schmerzen durchzuckten Jason. „Ich habe mir sagen lassen, dass es sehr unangenehm sein soll. Später können Sie mir gerne davon berichten", sagte Frank mit einem schmalen, selbstzufriedenen Lächeln.

Der Herzschlag setzte wieder ein. Der Schmerz verging, doch der Schrecken saß tief. Frank drehte sich zu den Zwillingen um und aus dem Lächeln wurde ein Grinsen.

„Nun, meine Lieben, Sie werden jetzt Ihren letzten Atemzug tun und damit beenden wir Ihre erbärmliche Existenz." Der Jäger trat vor die beiden und hob eine Hand zum Abschied. „Adieu et bon voyage, gute Reise auf die andere Seite. Es ist mir ein außergewöhnliches Vergnügen, euch beiden das Leben zu nehmen", sagte er selbstzufrieden.

Daria riss den Kopf hoch und sah Frank mit funkelnden Augen an. „Schmerz!", schrie sie mit hoher, kreischender Stimme. Sie hielt den Ton, zog das Wort in die Länge, dehnte es aus.

Frank taumelte atemlos zurück, krachte gegen die offene Tür und sank auf die Knie. Er fiel auf alle viere und hustete Blut.

Jason keuchte auf. Befreit von dem Bann seines Feindes ging er ebenso zu Boden. Er hob die Hände auf die Ohren, doch der Zauber von Darias Stimme wirkte. Immer noch hielt sie den Ton wie eine Sängerin bei ihrem großen Finale. Sie stemmte sich zitternd in die Höhe, ihr blutverschmiertes Gesicht grimmig verzerrt.

Der schrille Schrei holte Bohdan aus seiner Ohnmacht zurück. Mühsam bewegte er sich, rappelte sich auf und zerrte taumelnd den Revolver aus dem Hosenbund.

Daria schwankte und ließ den Schrei ausklingen. Franks Kopf schoss in die Höhe. Er starrte in die dunkle Mündung des alten Revolvers. „Peng! Peng! Peng!", brüllte Bohdan mit seiner dunklen Stimme. Franks Körper wurde von unsichtbaren Schlägen durchgeschüttelt. Die Wucht war so groß, dass das schwere Türblatt krachend gegen die Wand schlug. Das Dröhnen hallte durch die Halle.

Jason wälzte sich zur Seite und stemmte sich in die Höhe.

„Oh, fuck, was für ein Scheiß", stöhnte er.

Tränen liefen aus seinen Augen und verschwommen sah er, wie Bohdan seinen Gegner gleich einem Revolverhelden in einem alten Western anvisierte. Jason hörte ein Knacken über sich. Schnell sah er nach oben und erkannte, was gleich passieren würde. Die Energie, die Bohdan entlud, war zu viel für das marode Gebäude.

„Peng!"

Als der Türsturz herunterkam, warf er sich zurück in den Gang. Zu seinem Entsetzen sah er, wie Frank sich ebenfalls in die Deckung des Flures warf. Ein Teil des Mauerwerks und der Stahlträger krachte herunter und versperrte die Sicht in die Halle. Frank lag am Boden, kam jedoch bereits wieder auf die Beine. Seine Brille war verbogen und Splitter hatten ihm feine Schnitte im Gesicht zugefügt. Sein teurer Anzug war zerfetzt, sein Pferdeschwanz hatte sich aufgelöst und die blonden Haare hingen wild um seinen Kopf. Aus seinen Augen sprach die reine Mordlust.

Jason wirbelte herum und rannte los. Die Angst lieferte ihm die Kraft, die sein Körper eigentlich nicht mehr hatte. Ohne nachzudenken, stürmte er die Treppe nach oben.

„Mir ist es egal, was Percy von dir will, Straßenköter. Ich bring dich um! Ich töte die Zwillinge! Und die Kleine aus Vancouver! Und dann schlachte ich deine Eltern ab! Ich bring alle um, alle, die dir etwas bedeuten könnten!", schrie er.

Der Geisterjäger war die Treppe drei Etagen nach oben gelaufen und in einer Art ehemaligem Großraumbüro gelandet. Mobile Trennwände zwischen den Schreibtischen bildeten verschiedene Bereiche. Mit schweren Beinen wankte er zwischen herumliegenden Papieren, Resten von Büchern und zurückgelassenem Büromaterial umher. Schubladen waren herausgerissen und achtlos zu Boden geworfen worden. Jason schleppte sich in die dunkelste Ecke ganz hinten im Raum, begleitet von dem wütenden Gebrüll seines Verfolgers. Verborgen hinter einer Gruppe zusammengeschobener Möbel sank er erschöpft zu Boden.

„Fuck!", keuchte er. „Ich pack das nicht."

Er zog die Knie an und schlang die Arme darum. Hoffentlich waren wenigstens die Zwillinge entkommen. Sein Kopf fiel auf die Arme.

„Scheiße." Er atmete seufzend aus. „Was mach ich jetzt?"

Müde schloss er die Augen. Und fiel in das blutige Dunkel.

Der grüne Schimmer am Grund funkelte und Jason ließ sich einfach dorthin fallen. Warum sollte er sich noch widersetzen? Er hatte auf ganzer Linie versagt.

Nein, murmelte eine leise Frauenstimme.

Sein Fall bremste ab. Jason schwebte inmitten des roten Schimmers. Unter sich sah er das grüne Licht.

„Ich hab nichts mehr, was ich dem Kerl entgegensetzen kann. Ich weiß nicht, was ich noch tun soll."

Das stimmt nicht. Du hast doch mich, wisperte die vertraute Stimme.

„Wer bist du?", fragte Jason müde. „Echt, ich hab kein Bock auf Ratespielchen."

Du weißt, wer ich bin. Und du weißt, dass ich dir helfen kann.

„Fick dich!", zischte er. Eine Träne lief über seine Wange.

Langsam sank er tiefer hinab in die rote Dunkelheit.

Ich mochte immer an dir, dass du ein bisschen auf deine Sprache geachtet hast. Schimpfwörter hast du nur benutzt, um mich zu ärgern. Immer wenn du mich aufziehen wolltest, dann hast du geflucht. Erinnerst du dich?

„Nein", hauchte er. „Das kann nicht sein."

Warum nicht, Jason? Du jagst Geister. Was soll in einer Welt wie deiner unmöglich sein? Warum fällt es dir so schwer, ausgerechnet daran zu glauben, dass ich es bin?

„Du bist tot", schluchzte er.

Stimmt, Coolboy. Ich bin tot.

„Charlie", wisperte er und stürzte dem grünen Licht entgegen.

Langsam öffnete Jason die Augen und hob den Kopf. Vor sich sah er einen grünen Schimmer. Er blinzelte die Tränen fort, wischte sich mit den Händen über die Augen. Charlie hockte ihm im Schneidersitz gegenüber. Ihre Umrisse zitterten leicht.

„Hallo, Jason", flüsterte sie.

Sie sah aus wie an dem Tag, als sie gestorben war. Charlie trug ihre ausgelatschten Lieblingsturnschuhe, Jeans und einen Kapuzenpulli. Lächelnd erwiderte sie seinen Blick.

„Hey Coolboy", begrüßte sie ihn noch einmal.

„Wie kann das sein?", fragte er mit zittriger Stimme.

„Tolle Begrüßung, Jason." Der Geist grinst und zog dabei die Nase kraus, ganz so wie zu Lebzeiten. Ein Lächeln begann sich auf seinem Gesicht auszubreiten. „Willst du nicht vielleicht versuchen, was Nettes zu sagen?", stichelte Charlie.

„Wie ... also, ich mein, Charlie, ich ... äh. Hey", stammelte er. Die grüne schimmernde Erscheinung schüttelte grinsend den Kopf. „Früher warst du ein bisschen wortgewandter. Es kam nicht oft vor, dass du sprachlos warst." Jason legte den Kopf schief und schürzte die Lippen. „War 'n bisschen viel in letzter Zeit." Neue Tränen liefen über seine Wangen, zogen Bahnen durch Blut und Dreck. „Charlie, du bist ein Geist."

„Immer noch ein schlauer Kopf. Wie du das Offensichtliche sofort erkannt hast", gab sie grinsend zurück. Dann wurde Charlie ernst. „Wir haben keine Zeit."

„Stimmt. Aber das ist mir egal. Wenn ich sterbe, dann ..." Rüde unterbrach sie ihn. „Halt den Mund! Dafür haben wir keine Zeit. Erinnerst du dich, was du damals auf der Brücke zu mir gesagt hast, bevor ich getötet wurde?"

„Als ob ich jemals etwas von diesem Tag vergessen könnte. Ich habe zu dir gesagt, dass ich nirgendwo ohne dich hingehen will."

„Außer auf's Klo", zwinkerte Charlie ihm zu.

Jason konnte sich ein Grinsen nicht verkneifen und nickte. Er wischte sich die Tränen vom Kinn. „Ja, außer auf die Toilette. Und ich habe dir gesagt, dass ich dich immer bei mir haben will."

„Und dann habe ich dir das Amulett geschenkt."

„Damit ich immer etwas habe, was ich bei mir tragen kann. Auch auf dem Klo", sagte Jason lächelnd. Seine Augen füllten sich wieder mit Tränen. Sein Herz schien zerbrechen zu wollen. „Du fehlst mir so sehr, Charlie", murmelte er und seine Lippen zitterten. Er schluckte schwer. „Dass du fort bist ... ich hatte ... ich."

„Ich weiß, Jason. Aber ich bin immer bei dir", flüsterte Charlie mit sanfter Stimme. Ihr Geist hob eine Hand und legte sie substanzlos gegen Jasons Wange.

„Wie kann das sein? Warum ausgerechnet du?"

„Als ich fiel und du deinen Arm nach mir ausgestreckt hast, hing die Kette mit dem Stein in deiner Hand. Ich streckte mich, doch deine Finger erreichte ich nicht mehr. Ich konnte nur noch an dem Amulett entlang streichen, ehe ich."

Jason winkte ab. „Nicht", flüsterte er.

Charlie nickte. „Meine Seele ist in dem Amulett, Jason. Ich bin ein Geist, Süßer. Nimm es hin, okay? Das macht es einfacher. Akzeptiere endlich, dass ich tot bin. Ich weiß, dass es hart für dich ist."

Jason atmete tief durch und schluckte ein weiteres Mal. Dann räusperte er sich. „Das konnte ich nicht. Ich konnte es nicht glauben, dass du ..."

Charlie unterbrach ihn lächelnd. „Ich weiß, Jason. Was glaubst du, warum ich ein Geist bin? Ich konnte nicht gehen, dich allein zurücklassen, das konnte ich nicht."

Charlie sah ihm in die Augen. „Du bist nicht allein."

Sie schauten beide auf, als sie Franks wütende Racheschwüre hörten. Er kam immer näher. Charlie drehte sich wieder zu ihm um. Ernst sah blickte sie ihn an.

„Ich liebe dich, Jason. Vergiss das nie, aber vergiss auch Folgendes nicht: Es ist okay, wenn du jemand Neuen in der Welt der Lebenden findest. Ich bin in deinem Herzen. Aber wenn das hier noch was werden soll, dann hör auf, dich selbst zu bemitleiden. Du warst nie ein Jammerlappen, Coolboy. Nimm am Leben teil. Bleib am Leben!" Ihre Stimme wurde schärfer. Jason ließ sich von ihren Augen gefangen nehmen. „Du hast mehr als nur deine Kraft. Ich bin bei dir, in dem Stein. Nutze das! Coolboy, heute wird es mal Zeit, sich helfen zu lassen. Geht das in deinen süßen Dickschädel? Lass mich dir helfen! Hör endlich auf, dich dagegen zu wehren!"

Jason sah sie an. „Du konntest mich schon immer am besten von allen motivieren", murmelte er.

„Komm mir jetzt nicht mit Komplimenten, Jason", sagte sie lächelnd. „Ich kenne deinen verliebten Blick. Finde ich total süß, aber das ist der absolut falsche Zeitpunkt. Krieg deinen Arsch hoch!"

Jason holte das Amulett hervor und hielt es sich vor sein Gesicht. Der Stein hing zwischen ihnen.

„Coolboy, es wird Zeit. Mach ihn fertig. Wie früher beim Football. Schnell nach vorn, hart ran und entschieden durchziehen."

Dann war sie fort. Jason starrte den Abendsmaragd an. Tränen liefen über seine Wangen, doch er lächelte zum ersten Mal seit langer Zeit aus tiefster Seele. Sacht küsste er den Stein.

„Ich finde dich! Du Trottel bist die einzige Treppe hoch geflohen, die es hier gibt. Die Fahrstühle fahren nicht mehr, die sind ebenso tot, wie du es gleich sein wirst!", hörte er Franks wütendes Brüllen.

Jason legte den Kopf in den Nacken.

Leise sagte er: „Danke, Charlie. Danke für alles."

Blutverschmiert, voller Staub und verheult schwankte Jason zwischen Angst und einem unbeschreiblichen Glücksgefühl. Er atmete tief ein und entließ die Luft langsam wieder. Mühsam stemmte er sich hoch. Er sah in die Dunkelheit vor sich und hörte, wie Frank zwischen den verstaubten Schreibtischen auf ihn zukam. Sein Gesicht verdunkelte sich. Er ließ seinen Kopf knirschend von einer Seite auf die andere fallen, verschränkte die Finger und streckte die Arme durch. Alle beteiligten Gelenke knackten.

Laut sagte Jason: „Dann komm doch her, du Mistkerl."

Er hörte, wie von Roteiche stehen blieb. „Ah, du verdammtes Ärgernis hast also begriffen, dass es kein Entkommen gibt. Ich werde dich töten, egal was du jetzt tust."

Jason holte tief Luft. Das Amulett hing sichtbar auf seiner Kleidung.

„Versuch es doch, Frank von beschissen Roteiche", knurrte er.

Jason packte den Abendsmaragd, hob die Kette über den Kopf und schloss die Faust um den Stein. Etwas geschah in ihm. Keine Mantras mehr. Auf seinem Rücken erwachte das Feuer zum Leben, raste durch sein Selbst, seine Adern und seinen Geist. Der Bär brüllte in den Tiefen seiner Seele, entlud seine animalische Kraft direkt in Jasons Herz. Die Tattoos in seiner Haut leuchteten auf. Das blaue Glühen pulsierte und wurde stärker und stärker. Das Amulett schimmerte grün zwischen seinen Fingern hindurch.

„Ein weiterer Trick, Harper? Komm und zeig dich!", schrie Frank ihm entgegen.

Jason trat zwischen den Büromöbeln hervor. „Hallo, Frank von verschissen Roteiche. Versuch jetzt mal deinen kleinen Trick, du Arsch."

Frank starrte ihn an. „Der Straßenköter stellt sich. Wie äußerst amüsant", sagte er grinsend und schob die verbogene Brille den Nasenrücken hoch.

Jason erstarrte.

Franks Grinsen wuchs in die Breite. „Doch nicht so stark, wie du dachtest, du Narr", lachte der Jäger höhnisch.

Das blaue Leuchten und der grüne Schimmer flackerten. Der Geisterjäger stand da, gefangen in der Falle seines eigenen Blutes.

Frank klopfte sich ein wenig den Staub von seinem dunklen Anzug.

„Nun, Harper, meine Aufgabe war es, dich lebend bei Mr. Percy abzuliefern. Leider bist du deiner eigenen, lächerlichen Kraft zum Opfer gefallen. Du magst doch Feuer, nicht wahr? Ich bin sicher, ich habe hier noch Streichhölzer."

Jason konnte seine Augen nicht schließen, doch innerlich tat er es. Er konzentrierte sich ganz auf den Abendsmaragd in seiner Hand. Jason hatte Angst. Wer hätte in dieser Lage keine Panik? Aber er wusste genau, was er jetzt tun musste.

Ich weiß, was du von mir hören willst. Ich brauche deine Hilfe. Hilf mir, Charlie.

Dich hat er. Mich nicht. Ich habe keinen Körper, den er angreifen kann, summte eine leise Stimme in seinem Inneren. *Hab keine Angst, Coolboy. Du bist nicht allein. Du warst es von Anfang an nicht.*

Jason entspannte sich und atmete tief durch. Aus der roten See schoss der grüne Schimmer in die Höhe, füllte Jasons Seele aus und ließ seine Tattoos grell aufleuchten.

Von Roteiche taumelte einige Schritte zurück, als Jason den Bann mit aller Wucht durchbrach. Langsam marschierte er auf den Jäger zu.

„Was ist los, Arsch? Tut es weh?", zischte Jason. „Charlie, beenden wir es hier und jetzt."

Wärme flutete ihm aus dem Stein entgegen und steigerte sich in seinen Adern zu einer infernalischen Hitze, die er Frank entgegenschleuderte.

Mit einem Schmerzensschrei prallte Frank zurück und krachte gegen einen der alten Schreibtische. Jason marschierte mit festen Schritten weiter auf ihn zu. Die grauenvollen Bilder unter seiner Haut glühten und pulsierten in grellem Blau. Der Stein in seiner Faust strahlte in kräftigem Grün.

„Wir machen dich fertig, du Penner", sagte Jason entschlossen.

„Nein!", kreischte Frank.

„Oh doch, Arschloch. Du hast es nicht anders verdient. All diese Menschen ..."

Eine Armeslänge vor Frank blieb er stehen. Der Jäger stützte sich mit einer Hand auf der staubigen Tischplatte ab. Die andere hatte er schützend vor sich ausgestreckt.

„Das geht nicht! Wie, woher nimmst du diese Kraft?", rief er.

Jason sah ihn an, schüttelte den Kopf und sagte grimmig: „Ich bin nicht allein, Frank. Im Gegensatz zu dir."

„Nein! Nein! Nein!"

Das letzte Nein zog der Jäger vor Schmerzen in die Länge, es wurde lauter und panischer.

Um die beiden ungleichen Kontrahenten begann das am Boden liegende Papier leise zu rascheln. Die ersten Blätter wurden von einem heißen Luftzug emporgewirbelt. Der Geruch von Feuer lag in der Luft. Immer mehr der alten Aufzeichnungen flogen umher. Frank starrte Jason mit weit aufgerissenen Augen an.

„Wie kann das sein?", keuchte er. „Meine Hand!"

Mit einem Schmerzlaut zog er den ausgestreckten Arm zurück. Brandblasen zeigten sich auf der Handfläche.

„Du bringst niemanden mehr um, du Dreckskerl! Nie wieder", knurrte Jason leise.

Frank rutschte vom Tisch, wand sich vor Schmerzen und brachte kein Wort mehr heraus. Die ersten Blätter fingen Feuer. Das Holz der Tische fing an zu schwelen, die Hitze wurde immer unerträglicher. Jason sah ein letztes Mal auf den am Boden liegenden und sich vor Schmerzen windenden Mann hinab. Der Anblick war grauenvoll. Seine Haut warf Blasen, die Kleidung qualmte. Als Flammen aus dem Körper brachen, wandte Jason sich ruckartig ab und lief los.

Er erreichte die Treppe und stürmte die Stufen hinunter, ohne sich umzusehen. Das Licht des ausbrechenden Feuers leuchtete ihm den Weg. Das blaue und grüne Glühen wurde schwächer und verging. Er hängte sich das Amulett im Laufen wieder um und schob es unter sein Shirt.

Als Jason ein Stockwerk tiefer war, krachte es fürchterlich in den alten Büroräumen. Brüllend schossen Flammen über ihm an der Decke entlang. In das Tosen mischte sich ein entsetzlicher Schrei, der sich zu einem Kreischen steigerte und von unermesslichen Schmerzen kündete. Abrupt brach der Schrei ab und es blieb nur das Fauchen des Feuers. Über ihm fraß sich die Feuersbrunst rasend schnell durch das Gebäude und wuchs mit infernalischer Geschwindigkeit. Jason lief, so schnell er konnte, floh vor den Gewalten, die er entfesselt hatte. Die Treppe hinunter rannte er hinaus auf den Parkplatz. Hinter ihm schlugen Flammen aus Türen und Fenstern. Gierig verschlang das Feuer das alte Gebäude. In dem trockenen Holz und den alten Unterlagen hatte es genug Futter gefunden, um zu einer Bestie zu werden. Krachend stürzten Wände ein. Jason lief über den Parkplatz, bis er genug Abstand zwischen sich und das Inferno gebracht hatte. Er blickte nicht zurück.

Auf der anderen Seite des ehemaligen Parkplatzes setzte Jason sich auf einen alten Betonring, der früher ebenso Begrenzung wie Blumenkasten gewesen war. Müde versuchte er sich ein wenig den Staub aus den Klamotten zu klopfen, gab jedoch schnell auf. „Was soll's. Drauf geschissen. Bock auf 'ne Kippe", grummelte er und fischte eine reichlich mitgenommene Schachtel Zigaretten aus einer seiner Hosentaschen. Die Zigarette, die er zutage förderte, war in einem entsprechenden Zustand. Vorsichtig versuchte er, sie wenigstens ein wenig zu begradigen, ehe er sie sich in den Mundwinkel schob. Anschließend wischte er sich mit der Hand das Blut von der Stirn.

„Wo hab ich mein Feuerzeug?"

In seinem Rücken brannte die alte Halle lichterloh. Er tastete durch seine diversen Taschen, ohne fündig zu werden. Hinter ihm krachte es und eine Hitzewelle wallte über ihn hinweg. Ein weiterer Teil der Fabrikhalle war in sich zusammengebrochen und die Flammen loderten hoch auf. Seufzend hob Jason den Kopf und sah in den rauchverhangenen Himmel.

„Was haben wir denn da?", brummte er.

Ein Stück dunklen Stoffes, das an den Rändern noch schwelte, schwebte langsam zu ihm herab. Er fing den Fetzen aus der Luft. „Ziemlich edel. War wohl mal 'ne Sakko", murmelte er.

Dann zuckte er mit den Achseln und hielt die Reste des teuren Maßanzugs mit dem glühenden Ende an seine Zigarette, paffte ein paarmal und ließ das Stück Stoff fallen. Langsam senkte er seinen Stiefel darauf, rollte seinen Fuß gemächlich ab und drehte ihn einige Male hin und her.

„Hab dich, du Arsch", knurrte er leise.

Er nahm einen langen Zug von seiner Zigarette und inhalierte tief. Jason drehte sich um, als er Schritte hinter sich hörte. Daria und Bohdan kamen über den Parkplatz auf ihn zu. Ihr Gesicht war immer noch blutverschmiert, aber ihre Augen funkelten wieder. Sie setzte sich neben ihn auf den Beton.

Ihr Bruder blieb stehen. „Schönes Feuer, schönes Feuer", freute er sich.

Jason schaute zu ihm hoch. „Und du bist nicht mal Teil davon, Kumpel."

Daria nickte. „Wir schulden dir etwas. Ohne dich wären wir tot."

„Ganz sicher sogar ziemlich im Arsch", bestätigte Jason.

Sie knuffte ihn in die Seite. „Penner!"

„Penner, Penner, blöder Penner!", grinste ihr Bruder.

Jason sah die beiden abwechselnd an. Hinter ihnen knisterte das Feuer.

„Wir sollten hier weg", sagte Daria.

Jason nickte. „Höre die Sirenen auch. Hab mich schon gefragt, wo die bleiben."

„Sind weit draußen", sagte Bohdan.

Jason starrte zu ihm hoch. „Das war ja fast 'ne ganzer Satz, Alter."

Bohdan lächelte Jason an und sagte: „Blöder ... Penner." Keine merkwürdige, debile Betonung. Völlig normal.

Der verstaubte, blutverschmierte Geisterjäger wandte sich an Daria. „Was war 'n das jetzt?", fragte er.

„Wie ich dir schon gesagt habe, Jason. Nicht immer ist in unserer Welt alles, wie es scheint, nicht wahr."

„Scheiße, ja, das stimmt wohl." Er schnippte die Zigarette weg.

„Hauen wir ab."

Die drei gingen schweigend den Weg hinauf zu dem Platz, an dem Jason den alten Chevy hatte stehen lassen. Mittlerweile tröpfelte es wieder ein wenig. Neben dem rostigen Wagen blieben sie stehen und reckten die Gesichter dem Regen entgegen. Jeder Tropfen war ein kleiner, kalter Nadelstich und malte tränengleich Bahnen durch den Schmutz in ihren Gesichtern. Jason dachte kurz an die bestialische Hitze des Feuers und genoss die Kühle des Regens gleich noch ein bisschen mehr. So standen sie alle einen Moment da und ließen sich vom Regen Blut, Schweiß und Staub aus den Gesichtern spülen. Derweil kam das Heulen der Sirenen immer näher.

Als Erstes kam ein Feuerwehrfahrzeug um die Ecke gedonnert. Direkt dahinter folgte ein ganzer Konvoi aus Krankenwagen, Löschzügen und Polizeiautos. Eines kam schlingernd neben ihnen zum Stehen. Einer der beiden Beamten lehnte sich aus dem Fenster. „Hey, Sie, fahren Sie sofort Ihren Wagen aus dem Weg", rief der Polizist, ehe er wieder im Wagen verschwand.

Schlamm aufspritzend fuhren die Beamten an dem alten Chevy vorbei und rasten hinter ihren Kollegen her.

„Ihr habt den Bullen gehört. Dann wollen wir dem beschissenen Gesetz mal gehorchen und hier abhauen, eher einer unsere Scheißpersonalien haben will." Jason grinste und machte eine einladende Geste zu dem verrosteten Auto.

Daria schüttelte den Kopf. „Ja, schnell weg hier."

Bohdan lächelte Jason jetzt wieder leicht debil an: „Kluger Jason, guter Junge."

Jason seufzte augenrollend und schwang sich auf den Fahrersitz. Nachdem er sich an dem Anlasser des V8 ein wenig abgemüht hatte, erwachte mit einem dumpfen Blubbern der große Motor zum Leben. Ruckend und stockend begann Jason, den Wagen zu wenden.

„Du hast nicht viel Übung mit dem Autofahren, oder, Cowboy?", zwitscherte Daria mit ihrem leichten Akzent.

Jason atmete tief durch. „Hab nicht mal 'nen beknackten Führerschein."

„Okay, das erklärt einiges von der Krankheit, die du da verbrichst. Lass mich fahren. Ich bin nicht mit meinem lieben Bruder dieser Hölle da hinten entkommen, um mich jetzt von dir umbringen zu lassen."

Jason grummelte etwas, schob den Hebel auf die Parkposition, stieg aus und latschte durch den Regen vorne um den Wagen herum. Daria rutschte auf den Fahrersitz. Jason stieg wieder ein und schaute sie mit zusammengepressten Kiefern an.

„Na dann, fahr endlich los", brummelte er.

Daria schüttelte leise lachend den Kopf, schlug das Lenkrad ein und brachte den Wagen zur Straße zurück und in Richtung Seattle. Die drei saßen schweigend da, während die Dunkelheit an ihnen vorbeizog.

Jason war der Erste, der etwas sagte. „War ein ganz schöner Scheiß. Eine verkackte Organisation von diesen Pennern, Superkillergeister, Freaks wie wir. Von wegen, normale Welt."

Bohdan brummte mit seiner dunklen Stimme: „Jason hat viel Neues gelernt in letzter Zeit."

„Oh Mann, ja, das hab ich."

Daria sah zu ihm hinüber. Jason spielte mit etwas in seiner Hand. „Du versteckst deinen Anhänger ja gar nicht mehr. Hast du jetzt verstanden, dass das Amulett Teil deines Fokus ist?"

Jason starrte in die Finsternis hinter der Scheibe. „Ja. Ich habe eine Menge Neues gelernt. Mehr, als ihr ahnt. Oder mehr als es euch Freaks angeht." Bei den letzten Worten grinste er schief.

Jason überredete Daria, noch einmal zum Westfield Southcenter zu fahren. Unterwegs besorgten sie sich Essen und Getränke.

Am Einkaufszentrum wimmelte es nach wie vor von Einsatzkräften. Alles war abgesperrt.

„Wartet hier", murmelte Jason und stieg aus.

Er ging zielstrebig auf einen Polizisten zu. Der zuckte kurz und winkte Jason dann, ihm zu folgen. Daria und Bohdan sahen sich fragend an. Nach einiger Zeit kam Jason wieder und hatte seinen Rucksack dabei. Zufrieden warf er ihn auf die Rücksitzbank zu Bohdan.

„Deshalb?", fragte Daria. „Wegen deines Rucksacks?"

„Hey, das ist mein Zuhause", sagte Jason und zwinkerte ihr zu. „Und jetzt weg hier."

Eine halbe Stunde später erreichten sie die Innenstadt von Seattle. Die Nacht hatte bereits ihre Herrschaft angetreten. „Lass mich am Bahnhof raus. Dann solltet ihr die Karre loswerden. Ist geklaut", sagte Jason.

„Was sonst", lachte Daria.

Jason zuckte mit den Schultern. Sie bremste den Wagen neben dem Eingang ab und drehte sich zu ihm um. „Sehen wir uns wieder? Freaks wie wir sollten zusammenhalten."

„Ach, ich war immer 'ne verdammter Einzelgänger. Aber ihr seid cool. Vielleicht trifft man sich ja, so zufällig", gab er verschmitzt zurück.

„Du Spinner."

Sie kramte in ihrer Hosentasche und gab ihm ein Feuerzeug. Jason nahm es und betrachtete es skeptisch. Darauf war eine Frau abgebildet, die an einer Stange tanzte. Darunter stand eine Telefonnummer.

„Ernsthaft?"

„Alles eine Frage der Tarnung."

„Leck mich", seufzte Jason und atmete tief durch. „Na dann, Leute."

Er stieg aus, nahm seinen Rucksack, sah dabei Bohdan in die Augen und grinste ihn an. „Mach's gut, Großer. Pass auf deine heiße Schwester auf."

Von vorne erntete er für seine Bemerkung ein Schnaufen. Neben dem Auto blieb er stehen und sah von einem zum anderen.

„Passt gut aufeinander auf, ihr Freaks. Und ... danke. Ihr nervt zwar, aber irgendwie seid ihr auch cool."

„Was hast du jetzt vor?", fragte Daria.

„Na was wohl. Böse Geister jagen", erwiderte Jason und zwinkerte ihr zu. Dann drehte er sich um und ging in Richtung Bahnhof. Der alte Chevy fuhr brummend davon. Jason blieb stehen und sah ihm hinterher.

„Was für eine Welt", raunte er lächelnd. Dann packte er das Amulett und flüsterte: „Dann wollen wir mal, Charlie."

Er betrat den Bahnhof und grübelte. Kurzentschlossen machte er kehrt, ging wieder hinaus in den Regen und sagte leise: „Zeig mir, wo sie ist."

Ein blasser, nur für ihn sichtbarer Lichtschimmer erschien. Jason lächelte und machte sich auf den Weg in Richtung Krankenhaus.

Twelfth Cut – Dunkle Vorzeichen

Mr. Percy legte den Hörer wieder auf die Gabel des aufwendig restaurierten Telefons in seinem Arbeitszimmer. Er schürzte die Lippen und legte die Fingerspitzen aufeinander, schloss die Augen und stand mit geradem Rücken einen Moment lang da.

Dann atmete er tief durch und murmelte halb für sich, halb für seinen Gast: „So, Mr. Harper. Tatsächlich sind Sie also so wertvoll, wie ich dachte. Frank zu besiegen war eine unerwartete Glanzleistung Ihrerseits, mein Junge. Dieser überhebliche von Roteiche. Nun, immerhin muss ich nun nicht mehr ständig hinter ihm aufräumen lassen."

Seufzend nahm er die Hände nach unten und ging zu dem großen, aus dunklem Holz gefertigten Schreibtisch. Er ließ sich in den grünen Sessel sinken. Vor ihm lag Jasons Akte. Mr. Percy betrachtete das Foto auf dem Deckel und nickte.

„Nun, Mr. Harper, ein Jäger allein hat es nicht geschafft."

Er lehnte sich zu einer wesentlich moderneren Telefonanlage hinüber und betätigte eine Taste.

„Ja, Sir?", fragte sofort eine Stimme.

„Lassen Sie Unit 7 umgehend zu mir kommen. So schnell es geht. Die vier werden ihre Chance erhalten."

„Ja, Sir."

Mr. Percy lehnte sich zurück, strich sich mit der Hand über das Kinn und starrte an die getäfelte Decke. Lächelnd beugte er sich vor und blickte Jasons Fotografie in die Augen. „Wir werden uns kennenlernen, Mr. Harper."

Eine leise, verführerische Frauenstimme meldete sich aus einer der Sitzecken zu Wort. „Mr. Percy, ich will Rache für das, was dieser Harper mir angetan hat. Und für Franks Tod. Er muss bestraft werden."

Mr. Percy erhob sich, füllte zwei Gläser mit erlesenem Brandy, reichte der Frau eines davon, setzte sich und lächelte sie an.

„Nun, Dharma, auch Sie werden noch zum Zug kommen", versprach er.

ENDE

von Part I

Bereits erschienen:
- **Am Anfang allein**
- **Zone der Entfremdung**
- **Netz der Rache**

Es folgt eine Leseprobe aus Band II – Zone der Entfremdung

Jason hat nach den Erlebnissen aus „Am Anfang allein" ein paar Monate Ruhe, ehe er um die halbe Welt reisen muss, um sich in einer tödlichen Umgebung einer noch größeren Bedrohung zu stellen.

First Cut – Gefräßige Dunkelheit

Mikhael legte den Zeigefinger auf die Lippen. Dimitrie und seine Freundin machten große Augen und versuchten, so leise wie möglich zu atmen. Sie pressten sich gegen den kalten, rauen Beton in ihrem Rücken. Mikhael sah sich aufmerksam um und lauschte in die Finsternis hinein. Das einzige Licht kam von den Sternen, die über ihnen wie gierige Augen glitzerten. Nur selten hörte man ein leises Knacken in der Stille.

Mikhael war ein Stalker und seine beiden Begleiter waren Touristen, die er gegen einen Obolus hierher in die Geisterstadt Prypjat geführt hatte. Er rückte seine dunkle Wollmütze zurecht und vergewisserte sich, dass die Stirnlampe richtig saß. Dann holte er aus der Seitentasche seiner in Flecktarn gehaltenen Armeehose ein paar fingerlose Handschuhe. Während er sie überzog, lauschte er in die Dunkelheit. Die Touristen waren auf sein Anraten ebenfalls in dunkle Farben gekleidet. Die frische Frühlingsnacht war windstill. In dem wenigen Licht konnte er ihren Atem sehen.

Der Stalker deutete mit einer langsamen Bewegung in das Unterholz vor ihnen. Mikhael bemerkte, wie die Frau Luft holte, vielleicht um eine Frage zu stellen. Er schüttelte schnell den Kopf, legte den Zeigefinger nachdrücklicher auf die Lippen und signalisierte den beiden, sich hinzuknien. Mit angehaltenem Atem rutschten die Touristen vorsichtig an der Wand herunter. Mikhael horchte weiter in die Finsternis. In Gedanken überschlug er die Zeit, die sie von ihrem Versteck in dem verlassenen Wohnhaus bis zum Krankenhaus gebraucht hatten. Der Mond verbarg sich hinter Wolken, also blieb ihm nur zu schätzen, dass es weit nach Mitternacht sein musste. Er war sich sicher, dass die Zisterne drüben bei der alten Maschinenhalle überwacht wurde. Die Soldaten waren sehr viel aufmerksamer als sonst. Seit diese furchtbaren Sachen passiert waren, gab es sogar nachts Patrouillen in der Stadt. Hoffentlich würden sie später nicht mehr da sein, damit er und seine Begleiter dort Wasser holen konnten.

Mikhael wusste nur zu gut, dass die zwei, die zum ersten Mal einen Ausflug in die Zone machten, die beiden Wachen nicht bemerkt hatten. Er hatte schon vor einiger Zeit mitbekommen, dass jemand in der Nähe war. Bis zum Schluss war er unsicher gewesen, ob es sich um andere Stalker handelte oder um eine Streife. Doch die Art, wie sie gingen, hatte die Wachleute verraten. Angestrengt lauschte er auf die Schritte. Sie entfernten sich langsam. Mikhael verharrte regungslos, bis er nichts mehr hören konnte. Er ließ noch einen Moment verstreichen, ehe er seinen Begleitern bedeutete aufzustehen.

Er flüsterte: „Es sind viele Wachen unterwegs. Aber keine Sorge: Noch zehn Meter die Wand entlang, dann sind wir am Eingang. In das Krankenhaus gehen sie nicht. Allerdings können da andere sein. Also seid leise, geht direkt hinter mir und seid aufmerksam. Tippt eurem Vordermann auf die Schulter, wenn ihr etwas bemerkt. Wenn euer Vordermann stehen bleibt, dann bleibt ihr auch stehen. Wir haben es gleich geschafft."

„Warum gehen sie nicht in das Krankenhaus?", wisperte die blonde Ivanka so leise, dass Mikhael sie kaum verstand.

„Einsturzgefahr. Und natürlich die Strahlung im Keller."

Dimitrie nickte eifrig. „Jaja, da liegen die Kleider der Feuerwehrleute. Schwer verstrahlt, der Kram."

„Ja, das auch", flüsterte Mikhael. „Kommt jetzt."

Er ging an ihnen vorbei. Vorsichtig schlichen die Touristen dem Stalker nach, der sich dicht an der Wand hielt. Geschickt wich er den Ästen aus, die als fahle, graue Schemen vor ihnen auftauchten. Mit leisem Rascheln folgten ihm seine Begleiter.

Nach kurzer Zeit erreichten sie eine alte, verrostete Doppeltür, zu der drei Stufen hinaufführten. Als Dimitrie den Griff anfassen wollte, tippte Mikhael ihm auf die Schulter und wies auf das eingeschlagene Fenster daneben. Mit geübten Bewegungen packte der Stalker den Sims, wuchtete sich lautlos durch die Öffnung und verschwand in die Dunkelheit jenseits des alten Holzrahmens. Geduldig wartete er in dem kleinen Raum, der früher die Rezeption gewesen war. Von draußen erklang leises Schaben, und ein blonder Schopf tauchte im Fenster auf. Sie schnaufte leise und quälte sich durch das Fenster. Mikhael war schon zu oft mit Anfängern unterwegs gewesen, um sich über die seltsamen Verrenkungen zu wundern. Er reichte ihr eine Hand und half ihr. Sekunden später schuftete sich Dimitrie durch die Öffnung. Er landete knirschend in den Scherben der vor langer Zeit zerbrochenen Scheiben.

„Wo sind wir jetzt?", wisperte der Tourist.

Mikhael beugte sich vor. „Wir gehen jetzt in die Pathologie, und von da wandern wir zum anderen Ende." Er deutete zu dem Türrahmen. Das Türblatt lag quer im Durchgang am Boden. „Aufpassen. Es wackelt", warnte er.

Der Führer balancierte über die Tür und glich sein Gewicht aus, um Lärm zu vermeiden. Die Touristen folgten ihm, und tatsächlich gelang es beiden, lautlos in den Flur zu kommen. Mikhael nickte, wurde sich dann aber bewusst, dass Dimitrie und seine Freundin das in der Finsternis nicht sehen konnten.

Leise sagte er: „Ihr könnt jetzt die Taschenlampen benutzen." Er selbst griff an die Stirnlampe. Mit einer Hand verdeckte er die Leuchte und drückte dreimal schnell hintereinander den Knopf, bis das Rotlicht zwischen seinen Fingern schimmerte. Dimitrie und die Blondine schalteten ihre Lampen ein und richteten sie auf den Boden, so wie er es ihnen gezeigt hatte.

Die drei Eindringlinge befanden sich in einem langen Flur, von dem alle paar Schritte eine Tür abging. Alte Lampenfassungen hingen von der Decke, vergilbte Akten lagen hier und da auf dem Boden. Ein kaputter Stuhl, von dem nur noch das Metallgestell übrig war, stand einsam und verloren in der gefräßigen Dunkelheit. Die Lichtkreise ihrer Lampen wurden so scharf abgeschnitten, als würde die Mitternachtsstunde keine Helligkeit dulden. Die junge Frau erschauderte und auch Dimitrie sah sich mit verkniffenem Gesicht um. Mikhael beobachtete ihre Reaktion und

lächelte. Er war schon so oft hier gewesen, aber das Krankenhaus von Prypjat in der Nacht zu besuchen, war immer noch von seltsamen Gefühlen begleitet. Die langen, seit mehr als dreißig Jahren verlassenen Korridore, die halb offen stehenden Türen, die Reste der Krankenbetten und medizinischen Gerätschaften schufen eine morbide Stimmung, besonders nachts. Spritzen lagen auf alten Tischen. Patientenakten steckten vergessen in den Halterungen. Zurückgelassene Geräte, Gläser, Bettpfannen, Diagramme und Schaubilder schufen eine Atmosphäre wie in einem billigen amerikanischen Horrorfilm.
Die Stille und die Finsternis trugen ihr Übriges dazu bei.
„Lasst uns losgehen. Hier drinnen können wir vorsichtig Licht machen und reden. Aber seid trotzdem leise und haltet die Ohren offen", ermahnte Mikhael seine Schützlinge.
Er winkte ihnen zu folgen und drang in die nur widerwillig zurückweichende Dunkelheit vor. Sie passierten den einsamen Stuhl und schoben sich durch den Gang, vorbei an verlassenen Krankenzimmern. In einigen stand nichts mehr, in anderen gab es noch die Reste von Betten oder zurückgelassene Gegenstände. Frühere,
heimliche Besucher hatten ihre Spuren hinterlassen. Liegen gebliebene PET-Flaschen und Verpackungsmüll tauchten im Licht ihrer Taschenlampen auf, um danach wieder von der gierigen Schwärze verschlungen zu werden.
„Ich habe Angst", wimmerte Ivanka leise.
„Das ist doch total spannend", hielt Dimitrie dagegen.
Er grinste aufgeregt und ließ seinen Blick in alle Richtungen wandern. Mikhael kommentierte das nicht. Irgendetwas war anders als sonst. Dem Stalker gefiel das nicht. Die Luft schien ihm den Atem rauben zu wollen, und jedes Geräusch wurde sofort erstickt. Er ließ das rote Licht seiner Stirnlampe langsam umher schweifen, lauschte und ignorierte die leise Unterhaltung hinter sich, in der Dimitrie Ivanka zu beruhigen versuchte. Das merkwürdige Gefühl blieb. Mikhael schaute sich aufmerksam um.

Der rote Schein fiel auf die Touristen und erschuf blutige Schatten auf ihren Gesichtern. Dann stockte Mikhael. „Wo ist der Stuhl hin?", murmelte er leise zu sich selbst. Bemüht, seine Stimme ruhig klingen zu lassen, sagte er etwas lauter: „Lasst uns weitergehen. Der Gang ist hinten blockiert, wir müssen also durch das Obergeschoss. Da vorne führt eine Treppe nach oben. Auf der anderen Seite können wir raus und rüber zur Maschinenhalle, Wasser holen."

„Alles in Ordnung?", fragte Ivanka mit zittriger Stimme.

Mikhael nickte. „Na klar."

„Hab doch nicht so eine Angst, Mädchen", frotzelte Dimitrie.

Mikhael blickte den Korridor hinab in die Richtung, aus der sie gekommen waren. Plötzlich ertönte ein dumpfes Krächzen. Die heimlichen Besucher fuhren zusammen. Der Stalker starrte den Gang entlang. Eine Tür nach der anderen öffnete sich völlig lautlos. Die Türblätter schwangen langsam auf und Finsternis strömte aus dunklen Schlünden hervor. Seine Augen weiteten sich und er fühlte seinen Mund trocken werden. Kaltes Entsetzen kroch sein Rückgrat hinauf, je mehr der Gang von der Schwärze verschlungen wurde. Mikhael blinzelte, und der Eindruck von sich ausdehnender Schwärze war verschwunden. Die Türen schienen unverändert, so wie zuvor, teilweise offen oder geschlossen. Oder doch nicht?

„Los kommt!", keuchte er, drehte sich um marschierte auf die Doppeltür zu ihrer Rechten zu.

„Was ist los?", jammerte Ivanka leise. „Bitte lass das. Das macht mir Angst."

„Komm, nimm meine Hand", bot Dimitrie ihr nicht mehr ganz so selbstsicher an.

Mikhaels Blick ging hin und her. Er atmete tief ein und aus, um sich zu beruhigen. Das war nur Einbildung, ermahnte er sich. Alle Stalker kannten das. Die Stille, die Dunkelheit und die Anspannung wegen der vielen Patrouillen setzte ihm zu. Das Gehirn erschuf Geräusche und Bilder, die nicht echt waren. Er riss sich zusammen, während er sich daran erinnerte, dass er die

Verantwortung für das junge Paar hatte. Die Doppeltür war offen und gleich links führten die Stufen nach oben. Dimitrie und Ivanka, die nun Hand in Hand gingen, folgten den schnellen Schritten ihres Führers nach oben.

„Mikhael, ist alles in Ordnung?", fragte der junge Mann. Nun schwang auch in seiner Stimme Unruhe mit.

„Jaja, alles gut. Ich glaube nur, dass da jemand ist, dem wir nicht begegnen wollen. Oder vielleicht spielt uns jemand einen Streich. Aber Ivanka hat Angst, also lasst uns schnell verschwinden."

Er drehte sich kurz um und schenkte den beiden ein Lächeln.

Dann hatten sie die beiden Treppenabsätze überwunden, passierten wieder eine Doppeltür und erreichten einen Korridor, der mit dem unter ihnen nahezu identisch war. Mikhael sah sich aufmerksam um.

„Alles wie immer", stellte er fest. „Wir gehen rechts weiter."

Von der linken Seite ertönte aus der Finsternis ein dumpfes, unangenehmes Sirren oder helles Brummen. Mikhael kniff die Augen zu und überließ seinen Ohren die Arbeit. Er hörte weder Atemgeräusche noch Rascheln oder das Knirschen von Schuhen. Manchmal verirrten sich Tiere in die Gebäude, aber auch danach hatte es nicht geklungen. Dimitrie und Ivanka leuchteten derweil nach links. Die Augen der beiden waren weit aufgerissen und dem jungen Mann waren alle mutigen Sprüche ausgegangen. Mikhael mahlte mit den Kiefern und fasste einen Entschluss.

„Dimitrie, du leuchtest nach rechts. Ivanka, du behältst die Treppe im Blick. Denkt dran: Wenn jemand kommt, presst die Taschenlampen auf eure Kleidung, damit man euch nicht entdeckt. Das geht schneller, als auszuschalten."

„Und was machst du?", flüsterte Ivanka und schaute ihn mit schreckgeweiteten Augen an.

„Ich schnappe mir unseren kleinen Scherzbold", gab er mit einem aufgesetzten Grinsen zurück und lauschte auf das an- und abschwellende Sirren.

„Guter Plan", sagte Dimitrie, drehte sich nach rechts und machte zwei selbstsichere Schritte in den Korridor. Mikhael wandte sich zur linken Seite. Er stierte in die Finsternis und hatte das unangenehme Gefühl, dass sie seinen Blick erwiderte. Schlagartig verstummten alle Geräusche. Nichts war mehr zu hören außer ihrem eigenen Atem, Mikhaels leisen Schritten und dem Wind, der unheilvoll durch die eingeschlagenen Fenster flüsterte. Der Stalker setzte seine Schritte bedächtig, obwohl er sich im Klaren darüber war, dass ihr Verfolger sie schon anhand der Lichter entdeckt haben musste und daher wusste, wo sie waren. Aber Mikhael konnte nicht anders. Er war schon so oft hier gewesen, dass Stille und Heimlichkeit zu seiner zweiten Natur geworden waren. Wie alle Stalker drang er illegal in diesen Mikrokosmos ein und wie jeder von ihnen hatte er dafür ganz eigene Gründe. Aber er hatte sich hier noch nie unsicher gefühlt. Heute hatte er Angst. Echte Angst, die sein Herz schneller schlagen, ihn zittern ließ und ihm kalten Schweiß bescherte. Mikhael hörte vor sich etwas, das beinahe wie ein Murmeln klang, und starrte angestrengt in die Finsternis jenseits des roten Lichtkegels. Hinter ihm ertönte ein seltsames, feuchtes Knacken, gefolgt von einem Ächzen. Etwas fiel dumpf auf den Boden. Licht flackerte hektisch über die Wände und zuckte wild hin und her. Der Stalker wirbelte herum und hielt abrupt inne. Dimitries Lampe war für das unruhige Lichtspiel verantwortlich. Sie rollte unkontrolliert auf dem Boden hin und her. In ihrem Schein wurde der leblos daliegende Körper des jungen Mannes abwechselnd aus der Dunkelheit geholt und wieder der gnadenlosen Schwärze überlassen. Zwei rostige, krumme Metallstangen steckten dort, wo seine Augen sein sollten. Mikhaels Magen krampfte sich zusammen.

Ivanka stand noch wie abgesprochen in der offenen Tür auf ihrem Beobachtungsposten. Ihr Mund öffnete sich zu einem Schrei, während sie ihre Lampe losließ. Der Strahl warf für eine Sekunde ihren übergroßen Schatten gegen die Decke, der sich drohend über die furchtbare Szene beugte. Dann prallte die

Taschenlampe auf dem Boden auf und zerbrach. Wie das Maul einer monströsen Bestie schnappte die Tür zu. Blut spritzte, als mit einem feuchten Klatschen der Körper der jungen Frau brutal eingequetscht wurde. Statt eines Schreis schoss eine rote Fontäne aus ihrem Mund heraus. Dann sackte sie leblos zusammen, auf halber Höhe von der gnadenlosen Falle festgehalten. Mikhael bekam keine Luft mehr. Stocksteif stand er da, unfähig, sich zu bewegen. Plötzlich ging ein Ruck durch Dimitries Körper, und unfassbar schnell wurde der Leichnam in eine der offenen Türen gezerrt. Schlagartig fiel sie ins Schloss, kaum dass der Körper hindurch war, und zurück blieb nur eine glänzende Blutspur. Stille trat ein. Immer noch rollte Dimitries Taschenlampe hin und her. Blutspritzer auf dem Glas sorgten dafür, dass ihr Schein widerlich rote Schatten an die Wand warf. Der Stalker machte einen unsicheren Schritt nach vorn, und auf einen Schlag schlossen sich krachend alle Türen in dem Korridor. Mikhael blieb der Atem stehen. Die Adern an seinem Hals pulsierten schmerzhaft im Einklang mit seinem von Panik erfüllten Herzen. Krampfhaft holte er Luft.

„Was passiert hier? Was geht hier vor?", ächzte er.

Ein merkwürdig blechernes Geräusch ertönte. Es klang wie bei einem Autounfall, als würde Metall zerreißen. Mikhael starrte den Gang entlang. Plötzlich schoss etwas aus der Dunkelheit auf ihn zu. Reflexartig ließ sich der Stalker fallen. Das Ding raste über ihn hinweg und verschwand in der Schwärze. Er schnellte herum, doch ihm blieb keine Zeit für Überlegungen. Zischend jagte es wieder in seine Richtung, zerschnitt die Luft, wie es sein Fleisch zerschneiden wollte: eine rotierende Scheibe aus zerfetztem Metall.

Mikhael sprang auf und rannte los. Er hetzte von Todesangst getrieben den Gang entlang, sprang über herumstehende Betten, wich Schränken und anderen vergessenen Gegenständen aus. Dann kam das Gangende in Sicht. Hinter sich hörte er das Sirren immer näher kommen. Dumpfes Knallen verriet, wenn die Scheibe von etwas abprallte. Aber sie näherte sich und zwar schnell. Purer Überlebenswille ließ den Stalker beschleunigen. Vor ihm tauchte im roten Schein der Stirnlampe ein großes Fenster auf. Mikhael verschwendete keine Zeit. Die Arme vor dem Kopf verschränkt stieß er sich mit aller Kraft ab. Ein dumpfer Knall, Schmerzen, und in einem Regen aus Glasscherben segelte er in die Nacht hinaus. Über ihm raste das Metallding hinweg und blieb zitternd tief in dem Baumstamm stecken, gegen den Mikhael knallte. Er fiel und rutschte durch die Äste bis auf den Boden. Trotz der Schmerzen sprang er sofort auf und rannte um sein Leben.

Neugierig? Besucht mich auf:

www.jasonharperdasbuch.com